# SILKE NOWAK

# AUSERWÄHLT

KRIMINALROMAN

# ERSTER TEIL

# FREITAGABEND, 5. JULI

# 1

„Das ist Wahnsinn." Helga Kramer war außer sich. Sie konnte den Blick nicht von der Bühne wenden, auf der eben noch das kleine Mädchen gestanden hatte. Ihre Augen leuchteten.

„Sie ist gut", nickte Erika Lechmeier, die Direktorin des renommierten Internats Schloss Knauthain.

„Gut?" Helga Kramer schloss für einen Moment die Augen. „Das war einfach ... Wahnsinn."

Erika Lechmeier entfernte einen Fussel von ihrem grauen Kleid. Helga war Musikerin und verfügte über eine schwärmerische Natur. Sie selbst hatte Physik studiert. Die musikalischen Vorträge waren für sie Entspannung.

„Sehr gut", korrigierte sie ihr Urteil und machte ein Häkchen hinter den Namen des Kindes. „Mehr als zehn Plätze können wir aber nicht vergeben. Hinter Sabrina Solowjow und Magdalena Baumgartner habe ich ein Fragezeichen notiert. Wenn wir Greta Hauser nehmen, müssen wir eine der beiden wieder ..."

„Habt ihr das nicht gehört?" Helga Kramer hatte schlanke, schöne Finger, die sich zu einem Trichter formten. „Ich habe diese Sonatine von Franz Schubert noch nie so ..." Ihre Hände griffen nach oben, als suchte sie nach dem passenden Wort. „Noch nie so ... rein ... gehört." Sie sprang auf. „Die Intonation war einfach makellos und dazu dieses gesangliche Legato, die gestochen scharfen Staccato-Achtel im Menuett und die gleichmäßigen Triolenketten im letzten Satz." Sie wiegte den Kopf hin und her. „Aber es geht mir nicht allein um eine solide technische Basis." Sie setzte sich wieder und blickte ihre Kollegen der Reihe nach an „Habt ihr das sehnsuchtsvolle Drängen gehört? Die musikalische Sensibilität? Sogar den tragischen Charakter des Stückes hat das Kind erfasst,

und alles so ungezwungen.“ Wieder schraubten sich ihre Hände in die Luft. „Das Mädchen wird es weit bringen, sage ich Euch, sehr weit!“
Sie schien erschöpft.
„Also steht unser Urteil“, fasste Erika Lechmeier das Gesagte zusammen. „Wir nehmen sie.“
Die Direktorin lehnte sich zurück und ließ ihren Blick durch den Saal schweifen. Vor drei Jahren war das alte Renaissance-Theater restauriert worden und erinnerte seitdem, niemand wusste genau warum, an die Sixtinische Kapelle in Rom. Mit interessierten Eltern kam sie immer zuerst hier her, da die humanistische Bildung, die auf ihre Kinder wartete, an diesem Ort spürbar wurde.
„Norbert?“ Helga Kramer wandte sich an den Mann mit der Glatze. Norbert Lechmeier hatte Germanistik studiert und stand der Kunst näher als seine Frau. „Sag doch mal.“
Er hatte schwere Augenlider und üppige Lippen, die er nach jedem Satz mit seiner Zunge befeuchtete.
„Sie ist ein echtes Ausnahmetalent“, attestierte er. „Du hast recht, Helga. Greta Hauser, den Namen sollte man sich merken.“
„Findest du?“ Ihr Lachen war hell und klar. Flüchtig fasste sie sich an die Halskette.
„Sie hat mich in den Bann gezogen“, bestätigte er. Die Zunge fuhr heraus.
„Das war Wahnsinn, oder?“
„Sie hat Magie.“
„Magie! Das ist es.“
„Also nehmen wir sie.“ Erika Lechmeier blickte ihren Mann vielsagend an. „Jetzt ist also nur noch die Frage, ob wir Sabrina Solowjow oder Magdalena Baumgartner rausstreichen. Das entscheidest du, Helga.“

Helga Kramer blinzelte, als sei sie aus einem Traum erwacht. „Ich kann das nicht, wirklich. All die enttäuschten Kindergesichter, Gütiger, da zerplatzen Lebensträume, ich kann so etwas nicht."

Die Lechmeier wartete.

„Die Solowjow", sagte die Kramer schließlich und zuckte mit den Schultern.

Es war ein langer Tag gewesen. Erika Lechmeier stand in der Tür und blickte sich nach ihrem Mann um. „Kommst du?", fragte sie. „Gleich", antwortete er und checkte sein Handy.

Eine Woche hatten die Aufnahmeprüfungen für das nächste Schuljahr im Internat Schloss Knauthain gedauert, heute war Freitag. Nach den geistes- und naturwissenschaftlichen Fächern bildete die Musik traditionsgemäß den krönenden Abschluss, zumindest sah Helga Kramer das so, und auch dieses Jahr war sie nicht enttäuscht worden. Aus 164 Bewerbungen – allein für den musischen Bereich – hatten sie 20 Kinder ausgewählt und zum Vortrag eingeladen, die meisten hatten Klavier gespielt, gefolgt von Geige und Querflöte, alle mit guten und teilweise beachtlichen Erfolgen, doch das Mädchen, das zuletzt vorgetragen hatte, war etwas ganz Besonderes.

„Ich bin noch immer ganz baff." Helga lächelte Norbert zu. Die beiden waren jetzt allein.

Norbert legte sein Handy weg, als habe er auf diesen Moment gewartet. „Hast du eigentlich mit Moni und Hubert noch Kontakt?"

„Hin und wieder." Ihr Gesichtsausdruck verdüsterte sich. „Es ist und bleibt eine Tragödie."

Draußen waren Stimmen zu hören. Norbert zögerte. Er sah sie an. Dann packte er seine Sachen und wandte sich ebenfalls zum Gehen.

„Aber was ich fragen wollte“, hielt sie ihn zurück. „Fährst du nachher am Bahnhof vorbei? Oder ist Erika ...“
„Ich kann dich mitnehmen, wenn du das meinst.“
„Danke“, sagte sie und unterdrückte ein Gähnen. „Kurz nach sechs geht mein Zug.“
„Nach Berlin?“
Sie nickte. „Zu Charlotte.“
„Tja dann.“ Er trat auf der Stelle. „Sie hat das Kind bekommen, nicht?“
Sie bedeuteten ihm, zu warten, während sie in ihrer Handtasche nach etwas suchte. Die Tasche hatte goldene Griffe, sie passte nicht zu Helga, fand Norbert.
Helga hielt ein Foto hoch. „Es ist ein Junge.“
„Goldig“, nickte er und stemmte seine Aktentasche auf den Tisch. Sein Gesicht verzerrte sich vor Anstrengung, als seien Steine drin.
„Ich muss noch mal ins Büro“, sagte er, seine Lippen glänzten. „In einer halben Stunde fahren wir, okay?“
„In einer halben Stunde“, bestätigte Helga, legte das Foto zurück und nahm ihren Laptop heraus. „Ich warte solange hier.“
Wie früher, als sie noch regelmäßig auf der Bühne stand, genoss Helga Kramer die Stille, nachdem alles vorbei war. Erst nach einem Konzert wurde der Saal zu einem wahrhaft magischen Ort, zu einer Lichtung im Mondschein, in der man nach wochenlanger Anspannung endlich zur Ruhe kam.
Helga Kramer klappte den Laptop auf. Sie war heute Morgen nicht mehr dazu gekommen, ihre E-Mails abzurufen und würde das schnell nachholen, solange sie noch Empfang hatte. Im ICE hatte sie noch nie eine Verbindung bekommen. Sie öffnete das Programm, wartete und überflog dann die Absender der eingegangenen E-Mails: Charlotte hatte ein neues Bild von dem Kleinen geschickt

und Frau Klinger, die Schulsekretärin, bat erneut um die Abschlussberichte. Sonst gab es nichts Wichtiges, nur Werbung, ein paar Newsletter und eine Einladung. Gedankenverloren klickte sie auf die Einladung zu dem Klavierkonzert in der Philharmonie Berlin und löschte sie wieder, nachdem sie nicht richtig angezeigt werden konnte.

Von draußen drangen Stimmen herein, sie wurden lauter und entfernten sich wieder. Sie hörte die Putzfrau mit dem Staubsauger den Gang hoch und runter fahren. Auf der Bühne stand noch immer der Notenständer, eingestellt auf ein Kind mit einer Körpergröße von einem Meter sechsundvierzig.

Die Mutter von Greta Hauser war Italienerin und hatte in Mailand Gesang studiert. Dann hatte sie einen Deutschen geheiratet, der in München Filmmusik machte. Wie bei vielen frühreifen Kindern waren die Eltern also vom Fach, auch Helgas Vater war ja Klavierlehrer gewesen, doch entgegen der landläufigen Meinung wurde gerade diesen Kindern nichts geschenkt. Sie schloss das E-Mail-Programm und suchte in ihren Dokumenten nach dem Lebenslauf des Mädchens, der ihr als pdf-Dokument vorlag. Sie hatte ihn schon einmal gelesen, doch jetzt, nachdem sie das Kind gehört hatte, besaß alles eine andere, tiefere Bedeutung. Abermals las sie mit wachsendem Interesse, wie das Mädchen bereits mit fünf Jahren –

*Bitte nein, lass das nicht wahr sein.*

Die Stimme in ihrem Kopf klang fremd, doch Helga Kramer wusste, dass es ihre eigene war. Regungslos starrte sie auf den Bildschirm. Alles war rot. Der Bildschirm war rot geworden.

*Nicht schon wieder.*

Rot. Es war dasselbe Rot und in der Mitte standen die Worte: „ICH BIN AUSERWÄHLT."

*Nein, nicht schon wieder.*
Ihr Atem ging schnell, zu schnell. Ihre Hand begann zu zittern. Sie versuchte, den Laptopdeckel zu schließen, doch ihre Hand verkrampfte, sie verdrehte sich wie eine abgestorbene Wurzel. Es ging nicht. Allein der Gedanke, die rote Seite zu berühren, verursachte ihr Ekel. Helga Kramer sprang auf und öffnete ein Fenster. Sie brauchte frische Luft.
Ein kleines Mädchen stand unten im Pausenhof und starrte sie an. Ihr Gesicht war eine vor Wut verzerrte Fratze. Schnell wich Helga zurück. Ihr Herz raste. Mit zittrigen Fingern suchte sie in ihrer Handtasche nach den Zigaretten für den Notfall. Als sie wieder ans Fenster trat, war das Mädchen verschwunden.
*Die Woche war anstrengend, atme ruhig und gleichmäßig, es kann dir nichts passieren*, redete sie sich zu.
Helga Kramer zündete sich eine Zigarette an, nahm einen tiefen Zug und schloss die Augen. *Das muss nichts zu bedeuten haben.* Es könnte einfach nur Werbung sein, die sich plötzlich geöffnet hatte, die Methoden der Internetwerbung wurden ja immer penetranter, wahrscheinlich wäre sie auf die Seite irgendeines Autohändlers oder Erotikladens weitergeleitet worden, wenn sie auf die Schrift geklickt hätte.
*Eine gottverdammte Werbung!* Das war eine Erklärung.
Doch Helga Kramer wusste, dass es nicht so war. Vor vier Wochen hatte sie in dem Bildband über Italien, der seit Monaten neben ihrem Bett lag, einen roten Zettel mit der Aufschrift gefunden: „ICH BIN AUSERWÄHLT." Zehn Tage später lag in ihrem Architekturlexikon ein roter Zettel mit der Aufschrift: „ICH BIN AUSERWÄHLT."
*Und jetzt das: dasselbe Rot, dieselbe Schrift, dieselbe Botschaft.*
Sie musste Christine anrufen. Christine hatte sie damit zu beruhigen versucht, dass in Helgas Wohnung die Schüler

ein und aus gingen. Wahrscheinlich habe sich einer von ihnen einen Scherz erlaubt und würde sie bald grinsend fragen, ob sie die Nachrichten gefunden habe. Es war einfach ein dummer Schülerstreich, hatte Christine gesagt und Helga damit nach und nach überzeugen können. Doch jetzt war alles anders.

Jetzt war die Botschaft in ihrem Computer. Rot, leuchtend, irreal.

Helga hatte sich also nicht getäuscht. Von Anfang an hatte sie es gespürt. Mit der instinktiven Sicherheit, mit der ein Alkoholiker den anderen erkennt, hatte Helga Kramer gespürt, dass mit diesem Satz etwas nicht stimmt. ICH BIN AUSERWÄHLT. Die Worte waren zu groß für ein Kind.

*So sprach nur ein Erlöser, ein Gott.*

*Ein Irrer. Er.*

Die Welt der Religion, in der ein Messias einen Sinn gemacht hätte, existierte nicht für Helga Kramer, nicht in Leipzig, nicht in Deutschland. Tief inhalierte sie den Rauch ihrer Zigarette und schnippte die Asche aus dem Fenster. Der Pausenhof war vollkommen leer.

Sie glaubte nicht an Erlöser. Sie glaubte nicht an Gott. Und es lag ja nicht an den Worten allein. Jemand war mit dieser Botschaft in ihren Privatbereich eingedrungen, an ihren Schreibtisch, in ihren Computer, sogar in ihr Bett. Erst das machte sie zu einer Drohung.

*Und nicht nur das.* Vor sechs Wochen hatte jemand versucht, in ihre Wohnung einzubrechen. Als sie nach Hause kam, stand die Wohnungstür halb offen, doch es hatte nichts gefehlt. Zuerst hatte die Polizei angenommen, dass die Einbrecher wahrscheinlich gestört worden seien und ihren Plan nicht verwirklichen konnten. Doch dann hatten sie keine Spuren gefunden, keine Fingerabdrücke, kein gewaltsames Öffnen des Schlosses, nichts. In ihrer Wohnung hatte nichts gefehlt. Alles war wie immer gewesen. Bis auf die roten Zettel.

*Das bildest du dir nur ein.*

Helga Kramer warf die Zigarette hinaus, ohne sie auszudrücken. Sie massierte sich den Nacken. Und wenn es stimmte? Wenn sie sich das alles nur einbildete? Wenn sie selbst vergessen hatte, die Tür zuzuziehen?

*Ich bin auserwählt.* Christine hatte ja nicht ganz unrecht, es war möglich, dass einem ihrer Schüler die eigene Hochbegabung zu Kopf gestiegen war. Möglich war es. Schließlich waren einige ihrer Kinder schon 18 Jahre und kannten sich mit Computer besser aus als sie. Es war also möglich, dass es nur ein Schülerstreich war. Doch etwas in Helga Kramer sagte ihr, dass es nicht so war.

„Was ist?“ Norbert starrte sie an. Sie hatte ihn nicht kommen hören. „Hast du etwa hier drin geraucht?“

„Es war ein langer Tag.“ Helga Kramer löste sich vom Fenster, ging zum Tisch und begann, das Netzteil ihres Computers aufzuwickeln. Sie wies auf den Rechner. „Und dann hab ich mir auch noch irgendeinen blöden Virus eingefangen, wahrscheinlich per Mail.“

„Soll ich mal?“

„Vielleicht halb so schlimm.“ Sie nahm den Computer, bevor Norbert danach greifen konnte, und verstaute ihn vorne im Koffer. Dann blickte sie auf die Uhr. „Ich fürchte, wir müssen.“

„Du solltest mal dein Sicherheitsprogramm überprüfen. Ich kümmere mich am Montag darum.“

Helga Kramer bahnte sich einen Weg durch die Masse, vorbei an den hell erleuchteten Schaufenstern des Leipziger Hauptbahnhofs. Zum dunklen Hosenanzug trug sie eine weiße Bluse, im Gesicht die Anspannung des Tages. Plötzlich blieb sie stehen. Suchend hob sie den Kopf, richtete den Blick nach oben zu den Menschen, die am

Geländer standen, doch sie erkannte nichts. Der Lautsprecher kündigte die Einfahrt des ICE nach Berlin an. Sie nahm die Rolltreppe und begab sich auf Gleis 11.
In den Spiegeln des einfahrenden Zuges sah sie eine Frau, deren Haare grau geworden waren.
„Entschuldigung." Im Gang trat sie beiseite, um einem Mann im Anzug Platz zu machen. Dann zog sie, getrieben von innerer Unruhe, den Laptop heraus, verstaute ihren Koffer und registrierte zu ihrer Erleichterung, dass niemand außer ihr in der 4er-Sitzgruppe reserviert hatte. Sie hatte den Tisch für sich allein. Sie öffnete den Laptop, drückte den Startknopf und starrte erwartungsvoll auf den Bildschirm. Nach einem kurzen Flackern erschien das pdf-Dokument mit dem Lebenslauf von Greta Hauser. *Sonst nichts.* Der ICE fuhr an. *Da ist nichts.* Sie schloss die Augen. *War es möglich, dass sie sich das vorhin nur eingebildet hatte?*
*Oder war es von alleine wieder verschwunden?*
„Aber Herzchen, ich bin doch immer für dich da!" Der Mann am Nebentisch telefonierte. „Was meinst du denn, wie frustrierend das erst für mich ist, wenn meine Bemühungen einfach im Mülleimer landen ..."
Genervt setzte sich Helga Kramer auf. *Herzchen!* Die Rücksichtslosigkeit, mit der dieser Bürohengst seine Eheprobleme breit trat, ärgerte sie ebenso wie der Umstand, dass sie selbst keinen Empfang hatte. Sie drückte auf ihrem Handy herum, als würde das etwas nützen. Sie schloss das pdf-Dokument und fuhr den Computer ordnungsgemäß herunter. Bevor Norbert ihr kein neues Anti-Viren-Programm installiert hatte, würde sie den Laptop nicht mehr anfassen.
*Sie musste Christine anrufen!*
Um sich abzulenken, nahm sie das Buch aus der Tasche, schüttelte es kopfüber und ließ die Seiten wie im Dau-

menkino durch ihre Finger gleiten. Nichts fiel heraus. Erleichtert lehnte sie sich zurück. Die automatische Schiebetür öffnete sich, der ICE beschleunigte. Zwei große, dunkle Augen blickten sie an. Es waren die Augen von Clara Schumann. Sie hatte die Biografie schon vor einem halben Jahr gekauft, doch bis heute war sie nicht dazu gekommen, sie zu lesen. Mit einer zärtlichen Geste fuhr sie über das Cover. Schon immer hatte sich Helga dieser Frau nahe gefühlt, deren Leben als gefeiertes Wunderkind begann und in einem langen Prozess der Desillusionierung endete. Die automatische Schiebetür schloss sich wieder. Draußen flog ein abgeerntetes Feld vorüber, dabei war es erst Anfang Juli. Ohne die Last ihres geisteskranken Mannes wäre Clara Schumann selbst als eine der größten Komponistinnen in die Musikgeschichte eingegangen. Das glaubte Helga Kramer. Doch dass sie in späten Jahren eine grausame Lehrerin gewesen sein soll, die ihre Schüler gequält habe, das glaubte sie nicht.

Sie begann zu lesen. Nur noch beiläufig registrierte sie das Rattern der Räder, den Zwischenstopp in Wittenberg, die Geräusche der Menschen, die vorübergingen, ihr Husten und Lachen. Als sie das Buch wieder zur Seite legte, waren es noch zwanzig Minuten bis Berlin. Sie nahm ihre Handtasche, warf dem Mann am Nebentisch einen flüchtigen Blick zu und ging auf die Toilette.

ICH BIN AUSERWÄHLT. Sie versuchte, die Augen zu schließen, doch es war zu spät. Das Rot war bereits eingedrungen. In ihren Kopf, in ihren Körper, in ihre Welt. Unmittelbar setzten die bekannten Symptome ein: Herzrasen, Schweißausbrüche, Schwindel. Sie setzte sich und wartete, bis das Schlimmste vorüber war.

*Das kann einfach nicht wahr sein.*

Als sie von der Toilette zurückgekommen war und das Buch einpacken wollte, war der Zettel herausgefallen.

Jetzt lag er auf dem Tisch. Rot und länglich bewegte er sich im Schwanken des Zuges hin und her. Helga Kramer drehte sich angewidert weg, als sie eine rote Schlange auf dem Tisch sah, die auf sie zu kroch. Sie schloss die Augen, doch sofort blitzten noch schrecklichere Bilder auf: das Zucken einer abgeschnittenen, menschlichen Zunge, der Todeskampf eines blutigen Fisches.

*Deine Fantasie spielt dir einen Streich.* Jetzt war sie sich sicher. Sie öffnete die Augen und konzentrierte sich auf den Mann am Nebentisch, der an seinem Laptop arbeitete. Sein nichtssagendes Äußeres beruhigte sie. Er sah kurz auf, als er ihren Blick spürte, freundlich desinteressiert, und arbeitete dann weiter. Helga Kramer blickte den Gang hinab. Zwei ältere Damen saßen weiter hinten. Ein Pärchen hatte es sich in einem Abteil bequem gemacht. Sie konnte ihre Gesichter erkennen, klar und deutlich. Das war ein gutes Zeichen. Sie wusste, wie man am besten mit Panikattacken umging. Sie wusste, dass es nur eine Überreaktion ihres Körpers war, dass keine Gefahr vorlag, doch sie konnte nichts dagegen tun. Wenn sie einen dieser Zettel fand, sah sie buchstäblich rot.

Schließlich gab sie sich einen Ruck und stand auf. Mit spitzen Fingern beförderte sie den Zettel in die Klappe mit dem Papiermüll, wusch sich die Hände und desinfizierte sie mit dem Gel, das sie immer bei sich trug.

„Christine?“, rief sie lauter in das Handy, als nötig gewesen wäre. Helga Kramer stand im Gang neben der Toilette und behielt ihren Platz im Auge. Der graue Schlauch, eine riesige Ziehharmonika, welche die beiden Zugteile miteinander verband, wand sich wie unter Schmerzen, während der Zug auf Berlin zuraste.

„Ist was passiert?“, fragte Christine mit sicherem Gespür für die Stimmlage ihrer Freundin.

„Ja. Das heißt, ich weiß es nicht. Ich hab schon wieder so einen Zettel gefunden, aber diesmal auch im Computer."
Helga hörte, wie Christine den Fernseher leiser stellte, dann: „Wie, im Computer?"
„In meinen Laptop. Plötzlich war der ganze Bildschirm rot. Ich weiß nicht, wie er da reinkam, vielleicht ein Virus oder über eine Mail."
Christine räusperte sich, dann fragte sie vorsichtig: „Okay, und jetzt hörst du wieder diese Stimmen?"
„Bitte, Christine, ich höre keine Stimme, ich habe den Zettel gesehen!"
Tatsächlich hatte Helga Kramer auch einmal Stimmen gehört, sie lag im Bett und war bereits halb eingeschlafen, als plötzlich jemand aus dem Schrank flüsterte: „Ich bin auserwählt." Doch sie wusste selbst, dass sie sich das eingebildet hatte. Ihre Nerven waren an dem Abend überreizt gewesen. Sie hätte es Christine nicht erzählen dürfen.
„Wieder dieselbe Botschaft?"
„Ja, gottverdammt, er muss irgendwie meine E-Mail-Adresse rausgekriegt haben. Du musst mir helfen, Christine."
„Wo bist du jetzt?"
„Im ICE, kurz vor Berlin."
Helga behielt ihren Platz im Auge.
Christine räusperte sich. „Okay, wenn ich dir helfen soll, musst du mir zuhören. Du musst dich konzentrieren. Hörst du mich, Helga?"
„Ja."
„Ich weiß, dass ich gesagt habe, dass das nach Gregor klingt." Helga konnte hören, dass Christine das jetzt bereute.
„Aber Gregor ist tot. Wir waren beide bei seiner Beerdigung. Wir haben gesehen, wie die Urne in der Erde verschwand."

Stille. Helga Kramer lehnte mit geschlossenen Augen neben der Toilettentür und fühlte das Rattern der Räder.
„Du kannst natürlich zur Polizei gehen, wenn es dir hilft", hörte sie ihre Freundin wieder, „aber die werden dich für verrückt erklären."
„Das ist ein blöder Schülerstreich, Helga", sagte Christine. „Aber ich finde auch, dass es langsam zu weit geht. Wir sollten mal mit ein paar Kindern sprechen, ich denke vor allen an Felix aus der 10a."
„Danke", sagte Helga. Sie rechnete es Christine hoch an, dass sie wenigstens versuchte, sie zu verstehen. Sie wusste ja selbst, wie verrückt ihr Verdacht klang: Gregor war tot. Gregor schickte ihr keine Nachrichten mehr. Gregor war mit 2,8 Promille und einem Jaguar in den Abgrund gestürzt. Sein Körper war Matsch. Kohle. Asche.
*Achtzehn Knochenbrüche, eine Schädelfraktur und ein gebrochenes Nasenbein, bevor er im Auto verbrannte.*
Helga erinnerte sich noch genau an das betrübte, mitfühlende Gesicht des Arztes, der ihr das gesagt und nicht geahnt hatte, dass die Worte Balsam auf ihrer Seele waren. Sie lächelte bei dem Gedanken.
„Danke." Helga verabschiedete sich und versprach, Christine später noch einmal anzurufen. Als sie auflegte, fühlte sich ihr Puls wieder fast normal an. Alles wäre gut gewesen, wenn sie in diesem Moment nicht die Augen geöffnet hätte. Da war jemand an ihrem Platz. Der Mann beugte sich gerade über ihre Handtasche.
„Was machen Sie da?" Ihre Stimme klang schrill, die Leute blickten auf.
„Ich, ich wollte nur", stammelte der Mann. Er trug eine graue Latzhose, in der einen Hand hielt er einen großen Sack, in der anderen den leeren Kaffeebecher, der auf ihrem Tisch gestanden hatte.

„Entschuldigung“, sagte sie und hielt sich an einer Rückenlehne fest, als der Zug ins Schwanken geriet.
*Entschuldigung, ich werde verrückt.*
Die beiden älteren Damen schüttelten den Kopf über den Mann von der Reinigungsfirma, das junge Pärchen über Helga.
Um 19 Uhr 7 stieg Helga Kramer in Berlin Südkreuz aus. Die Sonne schickte ihre letzten Strahlen zwischen die niedrigen Betondecken des Bahnhofs. Auf der Rolltreppe blickte sie sich noch einmal um, nahm dann den Ausgang in Richtung Hildegard-Knef-Platz und ging an den wartenden Taxen vorüber. Draußen war es noch warm. Sie durfte Charlotte und das Baby nicht unnötig belasten. Ein bisschen Bewegung würde ihr guttun, sie würde die Strecke bis zur Wohnung ihrer Tochter zu Fuß gehen.

## 2

„Zwei Jogger haben die Leiche gefunden.“ Margot Kranich deutete auf die beiden Männer, die mit einem dampfenden Becher in der Hand im Polizeiwagen saßen. Jemand maß ihren Blutdruck.
Clara Schwarzenbach nickte. Sie kannte den Steglitzer Stadtpark, der für Berliner Verhältnisse als relativ sicher galt. Kaum Überfälle, kaum Körperverletzungen. Und jetzt das.
Im Gras lag eine tote Frau, daneben ein blutverschmierter Ast, ein durchwühlter Reisekoffer.
„Sieht aus wie ein Raubüberfall“, stellte Kranich fest. Clara nickte wieder.
Die Tote lag auf dem Rücken. Man hätte denken können, sie schlafe nur, wenn da nicht ihre Augen gewesen wären. Es waren große, dunkle Augen, die weit aufgerissen in den Himmel starrten.

Clara sah direkt hinein. Sie stand am Kopfende der Toten und versuchte, darin zu lesen. Manche Kollegen sagten, tote Augen sähen immer schrecklich aus, egal ob ein Krebsgeschwür, Altersschwäche oder ein Kapitalverbrechen sie verursacht hätten. Doch Clara fand, das stimmte nicht. Die Augen der Ermordeten, mit denen sie es seit zwei Jahren zu tun hatte, mussten schreckliche Dinge gesehen haben. Die grauenvollen Bilder waren regelrecht in sie eingebrannt.

Seit zwei Jahren war sie jetzt am Landeskriminalamt 1 in Berlin in der Keithstraße, in der Abteilung für Delikte am Menschen, wie es offiziell hieß.

Clara löste sich und ging um die Leiche herum. Auch die Augen dieser Frau hatten das Unvorstellbare gesehen: den anfangs vielleicht lächelnden Menschen, der einen am Ende tötet. Was war passiert? Wieder wünschte sich Clara, es gäbe ein Gerät, mit dem man die Bilder abspulen konnte.

„Eine schöne Frau", sagte Clara.

Kranich sagte nichts.

Meist spiegelte sich der Ausdruck des Grauens in einem verstümmelten Körper wieder, in abgeschnittenen Fingern, Brüsten, Ohren, in Brand-, Schnitt- oder Schlagwunden aller Art. Doch diese Frau war ordentlich bekleidet und wirkte körperlich unversehrt.

„Eine Geschäftsfrau?", fragte Kranich.

Clara war sich nicht sicher.

Die Tote trug einen dunklen Hosenanzug, eine weiße Seidenbluse und ein blau-goldenes Seidentuch um den Hals. Sie hatte ein feines, vergeistigtes Gesicht, wie bei jemand, der jahrelang über Büchern gebrütet hatte, die silberweißen Haare waren gekonnt hochgesteckt, Clara vermutete, zu einer Banane. Lediglich der Kopf, der unnatürlich schief zur Seite geneigt war, gab neben dem Ast

einen Hinweis auf die Wunde, die sich am Hinterkopf befinden musste. Im Gras war ein dunkler Fleck von der Größe einer Melone.
*Das ist zu wenig Blut,* dachte Clara.
„Sieht nicht so aus, als ob sie daran gestorben ist“, kommentierte Margot Claras Blick.
„Oder das hier ist nicht unser Tatort“, sagte Clara.
Margot und Clara sahen sich an. Um sie herum bewegten sich die Leute von der Spurensicherung. Eine Kamera klickte. Ein Vogel zwitscherte. Sonst war es ruhig in dem morgendlichen Park.
„Aber warum“, Clara deutete auf den Ast, „warum hätte jemand die Tatwaffe mitbringen sollen?“
Margots Gesicht lugte unter der weißen Schutzkleidung hervor wie das einer Katze, klug, eigensinnig und immer auf dem Sprung. Margot schminkte sich nie, trotzdem waren ihre Züge gestochen scharf. Im Morgenlicht unter der Kastanie sah sie jung aus, jünger als sie selbst. Das war eine relativ deprimierende Feststellung, da Margot vom Alter her ihre Mutter sein könnte. Mit einem dumpfen Knall war heute Morgen die Lampe explodiert, die Claras Badezimmerspiegel bisher erleuchtet hatte, indirekt und diskret. Das Deckenlicht hingegen war brutal: Plötzlich waren da tiefe Gräben unter Claras Augen, sie zogen sich von ihrer Nase zu den Mundwinkeln herab. Clara hatte eindeutig zu viel gearbeitet in letzter Zeit, der Schlafmangel zehrte an ihr wie ein Geschwür, das keine Heilung wollte. Selbst wenn sie einmal ausschlafen konnte, konnte sie es nicht mehr.
Wenn Oskar sie fragte, warum sie sich das antat, schob sie Margot vor. Oskar war ihr bester und langjähriger Freund und einer der wenigen, der es noch tolerierte, dass sie ständig Verabredungen absagen musste. Sie wollte Margot einfach nicht enttäuschen, erklärte sie dann. Denn Margot

Kranich hatte ihr vor zwei Jahren diese Chance gegeben, obwohl Claras Lebenslauf nicht dem Standard entsprach. Claras Psychologiestudium sei zwar nicht verkehrt, meinte sie damals beim Vorstellungsgespräch, doch ihre jahrelange Doktorarbeit wäre wirklich nicht nötig gewesen – im Unterschied zu der Berufserfahrung, die „ihr leider fehle." Von dem Aufbaustudium in Kriminologie, das Clara damals noch zusätzlich absolviert hatte, hielt Kranich „leider gar nichts." Clara hatte also nicht damit gerechnet, die Stelle zu bekommen. Doch Margot hatte sich für sie entschieden. Claras Entscheidung für den Polizeidienst läge „aufgrund biografischer Ereignisse eine hohe persönliche Motivation zugrunde", hatte sie ihre Wahl begründet. Das war die bürokratische Umschreibung für den Horror, der Clara vor drei Jahren beinahe das Leben gekostet hatte.

*Das ist der eigentliche Grund.*

Maria war tot. Sie selbst hatte überlebt. Das war der Grund, weshalb sie nicht mehr in den Tag hinein leben konnte wie früher. Seitdem arbeitete Clara wie ein Berserker, um eine Schuld abzutragen, die es nicht gab. Sie arbeitete, um den Bildern der Vergangenheit keine Chance zu geben, nach oben zu tauchen.

Margot musste sie längst nichts mehr beweisen. Ihre Aufklärungsquote lag weit über dem bundesdeutschen Durchschnitt; „was allerdings keine große Leistung sei", erklärte Margot lachend, wenn es ihr gut ging. „Können wir darauf nicht wenigstens ein bisschen stolz sein!", empörte sie sich an den weniger guten Tagen, an denen Clara die Aufgabe zukam, die von Margot beklagte Sinnlosigkeit ihres Tuns zu bestreiten.

„Warum?" hörte sie Kranich wieder. „Warum platziert jemand die Tatwaffe direkt neben der Leiche?"

Clara wusste, dass Kranich die Antwort kannte.

„Weil es nur so aussehen sollte, als habe ein Raubmord stattgefunden“, sagte sie dennoch.
Margot nickte ihr zu. Im nahegelegenen Teich stocherten ein paar Spurenermittler mit langen Stäben im Trüben. Eine Ente schimpfte über die morgendliche Ruhestörung.
„Was meinst du, wie lange ist sie schon tot?“
„Sechs bis zehn Stunden“, sagte Kranich. Die Hauptkommissarin konnte mit ihrer über dreißigjährigen Diensterfahrung den Todeszeitpunkt so exakt vorhersagen wie ein Rechtsmediziner. Außerdem war es wahrscheinlich, dass eine Leiche im Stadtpark Steglitz, zumal an einer solch exponierten Stelle, nicht länger als sechs bis zehn Stunden unentdeckt geblieben wäre.
„Dabei war sie noch auf der Reise“, fügte Kranich leise hinzu.
Clara musterte das Gesicht der Älteren, in dem sich Bedauern über das vorzeitig abgebrochene Leben spiegelte. Der durchwühlte Reisekoffer der Toten war zweifellos ein Hinweis darauf, dass die Frau auf dem Weg zum Flughafen oder zum Bahnhof gewesen war oder von dort kam. Noch vor ein paar Wochen hätte Margot das genau so formuliert. Doch in letzter Zeit ließ sie sich zu philosophischen Reflexionen hinreißen, was Clara mehr beunruhigte, als sie sich eingestehen wollte.
„Wir sind alle auf der Reise“, sagte sie, um die Bemerkung ins Leere laufen zu lassen.
„Letztlich“, seufzte Kranich und drehte sich um. Die Männer am Teich schienen etwas gefunden zu haben. Jemand zog ein triefendes Ding aus dem Wasser.
Enttäuscht wandten sich alle wieder ab. Es war nur ein verrostetes Dreirad.
*Nur ein Dreirad.*
Clara zog es den Magen zusammen. Fast auf den Tag genau vor drei Jahren hatten sie Marias Leiche aus dem

Landwehrkanal gezogen. Clara hatte von Anfang an nicht an Selbstmord geglaubt. Natürlich war es ihr eine Genugtuung, dass Peter damals zu sechs Jahren Haft ohne Bewährung verurteilt worden war; die Liste der Anklagepunkte war lang gewesen: Körperverletzung, Kreditkartenbetrug, Urkundenfälschung ...

Nur für eines war er nicht verurteilt worden: für den Mord an Maria. Die Beweise waren dafür nicht ausreichend gewesen. Der Grundsatz „in dubio pro reo", im Zweifel für den Angeklagten, kam ihr seitdem wie eine Verhöhnung aller zivilisatorischen Errungenschaften vor.

Seitdem wusste sie, wie körperlich das Verlangen nach Gerechtigkeit sein konnte. In dem Augenblick, in dem Peter das Gefängnis verlassen würde, würde sie ihm Handschellen anlegen. Davon träumte sie.

„Wenn sie jetzt die Augen aufschlagen würde", murmelte Margot und deutete hinab. „Was würde sie wohl sagen?"

Clara starrte auf die schwarzen Lederhalbschuhe der Toten, aus denen schimmernde Seidenstrümpfe ragten.

Etwas stimmte nicht mit Margot.

Margot trat sonst betont unsentimental auf, ihre Worte waren direkt, ein Ventil für den enormen Druck, unter dem sie Tag für Tag stand. Als Clara ihr zum ersten Mal begegnet war, hatte sie die Kraft gespürt, über die Margot verfügte; es war eine Kraft, die schaffen und zerstören konnte. Doch erst als sie gemeinsam beim Joggen waren, hatte Clara verstanden. Margot war ein Stausee, der Energie abgeben musste, um nicht zu platzen. Eine Dreiviertelstunde hatte Clara das viel zu schnelle Tempo durchgehalten, sie waren den Teltowkanal hoch und runter gelaufen, womit Claras normales Maß längst überschritten war, doch sie hatte die Zähne zusammengebissen. Am Biergarten gab sie schließlich auf. Margot meinte, sie käme gleich nach. Clara sah sie, den Kanal hinunter wieder kleiner werden und nach einer Stunde erneut auftauchen. Margot lief immer noch im gleichen Tempo, gleichmäßig wie eine Maschine. Ihr Atem war vollkommen ruhig, als sie Clara erreichte, in ihrem Sprechen lag nicht einmal die Spur der Verausgabung.

Clara hatte verschiedene Theorien aufgestellt, doch mit keiner war sie wirklich zufrieden. Am tragfähigsten erschien ihr immer noch das klassische Erklärungsmodell: Margot rannte – buchstäblich – vor etwas davon, das in ihrer Kindheit lag. Denn es gab Dinge, über die Margot niemals sprach, und ihre Kindheit, die Eltern und das Dorf in Niedersachsen, aus dem sie stammte, gehörten dazu. Nur einmal hatte sie angedeutet, das war jetzt auch schon wieder anderthalb Jahre her, sie kamen direkt von einem Gespräch mit Eltern aus Spandau, die ihren Sohn als vermisst gemeldet hatten, dass auch sie mit zehn, elf Jahren mehrmals von zu Hause ausgerissen war. Die Polizei habe sie damals einfach wieder zurückgebracht. Damals habe noch niemand gefragt, warum.

Als Clara fragte, warum, meinte Margot, sie habe sie nicht als Therapeutin eingestellt. Margot hatte dabei gelacht und ihr zugezwinkert, doch in ihren Augen stand der Wunsch, jemand möge genau das tun und die alten Wunden schließen. Der richtige Augenblick dafür, darauf vertraute Clara, würde eines Tages kommen.

Hagen van Velzen kam durch die Sicherheitsabsperrung herüber. Margot Kranich musterte ihn kurz. Sein frisch rasiertes Gesicht mit dem militärischen Kurzhaarschnitt strotzte nur so vor Jugendlichkeit, auch wenn er längst nicht mehr der Junge war, den sie vor zehn Jahren kennengelernt hatte. Er war härter geworden, seitdem. Er hatte sich vom Streifenpolizisten zu einem deutschlandweit gefragten Profiler hochgearbeitet und würde ab Oktober eine Stelle in den USA antreten.

„Morgen", begrüßten sich die drei.
„Die Frau hat sehr feine Gesichtszüge, helle Haut, geschmackvoll gezupfte Augenbrauen. Aber kurze Nägel, kein Lack, als bräuchte sie ihre Hände", kam er sofort zur Sache und ging um die Leiche herum. „Vielleicht ist sie Musikerin? Der Anhänger am Hals ist eine Geige, habt ihr das gesehen?"
Kranich und Clara knieten sich ins Gras, um besser zu sehen. Tatsächlich, der silberne Anhänger war eine Geige.
„Wie alt schätzt ihr sie?" Kranich stand wieder auf. Das Gras war noch feucht.
„Mitte sechzig?" Hagen nickte.
„Ende fünfzig?" korrigierte Clara mit Blick auf Margot.
Kranich wischte sich die Hände an der Hose ab. Die Frau hatte ungefähr ihr Alter. Sie zog einen großen, dünnen Mann aus dem Kreise der Spurenermittler. Er hatte graue Augen und einen erloschenen Blick, als habe er den Tod in sich aufgesogen.
„Gibt es bereits Aufschlüsse über die Identität?", fragte sie.
„Leider nein." Der Mann nahm den Mundschutz ab. „Kein Personalausweis, kein Handy, nichts. Sieht aus, als wäre die Handtasche geklaut worden."
Seine Stimme war so monoton wie sein Blick.
„Ein Raubmord", konstatierte Hagen.
„Der Ast, die geklaute Handtasche, kein Overacting, alles spricht für einen Raubmord", erläuterte Hagen seine These, nachdem er keine Antwort erhielt.
Clara sah zu den Enten hinüber. Sie wusste, was er meinte. Wenn ein Täter sein Opfer stärker und länger quälte, als nötig war, damit es starb, dann „übertötete" er es gewissermaßen. Raubmörder taten das nicht. Im Normalfall. Statistisch wies eine Leiche, die richtig schlimm zugerich-

tet war, auf einen sadistischen Psychopathen hin – oder auf eine Beziehungstat.

Eine Ente flog auf. War das ein Blesshuhn? Clara fand diese Statistik äußerst deprimierend, besagte sie doch, dass jahrzehntelanges Zusammenleben genau soviel Hass und Verbitterung produzieren konnte, wie ein sadistischer Psychopath in sich trug. Clara hatte eine Frau ohne Gesicht gesehen, weil der Ehemann in einem Rausch der Zerstörung darauf eingestochen hatte.

„Im Koffer der Frau war ein Laptop, ist schon unterwegs ins Labor“, hörte Clara den hageren Spurenermittler wieder.

„Danke, Richard.“ Kranich legte ihre Hand auf seinen Arm. Er lächelte ihr zu, bevor er sich wieder an die Arbeit machte. Seine Augen blieben dabei vollkommen reglos.

Clara bekam eine Gänsehaut.

„Richard und ich haben damals an dem Kindsmordfall von 89 zusammengearbeitet“, erklärte Kranich, die Claras Abscheu zu deuten wusste. „Er wittert jede Spur so zuverlässig wie ein Hund. Ich bewundere ihn.“

Ich nicht, dachte Clara. Aber das mit dem Computer war gut.

„Sehr gut“, sagte Clara. Über den Computer eines Opfers ergab sich fast immer ein Hinweis auf seine Identität.

„Wo bleibt Johannes eigentlich?“ Hagen blickte durch seine Digitalkamera zu ihnen herüber.

„Wenn man vom Teufel spricht.“ Kranich deutete auf den alten Jaguar, der mit knirschenden Reifen den Waldweg entlangkam. Am Steuer saß der Rechtsmediziner Johannes Teufel und hob die Hand.

Von Weitem wirkte er wie jemand, der mit dem Dreck der Realität noch nie in Berührung gekommen war. Er trug ein weißes Hemd mit der Lässigkeit eines Jachtbesitzers. Sein Gesicht wirkte ebenso teuer, sein Haar filmreif. Clara fragte sich zum wiederholten Male, wie er die Wellen so präzise hinbekam, bei ihren eigenen Locken schaffte sie das nie. Er war bereits leicht angegraut, doch einzelne Strähnen verrieten noch, wie er eigentlich war: pechschwarz. In seinen blauen Augen stand das Funkeln von Menschen, die sich dafür entschlossen hatten, das Leben zu genießen.

Doch der Eindruck des wohlbehüteten Millionärs veränderte sich, sobald er näher kam. Die Narben in seinem Gesicht sprachen eine andere Sprache.

„Johannes“, begrüßte Kranich ihn tadelnd. „Ich hoffe, du bist steril.“

„Ich bin frisch geduscht, Margot!“ Die beiden lächelten sich an. Er und Kranich kannten sich seit über dreißig Jahren, doch das war nicht der Grund, warum sie ihn ohne Schutzkleidung zur Leiche vorließ. Die Spurenermittler waren hier fertig. Sie machten jetzt drüben weiter.

„Was ist das?“ Clara hatte am Hals der Toten einen seltsamen Fleck entdeckt.

Teufel kniete sich neben Clara, sie spürte seinen Oberarm an ihrem. Seine Muskeln bewegten sich, als er die Latexhandschuhe überstreifte.

„Definitiv kein Mückenstich.“ Teufel spreizte das Einstichloch mit den Fingern. „Sieht aus wie von einer Spritze.“

„Eine Spritze?“ Kranich beugte sich über die Beiden.

„In den ... Hals?“ Clara schauderte.

„Eine Spritze!“ Kranich klang ärgerlich.

„Den Raubmord können wir uns sonst wo hinschieben“, sagtc Kranich und blickte den Profiler an.

„Zumindest müsste die Hypothese modifiziert werden“, gab Hagen zu.

Alle schwiegen. Irgendwo raschelte es in den Blättern.

„Für die Todesursache scheint mir der Blutverlust ohnehin zu gering.“ Teufel hob den Kopf der Toten vorsichtig an und begutachtete die Kopfverletzung. „Andererseits – das Gras schluckt“, gab er zu bedenken.
„Ist das ein Genickbruch?“ Kranich gefiel die Schieflage nicht.
Teufel bewegte den Kopf leicht hin und her. „Die Wirbelsäule ist intakt.“
Nachdenklich trat Kranich zurück, als Teufels Mitarbeiter die Leiche für den Transport vorzubereiten begannen. Clara und Hagen folgten ihr.
Sie begannen, ihre Schutzkleidung abzulegen. Kranich trug, wie immer im Sommer, Jeans und ein einfaches T-Shirt; Kleidung im Polizeidienst musste zweckdienlich sein, das war ihre Meinung. Deshalb trug sie auch T-Shirts ohne Ärmel; der Hitze wegen, wie sie betonte. Dass ihre durchtrainierten Oberarme dabei gut zur Geltung kamen, nahm sie in Kauf. Kranich beobachtete Hagen. Diesen Typus von Beamten hatte es früher in Berlin nicht gegeben. Hagen war ein vollendeter FBI-Mann, schon immer gewesen, als habe er sich nach Filmen und Kriminalromanen erschaffen: Seine Gesichtszüge waren eckig, seine Schläfen vorzeitig ergraut, er trug auch im Sommer einen perfekt geschnittenen Anzug, bevorzugt mit schmaler Krawatte, an der eine silberne Klammer steckte. Er war gut gebaut, der Anzug diente ihm nicht dazu, einen Bierbauch zu kaschieren, sondern den muskulösen Körper seriös erscheinen zu lassen. Seine Hemden waren weiß und makellos, immer. An seinem rechten Ringfinger trug er einen silbernen Ring mit einem dunklen Stein, den er nur abnahm, wenn er im Garten arbeitete.
„Habt ihr die Bierdosen gesehen?“ Hagen deutete auf den Mülleimer neben der Bank. Er quoll über vor leeren Flaschen und Dosen. „Wie sieht es mit der Drogenkrimi-

nalität hier aus? Da wäre eine gepflegte, ältere Dame das ideale Opfer, oder?"

„Aber das Einstichloch." Kranich schüttelte den Kopf.

„Würde mich nicht wundern, wenn da ein Fixer zugestoßen hätte." Es klatschte, als Hagen mit der Faust in die hohle Hand schlug.

Clara rollte ihren Overall sorgfältig zusammen. Sie trug ein rotes Sommerkleid mit Dekolleté. Auch das hatte es früher im Berliner Polizeidienst nicht gegeben, dachte Kranich und sah vom Steglitzer Damm her drei Busse der Bereitschaftspolizei anrücken. Gleich würde der ganze Park durchgekämmt werden.

„Das Opfer scheint sich nicht gewehrt zu haben." Teufel kam zu ihnen herüber. „Fingernägel und Verletzungen sprechen gegen einen Kampf."

Er blickte die Hauptkommissarin an. „Was meinst du, Margot?"

„Wir müssen die Obduktion abwarten." Sie sah auf die Uhr. „Es ist jetzt 7 Uhr 20. Schaffst du das heute noch?"

„Ich kann dir leider nichts versprechen." Gestern Abend war noch ein Säugling eingeliefert worden, wahrscheinlich wurde er zu Tode geschüttelt. Dann war da noch der alte Mann, von dem niemand wusste, was sich in seiner Wohnung abgespielt haben könnte. Als Nachbarn die Polizei alarmierten, war er tot in seinem Bad gelegen. Teufel tippte auf einen Herzinfarkt.

„An die Arbeit!" Kranich ging auf die Schar wartender Polizisten zu.

Clara und Teufel blieben noch einen Moment stehen, ernst und in sich gekehrt, als wollten sie der Toten die letzte Ehre erweisen. Die Leiche wurde in einem Sack verstaut. Clara schloss die Augen, als jemand den Reißverschluss über ihrem Gesicht zuzog.

# 3

Der Stadtpark Steglitz grenzte im Südwesten an die Wohnanlage 'Am Eichgarten'. Eine weiße Fassade mit roten Streifen und dreieckigen Balkonvorbauten prägte das Gesicht der unteren Stockwerke, darüber thronte eine komplett verglaste fünfte Etage.
„Sind das Häuser?“ Clara deutete ganz nach oben. Auf dem lang gezogenen Flachdach des Gebäudekomplexes schienen abermals Häuser zu stehen.
„Sieht so aus.“ Kranich drehte ihr Gesicht der Sonne zu, um die ersten Strahlen aufzufangen. „Von da oben hat man sicher einen prima Blick.“
Die Anlage hatte 140 Wohnungen, was bedeutete, dass die Fahnder hier den ganzen Tag beschäftigt sein würden. Zeugenbefragungen waren frustrierend und zeitintensiv. Kranich war froh, dass sie sich die Perlen herauspicken konnte.
„Hildegard Osswald, 76 Jahre, wohnt in der Nummer 10“, hörte sie Clara.
Die alte Dame hatte vor einer halben Stunde einem der Beamten gesagt, sie habe „eine wichtige Aussage“ zu machen, doch was genau, würde sie lieber „unter vier Augen“ besprechen.
„Na dann.“ Clara klingelte an der Erdgeschosswohnung. Ein Mann Mitte 40 öffnete die Tür. Er war nur mit einem T-Shirt und einer Unterhose bekleidet, die schlaff an ihm herabhingen.
„Ja?“ Sein Gesicht war rötlich aufgequollen.
„Landeskriminalpolizei Berlin.“ Kranich hielt ihren Ausweis nach oben. „Wohnt hier Frau Osswald?“
„Wie?“
„Frau Osswald.“
„Nein.“

Aus der Wohnung kamen Geräusche. Der Fernseher lief. Die Tür gegenüber öffnete sich. Eine ältere Dame mit wachem Blick und sorgfältig frisiertem Haar trat heraus.
„Sonst, noch was?“, fragte der Mann. Er roch nach Schweiß.
„Vielen Dank und entschuldigen Sie die Störung“, sagte Clara.
Die Tür knallte wieder zu.
„Ist das ihr Sohn?“ Kranichs Blick wanderte zwischen den Türschildern hin und her. „Osswald“ stand auf beiden.
„Sie müssen entschuldigen.“ Die Dame wirkte verlegen. „Eigentlich ist er ein lieber Junge.“
Clara nickte, als verstünde sie, und erntete dafür ein dankbares Lächeln, aus dem noch mehr als die Verzweiflung die Hoffnung sprach, es möge endlich alles gut werden.
„Kriminalhauptkommissarin Margot Kranich“, stellte Kranich sich vor. „Das ist meine Kollegin Doktor Schwarzenbach. Dürfen wir reinkommen?"
Obwohl Margot nichts von Claras akademischer Vergangenheit hielt, stellte sie Clara meist als „Doktor Schwarzenbach“ vor. „Meine Partnerin“ klänge zu lesbisch, fand Margot, „meine Assistentin“ zu medizinisch und „Polizeihauptmeisterin“, die sie offiziell war, absolut daneben.
Hildegard Osswald nickte ihnen zu. Auf ihrem Gesicht lag ein Netz harter Linien, als sei es schon einmal zerbrochen und wieder zusammengesetzt worden. Kranich und Clara folgen ihr durch einen schmalen Flur in ein gemütliches Wohnzimmer. Ein Sofa aus rotem Samt, drapierte Vorhänge und eine Sammlung von afrikanischen Holzmasken gaben dem Ganzen etwas Theatralisches. Der Tisch war gedeckt, ein Teelicht brannte im Stövchen.

„Setzten Sie sich doch.“ Trotz ihres Alters trug sie die Haare tiefschwarz. „Ich habe nicht mit zweien gerechnet, aber einen Augenblick bitte, ich hole nur schnell ein drittes Gedeck.“
Clara nahm auf dem roten Sofa Platz. Kranich bevorzugte einen der beiden Ledersessel, die gegenüberstanden.
„Die ganze Polizei heute Morgen.“ Hildegard Osswald balancierte einen Teller mit Tasse ins Wohnzimmer. „Was ist denn nun genau passiert?“
„Im Grunde hätte ich es mir ja gleich denken können“, fuhr die Dame fort, nachdem die Antwort ausblieb, und reichte Clara das dritte Gedeck.
„Danke“, lächelte Clara. Es klirrte. „Sehr liebenswürdig.“
„Frau Osswald“, rief Kranich laut, als sei die Dame schwerhörig. „Sie haben gestern Abend etwas Verdächtiges bemerkt. Was genau?“
Die Dame schien sie nicht gehört zu haben. Sie schenkte Kaffee ein. „Zucker? Milch?“
„Schön haben Sie es hier“, sagte Clara und betrachtete das Foto eines kleinen Jungen an der Wand. Mit ausgebreiteten Armen segelte er über eine Blumenwiese.
„Danke“, entgegnete sie. „Sehr liebenswürdig.“
Trotz der Linien war ihr Gesicht noch immer schön. Die Dame war nicht zerbrochen, sie hatte sich nur neu zusammengesetzt. „Also meine Schwester wohnt in der Albrechtstraße, ich weiß nicht, ob Sie sich hier in der Gegend auskennen, das ist gleich ...“
„Gleich da vorne, ich weiß“, nickte Clara. „Da haben sie doch erst vor Kurzem einen neuen Supermarkt hingestellt.“
Die Dame nickte.
„Also, was haben Sie jetzt gesehen?“ Kranich klang, als würde sie jeden Moment die Geduld verlieren, doch Clara

wusste, dass ihr Handy schuld daran war. In letzter Zeit stürzte das Ding immer wieder ab.
„Also gestern Abend, wir haben zusammen gegrillt, in der Albrechtstraße", erklärte die Dame und warf Kranich einen Blick zu, der klar machen sollte, was sie von Leuten hielt, die dauernd mit ihrem Telefon herumspielten. „Es war ja schönes Wetter, und da ich was tun muss, fürs Herz, Sie verstehen", sie hielt ihre Hand auf die Brust, „da bin ich mit meinem Sohn zu Fuß nach Hause gegangen. Durch den Park."
Sie machte eine Pause. Pflichtbewusst nahm Clara einen Schluck Kaffee.
„Auf der Anhöhe, kurz bevor es zum großen Teich runtergeht", sagte sie und plötzlich veränderte sich ihre Stimme. Missbilligend fuhr sie fort: „Da sitzen die ja immer rum."
„Wer?" Clara schlug die Beine übereinander.
„Dass die Polizei da auch nichts dagegen unternimmt ..."
„Wer?" fiel Kranich ein.
„Gestern saßen die also wieder da." Sie griff sich ans Herz. „Sonst wird man ja immer angepöbelt, wenn man vorbeikommt, aber gestern waren die ganz mit sich beschäftigt." Sie nahm einen Schluck Kaffee und wandte sich vertrauensvoll an Clara. „Wissen Sie, meinem Sohn fehlt die Frau, aber er ist ein guter Junge, er ist anders als diese ..."
Sie hob die Augenbrauen.
„Diese Asozialen."
„Was für Asoziale?" Kranich klang schroff. Die Dame blickte Hilfe suchend zu Clara, doch Clara studierte die Blumen auf der Tasse in ihrer Hand. Das eigene Kind zu schützen, war das eine. Aber die anderen dafür zu verachten, war etwas anderes.

„Diese Männer haben kein Zuhause, sie haben keine Manieren, sie sitzen immer nur rum, rauchen und trinken Bier oder weiß Gott was." Sie schüttelte den Kopf. „Ganz zu schweigen von der grässlichen Musik und dem ganzen Müll ..."
Sie verschwendeten ihre Zeit, dachte Clara, und sah Frau Osswald an. Plötzlich fand Clara das Gesicht der alten Dame weniger schön.
„Ich verstehe einfach nicht, warum die ausgerechnet in unserem Park sitzen müssen!"
Clara blickte unauffällig in ihr Dekolleté und zog das Kleid etwas nach oben.
„Und dann die Katzen, die hier in der Gegend verschwunden sind, damit haben die auch zu tun, wahrscheinlich irgendwelche Teufelsbeschwörungen."
„Was für Katzen?" Kranich sah interessiert aus.
„Deshalb sind Sie doch hier, nicht?" Die Dame setzte sich auf. „Gestern Nacht haben diese Leute sich also über etwas hergemacht. Es war eine Damenhandtasche."
„Eine Damenhandtasche?" Clara sah zu Margot.
„Eine Damenhandtasche", wiederholte die Dame stolz und versuchte, die leicht gekrümmten Finger zu bewegen, als habe sie Schmerzen.
„Können Sie die Tasche beschreiben?" Kranich nahm jetzt einen Kugelschreiber, um Frau Osswald die Wichtigkeit ihrer Aussage zu demonstrieren.
„Es war dunkel." Mit plötzlich zittriger Hand versuchte Hildegard Osswald die Tasse aufzunehmen. „Aber ich habe einen goldenen Griff gesehen. Die Tasche hatte einen großen, runden, goldenen Henkel."
„Haben Sie sonst noch etwas gesehen?"
Die Dame stutzte. „Wie meinen Sie das?"

„Außer der Handtasche und den Jugendlichen waren da noch andere Leute im Park?" präzisierte Kranich ihre Frage.
Die alte Dame strich sich das schwarze Haar glatt.
Zu Claras Überraschung sagte sie dann: „Eine große, schwarze Gestalt. Als sie vorüberging, hat sie sich abgewendet, als wollte sie nicht erkannt werden."
*Eine große, dunkle Gestalt?*
Clara nahm einen Keks mit Marmelade aus der Gebäckmischung und sah die alte Dame an. Die große, dunkle Gestalt passte nicht zu der Geschichte mit den Jugendlichen und der Handtasche. Clara ließ ihre Zunge über die glatte Oberfläche der Marmelade gleiten. In der Regel war die große, dunkle Gestalt eine „positive Halluzination", wie Clara es nannte. Denn Clara glaubte, dass Zeugen wie Hildegard Osswald die „große, dunkle Gestalt" nicht erfanden, weil sie die Polizei hinters Licht führen wollten, sondern in der positiven Absicht, an der Aufklärung mithelfen zu wollen.
„Frau Osswald", räusperte sich Clara schließlich. „Würden Sie die Männer, die sich an der Tasche zu schaffen gemacht haben, wiedererkennen? Falls es zu einer Gegenüberstellung kommt, meine ich."
„Eine Gegenüberstellung?"
Clara nickte.
„Ganz sicher", war sie überzeugt. „Die sitzen ja jeden Abend da rum, meist schon ab acht, da müsste die Polizei wirklich mal etwas dagegen unternehmen, wo soll das noch hinführen, ich meine, mit der U-Bahn kann man ja ohnehin nicht mehr fahren, aber wenigstens die Erholungsgebiete sollten ..."
„Entschuldigung", sagte Clara, als ihr Handy klingelte. Sie erhob sich und trat ans Fenster.

„Wir haben sie“, hörte sie Leonhard Kirchner, Margots Sekretär, dessen Stimme sich vor Aufregung überschlug. „Ihr Name ist Helga Kramer, sie ist 59 Jahre, wohnhaft in Leipzig. Keine Vorstrafen.“
„Okay“, flüsterte Clara.
„Helga Kramer war Witwe, aus der Ehe entsprang eine Tochter, die Frau war Musiklehrerin an einem Internat bei Leipzig.“
„Okay.“ Draußen liefen Beamte mit einem Spürhund vorbei.
„Ich habe in der Schule angerufen, Frau Kramer wollte ihre Tochter in Berlin besuchen, hat man mir dort gesagt. Und jetzt pass mal auf.“ Es raschelte. „Charlotte Kramer hat ihre Mutter bereits gestern Abend um 22 Uhr 26 als vermisst gemeldet. Sie wohnt in der Eschenstraße in Friedenau.“ Leonhard räusperte sich. „Ihr solltet da also vorbeischauen, bevor ihr nach Leipzig fahrt.“
„Okay“, sagte Clara jetzt laut, drehte sich zu Margot um und nickte ihr zu. „Wir haben sie.“
Margot verstand. Für einen Moment sahen sich die Ermittlerinnen triumphierend an, als hätten sie die alte Dame vergessen. Es war immer ein besonderer Augenblick, wenn eine unbekannte Leiche einen Namen bekam. Denn es war der Schlussel zu einer Geschichte, von der sie zuerst nur den traurigen Ausgang kannten. Der Tod stand von Anfang an fest. Nur einmal die Chance zu bekommen, in der Zeit zurückzureisen, um das Unglück zu verhindern, so wie in den Fantasy-Serien, die Clara früher gesehen hatte, auch davon träumte sie.

## 4

Der schwarze Audi der Kriminalhauptkommissarin fuhr am Schloss vorüber, wie sich das Einkaufscenter in Berlin

Steglitz nannte. Es war Samstagmorgen und die Menschen strömten bereits durch die goldene Drehtür ein und aus, zwei Frauen lachten, voll beladen mit Tüten von H&M. Clara blickte weg. Seit einer Ewigkeit war sie nicht mehr unbeschwert Einkaufen gewesen.

*Genaugenommen seit drei Jahren. Seit Maria tot war.*

Seitdem bestellte sie ihre Kleider nachts im Netz, als Ausgleich nach einem anstrengenden Tag, bevorzugt zwischen dreiundzwanzig und null Uhr ein heruntergesetztes Designerkleid, das sich drei Tage später als Fehlkauf erwies. Doch allein die Vorfreude, wenn Frau Kiontke aus der dritten Etage ihr das entgegengenommene Päckchen überreichte, war es wert, das Risiko immer wieder einzugehen. Und wenn sie dann mit einem der Kleider vor dem Spiegel stand, das sich als Hauptgewinn entpuppte, wurde sie für Stunden von einem Gefühl der guten Hoffnung erfüllt.

„Verdammt." Clara schlug gegen das Lenkrad. „Was ist das denn wieder für eine Schikane?"

Sie deutete auf die Löcher in der Fahrbahn, bremste ab und setzte den Blinker, um in die rechte Spur einzufädeln. Drei Baustellen in Folge ließen den Verkehr erlahmen.

„Nur mit der Ruhe", murmelte Kranich und sah zum Fenster hinaus.

*Nur mit der Ruhe?*

Besorgt betrachtete Clara Kranichs Profil. Es war scharf wie das eines Adlers. Vor drei Wochen hatten sie an der Schaubühne ermittelt, einem Theater am Kurfürstendamm, als plötzlich einer der Regisseure eintrat und erstaunt innehielt. Sie sehe aus wie Dante, meinte er, der Dichter. Später hatte Kranich ein Bild des Dichters auf ihrem Computer aufgerufen und den Kopf geschüttelt. Keinerlei Ähnlichkeit, meinte sie. Doch Clara wusste, was

der Theatermann gemeint hatte: Der strenge, unerbittliche Ausdruck war derselbe.
„Alles okay, Margot?"
Kranich hob die Hand und ließ sie wieder sinken. Sie sagte nichts.
Im Schritttempo arbeiteten sie sich die Schlossstraße hinauf. Wenn Kranich sich nicht wie gewohnt in die Arbeit stürzen würde, hätte Clara auf ein Burn-out getippt.
„Um halb acht hat die Tochter ihre Mutter erwartet", hörte sie Kranich schließlich. „Kurz nach zehn hat sie bereits eine Vermisstenanzeige aufgegeben. Findest du das nicht zu früh?"
„Eigentlich nicht." Clara lenkte den Audi über den Walter-Schreiber-Platz in die Bundesallee. „Selbst wenn, das sagt doch nur, dass die Tochter einfach besorgt ist."
Fürsorge war Kranich per se suspekt. Für Clara war das ein weiterer Hinweis darauf, dass sie mit ihrer Kindheits-Theorie richtig lag.
Sie bogen in ein Wohngebiet mit prächtigen Altbaufassaden und zugeparkten Straßen, Clara musste mehrfach rechts ranfahren, um entgegenkommende Fahrzeuge durchzulassen.
„Ich hasse das", sagte Kranich und Clara wusste, dass sie nicht die verstopften Straßen, sondern die Aufgabe meinte, die ihnen bevorstand. Todesnachrichten zu überbringen war mit das Schlimmste an ihrer Arbeit. Es gab Schulungen, die einen darauf vorbereiten sollten, doch darauf konnte man sich nicht vorbereiten. Die Leute zerbrachen und immer zerbrach auch ein Stück in einem selbst.
Die Sonne schien, als die Kommissarinnen ausstiegen. Vor ihnen lag ein vierstöckiger Altbau mit einer beeindruckenden Art-déco-Fassade. Der Audi parkte vor einem Tor mit der Aufschrift „Ausfahrt freihalten".

Clara drückte den Klingelknopf, er war der aufgerissene Mund einer vergoldete Medusa.
„Landeskriminalpolizei", sagte Clara sanft. Meistens übernahm sie das. „Dürfen wir hochkommen?"
Die Tür summte. In dem holzvertäfelten Flur war es dunkel, es roch nach Essen, die Holztreppen knarrten bei jedem Schritt.
Die Frau in der Türschwelle hielt ein Baby im Arm. In ihren Augen stand Panik.
„Was ist mit meiner Mutter?", fragte sie leise.
„Dürfen wir eintreten?" Clara lächelte dem Baby zu.
Die Frau hatte ein vor Müdigkeit aufgequollenes Gesicht, eine Strickweste über einem T-Shirt und keine Frisur. Clara konnte keinerlei Ähnlichkeit mit Helga Kramer entdecken. Die Frau führte sie in ein Zimmer mit hoher Decke, antiken Holzmöbeln und einem modernen Sofa. Mitten im Raum blieb sie stehen. Das Baby schaute.
„Was ist mit meiner Mutter?" wiederholte sie.
„Sind Sie Charlotte Kramer?"
Sie nickte.
„Ist ihr Mann auch da? Sollen wir ihn ..."
„Bitte. Sagen Sie mir, was los ist!" Sie wechselt den Arm, auf dem das Baby saß.
Clara gab sich einen Ruck. „Ich muss Ihnen leider mitteilen, dass Ihre Mutter ..."
„Nein", sagte Charlotte Kramer und schüttelte den Kopf. Das Baby fing an zu schreien.
„Sie wurde heute Morgen im Stadtpark Steglitz gefunden", fuhr Clara fort. „Sie ist tot."
„Nein", sagte sie wieder. Ihre Augen waren aufgerissen.
„Ist ihr Mann nicht ...?"
„Nein", wiederholte sie. Ihr Mund zitterte. Sie streckte die Arme mit dem Baby aus.

Unschlüssig ging Clara auf sie zu. Als die Frau zusammensackte, konnte sie das Baby im letzten Moment fassen, bevor es auf den Boden knallte. Die Schreie des Kindes drangen durch den Raum.
Vierzig Minuten später saß Charlotte Kramer auf dem Sofa, eine Decke über den Schultern, da ihr trotz der 26 Grad, die das Thermometer mittlerweile anzeigte, kalt war. Durch das weiße Doppelfenster zeichnete die Sonne zwei helle Rechtecke auf das Parkett. Ein Mann vom kriminalpsychologischen Dienst hatte ihr ein Beruhigungsmittel verabreicht, sie blickte apathisch vor sich hin, leise redete er auf sie ein. Clara kannte den Mann, es war ein guter Mann mit warmen Händen und tiefen Augen.
„Frau Kramer." Behutsam setzte sich Kranich neben die beiden auf das Sofa. „Wir haben noch ein paar Fragen. Aber wenn Sie möchten, kommen wir morgen wieder."
Die Frau schüttelte den Kopf. „Ich verstehe das nicht. Wer tut meiner Mutter nur so etwas an?"
„Genau das versuchen wir herauszufinden."
„Ich verstehe das nicht", sagte die Frau wieder.
Kranich blickte den Psychologen an. Der nickte ihr zu.
„Ihre Mutter war sehr musikalisch, stimmt das?", begann Kranich mit einer Frage, von der sie annahm, dass die Tochter sie leicht beantworten konnte.
Charlotte Kramer schüttelte den Kopf, immer langsamer, bis sie erstarrte.
Clara saß mit angezogenen Knien auf einer Babydecke auf dem Boden und massierte sich die Füße. Kranich schien zu überlegen, ob sie abbrechen sollte.
Doch plötzlich war da ein Kichern. Sie brauchten einen Moment, bis sie begriffen, dass es aus Charlotte Kramer kam.
„Musikalisch?" Das Kichern wurde heller.

Es klang, als wollte Charlotte weinen, doch sie fand den Übergang vom Lachen zum Weinen nicht. Der Psychologe klatschte in die Hände, als wollte er verhindern, dass Charlotte Kramer in eine Psychose abrutschte. Es wirkte. Tatsächlich hörte das Kichern auf.
Sie brauchten alle eine Minute, um sich wieder zu sammeln.
„Wir versuchen, den gestrigen Tag zu rekonstruieren", versuchte es Kranich diesmal direkt. „Dazu brauchen wir Ihre Hilfe. Ihre Mutter hat den 18-Uhr-ICE von Leipzig nach Berlin genommen, das wissen wir bereits. Wo waren sie beide genau verabredet? Am Bahnhof? Hier bei sich?" Kranich hob eine Rassel vom Boden auf. „Wann haben sie das letzte Mal mit ihrer Mutter gesprochen?"
„Vom Bahnhof aus hat sie mich angerufen", kamen die Worte tonlos, als habe Charlotte Kramer nichts damit zu tun.
„In Leipzig?"
„Ja. Sie wollte den 18-Uhr-ICE nehmen." Charlotte blinzelte. „Um sieben habe ich dann die Lasagne rein getan. Kurz vor acht, als sie immer noch nicht da war, habe ich das Baby ins Bett gebracht. Mama ging nicht an ihr Handy. Um zehn habe ich dann die Polizei angerufen."
„Wie ist die Nummer?", fragte Kranich schnell.
Stille.
An der Wand hing eine Fotografie. Sie zeigte eine Frau im schwarzen Abendkleid, der Kopf war der Geige zugeneigt, zärtlich, wie Clara fand, die dunklen Augen lauschten. Die Tochter hatte so gar nichts von der Eleganz dieser Frau, doch der Schock und die Tabletten präsentierten vermutlich eine Frau, die nicht viel mit Charlotte Kramer zu tun hatte.

„Ihre Mutter hatte also ein Handy bei sich?“ versuchte es Kranich wieder. „Das ist wichtig, vielleicht können wir es noch orten. Wir brauchen dringend die Nummer.“
„Bitte geben Sie uns die Nummer geben“, insistierte Clara.
Die Frau blinzelte Clara an, als habe sie sie erst jetzt bemerkt.
„Frau Kramer.“ Kranich berührte sie an der Schulter. „Die Nummer, bitte.“
Die Frau blickte ins Nichts.
Der Psychologe griff nach dem Handy, das auf dem Tisch lag, und reichte es Kranich. Kranich reichte es Clara.
„Ich komme gleich wieder“, sagte diese und erhob sich barfuß.
Kranich blickte auf die Schuhe mit den hohen Absätzen. Dann blickte sie auf die weiß lackierte Tür, durch die Clara verschwand, dunkle Kreise bewegten sich darauf. Kranich rieb sich die Augen.
„Wann genau haben Sie mit ihrer Mutter telefoniert?“ wandte sie sich wieder der Tochter zu.
„Kurz vor sechs.“
„Wo steigt sie in Berlin immer aus?“
„Am Südkreuz.“
„Wollten Sie sie dort abholen? Wollte sie ein Taxi nehmen? Die U-Bahn?“
„Zu Fuß.“ Charlotte Kramer lächelte unvermittelt. „Wenn es warm ist, geht Mama meistens zu Fuß.“
„Aber im Stadtpark Steglitz sagen Sie?“ Plötzlich kam Leben in die Gesichtszüge der Tochter, ihre Worte überschlugen sich: „Der Stadtpark liegt nicht auf der Strecke, der Park liegt viel zu weit unten, das ist ja fast am Teltowkanal, nein, das wäre ein ziemlicher Umweg, außerdem geht Mama nie alleine durch den Park, nie, das hätte sie nie getan, von daher ist ja gar nicht klar, ob sie es überhaupt ist, die Frau, die sie gefunden haben.“

Charlottes Augen fuhren im Raum hin und her, als suchten sie etwas.
„Ihre Mutter ist tot." Die Stimme des Psychologen war tief. „Möchten Sie das Foto der Leiche noch mal sehen?"
Als habe jemand das Licht ausgeknipst, stürzte das Gesicht der Tochter wieder zusammen.
„Frau Kramer", sagte Kranich. „Wir haben keine Handtasche gefunden, kein Portemonnaie, keine Papiere. Das heißt, die Handtasche ihrer Mutter wurde wahrscheinlich geklaut. Können Sie beschreiben, wie die aussah?"
„Es war eine schwarze Ledertasche mit feinen, kaum sichtbaren Stickereien, ein Glücksdrache. Die Griffe waren aus Gold, natürlich keine echtes. Ich habe sie ihr zu Weihnachten geschenkt." Die Erinnerung malte ein Lächeln in ihr Gesicht. „Das Portemonnaie war aus braunem Leder, schlicht, so eins zum Aufklappen." Sie klappte ihre Hände auf und zu.
„Eine schwarze Ledertasche mit goldenem Griff?"
Kranich fiel das Aufnahmegerät auf den Boden.
„Danke, das hilft uns sehr", sagte sie und hörte, wie Clara im Flur immer noch telefonierte.
„Hat sich ihre Mutter in letzter Zeit irgendwie auffällig verhalten? Hatte sie Feinde?"
„Feinde?"
„Jemand, der sie bedroht hat?"
„Bedroht?" Charlottes Kopf ging hin und her, als wollte sie die Frage verneinen, doch etwas hielt sie zurück.
„Ich weiß nicht", sagte sie dann. „Aber mein Baby. Ich muss mein Baby holen."
Der Psychologe nickte. „Ihr Baby ist bei Ursula Gebauer, ihrer Nachbarin", erinnerte er sie, als könnte sie das vergessen haben.
„Ich denke, das reicht für heute", wandte er sich jetzt an die Hauptkommissarin. Kranich nickte.

„Mein Baby“, rief sie wieder.
„Wir gehen jetzt gemeinsam rüber“, sagte der Mann und erhob sich. „Ich möchte Ihnen auch noch mal raten, heute Nacht nicht alleine zu bleiben. Haben Sie wirklich niemand, der zu ihnen kommen kann?“
Charlotte Kramer starrte vor sich hin. Sie war alleinerziehend und wollte nicht, dass man irgendjemanden benachrichtigte. Plötzlich stand sie auf, die Decke über ihren Schultern fiel zu Boden, sie bewegte sich langsam auf den Sekretär zu und öffnete eine Schublade.
Der Psychologe und Kranich folgten ihr besorgt.
„Hier.“ Sie reichte der Hauptkommissarin einen Stapel Briefe. Es waren Glückwunschkarten zur Geburt des Babys.
„Danke.“ Kranich sah fragend in die leeren Augen der Frau.
Charlotte Kramer zog eine Karte heraus. Kranich starrte auf den schwarzen Rahmen. Ein Kreuz war darauf. Sie schluckte.
„Möge ihr Kind nicht so enden wie unseres“, hatte jemand in verzerrter Handschrift darunter geschrieben.

## 5

Der schwarze Audi parkte vor dem Landeskriminalamt 1 in der Keithstraße in Charlottenburg. Kranich und Clara stiegen aus und betraten die Burg durch den Haupteingang. Die Gründe, warum das LKA 1 „die Burg“ genannt wurde, waren offensichtlich: Vor den Fenstern waren Gitter angebracht, große Teile der Fassade waren nicht verputzt, sondern in einer ursprünglichen Stein-auf-Stein-Optik gestaltet. Das Gebäude glich einer mittelalterlichen Festung. Es war genau der richtige Ort für Margot, fand Clara. Nur der Kobold, der über dem Eingang wachte,

passte mit seinem nackten Hintern nicht recht ins Bild. Schweigend durchquerten Kranich und Clara die Eingangshalle. Ein paar Besucher hoben die Köpfe, als das ungleiche Paar über die massive Treppe nach oben verschwand.
„Kaffee?“ begrüßte sie Leonhard Kirchner.
Kranich und Clara nickten dankbar, während Leonhard die Tassen füllte, für Clara mit viel Milch, für Kranich schwarz.
„Gibt's schon was Neues?“, wollte Kranich wissen.
Leonhard kam mit den Tassen, setzte sich mit an den Tisch und runzelte die Stirn, als habe er keine guten Nachrichten. „Leider noch nichts.“
Bei Leonhard liefen die Fäden zusammen. Ein gutes Verhältnis zu Leonhard war Gold wert, das wusste niemand so gut wie Clara. Sie gehörte stets zu den Ersten, die von ihm mit Informationen versorgt wurden. Sie lächelte ihm zu. Obwohl Leonhard schon lange hier war, erzählten die älteren Kommissare noch manchmal von Frau Eder, der Sekretärin, die die Stelle zuvor 25 Jahre besetzt gehalten hatte. Frau Eder war die gute Seele des LKAs und man legte zu ihrem Geburtstag noch immer für einen Blumenstrauß zusammen. Demnach musste es für Leonhard hier anfangs nicht immer leicht gewesen sein, vermutete Clara, doch mittlerweile wurde er von allen, auch von den Älteren, für seine ruhige und effiziente Art geschätzt.
„Nur Claudia von Lehndorff hat angerufen und bestätigt, dass sie den Fall übernimmt“, sagte er.
Die Hauptkommissarin nahm das zufrieden zur Kenntnis. Claudia von Lehndorff war Staatsanwältin und eine gute Bekannte von ihr.
„Wenn möglich, bittet sie um ein Treffen heute Abend, da sie morgen irgendetwas mit den Enkelkindern unternehmen will.“

Kranich nickte. Claudia von Lehndorff war eine der wenigen Frauen ihrer Generation, die sie kannte, die eine gut bezahlte Stelle und ein richtiges Familienleben hatten. Im Grunde war sie die Einzige.
„Ich habe Euch die Fahrkarten nach Leipzig schon ausgedruckt." Leonhard faltete zwei Din-A-4-Papiere zusammen und steckte sie in einen Umschlag. „Herr Paschke ist unser Ansprechpartner vor Ort. Er wird Euch direkt am Gleis abholen und zur Wohnung des Opfers bringen. Er wird dann auch den Einsatz an der Schule leiten."
„Danke." Kranich nahm einen Schluck Kaffee. „Falls Meyer anruft, erinnere ihn bitte nochmals daran, dass er den Park rund um die Uhr überwachen lässt. Ich hab ihm zwar schon auf die Mailbox gesprochen, aber ..."
Leonhard nickte.
Kranich starrte auf das vergrößerte Foto des Opfers, das Leonhard an die Pinnwand gehängt hatte. Es zeigte Helga Kramer, als sie noch am Leben war. Jetzt war sie tot. Die Sinnlosigkeit des menschlichen Lebens überkam Kranich so plötzlich wie die Müdigkeit, die sie mit einem weiteren Schluck Kaffee wegzuspülen hoffte.
„Wegen dieser Jugendbande?", fragte Leonhard.
„Jugendbande?" Hagen trat ein. „Sadisten trifft es wohl eher."
Kranich drehte sich um.
„Ich habe mal eben kurz recherchiert." Er setzte sich Kranich gegenüber an den Tisch. „Und jetzt hört zu: Im Stadtpark Steglitz, diesem Idyll für Muttis und Rentner, gab es im letzten halben Jahr vier Fälle von schwerer Körperverletzung, zwei davon mit tödlichem Ausgang."
„Was?" Alle starrten ihn ungläubig an.
Kranich schüttelte den Kopf. „Davon müssten wir gehört haben."

„Die Opfer waren Tiere, Katzen, um genau zu sein." Hagen fuhr sich durch die kurzen, aufgegelten Haare. „In zwei Fällen wegen Tierquälerei verurteilt und zu sechsunddreißig Stunden Sozialarbeit verdonnert wurde Raul Malik, vermutlich der Kopf der Verbrecherbande, die sich jeden Abend im Park volllaufen lässt."
Clara erhob sich, um Kaffee nachzuschenken. Hagen streifte Leonhard mit einem mitleidigen Blick, der sofort eifrig aufsprang, um sie zu bedienen. Clara bedankte sich mit einem Lächeln, das so süßlich war, dass Hagen sich abwenden musste. Clara glich einen von jenen Südländerinnen, die bei ihrem Spaziergang durchs Dorf stets einen Pulk Männer nach sich zogen. Ihr Vater war ein weltfremder Kunsthistoriker aus Oberschwaben und auch ihre Mutter sei Deutsche, hieß es, doch Hagen hatte seine Zweifel.
„Aber es geht noch weiter", fuhr er fort, nachdem die beiden wieder saßen. „Die Katze von Frau Loitsch war eines der Opfer. Nachdem das Tier zwei Tage verschwunden war, fand sie es total verstört wieder. Als sie ihren Liebling aufpäppeln wollte, hat die Katze ihr in die Hand gebissen. Das Tier muss die Wände hochgegangen sein. Zuerst tippte man auf Tollwut, doch dann fand man heraus, dass jemand der Katze Drogen verabreicht haben muss. Das Tier hatte nämlich einen Spritzenabszess."
Kranich kniff die Augen zusammen. „Du meinst, die Katze wurde als Versuchskaninchen missbraucht, um Ware zu prüfen?"
„Sieht so aus." Die beiden sahen sich an. „Frau Loitsch musste das Tier am Ende einschläfern lassen, doch es wurde leider keine Obduktion vorgenommen."
„Es wäre also möglich", Clara drehte die Tasse in ihrer Hand hin und her, „dass die Tierquäler jetzt einen Schritt weiter gegangen sind. Sie überfallen Spaziergänger im

Park, um die Wirkungsweise einer neuen Droge zu testen."
Draußen waren Schreie zu hören. Das war nichts Ungewöhnliches.
Kranich trommelte mit den Fingern auf den Tisch. „Aber die geklaute Handtasche. Das passt nicht ins Bild."
„Warum?" Kranich konnte in Hagens Gesicht sehen, dass er von seiner Theorie bereits vollkommen überzeugt war. „Habgier ist immer ein Motiv. Wenn ich an jemandem Drogen testen will und ihn gleichzeitig beklauen kann, dann schlage ich doch zwei Fliegen mit einer Klappe."
Kranich verübelte ihm das nicht. Sie kannte das: Die Theorie, die man selbst einbrachte, überzeugte einen in der Regel am meisten.
„Sachte, sachte", sagte sie nur. Dann wurde ihr Ton schärfer: „Solange es nur ein Verdacht ist, kein Wort an die Presse, habt ihr das verstanden?"

## 6

Die sanierte Altbauwohnung im Leipziger Waldstraßenviertel atmete, wie das ganze Viertel, den Geist einer jahrhundertealten Bürgerlichkeit. Clara warf einen Blick ins Wohnzimmer. Das Sofa war weiß und modern, der Sekretär in der Ecke antik, die Bücherregale durchgebogen. In der Mitte stand ein schwarzer Flügel. Das Wohnzimmer ging ins Esszimmer über, das Esszimmer in die Küche, alles wirkte zeitlos, klassisch. Nichts erinnerte an die DDR. Mitte der 90er war Helga Kramer in die 3,5-Zimmer-Wohnung eingezogen. Jetzt knarrten die Schritte der Kriminalpolizei auf den Dielen im Flur.
„Was war das?" Kranich drehte sich um.
Der dumpfe Knall war vom Ende des Gangs gekommen. Clara zückte ihre Waffe und ging auf die kleine, weiße

Holztür ohne Fenster zu. Der Leipziger Kollege tat es ihr gleich.
„Kriminalpolizei. Kommen Sie mit erhobenen Händen heraus."
Wieder das Geräusch. Es war eindeutig jemand in dem Raum. Auch Kranich zog jetzt ihre Waffe.
„Kommen Sie mit erhobenen Händen heraus", wiederholte Clara.
Die Tür öffnete sich langsam.
„Nein, nicht", wimmerte jemand. Es war eine Frau. Sie hielt die Arme nach oben und die Augen geschlossen. Sie zitterte am ganzen Leib.
Alle ließen die Waffe sinken. Ihr Körper wirkte, als fehlten ihm die Knochen. Sie mochte Mitte fünfzig sein, vielleicht auch älter.
„Öffnen Sie die Augen", sagte Clara beinahe zärtlich. „Ihnen passiert nichts", versicherte sie.
„Wer sind Sie?" Kranich berührte die Frau, um sie aus ihrer Starre zu erlösen.
„Christine", stieß sie hervor. „Christine Berger."
Ihre Augen flatterten zwischen den gezückten Dienstausweisen hin und her. Als sie verstand, dass sie es mit der Polizei zu tun hatte, nahm sie die Arme herunter.
„Ich habe einen Schlüssel zu Helgas Wohnung", sagte sie noch immer außer sich, als sie im Wohnzimmer saßen. Denn Helga sei, hatte sie zuvor erklärt, „ihre beste und älteste Freundin".
Gewesen, fügte Clara in Gedanken hinzu, Helga war ihre beste Freundin gewesen. Es dauerte immer, bis die Leute sich an die Vergangenheitsform gewöhnten.
*War, war gewesen, ist gewesen, tot.*
Clara betrachtete die Frau voller Mitleid. Man konnte sehen, fand Clara, dass sie Freundinnen gewesen waren. Die beiden hatten einen ähnlichen Stil. Allerdings sah es

aus, als habe Helga Kramer ihn perfekt beherrscht, wahrscheinlich sogar vorgegeben, während Christine Berger ihn mit der Zeit einfach übernommen hatte. Wie Helga Kramer trug sie eine weiße Bluse zu einer dunklen Stoffhose. Die Haare hatte sie ebenfalls hochgesteckt. Doch selbst nach der Mordnacht war bei Helga Kramer noch die perfekt gesteckte Banane zu erahnen gewesen. Christine Berger hingegen hatte die Haare mit einem einfachen Gummiband eingeschlagen. Helga Kramer kultivierte ihre grauen Haare. Christine Berger hingegen färbte sie schwarz; am Mittelscheitel klaffte der Ansatz. Und anders als Helga Kramer, die von Natur aus große, dunkle Augen gehabt hatte, waren die Augen von Christine klein und verwaschen. Mit Kajal hatte sie versucht, das auszugleichen.

„Als ich erfahren habe, dass Helga tot ist, also ich kann das einfach noch nicht fassen, da wollte ich mich vergewissern, ich meine, ich musste sehen, ob sie auch wirklich nicht ... zu Hause ist. Und dann habe ich plötzlich Schritte im Treppenhaus gehört, und wie sich jemand an der Tür zu schaffen gemacht hat, und weil Helga ja ...“

Sie sah auf ihre Hände, dann auf Clara. „Also da habe ich mich in der Toilette eingeschlossen.“

Clara nickte. Christine Berger unterrichtete neben Mathematik ebenfalls Musik am Internat Schloss Knauthain, allerdings sei sie „für alle da“, damit Helga sich ganz auf die „musikalisch Hochbegabten“ konzentrieren könne. Sie habe Helga nie darum beneidet, hatte sie noch hinzugefügt, und dass ihr ihre Arbeit mit den „Normalen“ immer Spaß gemacht habe.

„Ich kann das einfach nicht glauben“, murmelte sie.

Clara saß neben der Frau auf dem Sofa, Kranich gegenüber auf dem Klavierhocker, der Mann aus Leipzig stand im Türrahmen. Niemand stellte eine Zwischenfrage, um

Christine Berger zum Weiterreden zu animieren, doch die schien jetzt irgendwo festzustecken. Sie drehte ihr Gesicht von Clara weg, dem Flügel zu. Während bei Helga Kramer alles nach Ausdruck drängte, selbst der Bogen ihrer Augenbrauen, war Christine Berger nicht so leicht zu fassen. Ihr Gesicht entglitt einem, kaum dass man es nicht mehr ansah. Nur der kleine, herzförmige Leberfleck im rechten Augenwinkel blieb in Erinnerung. Im Vergleich zu ihrer Freundin Helga, die ein vollendetes Gemälde gewesen war, wirkte Christine noch wie eine Skizze.
„Stimmt das?", fragte sie jetzt. „Ist Helga wirklich ... ermordet worden?"
Kranich nickte. „Jogger haben die Leiche heute Morgen im Park gefunden. Sie hatte eine Kopfverletzung. Woran sie genau gestorben ist, können wir aber noch nicht sagen."
„Das ist nicht wahr." Christine Berger schlug die Hände vors Gesicht. Sie trug keinen Ehering.
„Hätte ich doch nur die Polizei gerufen", wimmerte sie.
Kranich schoss hoch: „Wie meinen Sie das?"
Verängstigt mied Christine Berger den Blick der Hauptkommissarin.
„Sie wussten also was?"
„Nein, o Gott nein, ich ..." Sie duckte sich. „Helga hat mich nur gestern noch angerufen, aus dem ICE, das muss so kurz vor sieben gewesen sein. Sie war richtig panisch, wegen dieser Zettel, sie hatte wieder diese Wahnvorstellung, aber diesmal sei es im Computer, meinte sie. Ich dachte natürlich, sie bilde sich das wieder mal ein, ich meine, Gregor ist tot ..."
Clara zuckte zusammen, als etwas Kaltes nach ihr griff. Es war die Hand von Christine Berger. Sie klammerte sich an sie.

„Ist Helga wirklich tot?“, fragte sie wieder. „In Berlin gibt es so viele Kriminelle, man hört ja so viel in letzter Zeit, nicht wahr?“
„Wie kommen Sie auf Berlin?“ Kranich hatte das nicht erwähnt.
Die Frau hielt sich weiter an Clara fest. „Ich dachte, ich meine, Helga war doch auf dem Weg dorthin ...“
„Frau Berger.“ Clara nickte der verängstigten Frau zu und löste sich sanft aus der Umklammerung. „Sie haben gerade erwähnt, dass Helga Kramer Wahnvorstellungen hatte. Was meinen Sie damit?“
In der antiken Holzvitrine tickte eine vergoldete Kaminuhr.
„Es waren Zettel, rote Zettel.“ Christine Berger nickte. „Helga hat rote Zettel in Büchern gefunden und auf den Zetteln stand etwas drauf.“ Ihr Blick glitt über das Regal.
„Aber die Zettel gab es nicht?“, fragte Kranich.
„Doch.“ Christine nickte wieder, dann schüttelte sie den Kopf. „Die Zettel gab es“, sie starrte auf ihre Hände, „außerdem habe ich vorhin noch welche gefunden.“ Sie deutete auf die herausgezogenen Bücher.
Kranich erhob sich. Man sah, dass aus einem Buch etwas Rotes ragte.
„Haben Sie das angefasst?“, fragte die Hauptkommissarin und sah den Kollegen aus Leipzig an.
Christine Berger nickte schuldbewusst.
„Aber wenn es die Zettel wirklich gibt, warum sprechen Sie dann von Wahnvorstellungen?“ Während der Mann aus Leipzig und Kranich etwas besprachen, wandte sich Clara wieder der Frau zu.
„Die Bedeutung, die Helga ihnen gab, war nicht normal“, sagte sie so leise, als vertraue sie Clara ein Geheimnis an. „Das kann ich kaum beschreiben. Helga meinte oft, keine Luft mehr zu bekommen, obwohl sie gesund war, aber sie

hatte Angst, auch wenn sie aus dem Haus ging, zum Beispiel, hatte sie Angst vor herabfallenden Dachziegeln, sie blickte immer zuerst nach oben, bevor sie das Haus verließ. Sie hatte Angst vor einer unbestimmten Bedrohung."
Christine Berger wand sich wie unter Schmerzen. „Sie glaubte ja, die Zettel seien von Gregor."
„Gregor?" Kranich hörte alles.
„Gregor Kramer, ihr Mann."
„Gregor Kramer kam 1994 bei einem Autounfall ums Leben", sagte Kranich.
„Das ist es ja!" Christine Berger hob die Hand, als wollte sie sich an die Stirn tippen, hielt dann jedoch inne. „Gregor war ein Scheusal, Helgas Panikattacken sind allein seine Schuld, denn als er starb, wurde es sofort besser."
„Doch mit den Zetteln fing dann alles wieder an, die Ängste, die Sorgen, Helga dachte wieder, jemand verfolge sie, jemand wolle sie ..."
Christine Berger schluckte. „Sie dachte, jemand wolle sie umbringen."
Sie schluckte noch einmal. „Hätte ich doch bloß die Poli ..."
Plötzlich richtete sie sich auf: „Aber es ist auch Helgas Schuld, sie war schon immer so, also noch in der DDR, ich weiß nicht, ob Sie das wissen, aber damals war sie ja eine berühmte Geigerin, sie war viel unterwegs, sie durfte reisen, sie hat das genossen, die ganze Aufmerksamkeit und so, die Auslandsaufenthalte, sie war eine der Privilegierten ..."
„Aber irgendwann hat Helga behauptet, die Stasi würde sie abhören!" Jetzt tippte sie sich an die Stirn.
Claras Blick kühlte ab.
„Was wäre so ungewöhnlich daran, wenn die Stasi sie abgehört hätte?", fragte sie und begegnete dem Blick des

Leipziger Kollegen, der wieder stumm in der Tür stand. Er hieß Paschke, den Vornamen hatte Clara vergessen.
Das Ticken der Kaminuhr wurde lauter.
*Das schlechte Gewissen war das eine.* Doch es gefiel Clara nicht, wie Christine Berger ihre Freundin pathologisierte, nur um sich selbst zu entlasten.
„Die Stasi hat viele Künstler überwacht“, fing Clara wieder damit an. „Oder hatte Helga Kramer auch nach 1989 noch das Gefühl, der Geheimdienst überwache sie? Der BND vielleicht? Oder die CIA?“
„Um Himmels Willen, nein“, sagte Christine Berger leise.
*Warum sagst du das dann?*
Clara rückte von der Frau ab. „Helga Kramer hat also Zettel gefunden, von denen sie dachte, sie kämen von ihrem toten Mann, verstehe ich das richtig?“
Christine sah sie ausdruckslos an.
„Sie sagten etwas von einer Botschaft. Welche Botschaft?“
„Ich bin auserwählt.“
„Ich bin auserwählt?“ wiederholte Kranich die kaum hörbaren Worte der Lehrerin. „Also keine explizite Morddrohung wie 'Ich töte dich?'“
„Nein.“ Christine wagte nicht, Kranich anzusehen. „Natürlich nicht. Ich meine, dann hätte ich ja reagiert und die Polizei ...“
Die Kaminuhr tickte. Clara überlegte, sie auszuschalten.
„Aber gestern fand Helga Kramer den Zettel in ihrem Laptop, habe ich Sie da richtig verstanden?“, fragte sie stattdessen.
„Keinen Zettel.“ Christine Berger wirkte erschöpft. „Helga klang so konfus, ich meine, mit Sicherheit kann ich es nicht sagen, aber ich habe sie so verstanden, als habe ihr jemand eine Mail geschickt oder eine CD gegeben ... Es sei *in* ihrem Computer, sagte sie, glaube ich. Ich meine,

ich habe nicht weiter nachgefragt, ich dachte ja, sie bilde sich das wieder einmal ... ein."
„So wie den Einbruch vor zwei Monaten?" Das war Kranich.
Christine Berger war irgendwo. „Anfangs habe ich tatsächlich geglaubt, dass ... aber wenn sogar die Polizei sagt, dass ..."
Paschke wechselte das Standbein. Er war klein und zäh und sah aus, als laufe er Marathon. Er hatte sie bereits darüber informiert, dass bei dem vermeintlichen Einbruch keine Spuren gefunden werden konnten.
„Ich dachte wirklich, Helga sei einfach mit den Nerven fertig. Die Zettel sind doch nur ein harmloser Kinderscherz." Schlafwandlerisch erhob sich Christine Berger und ging auf das Bücherregal zu. „Helga unterrichtet ihre Schüler ja auch zu Hause, das sind kleine Genies, müssen Sie wissen, doch sie sind eben auch ... Kinder." Sie lächelte zerstreut. „Und Kinder machen so etwas, sie meinen das gar nicht böse, sie denken meist gar nicht darüber nach."
„Kennen Sie das?" Christine Berger ging am Bücherregal auf und ab. Sie hielt ihre Hand zwischen die Bretter, als halte ein Kind im Vorübergehen ein Stöckchen in den Lattenzaun. „Das mit den Zetteln war doch nur ein Schülerstreich, was sollte es denn sonst sein?"
Obwohl sie langsam ging, lag eine Kraft in ihrer Bewegung, die Clara überraschte.
„Ich weiß nicht, ob Sie es schon wissen." Christine war am Flügel stehen geblieben und blickte sie jetzt an. Zum ersten Mal war zu erahnen, dass sie regelmäßig vor einer Klasse stand. „Helga war ja in Psychotherapie. Ich habe sie mal begleitet und da äußerte der Therapeut mir gegenüber die Befürchtung, also ..."
Sie berührte den Flügel.

„Helga litt wahrscheinlich an einer beginnenden Paranoia.“

Clara spürte Margots Blick. Margot wusste, dass Clara seit der Geschichte mit Maria allergisch auf Therapeuten reagierte. Was Margot nicht wusste, war, dass Clara seitdem selbst zu einem ging, auch wenn sie seit Wochen nicht mehr dort war.

„Eine beginnende Paranoia also“, wiederholte Clara.

Der Therapeut würde ihnen erzählen, dass Paranoide krank waren. Er würde ihnen erzählen, mit einem bedauernden Kopfnicken, dass auch Helga Kramer krank gewesen war, dass auch sie das Gefühl gehabt hatte, verfolgt zu werden. Er würde ihnen erzählen, dass Paranoide grundsätzlich engen Freunden und Familienangehörigen misstrauten, weil sie dachten, sie wollten ihnen schädigen oder sie betrügen. Weil sie dachten, sie wollten sie töten.

Margot öffnete ein Fenster.

Doch Helga Kramer *war* tot. Sie *war* verfolgt und getötet worden. Vielleicht *waren* es enge Freunde gewesen, die ihr mit diesen Zetteln Angst gemacht hatten?

„Warum haben Sie die Ängste ihrer Freundin nicht ernst genommen?“, formulierte Kranich die Frage, die Clara auf der Zunge lag.

Christine Berger reagierte nicht.

„Frau Berger?“

„Ach so“, sie hatte es gehört.

„Wegen Gregor natürlich“, sagte sie. „Helga meinte ja, Gregor sende ihr diese Botschaften.“

Christine setzte sich wieder. Sobald sie nicht mehr in Bewegung war, wirkte sie plump.

„Wenn ich den erwische, der Helga das angetan hat. Ich bringe ihn um!“ Ihre Augen glühten plötzlich vor Hass und Verzweiflung. „Ich bringe ihn um, diesmal bringe ich ihn um, das schwöre ich!“

Es entstand eine Pause, betretenes Schweigen. Clara wurde aus der Frau nicht schlau. Sie suchte den Augenkontakt zu Margot, doch die starrte reglos auf den Flügel. Clara erschrak. Da war es wieder: Schwarze Löcher wird es immer geben, sie sind in der Seele der Menschen, hatte Margot einmal gesagt. Mann müsse eben versuchen, sie zu schließen, selbst wenn eine Schaufel voll Erde lächerlich sei angesichts des Marianengrabens. Clara hatte damals genickt, ohne zu wissen, was Margot meinte.

„Gregor war ja anfangs ein so begabter, junger Mann, das muss man sagen, den Kopf voller Pläne und Ideen. Ich werde nie vergessen, als ich ihn das erste Mal sah, da saßen wir bereits alle am Tisch, die Tür ging auf und da stand er. Die schwarzen Locken standen um seinen Kopf, die dunklen Augen blitzten ... Er sah irgendwie aus wie ein Dämon."

Christine Berger klammerte sich an den Kaffee, den Clara zwischenzeitlich für alle gekocht hatte.

„Wissen Sie, wir haben damals in Chemnitz studiert, ich meine, als es noch Karl-Marx-Stadt war, wir wohnten in einer dieser Wohnungen mit einem riesigen, sechseckigen Flur, von jeder Seite ging ein Zimmer ab, ich kann mich noch genau erinnern, ich sehe sogar noch den alten, mit Blattgold verzierten Spiegel vor mir, den wir selbst restauriert hatten." Sie lächelte schwach. „Wir haben sechs Jahre in dieser Wohnung gewohnt und manchmal träume ich noch heute davon, ist das nicht seltsam?"

Clara nickte ins Leere.

„Helga und ich hatten die Zimmer links von der Küche, Erika und Norbert waren rechts." Sie deutete mit dem Kopf nach links und nach rechts, als befände sich alles vor ihr.

Dann kehrte ihr Blick in die Gegenwart zurück.

„Haben Sie schon mit Erika und Norbert Lechmeier gesprochen?“, fragte sie Kranich, an die sie sich zwischenzeitlich gewöhnt hatte. Kranich saß wieder auf dem Klavierhocker.
„Erika ist ja heute Direktorin auf Knauthain.“
„Erika Lechmeier“, nickte Kranich nur.
„Damals hieß sie noch Krug. Erika Krug.“
„Norbert Lechmeier ist also ihr Mann?“
Christine Berger nickte. „Er unterrichtet Deutsch und Philosophie auf Knauthain.“
„Schloss Knauthain wurde 1994 eröffnet“, sagte Kranich nachdenklich. „Erika Lechmeier wird Direktorin und stellt dann ihre alten Freunde ein?“
„Das hat damit nichts zu tun.“ Christine Berger sah überzeugt aus. „Wir haben ja alle auf Lehramt studiert, selbst Helga, obwohl es damals so aussah, als könne sie von ihrer Kunst ganz gut leben, hat das durchgezogen.“
„Helga ist so“, lächelte sie.
„Nur Gregor, der hielt sich schon immer für etwas Besseres“. Sie nahm eine kleinen Schluck Kaffee.
Über ihnen waren Schritte zu hören.
„Kennen Sie die Nachbarn?“ Kranich deutete nach oben.
Christine Berger schien sie nicht gehört zu haben. „Dieser Egoismus war schon immer typisch für Gregor. Wir interessierten ihn gar nicht, irgendwie waren wir nur sein Publikum.“ Sie nickte erstaunt, als habe sie nach all den Jahren ein treffendes Bild gefunden. „Ja, für ihn waren wir nur das Publikum. Andere Menschen interessierten ihn im Grunde nicht, als Menschen, meine ich.“
Wieder die Schritte, dann ein Poltern.
„Alles, was Gregor anfasste, zerstörte er“, sagte sie bitter. „Unseren Toaster, den Spiegel, Helga. Gregor war durch und durch ein destruktiver Charakter. Er hat Helga das Leben zur Hölle gemacht.“

Clara und Kranich nickten, als wüssten sie, wovon die Frau sprach.
„Im Grunde litt Gregor unter Größenwahn." Christine stellte die Tasse auf den Tisch, erhob sich und ging wieder zum Flügel. „Anfangs war das, wie gesagt, noch irgendwie ... lustig. Er konnte sehr charmant sein, er konnte einem das Gefühl geben, man sei eine Welt für ihn."
Sie streichelte über den schwarzen Lack.
Clara konnte die Berührung fühlen. Niemand unterbrach Christine Bergers Schweigen.
*Wir waren nur sein Publikum ... man war eine Welt für ihn ...*
Christine Berger widersprach sich. Fast zwei Jahre hatte das Aufbaustudium in Kriminologie gedauert, das Clara nach Marias Tod durchgezogen hatte, und fast zwei Jahre lang war ihr eingebläut worden, dass Widersprüche bei Vernehmungen die Knackpunkte seien, an denen man ansetzten musste. Denn sie seien Hinweise darauf, dass der Befragte log. Doch Clara war noch nie einem Menschen begegnet, der sich nicht widersprochen hätte und sie weigerte sich, den Schluss daraus zu ziehen, dass alle Menschen logen.
*Wir waren nur sein Publikum ... man war eine Welt für ihn ...*
Oder war das gar kein Widerspruch?
„Die beiden waren ein so schönes Paar!" Als Clara wieder hinsah, lächelte Christine Berger den Kunstdruck an der Wand an. Es war der verhüllte Reichstag von Christo und Jeanne-Claude. „Beide hatten diese Augen, so voller Sehnsucht und ... pechschwarze Haare und diesen Ausdruck ... irgendwie voller Lebensgier und, wie soll ich sagen, Todesverachtung ..."
Christine Berger verstummte abermals. Sie tastete mit den Fingerspitzen so behutsam über den Lack, als versuche sie, Blindenschrift zu lesen.

„Als Gregor noch jung war, da fiel das nicht so auf. Aber als er älter wurde, wurde es von Jahr zu Jahr schlimmer. Ich weiß nicht, was er dachte, was das Leben für ihn bereithalten würde, ein umjubelter Pianist, Generalsekretär, Fernsehstar, ja, so etwas ...“ Sie lachte unnatürlich. „Er konnte es natürlich nicht ertragen, dass Helga erfolgreich war, dass sie dauernd auf Konzerte eingeladen wurde, dass sie die Preise bekam, die er gerne gehabt hätte.“

Ihr Gesicht schien einen Schmerz zu erinnern. „Anfangs versuchte Helga noch, auszugleichen, was längst aus dem Gleichgewicht geraten war: Er sei der eigentliche Künstler, das Genie, versicherte sie ihm, damit er sich besser fühlte. Damit er sie nicht schlug.“ Christine Berger lachte wieder. „In den Jahren vor seinem Tod hielt er sich dann abwechselnd für die Reinkarnation von Robert Schumann, irgendeines Gottes oder Propheten und sagte immer, wenn man ihm begegnete, er müsse jetzt los, er müsse die Menschheit erlösen.“

Ihr Lachen wurde bitter. „Von sich selbst, ja. Das hat er am Ende glücklicherweise auch getan.“

Die Berger bewegte sich um den Flügel. Niemand sagte etwas.

„Die Wochen vor seinem Unfall waren besonders schlimm. Wir haben uns damals auf Knauthain orientiert, wir wollten etwas aufbauen, etwas wirklich Großes.“ Sie fuhr mit der Hand über den geschlossenen Klavierdeckel. „Es sollte ein großes Fest werden, der Bildungsminister hatte sich angekündigt, wir waren den ganzen Morgen damit beschäftigt, das Gelände herzurichten.“ Obwohl sie auf Parkett ging, konnte Clara ihre Schritte nicht hören, so leise trat sie auf. „Und plötzlich tauchte Gregor auf, alles war mit Rosen geschmückt, überall waren weiße Zelte aufgebaut ...“ Sie nickte. „Der Kontrast muss ihm einen Schock versetzt haben.“

„Ich sehe noch genau vor mir, wie Gregor auf das Gelände stürmte, uns alle als Wendehälse beschimpfte, sich in das Auto setzte und davonfuhr. Norbert hat ihm noch hinterher gerufen, er solle aufpassen."
„Denken Sie, es war Selbstmord?" Clara sprach leise.
Die Berger zuckte mit den Achseln. „Vielleicht war er auch einfach nur besoffen."
„Als Gregor Kramer in das Unfallauto stieg, war er also betrunken?" hakte Kranich nach.
Keine Antwort.
Christine Berger wiegte sich im Stehen hin und her.
„Helga hatte immer Angst, er könnte sich an ihr rächen", sagte sie und hielt in ihrer Bewegung inne.
Kranich fixierte die Frau. „Rächen? Wofür?"
Christine Berger fuhr mit dem Fuß über das Parkett, als wollte sie einen Kaugummi entfernen. „Für alles."
Dann schüttelte sie den Kopf. „Ich weiß es nicht."
Die vergoldete Kaminuhr tickte.
Clara und Kranich tauschten einen Blick.
„Helga ist tot", hörte Clara die Lehrerin wieder. Ihre Stimme klang jetzt, als habe sie es akzeptiert. „Ich verstehe einfach nicht, wie es soweit kommen konnte ... Warum gibt es nur solche Leute, die immer alles zerstören müssen?"
Verloren stand sie da.
„Ich habe Helga von Anfang an zu Norbert geraten, aber sie stand ja auf die Künstlertypen, je selbstzerstörerischer, desto besser, als habe Gewalt etwas mit Romantik zu tun, je älter ich werde, desto mehr regt mich das auf, warum ist die Jugend nur so blind?"
„Natürlich!" Plötzlich fuhr Kranich auf.
Alle sahen sie fragend an. Sie legte den Kopf schief und setzte sich wieder.

„Die Schiefstellung des Halses hat nichts mit dem Mord zu tun.“ Kranich machte ein zufriedenes Gesicht, als habe sie seit heute Morgen darüber nachgedacht. „Sie kommt vom jahrelangen Geigespielen.“

Christine Berger hob die Augenbrauen an und Clara sah sie wieder, die Lehrerin, die sich über die Unterbrechung ärgerte.

„Norbert ist ganz anders, ruhig und kultiviert“, ergriff sie wieder das Wort. „Doch länger als ein halbes Jahr hielt die Geschichte zwischen ihm und Helga nicht, dann kam schon Gregor und Norbert sah ein, dass das Ganze keinen Wert hatte. Aber die beiden haben immer Kontakt gehalten, allein wegen Charlotte, und das war vor allem Norberts Verdienst, auch dass Helga dann die Stelle auf Schloss Knauthain bekam, war ja letztlich sein ...“

Sie murmelte noch etwas, das niemand mehr verstand. Sie wirkte so verloren.

Clara stand auf und zu ihrem Erstaunen ließ die Frau sich zurück auf das Sofa führen.

„Charlotte ist die Tochter von Helga Kramer“, stellte Clara fest, ihre Wut auf die Frau war längst verflogen. „Gregor Kramer war also nicht ihr Vater?“

Christine Berger nickte.

„Okay“, sagte Kranich. Sie sagte das immer, wenn sie überrascht war.

„Sie wissen, wer der leibliche Vater ist?“, fragte Clara sanft. „Ist es Norbert Lechmeier?“

„Das ist vielleicht eine wichtige Spur“, sagte Kranich, als Christine Berger nicht gleich antwortete.

Christine Berger sah Kranich an, dabei huschte etwas über ihr Gesicht, das Clara nicht deuten konnte.

„Nein“, sagte sie dann. „Damit hat das nichts zu tun. Erika wusste ja, dass Norbert und Helga ein Kind zusammen haben. Das war nichts Ungewöhnliches. Erika

wollte auch gar keine Kinder, sie war schon Anfang vierzig, als sie Norbert geheiratet hat."
Christine senkte den Blick. „Erika wollte nie Kinder", wiederholte sie. „Ich kann das verstehen."
„Haben sie selbst Kinder?", fragte Clara.
Christine Berger nickte. „Und ich bin auch geschieden, wenn sie das meinen, aber das war normal, wir haben damals ja so früh geheiratet in der DDR, und dann kam die Wende, also da ..." Sie drehte sich von Clara weg.
Sie drehte sich Kranich zu.
„Sie sind doch Hauptkommissarin, nicht wahr?"
Kranich nickte.
„Kommen Sie aus Berlin?"
Kranich nickte abermals.
„Darf ich fragen, wie sie heißen?"
„Margot Kranich." Für einen Moment flackerte wieder die Angst in Christine Bergers Augen auf, doch dann hielt sie dem Blick der Hauptkommissarin stand. Etwas schien sie zu faszinieren.
„Sind Sie vom Kriminalamt in der Keithstraße?"
„Auch das." Kranichs Fuß begann, auf und ab zu wippen. „Warum fragen Sie?"
Christine Berger betrachtete Kranich voller Ehrfurcht und Abscheu.
„Ich habe mal so eine Stadtführung in Berlin gemacht", erklärte sie schließlich. „Da haben Sie uns das alles gezeigt, auch die Gefängnisse und so, das war wirklich gruselig."
Clara unterdrückte ein Grinsen, als sie Margots gequälten Gesichtsausdruck sah. Die Touristen, die sich regelmäßig ins Landeskriminalamt verirrten, waren Margot schon lange ein Dorn im Auge.

# 7

„Etwas stimmt da nicht", sagte Kranich.
„Sie lügt", nickte der Leipziger Kollege.
„Zumindest verbirgt sie etwas." Clara blickte auf den eingerollten Pfannkuchen auf ihrem Teller.
„Ist Ihnen aufgefallen, wie seltsam sich Frau Berger verhalten hat, als es um den Tod von Gregor Kramer ging?", fragte Paschke.
„Christine Berger hat ausgesagt", er blickte in ein Notizbuch, „Helga Kramer habe Angst gehabt, dass ihr Mann sich rächen wollte." Er blickte auf. „Wenn Sie mich fragen", er nickte zuerst Kranich, dann Clara zu, „man hat doch nur dann Angst vor Rache, wenn man sich schuldig gemacht hat."
„Der Unfalltod von Gregor Kramer stinkt", fügte er hinzu. „Definitiv."
Kranich und Clara starrten ihn an. Das waren die ersten zusammenhängenden Sätze, die sie von Herrn Paschke gehört hatten, und dann gleich so etwas.
„Wir sollten auf jeden Fall die Akten prüfen", stimmte Kranich zu.
„Schon passiert." Paschke nahm gut gelaunt den Teller entgegen, den die Kellnerin ihm reichte. „In ein paar Stunden werden wir Kopien haben."
Kranich nickte anerkennend und wünschte allen einen guten Appetit.
Sie saßen in einer Art Café direkt an der Schnellstraße. Auf dem weißen Plastiktisch waren braune Kaffeeflecken. Das Café sei nichts Besonderes, hatte Paschke sie zu Recht vorgewarnt, doch es lag auf dem Weg ins Internat Schloss Knauthain. Clara blickte über den Parkplatz in einen eingezäunten, rechteckigen Hof, in dem zwei Kinder mit einem Ball spielten. Eine Frau stand daneben und

telefonierte. Der Asphalt flimmerte. Clara erinnerte sich plötzlich, wie sie früher aus dünnen Strohhalmen gelbes Sinalco aus der Flasche getrunken hatten.
Ein jüngeres Kind mit pummeligen Beinen folgte den beiden älteren, es lief hin und her und versuchte, den Ball zu fassen. Es kreischte jedes Mal, wenn es nicht gelang. In dem Hof lag ein Wasserschlauch. Clara hatte es kommen sehen: Das kleine Kind stolperte darüber und begann zu schreien, als wäre es aus einem Albtraum erwacht. Clara konnte sogar die Tränen, die unter den langen Wimpern hervorquollen, aus der Entfernung erkennen. „Das da!“, kreischte es, als die Frau es auf den Arm nahm. Die Frau gab ihm das Handy. Sofort flog ein Lachen über das kleine Gesicht, während die Tränen noch immer flossen.
„Was ist mit dem Therapeuten, diesem Horst Ludwig?“ hörte sie Kranich, die die Szene ebenfalls beobachtet hatte.
„Herbert Ludwig“, korrigierte Paschke. „Er hat sich vorhin bei uns gemeldet, unaufgefordert. Er sei das ganze Wochenende auf einem Kongress in München, meinte er. Er zeigte sich tief schockiert über den Tod seiner Patientin und bot an, falls es dringend sei, telefonisch Auskunft zu geben. Ab Montag sei er dann wieder in Leipzig.“
Kranich nickte. „Angenommen, Helga Kramer litt wirklich unter einer beginnenden Paranoia ...“
Clara schüttelte den Kopf. „In der Wohnung von Helga Kramer konnte ich keine Anzeichen erkennen. Weder waren Sicherheitsschlösser angebracht, Türen verrammelt, noch die Fenster abgeklebt. Nirgends eine Kamera. Es gab nichts, keine Bücher, Bilder oder sonst etwas, das Helga Kramer als Anhängerin irgendeiner Verschwörungstheorie oder radikalen Lebenshilfsorganisation ausgewiesen hätte.“

Das Kind warf das Handy auf den Beton, die Frau schrie das Kind an, das Kind heulte wieder. Die Frau war höchstens Mitte zwanzig, schätzte Clara und fragte sich, ob die beiden älteren Kinder auch von ihr sein konnten.

„Helga Kramer mag eine Künstlerin gewesen sein", fuhr Clara fort, „doch sie schien mit beiden Beinen auf dem Boden zu stehen. Alles, was ich bisher gesehen habe, weist auf eine stabile Persönlichkeit hin. Ich habe viel eher das Gefühl, dass Christine Berger ein schlechtes Gewissen hat, nicht genug getan zu haben, um den Tod der Freundin zu verhindern ... der Klassiker eben ... deshalb sucht sie jetzt nach Argumenten, um sich zu entlasten."

„Ich sagte doch nur, angenommen." Kranich warf Clara einen beruhigenden Blick zu.

*Sie weiß es*, dachte Clara und senkte den Blick. *Ich verteidige immer noch Maria.*

„Angenommen", fing Kranich wieder an, „die Frau litt wirklich unter Paranoia, dann hat das unser Täter zumindest ausgenutzt, um ihr zusätzlich Angst zu machen."

„Das mit den roten Zetteln gefällt mir auch nicht", bestätigte Paschke und richtete seinen zähen Körper auf. Er lächelte Clara schüchtern zu, doch als sie sein Lächeln erwiderte, blickte er weg, als habe er bereits zu viel gewagt.

„Was haltet ihr von dem Kind?" Kranich klappte den Rest ihres Brötchens auseinander und prüfte eine blasse Tomate. „Ich hab mal gelesen, dass 47 Prozent der Kinder in der DDR unehelich waren."

„47 Prozent?" Paschke blieb der Mund offen stehen.

Kranich biss in das Brötchen und sprach kauend weiter. „Auf jeden Fall waren es viele."

„47 Prozent ist definitiv zu hoch." Er wischte sich den Mund ab.

„Die Berger schützt jemand", sagte Clara überzeugt.

„Ich tippe auf Norbert Lechmeier", nickte Kranich.
„Eifersucht", sagte Paschke und faltete sorgfältig seine Papierserviette zusammen, „Eifersucht gab es auch in der DDR. Definitiv."

## 8

Zehn Kilometer südlich vom Stadtzentrum Leipzig lag das Internat Schloss Knauthain. Ein Pförtner in Uniform ließ sie passieren. Paschke steuerte den Wagen im Schritttempo auf das Gebäude zu, das schlichter war, als Clara erwartet hatte. Die helle Fassade und die klaren Formen erinnerten mehr an ein Kloster als an ein Schloss. Nur der riesige Park im englischen Stil, der sich rechts und links von ihnen erstreckte, hatte etwas Romantisches. Es knirschte, als Paschke das Auto auf dem hellen Kies zum Stehen brachte.
Sie nahmen die Freitreppe hoch zum Haupteingang, die klassisch und würdevoll, aber ebenso schnörkellos wie das ganze Gebäude war. Ihre Schritte hallten in der Eingangshalle, leises Klavierspiel drang aus einer der Türen, eine Geige wurde gestimmt. Jugendliche in weißen, ärmellosen Shirts und kurzen, blauen Hosen drängten an ihnen vorbei ins Freie.
„Kriminalhauptkommissar Margot Kranich", stellte sich Kranich vor und gab der Direktorin die Hand. „Das ist meine Kollegin Doktor Schwarzenbach."
Erika Lechmeier musterte beide kurz, dann senkte sie den Blick. „Wir stehen noch alle unter Schock."
Der massige Körper der Direktorin wurde von einem braunen Sackkleid bedeckt, nur der Kopf, Unterarme und Waden ragten heraus. Mühsam bewegte sie sich auf die gegenüberliegende Tür zu, sie ging leicht gekrümmt und reckte den Hals nach vorne.

*Sieht aus wie eine Schildkröte.*
Clara bedankte sich, als die Direktorin die Tür aufhielt und ihre kurzen, weißen Arm nach vorne streckte. „Bitte, treten Sie ein."
Antike Möbel standen neben modernen Designerstücken, an den Wänden hingen ein paar Gemälde, doch den meisten Platz nahmen gerahmte Urkunden und Fotos ein, die die Erfolgsgeschichte der Eliteschule bebilderten. Clara blieb vor den gerahmten Kinderporträts stehen.
„Ein Vorfall", hörte sie die Direktorin an Kranich gewandt. „Ich wollte nur einen Topf aus der Schublade holen, bücke mich und da fährt es mir auch schon rein. Das war ein Schmerz, sage ich Ihnen, als stieße einem jemand ein Messer in den Rücken, ach was, guillotiniert trifft es eher!" Mühsam hievte sie sich auf den gepolsterten Chefsessel hinter dem breiten Holzschreibtisch. „Furchtbar. Das hatte ich zuletzt vor zehn Jahren, seitdem war es gut, und jetzt das! Hätte ich den verfluchten Topf bloß stehen lassen!"
Kranich und Clara setzten sich der Direktorin gegenüber.
„Das kenne ich", log Clara, schlug ihre Beine übereinander und zog das rote Kleid über die Knie nach unten. „Wann ist es denn passiert?"
Sich nur für ein paar Minuten der Illusion hingeben, es sei alles wie immer. Oft war das der Grund, warum manche Menschen eingangs über etwas ganz anderes sprachen als über den Tod, der sie erwartete. Zum Beispiel über eine Verletzung, die sie sich zugezogen hatten, wie Frau Lechmeier eben. Manchmal steckte jedoch auch etwas anderes dahinter.
„Gestern Abend", antwortete die Lechmeier ausweichend. „Das mit Helga ist schrecklich", fügte sie jetzt hinzu. „Ein Verlust für das Konservatorium."
Sie sah auf ihre Hände. „Und für mich persönlich."

Clara nickte. Letzten Januar hatten sie einen Fall in Wilmersdorf, da hatte ein Mann seine Frau erstochen aufgefunden. Er öffnete der Kriminalpolizei die Tür mit Stichverletzungen an den Händen und erklärte ungefragt, wie er sie sich zugezogen hatte – er wollte einen Rinderbraten filetieren, den er extra für seine Frau zubereitet habe. Seine umständliche Erklärung war der hilflose Versuch, davon abzulenken; natürlich hatte er sie umgebracht. Bis heute roch Clara den Braten, der sich tatsächlich im Ofen befand.

Die Direktorin hatte kleine, braune Knopfaugen. Ihr Blick war leer, ihr Mund neutral, doch aufgrund des Faltenwurfs erhielt ihr Gesicht einen permanent freundlichen Ausdruck.

*Sie hat sogar das Gesicht einer Schildkröte.*

„Stimmt es, dass Helga in einem Park überfallen wurde?", fragte sie. „Ist das nicht furchtbar?"

„Ja", bestätigte Kranich. „Aber wir ermitteln noch."

„Ich wüsste nicht, wie ich Ihnen helfen ..."

„Nur ein paar Fragen." Kranich reichte der Direktorin ein Foto der Leiche.

„Ich kann das nicht", erklärte sie und blickte weg.

„Frau Lechmeier", sagte Kranich. „War Helga Kramer eine beliebte Lehrerin? Wie war ihr Verhältnis zu den Kollegen? Gibt es jemanden an der Schule, der mit ihr Streit hatte oder ..."

„Sie meinen doch nicht etwa, dass jemand vom Internat ...?"

„Reine Routine."

„Stört es Sie, wenn wir das Gespräch aufzeichnen?", fragte Clara.

Die Direktorin versuchte, eine bequemere Sitzposition zu finden. „Bitte, machen Sie nur."

„Wir möchten einfach mehr über das Mordopfer erfahren", begann Kranich erneut. „Was war Helga Kramer für ein Mensch? Ist Ihnen in letzter Zeit in ihrem Verhalten etwas aufgefallen? Wann haben Sie sie zuletzt gesehen?"
Die Augen der Direktorin verrieten nichts.
„Trotz allem", sie wackelte mit dem Kopf, „kann ich sagen, dass Helga eine gute Lehrerin war."
„Trotz allem?"
„Helga war", sagte sie und suchte erneut eine andere Sitzposition. „Sie haben wahrscheinlich noch nie etwas von ihr gehört, weil sie im Westen aufgewachsen sind, denn in der DDR galt Helga in den 60ern als Wunderkind." Sie deutete auf die Fotoreihe mit den Kinderporträts. „Sie spielte bei Staatsempfängen, im Fernsehen, in Konzertsälen. Damals war sie noch keine zehn Jahre alt." Dann blickte sie zum Fenster hinaus. „Ihr Vater war Klavierlehrer."
Clara und Kranich schwiegen. Der Blick zum Fenster war meist der Auftakt für eine längere Erzählung und sie wollten Erika Lechmeier nicht davon abhalten.
„Eigentlich sind mir solche Biografien nicht besonders lieb", fing sie an. „Also als Lehrer, meine ich. Fast alle Wunderkinder bleiben auf der Stufe ihres größten Erfolgs stehen, was ihre geistige Entwicklung betrifft, meine ich. Das Erlebnis des frühen Ruhms ist meist so prägend, dass sie zeit ihres Lebens nicht darüber hinwegkommen." Sie zuckte bedauernd mit den Achseln. „Das Geschäft mit der Begabung ist leider knallhart. Ich brauche hier Leute, die keinen falschen Vorstellungen hinterherlaufen. Schätzen sie doch mal, wie viele unserer Schüler später im Licht der Öffentlichkeit stehen?"
„Als Künstler", fügte sie amüsiert hinzu.
„Eins Komma Sechs Prozent", sprach sie, als halte sie diesen Vortrag nicht zum ersten Mal. „Das heißt, wir

müssen die Talente unserer Schüler fördern und sie zugleich auf eine Realität vorbereiten, in der sie bestehen können – und zwar als zukünftige Elite unseres Landes. Da kann ich keine naive Wunderkind-Gläubigkeit gebrauchen."

Clara nickte. „Das kann ich verstehen. Und Frau Kramer war solch eine Gläubige?"

„Zumindest anfangs." Die Direktorin verlagerte ihr Gewicht auf die Arme. „Wissen Sie, Helga, also sie war durch und durch ein romantischer Charakter. Sie *wollte* glauben, sie wollte ein Wunder und sie suchte das Besondere. Doch wenn sie dann merkte, dass nicht alles Gold war, was glänzte, war sie immerhin fähig, ihr Bild der Realität anzupassen. Diese Fähigkeit half ihr auch als Lehrerin." Sie faltete ihre Hände ineinander. „Wie gesagt, sie war eine gute Lehrerin."

Die Direktorin verharrte stumm. Ihre Gesprächigkeit hatte ein jähes Ende gefunden.

„Frau Lechmeier", räusperte sich Clara. „Jemand hat Helga Kramer verfolgt. Jemand ist bei ihr eingebrochen, jemand hat ihr Botschaften zukommen lassen. Haben Sie davon gehört?"

Ihr Gesicht zeigte keine Regung.

„Wahrscheinlich wissen Sie schon", sagte Erika Lechmeier schließlich und blickte zu den Kinderporträts an der Wand, „dass Helga in psychotherapeutischer Behandlung war. Nun, solange das ihre schulischen Leistungen nicht beeinträchtigte, ging mich das nichts an." Sie nickte sich selbst zu. „Um ihre Frage zu beantworten: Ja, ich habe davon gehört, aber ich kann mir einfach nicht vorstellen, dass es wirklich ... so schlimm war. Manchmal ist es schwer, zwischen Wahn und Wirklichkeit zu unterscheiden und wie gesagt", jetzt lächelte sie Clara an: „Helga war ein romantischer Charakter."

„Ein romantischer Charakter“, wiederholte Clara.
Kranich setzte sich auf.
„Sie sagten gerade“, die Hauptkommissarin räusperte sich, „dass nur Eins Komma Sechs Prozent ihrer Schüler später berühmt werden. Das ist nicht gerade viel, wenn Sie mich fragen. Da sind doch Leute wie Frau Kramer kaum fähig, echte Begabung zu erkennen? Da hat sie doch sicher eine Menge Kritik einstecken müssen.“
Die Direktorin musterte Kranich, ohne dass sich ihr freundlicher Gesichtsausdruck verändert hätte.
„Berühmt und erfolgreich sind zweierlei“, sagte sie. „Aber unsere Auswahlkommission arbeitet einwandfrei, falls sie das meinen. Helga Kramer stand dem musischen Bereich vor. Wir haben gerade eine harte Woche hinter uns, die Aufnahmeprüfungen fürs nächste Schuljahr sind abgeschlossen, die Vorträge fanden alle noch gestern statt, bevor Helga ...“
Sie nahm einen Schluck Wasser. „Wir haben harte Aufnahmekriterien, die härtesten ganz Europas übrigens, daher bekommen wir europaweit auch die besten Schüler.“
Erika Lechmeier warf Kranich einen kurzen Blick zu. „Eins Komma Sechs Prozent ist keine Frage der Begabung, sondern, wie soll ich sagen, eine gesellschaftsökonomische.“
„Eins Komma Sechs Prozent?“ fing Kranich erneut an. „Und dafür der ganze Aufwand?“
„Sie müssen größer denken.“ Die Direktorin blickte durch sie hindurch. „Eins Komma Sechs Prozent sind nur die Spitze eines Eisbergs, der sichtbare Teil. Das Fundament arbeitet ohne das Getöse des öffentlichen Interesses, es ist die geistige Elite unseres Landes, die wir ausbilden, Naturwissenschaftler, Manager, die Führungskräfte von Morgen.“

Sie drehte beide Handflächen nach oben. „Disziplin und Ehrgeiz sind die Grundlagen jeden Erfolges. Die Kinder müssen gerade heutzutage lernen, wo das alles herkommt, sie müssen, wie wir alle, einen Teil der Leistung beisteuern, sonst können wir nicht bestehen im internationalen Wettbewerb."
„So haben mich meine Eltern auch erzogen", sagte Clara und ignorierte den amüsierten Seitenblick von Kranich. „Aber noch mal zu gestern Abend. Schildern Sie doch mal genau, wie und wann Frau Kramer die Schule verlassen hat."
Sie nickte.
„Um 16 Uhr 45 war der letzte Vortrag angesetzt", überlegte sie. „Das heißt, kurz nach fünf waren wir fertig. Ich bin dann in mein Büro. So gegen 17 Uhr 30 hat mein Mann Helga noch zum Bahnhof gebracht."
„Ihr Mann?"
„Mein Mann Norbert Lechmeier. Ja."
„Er hat Helga Kramer zum Bahnhof gebracht?"
„Ja." Die kleinen, dicken Finger der Direktorin griffen nach der Maus, die auf dem Schreibtisch lag. Ihr Blick richtete sich auf den Bildschirm des Computers.
„Was hat ihr Mann danach gemacht? Haben Sie zusammen den Abend verbracht?"
„Nein. Norbert war noch bei einem Vortrag, ich war zu Hause."
„Waren sie allein zu Hause?"
„Was wollen Sie damit sagen?" Erika Lechmeier Gesicht versteinerte. „Natürlich."
„Was für ein Verhältnis hatte Ihr Mann zu Helga Kramer?", fragte Kranich.
Die Direktorin erhob sich. Vom Park drangen die regelmäßigen Schläge eines Tennisplatzes herauf. Langsam bewegte sich die Frau zum Fenster. Sie blickte hinab.

„Stimmt es, dass die beiden eine Affäre hatten?“
Als sie sich umdrehte, lächelte sie wieder. „Wer sagt das?“
„Das ist Blödsinn“, fuhr Erika Lechmeier fort, ohne die Antwort abzuwarten. Sie stützte sich auf das breite Sims. Plötzlich wirkte sie müde. „Norbert und Helga kennen sich schon ewig, genauso lange, wie ich Helga kenne. Wir haben zusammen studiert, wir haben zusammengewohnt, es gab da mal eine Liebelei, doch mehr ist daraus nicht geworden.“ Sie zuckte mit den Schultern. „Später hat uns Helga dann nur noch leidgetan, das war alles.“
„Leidgetan?“ Kranichs Gesichtsmuskeln spannten sich an.
„Wegen Gregor. Er war wie Helga Musiker, ein Pianist, das geht selten gut. Anfangs sind die beiden noch zusammen aufgetreten, später hat Helga ihn dann mit ihrem Lehrergehalt durchgebracht, sie hat ja schon früher als Lehrerin gearbeitet, in Chemnitz schon. Gregor hat sich in die Rolle des Rebellen geflüchtet, nachdem er keinen Erfolg hatte, er trank und war eine Last für uns alle. Nach der Wende trank er dann noch mehr, vermutlich nahm er auch Drogen, und dann hatte er ja den Unfall, ein Herzinfarkt am Steuer. Es war das Beste so, aber Helga hat sich ewig Vorwürfe gemacht.“
„Herzinfarkt?“ Kranich ging ebenfalls auf das Fenster zu.
„Am Steuer, ja. Zumindest vermuteten das die Ärzte. Vielleicht war er aber auch einfach nur besoffen, das wäre naheliegender gewesen.“
„Wie lange ist das jetzt her?“
Die Direktorin schien zu überlegen. „Im Sommer 94 wurde Schloss Knauthain offiziell eingeweiht. Es war an demselben Tag, das vergisst man nicht so leicht.“ Sie blickte Clara freundlich an. „Also fast zwanzig Jahre.“
„Sein Tod scheint Sie ja nicht gerade erschüttert zu haben.“ Kranichs Stimme war ganz nah.

Erika Lechmeier ging wieder zum Schreibtisch, nachdem Kranich sich neben sie ans Fenster gestellt hatte. Die Nähe war ihr unangenehm.
Kranich blickte hinab. Mädchen in weißen Röcken liefen über den Platz. Etwas abseits saß ein blonder, schmächtiger Junge auf einer Bank, er trug einen riesigen Kopfhörer, der sein schmales Gesicht noch zerbrechlicher aussehen ließ. Sein Alter war schwer zu schätzen. Zu seinen Füßen lagen ein paar Blumensträuße in Plastikfolie, wie es sie in Tankstellen oder Supermärkten zu kaufen gab, dazwischen einzelne Rosen. Ein paar Kerzen brannten. Der Junge blickte nach oben. Er starrte Kranich regungslos an.
„Wer ist das?"
„Felix", sagte Erika Lechmeier, ohne nachzufragen. „Felix Bonatti. Ein Schüler von Helga, er hat auch die Initiative für diese kleine Gedenkstelle ergriffen."
„An der Parkbank? Warum gerade dort?"
„Das ist Helgas Bank."
„Bei uns haben alle Lehrer ihre eigene Bank", fügte sie erklärend hinzu. „Im Sommer werden die Schülergespräche im Park geführt, das gehört zum pädagogischen Konzept. Man begegnet sich hier ungezwungener, gewissermaßen auf Augenhöhe. Außerdem lernen die Kinder so, dass es keine realitätsfernen Rückzugsort gibt, keine Paradiese, in die sie flüchten könnten. Selbst am Ort der Erholung muss der Geist der Erziehung präsent sein."
„Ein bemerkenswertes Konzept." Kranich wandte sich ab. Sie hielt den Blick des Jungen nicht mehr aus. „War das Ihre Idee?"
Die Direktorin antwortet nicht. Ihr war die Ironie in Kranichs Stimme nicht entgangen.
„Frau Lechmeier?"
Die Direktorin blickte zu Clara. „Ja?"

„Wie hat eigentlich die Tochter von Helga Kramer, Charlotte, damals den Unfalltod ihres Vaters aufgenommen?“
Erika Lechmeier schwieg.
„Wir wissen, dass Ihr Mann der Vater von Charlotte Kramer ist“, schaltete sich Kranich ein.
Die Direktorin blinzelte nicht einmal. Auf dem Schreibtisch lag noch immer das Foto der Toten. Jetzt nahm sie es in die Hand. Clara meinte, Bedauern in ihren Augen zu lesen.
„Sehen Sie.“ Die Direktorin deutete auf den Hals der Toten. „Diese Kette, eine silberne Geige, hat Helga damals beim Internationalen Tschaikowski-Wettbewerb gewonnen. Das war eine der höchsten Auszeichnungen, die das Land zu vergeben hatte.“
Dann sagte sie: „Helga war damals zwölf. Glück hat sie ihr nicht gebracht.“
Sie legte das Foto wieder weg.
„Kann ich sonst noch etwas für Sie tun?“
Kranich nickte.
„Frau Lechmeier.“ Etwas funkelte in Kranichs Augen. „Hatte Helga Kramer Feinde auf Schloss Knauthain?“
Die Direktorin sah freundlich aus, als sie erklärte: „Helga war bei allen beliebt. Im Übrigen lebte sie eher zurückgezogen, die Musik, die Arbeit mit den Schülern, das war ihr Ding. Helga war eine gute Lehrerin.“
Kranich ließ es gut sein. Ihre Zeit war für heute abgelaufen. Für jedes Gespräch hatte man nur eine gewisse Zeit zur Verfügung, manchmal waren es fünf Minuten, manchmal zehn, manchmal eine halbe Stunde. Danach wiederholte sich alles.

## 9

Erika und Norbert Lechmeier wohnten im Bachviertel in der äußersten Westvorstadt von Leipzig, einem gutbürgerlichen, gründerzeitlich geprägten Viertel. Natürlich, sagte Paschke, bevor er sich wieder an die Arbeit machte. Die Befragung der Schüler und Lehrer auf Schloss Knauthain dauerte länger, als angenommen, sodass Kranich und Clara ohne ihn aufbrachen.
„Schön ist es hier", hörte sie Margot.
Das Taxi hielt an einer Kreuzung. Clara blickte aus dem Fenster.
*Dein Mann hat ein Kind mit einer anderen. Wie fühlt sich das an?*
Erika Lechmeier hatte sich nichts anmerken lassen. Die Psycho-Physiognomik ging davon aus, dass die Seele eines Menschen seinen Gesichtsausdruck prägte; demnach müsste die Direktorin naiv, harmlos und freundlich sein.
*Vielleicht war sie es ja. Vielleicht war es ihr tatsächlich egal, solange die beiden nichts mehr zusammenhatten.*
„Auch die letzten Tage schon?" Kranich sprach mit dem Taxifahrer über das Wetter.
*Wenn man ein Kind zusammen hat, hat man immer etwas zusammen.*
„Auf jeden Fall." Ein echtes Bilderbuchwetter sei es gewesen, sagte der Taxifahrer.
*Wenn David keine Tochter gehabt hätte, vielleicht hätten sie dann auch eine Chance gehabt.*
Clara blickte aus dem Fenster. Das Taxi war wieder angefahren, sie fuhren an einer Parkanlage entlang, eine Fontäne erhob sich in einem See, dahinter ragte ein Kirchturm empor. Das Bachviertel, meinte Paschke, sei fast vollständig von solchen Grünanlagen eingefasst, er erwähnte den Palmengarten, einen Richard-Wagner-Hain

und den Johannapark. Die anderen Namen hatte Clara vergessen.
„Wahrscheinlich war es doch ein Raubmord“, hörte sie Kranich plötzlich. „Sonst hätten die sie ja auch hier umbringen können. An Grünanlagen mangelt es hier auf jeden Fall nicht.“
Der Taxifahrer setzte sich auf, um besser zu hören.
„Ich befürchte, wir verschwenden hier nur unsere Zeit“, sagte Kranich.
Clara starrte auf eine große, grüne Wiese. Eine Frau sonnte sich oben ohne, ein Pärchen knutschte.
„Außer“, sprach Kranich weiter. „Außer man hat sie uns untergeschoben, um von Leipzig abzulenken.“
„Ja?“
Das gepflegte Gesicht eines älteren Herrn erschien in der Tür. Er trug ein blaues Hemd zu einer grauen Anzughose, der schmale, schwarze Ledergürtel sah hochwertig aus.
„Kriminalhauptkommissarin Margot Kranich“, sagte Kranich und hielt ihren Ausweis nach oben. „Das ist meine Kollegin Doktor Schwarzenbach. Dürfen wir reinkommen?“
Er nickte. „Ich bin bereits informiert. Das ist fürchterlich.“
*Fürchterlich*, dachte Clara. *Das Wort hat seine Frau auch gebraucht.*
Er führte die Frauen durch einen Flur in einen hellen Eingangsbereich, in dem außer einer weißen Vase nichts stand. Es gab keine Bilder, keine Blumen, selbst in der Vase war nichts. „Immer weiter“, sagte er. Die Knochen seines Schädels zeichneten sich unter der Haut ab. Er war fast kahl.
Ein L-förmiger Wohn- und Essbereich öffnete sich. In dem kleinen Schenkel des L's war eine offene Küche untergebracht, auch hier war alles hell und modern.

„Setzen Sie sich doch", sagte Norbert Lechmeier und wies auf die hellen Lederstühle. „Kaffee?"
„Gerne schwarz", nickte Kranich und nahm Platz.
„Für mich nicht. Danke." Clara blieb an der geöffneten Balkontür stehen und beobachtete, wie der Mann gekonnt mit der Kaffeemaschine hantierte. Er begann, Milch aufzuschäumen.
Clara spähte zum Garten hinaus. Anders als die Inneneinrichtung wirkte der Baumbestand alt.
Erschrocken fuhr Clara herum.
Eine Tasse war auf die Fliesen gefallen. Norbert Lechmeier hob entschuldigend die Hände, sammelte die braunen Scherben ein und wischte alles weg. Dann holte er eine neue Tasse aus dem Schrank, stellte sie unter die Maschine, öffnete solange eine Schublade und legte Untersetzer auf den Glastisch. Darauf platzierte er drei Wassergläser.
„Moment." Nachdem er den Kaffee, Zucker, Servietten und zwei Flaschen Mineralwasser auf dem Tisch arrangiert hatte, schenkte er das Wasser ein. Dann setzte er sich endlich.
„Sie brauchen sicher meinen Ausweis? Ich ..."
„Das hat Zeit." Kranich bedeutete ihm, sitzen zu bleiben.
Norbert Lechmeier wäre am liebsten davongelaufen.
Kranich schob ein Foto über den Tisch.
„Kennen Sie diese Frau?"
Auf seiner Glatze hatte sich ein Film gebildet. Es waren Schweißperlen, die zu den Schläfen hin immer kleiner wurden.
„Helga", murmelte er. „Mein Gott, das ist wirklich Helga."
„Sie wurde heute Morgen im Stadtpark Steglitz gefunden", nickte Kranich und beeilte sich, hinzuzufügen: „Mehr

wissen wir noch nicht. In welcher Beziehung stehen Sie zu Frau Kramer?“

„Sie ist, mein Gott, sie war ...“ Er sah sich panisch um. „Sie war meine Kollegin am Internat Schloss Knauthain“, sagte er und senkte den Kopf. „Wir haben zusammen studiert, damals in Chemnitz, als es noch Karl-Marx-Stadt hieß.“ Er blickte auf seine Hose. „Das war vor über vierzig Jahren, solange kenne ich Helga schon.“

„Ist das nicht absurd?“ Er sah jetzt zu Clara hinüber. Oder meinte er den Garten? „Plötzlich sind vierzig Jahre vorbei und das Leben ...“

„Ein Wimpernschlag“, verwundert schüttelte er den Kopf. „Es stimmt tatsächlich. All die Jahre und es kommt mir vor wie gestern. Es würde mich nicht wundern, wenn ich morgen in dem kleinen, zwei mal fünf Meter großem Zimmer aufwachte, in dem ich damals gelebt habe, die Tür geht auf und Helga kommt herein mit ihren lachenden, traurigen Augen.“

*Hat er sie geliebt?* Clara räusperte sich.

„Das soll jetzt alles gewesen sein?“ Lechmeiers Unterlippe war feucht. Fasziniert beobachtete Clara, wie seine Zunge immer wieder blitzschnell hervorstieß, als könne er über diesen mit Schleimhaut überzogenen Muskelkörper Informationen aufnehmen.

„Nach dem Studium haben wir uns eine Zeit lang aus den Augen verloren, doch der Kontakt brach nie ganz ab. Als sie dann nach der Wende ins Schloss Knauthain kam, war das ein Gewinn für uns alle.“

Clara ließ ihn nicht aus den Augen. *Für uns alle?*

„Wir haben so viel zusammen durchgemacht, so viele Nächte, Prüfungen, Feste, mein Gott, die ganze DDR, können Sie sich das vorstellen?“

Kranich nickte.

Clara blickte hinaus. Sie sah die Direktorin abends an dem kleinen Teich stehen, der im Garten angelegt war, und mit einem Kescher Blätter entfernen, eines nach dem anderen. *Ein Gewinn für uns alle* ... Es war seltsam, aber fast immer, wenn sie im Umkreis eines Mordopfers ermittelten, sprach jemand im Namen von „uns allen" anstatt von sich selbst. Damit provozierte er – anders als beabsichtigt – genau die Frage, die er zu verdrängen hoffte. In diesem Fall hieß sie: Hatten Norbert und Helga also doch noch eine Affäre am Laufen gehabt?
*Er liebt sie noch immer.*
„Ich kann das einfach nicht glauben, dass es das jetzt gewesen sein soll."
Clara ließ ihren Blick über die hell getünchten Wände gleiten. Es gab keine Fotos, keine Kinder, nichts Persönliches. Doch etwas war erst kürzlich verändert worden.
„Sie sind mit Helga Kramer manchmal nach Berlin gereist?", fragte Clara.
„Was?" Norbert Lechmeier sah sie entgeistert an.
„Der Reichstag", nickte Clara. „Das Bild, das über der Kommode hing."
Sie deutete zum Schrank hinüber, an dessen Seite ein verpacktes Bild lehnte. „Es ist der verhüllte Reichstag, oder? Helga Kramer hat das Gleiche."
Er nickte in Zeitlupe.
„Nur sie beide?"
„Ja", sagte er leise und schluckte.
Sie schwiegen.
„Was ist das eigentlich für eine Schule, das Schloss Knauthain", fragte Kranich schließlich.
Norbert Lechmeier beobachtete, wie Clara sich von der Balkontür löste und auf den Tisch zukam. Die ältere Kripobeamtin hatte sie als Doktor Schwarzenbach vorgestellt.

War sie Ärztin? Warum war sie dann hier? Mussten die das bei der Polizei jetzt so machen, falls er kollabierte?
Das Geräusch ihrer Absätze verstummte. „Herr Lechmeier?"
„Das Internat Schloss Knauthain ist nicht irgendeine Schule", antwortete er. „Es ging aus einer der Russischschulen der DDR hervor, schon damals wurde gezielte Begabtenförderung betrieben, heute sind wir eine Elite-Schule, die seinesgleichen in Europa sucht. Es gibt harte Aufnahmeprüfungen, nur mit Geld ist da nichts zu machen."
„Aber es kostet ne ganz schöne Stange, hab ich recht?" Kranich lehnte sich zurück.
Der Mann nahm einen Schluck Kaffee. Seine Augen verengten sich, während er Kranich musterte.
„Herr Lechmeier", sagte die Jüngere im roten Kleid. „Wann haben Sie Helga Kramer zuletzt gesehen?"
„Ging es nicht schon in den Russischschulen der DDR darum, eine Elite im Dienste der Staatsregierung heranzuziehen?" Die Kriminalbeamtin verschränkte die Arme im Nacken. Ihre Achseln waren nur schlampig rasiert.
Norbert Lechmeier starrte gerade aus.
Clara setzte sich ihm gegenüber.
„Es geht nicht um dressierte Affen, wenn sie das meinen", sagte Norbert Lechmeier plötzlich schroff. „Wir wenden uns an Eltern, die Hochbegabung in ihrer natürlichen Entwicklung fördern möchten. Zurzeit tut sich da einiges im bildungspolitischen System, auch weil die Privatschulen immer mehr zunehmen."
„Ich nehme an, damit lässt sich ein schöner Batzen Geld verdienen?"
„Das ist mir zu primitiv." Er versuchte, souverän zu klingen.

Clara nahm einen Schluck Wasser. Norbert Lechmeier war viel einfacher zu durchschauen als seine Frau. Hinter seiner bildungsbürgerlichen Fassade lauerte ein aggressiver, leicht verletzbarer Kern. In einem Verhör würde er eher früher als später zusammenbrechen.
Lechmeier faltete die Hände und zwang sich ein Lächeln ab. „Wir fördern Hochbegabung, wie gesagt."
Dann spreizte er die Finger und presste die Kuppen zusammen. „Ich habe Helga nach den Aufnahmeprüfungen mit meinem Auto zum Hauptbahnhof gefahren, das war kurz vor sechs. Am Haupteingang habe ich sie dann raus gelassen." Er schlug die Hände vors Gesicht. „Sie hat mir noch zugewunken."
„Und danach haben Sie sie nicht mehr gesehen?" Kranichs Kaffee stand unberührt auf dem Tisch.
„Richtig." Er nahm die Serviette und wischte sich den Schweiß von der Stirn, nur die Angst blieb auf seinem knochigen Schädel zurück.
„Sagen Sie", fuhr er plötzlich an Clara gewandt fort. „Ist Helga ... ich meine, gab es ein Sexualdelikt?"
„Wir müssen die Obduktion abwarten, aber ich denke, nein", sagte Clara. „Helga Kramer war vollständig bekleidet."
„Hatten Sie gestern noch Sex miteinander?", fragte Margot und Lechmeier schrie empört: „Nein!"
*Mein Gott, Margot!* Manchmal kam es Clara vor, Margot schon ewig zu kennen, dann wieder wurde sie das Gefühl nicht los, wie jetzt, eine Fremde blicke sie an.
Der Mann starrte vor sich hin.
„Herr Lechmeier, ich muss sie fragen, wo sie gestern Abend zwischen neunzehn und null Uhr waren", sagte Kranich.
Er starrte immer noch vor sich hin.

„Herr Lechmeier?“ Kranich lehnte sich nach vorne. „Sind Sie der Vater von Charlotte Kramer?“
Clara hatte mit einem Wutausbruch gerechnet, aber nicht damit. Eine Träne lief ihm die Wange herab.
„Charlotte hat gerade ein Kind bekommen, einen Jungen, stimmt das? Ich habe einen Enkel!“ Er schüttelte ungläubig den Kopf. „Ich habe einen Enkel und ich habe ihn noch nicht einmal gesehen.“
Die Sonne fiel durch die Balkontür herein. Irgendwo ertönte Musik. Auf einmal veränderte sich die Stimmung im Raum und Clara sah, wie Margots Blick wärmer wurde.
„Weiß Ihre Frau von Charlotte?“, fragte Kranich den Mann, der um sein Enkelkind und das Leben von Helga Kramer weinte.
„Ja“, sagte er. Er starrte auf den verhüllten Reichstag.
„Nur noch eine Frage.“ Clara bemerkte eine braune Scherbe auf den Fließen, die er übersehen hatte. „Als Sie gestern Nacht nach Hause kamen, war da ihre Frau schon im Bett?“
„Ich denke, ja.“
„Aber Sie wissen es nicht genau?“
„Wir haben getrennte Schlafzimmer. Ich kontrolliere das nicht.“
„Und wo waren Sie?“
„Ich war bei Bekannten, ihre Namen sind Monika und Hubert Schweizer.“ Er griff nach dem Löffel auf seiner Untertasse. „Gegen halb eins war ich wieder zu Hause.“
„Nicht bei einem Vortrag?“ Kranich nahm ebenfalls ihren Löffel in die Hand. „Ihre Frau sagte, sie waren bei einem Vortrag.“
Er sah irritiert auf. „Dann hat sie mich missverstanden.“
„Das ist doch alles Irrsinn!“ Es klirrte hell, als ihm der Löffel auf die Fliesen fiel. „Helga ist tot!“
*Dachte er, sie hätten noch Zeit?*

Für einen Moment sah Clara dieses Entsetzen in seinen Augen, das auf einen ernst zu nehmenden Schock hinwies. Sie überlegte, ob sie den Kriminal-Psychologischen Dienst anrufen sollte, damit sich jemand um den Mann kümmerte. Clara beugte sich nach vorne, um den Löffel aufzuheben. Der V-Ausschnitt ihres Kleides öffnete sich. Lechmeier sah hin. Immerhin.

„Herr Lechmeier, noch eins." Clara bemühte sich um eine beruhigende Stimme. „Jemand hat Helga Kramer rote Zettel in Bücher gesteckt und sie damit auch per E-Mail verfolgt. Wissen Sie etwas darüber?"

„Ich dachte ..."

„Ich dachte", setzte er wieder an, „sie habe sich das nur eingebildet. Helga war nämlich in ..."

„Das wissen wir bereits." Clara versuchte, ihm in die Augen zu sehen, doch sein Blick glitt jetzt ziellos umher. „Helga Kramer dachte anscheinend, ihr Mann Gregor schicke ihr diese Nachrichten."

„Gregor?" Er wirkte überrascht. „Wer sagt das?"

„Christine Berger."

„Das hat Christine gesagt?" Er schüttelte irritiert den Kopf. Dann verengten sich seine Augen. „Das ist absoluter Quatsch. Helga war zwar in Therapie, aber sie war nicht blöd."

Norbert Lechmeier sammelte die Gläser ein und stellte sie ins Spülbecken. Sein Blick war fest, als er sich wieder zu ihnen umdrehte. „Gregor ist tot. Daran gibt es keinen Zweifel."

## 10

Hagen van Velzen stand am Fenster und blickte auf die Keithstraße hinab. Die Sonne knallte zwischen die Häuserschluchten. Er kniff die Augen zusammen; im Som-

mer war Berlin ein stickiger Ofen aus Asphalt, Schweiß und Alkohol, der ideale Nährboden für all die Kleinkriminellen, die ihr verwahrlostes Leben in der Hauptstadt fristeten, 16,7 Prozent Hartz-IV-Empfänger, 24,3 Prozent Ausländer, 33 Prozent Alleinerziehende ... Hagen drehte sich um. Jemand hustete.
Leonhard lächelte schuldbewusst, als wolle er sich für die Störung entschuldigen. Hagen fixierte den Kollegen. Wie immer wich Leonhard seinem Blick aus, als könnte er die Härte darin nicht ertragen.
„Gib's schon was Neues aus Leipzig?“, fragte Hagen.
Leonhard schüttelte den Kopf.
„Bleiben sie über Nacht dort?“
Wieder schüttelte Leonhard den Kopf. „Sie wollen den 18 Uhr ICE nehmen.“
Hagen öffnete ein Fenster. Keiner sprach.
Leonhard begann, die Fotos vom Tatort an der Wandtafel zu befestigen, zuerst die Weitwinkelaufnahmen, dann die Großaufnahmen und zuletzt die Details.
„Fast schön.“ Hagen betrachtete den morgendlichen Park, in dem nichts auf ein Verbrechen hindeutete. Der kleine dunkle Fleck am unteren Bildrand fiel kaum auf. Erst im nächsten Bild zeichneten sich die Konturen der Leiche ab. Dann das bleiche Gesicht. Daneben die blutverschmierten Haare. Am Ende blieb nichts als ein dunkles Loch, ein Riss, surreal vergrößert.
„Hängst du das nach Vorschrift auf?“
Leonhard nickte. Doch dann verzog sich sein Gesicht. Wortlos reichte er Hagen das nächste Foto. Es zeigte Helga Kramer, nackt. Es musste im rechtsmedizinischen Institut aufgenommen worden sein.
„Was soll das denn?“ Leonhard konnte es nicht fassen. „Das hänge ich nicht auf.“

„Was stellst du dich an?" Hagen rempelte Leonhard kumpelhaft an. „Die Alte war doch gar nicht schlecht."
Leonhard versuchte, Hagens Grinsen zu beantworten, doch es gelang ihm nicht. „Die Informatik hat angerufen", sagte er stattdessen. „Die haben was im Computer des Mordopfers gefunden. Kommst du mit?"
„Klar."
Hagen folgte Leonhard den Gang hinunter. Die Räume neben Kranichs Büro waren kurzfristig für die Sonderkommission eingerichtet worden. Die Tür zum Computerraum war nur angelehnt.
„Kommt rein", sagte das Mädchen mit dem blonden Pagenkopf, ohne sich zu den Männern umzudrehen. Lilly sah aus, als habe sie gestern ihren zwölften Geburtstag gefeiert, auch wenn sie angeblich schon Anfang dreißig war. Niemand konnte das glauben. Sie saß auf einem Drehstuhl, der viel zu groß für sie war, ein Bein angezogen, das andere baumelte in der Luft. Sie arbeitete mit drei Bildschirmen gleichzeitig, in der Mitte stand der Laptop von Helga Kramer.
Die Männer traten näher. Auf dem Schreibtisch lagen ausgebaute Festplatten, in einer Schachtel winzige Schrauben.
„Seht Euch das mal an." Lucys kleine Finger flogen über die Tastatur.
„Da." Lilly klappte den Laptop zu und zeigte auf den größeren Monitor. Plötzlich wurde alles rot.
„Was ist das?"
„Ein Virus", antwortete Lilly. „Ich habe ihn im Laptop des Opfers gefunden. Er wurde am Freitag kurz nach 17 Uhr aktiviert, als das Opfer eine E-Mail öffnete. Der Virus ist im Prinzip simpel programmiert. Sobald er aktiviert ist, erscheint ein Fenster", Lilly zeigte auf den roten Bildschirm. „Das Fenster schließt sich irgendwann von

alleine wieder und zwar nach einem unregelmäßigen Code. Kann sein, es wird fünf Minuten angezeigt, kann aber auch sein, es sind nur 0,5 Sekunden."
„Und sonst macht er nichts?"
Lilly nickte.
„Wird die Festplatte nicht zerstört?"
Lilly schüttelte den Kopf. „Der Computer ist zwar blockiert, solange das Bild angezeigt wird, doch sobald es wieder verschwindet", sie klatschte in die Hände. „Ist alles wieder normal."
Leonhard sah Hagen an. „Meinst du, das hat was mit dem Fall zu tun?"
„Ich bin auserwählt." Hagen blickte nachdenklich auf den Bildschirm.
„Die IP-Adresse scheint zu einem Internetcafé zu führen", sagte Lilly. „Ich habe eine Halteranfrage gestellt, in ein paar Stunden wissen wir mehr."
„Gute Arbeit", Hagen wuschelte Lilly durch das blonde Haar, die sofort zu kreischen anfing und nach Hagen schlug. „Meine Frisur", gluckste sie und drehte sich mit dem Stuhl einmal im Kreis.
Leonhard musterte die beiden kurz. Er selbst gehörte nicht zu denen, die bei der Arbeit herumalberten. Der Tod, fand er, hatte mehr Respekt verdient.

## 11

„Kriminalpolizei?" Die Frau starrte auf Kranichs Dienstausweis.
„Was wollen Sie?" In ihrem Gesicht stand die Angst, doch sie schien aus der Vergangenheit zu kommen. Clara schluckte. Die Frau sah aus wie jemand, dem die Polizei schon einmal eine Todesnachricht überbracht hat.
„Nur eine Befragung", versuchte Kranich zu beruhigen.

„Entschuldigung." Ein Mann mit Vollbart schob sich vorbei. „Was wollen Sie genau?"
„Reine Routine", sagte Kranich. „Es handelt sich lediglich um die Überprüfung eines Alibis."
*Lediglich*. Clara trat von einem Fuß auf den anderen.
Misstrauisch deutete der Mann an, sie sollten hereinkommen in den dunklen, kalten Flur. Draußen waren es jetzt fast dreißig Grad, doch die Wohnung lag im Schatten. Sie folgten dem Mann mit dem Vollbart in ein Esszimmer an einen Holztisch mit passenden Stühlen. Die Stühle waren gepolstert, der Stoff war ein hässlicher Mustermix aus lila, braun und grün. Clara unterdrückte einen Hustenreiz, als sie sich setzte. Über ihnen hing ein 5-flammiger Kronleuchter im antiken Landhausstil. Das Zimmer war beklemmend sauber. Die Frau bot nichts zu trinken an.
„Es geht um gestern Abend", sagte Clara und versuchte, zu lächeln, doch ihre Kiefermuskulatur war verkrampft. „Was haben Sie gestern Abend gemacht?"
Die Frau blickte zu ihrem Mann. Sie trug eine graue Strickjacke und zog sie enger um sich.
„In welchem Fall ermitteln Sie genau?"
Der Mann mit dem Vollbart bohrte seine Blicke in Claras Gesicht.
„Eine Frau wurde gestern Abend ermordet, in Berlin Steglitz", erklärte Kranich. Clara sah die Gänsehaut auf ihren nackten Armen. „Es geht um Norbert Lechmeier, der, nach aktuellem Ermittlungsstand, die Tote zuletzt gesehen hat. Er gab an, gestern Abend bei Ihnen gewesen zu sein. Können Sie das bestätigen?"
„Wer war die Frau?"
Kranich starrte durch das Küchenfenster direkt auf die Mülltonnen im Hinterhof.
„Dürfen Sie das nicht sagen?" hakte der Mann nach.

„Doch, natürlich." Clara holte ihr Smartphone heraus, als müsste sie sich vergewissern. „Helga Kramer."
Der Mann und die Frau blickten sich nur an, mehr nicht. Doch das genügte.
„Sie kannten Helga Kramer", entfuhr es Kranich scharf.
Das Gesicht des Mannes klappte nach unten. Die Frau hatte leere Augen.
„Ich muss Sie darauf hinweisen, dass Sie zur Auskunft verpflichtet sind." Ihre Stimme klang wieder ruhig. „Also. Sie kannten Helga Kramer?"
„Ja."
„Woher?"
„Sie war die Lehrerin unseres Sohnes."
„Die Lehrerin Ihres ...?" Kranich war überrascht. „Auf Internat Schloss Knauthain?"
„Ja."
„Unser Sohn ist hochbegabt", räusperte sich die Frau. Ihr Arm wischte über den Holztisch. „Musikalisch hochbegabt, vielleicht haben sie davon gelesen. Frau Kramer hat, also sie ist mit ihm jede Woche auf Konzerte in der ganzen Welt ..."
„Sei still." Der Mann legte seine Hand auf den Arm der Frau.
„Ich meine, das ist doch toll", suchte Clara nach freundlichen Worten.
„Herzlichen Glückwunsch", sagte Clara nun direkt an die Frau gewandt, weil sie die Ruppigkeit des Mannes ausgleichen wollte.
„Unser Sohn hat sich umgebracht", sagte der Mann mit dem Vollbart.
Clara hustete. Draußen pfiff ein Vogel. Im Hinterhof knallte eine Tür.
„Wann genau?"
„Vor drei Jahren."

Kranich ahnte es: „Und Sie geben Frau Kramer dafür die Schuld?“
Die Frau öffnete den Mund, doch der Mann brachte sie mit einem Blick zum Schweigen. Sie stützte sich mit den Ellenbogen auf den Tisch. Sie hielt sich die Hände vor die Augen.
Clara zog es die Brust zusammen.
„Das tut mir leid“, sagte Clara leise und zog an den Trägern ihres roten Kleides, als könnte sie damit ihr Dekolleté und die nackten Arme bedecken. Neben der Frau in der Strickjacke kam sie sich vor wie eine Touristin in der Kirche.
„Ich muss Sie aber trotzdem fragen: War Norbert Lechmeier gestern Abend bei Ihnen?“ Kranich wirkte genauso deplatziert.
Der Mann mit dem Vollbart legte die behaarte Hand um den Arm seiner Frau, zog ihn sanft auf seinen Schoß herab. „Ja“, sagte er schließlich.
„Wann genau?“
„Um acht“, sagt der Mann. „Er kam um acht.“
„Und wie lange?“
Die Frau warf ihrem Mann einen Blick zu.
„So kurz nach zehn ist er wieder aufgebrochen.“
„Sind Sie sicher?“ Kranichs Oberarmmuskulatur spannte sich gut sichtbar an. Im Gegensatz zu Clara schien es ihr nichts auszumachen, dass sie halb nackt war.
Der Mann nickte.
Clara war enttäuscht. Norbert Lechmeier hatte gelogen, ohne mit der Wimper zu zucken. Er hatte gesagt, er sei erst kurz vor zwölf aufgebrochen. Warum? Clara starrte auf die blaue Mülltonne. Sie sah, wie Norbert Lechmeier auf der Fahrt zum Bahnhof den Blinker setzte und in ein Waldstück abbog. Sie sah das schöne, ängstliche Gesicht von Helga Kramer, als sie die Spritze bemerkte. Doch

warum? Warum rammte er das Ding seiner langjährigen Geliebten und Freundin in den Hals? Zärtlich streichelte er ihre Hand, während er sie im Kofferraum verstaute. Während Norbert Lechmeier mit den Schweizers zu Abend aß, starb Helga Kramer qualvoll in ihrem Versteck. Die roten Lichter der Autobahn trieben ihm die Tränen ins Gesicht, als Norbert Lechmeier nachts nach Berlin raste, um die Leiche abzulegen. Um dort mit dem erstbesten Ast einen Raubmord vorzutäuschen? Doch warum? Was war sein Motiv?

„Wie gut kennen Sie Norbert Lechmeier?“ Clara schaltete das Aufnahmegerät ein. Hatte Helga Kramer gefordert, er solle sich von Erika scheiden lassen? Dann wäre er finanziell höchstwahrscheinlich aufgeschmissen gewesen.

„Nicht besonders gut“, antwortet der Mann. Der Blick seiner Frau hing scheinbar desinteressiert auf seiner Brust. Clara fragte sich, ob Hass oder Dankbarkeit daraus sprach.

„Norbert war der einzige Ansprechpartner damals, von der Schule aus, meine ich, der für uns da war.“ Er tätschelt die Hand seiner Frau. „Die Kramer wollte nichts davon wissen.“

„Adrian war damals“, der Mann schluckte, „als es passierte, da war er schon ein paar Jahre aus Knauthain draußen, also er war dreiundzwanzig, als es passierte.“ Der Mann schluckte wieder. „Aber Adrian hatte trotzdem noch sehr engen Kontakt zu der Kramer. Er war damals schon auf dem Konservatorium in München, ist aber fast jedes Wochenende nach Leipzig gekommen, um sie zu sehen.“

Die Frau schüttelte stumm den Kopf.

„Wir wollten gestern Norberts Rat in einer juristischen Angelegenheit“, sagte er.

„Wie meinen Sie das?“

„Wir überlegen uns, zu klagen.“

„Zu klagen? Gegen wen?" fragte Clara, obwohl sie verstand. „Sie wollten gegen Helga Kramer klagen?"
„Ich nehme an, das ist jetzt zu spät", nickte der Mann und schloss die Augen.
Claras Blick ruhte auf der Küchenmaschine aus Edelstahl. Es war ein Entsafter.
„Adrian war ein Wunderkind", fuhr der Mann mit geschlossenen Augen fort. Er sprach, als wollte er sich dafür entschuldigen. Seine Frau zog ihre Hand zurück. „Mit zwölf, dreizehn hat er so gut wie jeden Wettbewerb gewonnen, alle haben ihm eine große Zukunft vorhergesagt."
„Kurz und gut", er öffnete die Augen. „Auf dem Konservatorium in München war er am Ende nur noch einer von vielen. Von Jahr zu Jahr kam er damit weniger zurecht."
Kranich nickte. „Aber warum wollten sie gegen Frau Kramer klagen?"
„Adrian hatte das Gefühl, die Welt um ihn herum werde immer enger, als rückten die Wände immer näher, die er früher für den Himmel hielt." Flüchtig blickte der Vater aus dem Fenster. „Er halte das nicht mehr aus."
„Hat Adrian das gesagt?"
„Es stand in seinem Tagebuch." Der Mann senkte den Blick, als schäme er sich. „Dort stand auch, dass er sich in seiner Verzweiflung Helga Kramer anvertraut hat."
*Und nicht Euch.* Clara wartete.
„Sie hat ihn in den Selbstmord getrieben", sagte die Frau plötzlich. Dann betrachtete sie erschrocken ihre Hände.
„Warum?" Clara betrachtet die Hände der Frau.
„Wenn du das nicht aushältst, darfst du nicht älter werden", sagt der Mann mit dem Vollbart. „Das hat sie gesagt. Die Hexe."

Clara biss sich auf die Lippen. „Das steht auch in dem Tagebuch?"
Der Mann nickte.
„Wissen Sie, was ich nicht verstehe?" Im Unterschied zu Clara war aus Kranichs Stimme kein Mitleid für die Eltern herauszuhören. „Warum wollen sie ausgerechnet jetzt, nach drei Jahren, klagen? Und ausgerechnet an dem Abend, an dem Helga Kramer ermordet wird, sitzen sie hier mit Norbert Lechmeier und stecken die Köpfe zusammen. Da stimmt doch was nicht. Ihre Märtyrerrolle kauft ihnen doch keiner ab."
Clara biss sich auf die Zunge, um die Spannung auszuhalten.
„Ist Frau Kramer denn wirklich ermordet worden?", fragte der Mann erstaunlich ruhig. Entweder hatte er seine Gefühle extrem gut im Griff oder er fühlte nichts mehr. „Wie genau?"
„Sagen Sie es uns", entgegnete Kranich.
Schweigen.
„Frau Schweizer." Clara suchte den Blick der verwelkten Frau. „Haben Sie Charlotte Kramer die Beileidskarte zur Geburt ihres Babys geschickt?"
Die Frau krümmte sich und schob die Hand ihres Mannes, die nach ihr greifen wollte, fort.
„Schon als ich die Karte eingeworfen habe, habe ich es bereut", sagte sie tonlos, stand auf und sah Clara flehend an. „Kann ich mal kurz auf Toilette gehen?"
Der Mann griff nach ihr, hielt sie am Handgelenk fest.
„Aber bitte, gehen Sie doch!", schrie Clara. Sie ertrug das nicht mehr.
„Herr Schweizer." Kranich wartete, bis die Frau aus dem Raum war. Clara zupfte an einer Haarsträhne herum. „Noch eine Frage. Wie beurteilen Sie das Verhältnis zwischen Norbert Lechmeier und Helga Kramer?"

„Er hat uns sofort von einer Klage abgeraten." Seine Worte kamen schnell, die Stimme klang jetzt anders, als sei eine Last von ihr gefallen.
„Aber Sie wollten trotzdem klagen?"
„Ja, das ist das Einzige, das wir für Adrian noch tun können."
*Für Euch.* Claras Fingerkuppen tasteten über den Tisch. *Es geht hier um Euch.*
Der Mann lehnte sich zurück, kniff die Augen zusammen. „Norbert hielt die Kramer vielleicht für ein bisschen überspannt, aber eine Feindschaft oder so, wenn Sie das meinen, die gab es nicht. Im Gegenteil."
Eine Klospülung röhrte durch die Leitungen in dem alten Gemäuer.
„In den letzten Jahren bin ich oft an der Wohnung von Helga Kramer vorbei gefahren", sagte der Mann und blickte zu Boden. „Meist stand sein Auto da."
„Sie meinen, das von Norbert Lechmeier?"
Er nickte. Ein erstickter Schrei drang aus dem Badezimmer.
Clara sprang auf.
Der Mann hob beschwichtigend die Hände. „Meine Frau schneidet sich die Arme. Schon seit Jahren. Am besten, Sie gehen jetzt."

## 12

Manchmal ging Clara, wenn es längst dunkel war, durch die Straßen von Lichterfelde. Sie blieb dann vor dem hell erleuchteten Fenster einer älteren Dame stehen, die in einem Sessel saß und las. Der Anblick half Clara, die bösen Bilder zu besänftigen, die sie auf dem Nachhauseweg von Kranich nicht mehr loswerden konnte. Manchmal blieb sie auch vor einer verlassenen Ruine stehen und stellte sich vor, wie sie als Kinder durch das unbewohnte Gebäude geschlichen wären. Jedes Knacken sprach damals von dem Abenteuer, das das Leben zu sein schien. Die Ruine gehörte zu den Villen der Gründerzeit, die in Lichterfelde märchenhafter waren als anderswo in Berlin. Es gab Türmchen und Giebel, die an Dornröschens Schloss erinnerten, Hexenhäuser und Holzbalken, die sich bedrohlich bogen und dazwischen die Angst, alles könnte zusammenfallen.

Manchmal ging Clara auch durch den Stadtpark, um die Strecke zur S-Bahn abzukürzen. Die langen, dunklen Schatten der Bäume berührten dann eine Sehnsucht in ihr, die ihr bei Tageslicht vollkommen abstrus erschien: Sie wollte eine Wanderung durch die Wälder Kanadas machen, nur sie allein und die Frage, wie sie das überleben würde.

Doch heute war alles anders. Clara und Margot durchquerten den Stadtpark Steglitz und die Schatten sprachen von nichts als einem Verbrechen.

„Fühlst du das?" Clara ging schneller.

„Die Stille?"

„Die Angst", flüsterte sie.

Kranich blieb stehen und sah sie an.

„Als würde uns etwas bedrohen." Clara ging weiter.

„Der Park wird überwacht", sagte Kranich, doch sie hatte noch keinen Beamten gesehen.

Auf der Rückfahrt von Leipzig waren sie wie Helga Kramer am Bahnhof Südkreuz ausgestiegen, um zu testen, wie lange man zu Fuß bis zum Stadtpark Steglitz brauchte. Es waren dreißig Minuten. Der Park war am frühen Abend für die Öffentlichkeit wieder zugänglich gemacht worden, man hatte gehofft, dass sich die Bande um Raul Malik versammeln würde, doch außer Kranich und Clara war kein Mensch unterwegs. Clara rannte jetzt fast.

„Irgendetwas stimmt nicht“, wiederholte Clara und hatte nicht bemerkt, dass Kranich nicht mehr hinter ihr war. Erst der spitze Schrei, der vom Teich her kam, ließ sie erstarren. Ihre Hände umklammerten die Waffe, als sie zögernd auf das Gebüsch zuging.
„Wer bist du?“
Die Fensterfront in Kranichs Wohnzimmer ließ sich durchgängig öffnen, sodass an lauen Sommerabenden, wie diesem, Innen- und Außenbereich ineinander übergingen. Die Grillen zirpten und das Flackern eines Teelichts spiegelte sich in dem Glas Rotwein, das vor Clara stand.
„Wer bist du? Wer bist du?“
Clara blickte in den Garten hinaus, der in der Dämmerung verschwand. Der Wein und die Ruhe entspannten sie. Vorhin im Stadtpark hatte Margot den Hauptweg verlassen, um eine Abkürzung zum Fundort der Leiche zu prüfen. Sie war auf einem feuchten Stück Holz ausgerutscht, das in der Wiese lag; sonst war nichts passiert. Clara hatte überreagiert. Sie wusste nicht weshalb, aber sie hatte den Eindruck gehabt, verfolgt zu werden.
„Hallo Günther. Hallo Margot“, krächzte es wieder.
„Ist ja gut“, sagte Margot.
Günther hatte den Vogel gekauft, als sie damals hier eingezogen waren. Nach einem halben Jahr war Günther wieder ausgezogen. Margot lebte am besten alleine.
„Clara. Clara. Guter guter guter Beo.“
Der Vogel war zweifelsohne intelligent. Wenn Margot Gäste hatte, merkte er sich die Namen oder eines der Worte, das er aufschnappte.
Clara schloss die Augen. Sie würde einfach hier bleiben. Sie wollte heute Nacht nicht mehr zurück nach Kreuzberg in ihre Wohnung. Niemand wartete dort auf sie. Niemand,

außer der Erinnerung. Es war eine Sommernacht wie diese, in der Maria ertrunken war.
„Paschke hat den Unfallbericht geschickt“, hörte sie Margot.
„Was?“
Margot hatte ihren Laptop auf dem Schoß und sah auf den Bildschirm: „Achtzehn Knochenbrüche, eine Schädelfraktur und ein gebrochenes Nasenbein, bevor er verbrannte.“
Nur die Grillen zirpten.
„Bei dem Toten handelte es sich eindeutig um Gregor Kramer. Es wurden ein Zahnabgleich und eine DNA-Probe genommen.“
Clara zog die Knie an. Helga und Gregor Kramer hatten zusammen studiert, zusammengelebt und geschlafen, sie hatten eine gemeinsame Geschichte und es gab etwas, das man verstehen konnte. Vielleicht hatte Clara deshalb gehofft, der tot geglaubte Ehemann könnte der Täter sein. Das Ganze wäre ihr dann weniger brutal erschienen, weniger zufällig ...
Clara nahm einen Schluck Wein und schüttelte den Kopf. Wenn Gregor Kramer tatsächlich noch leben würde und sich an seiner Frau gerächt hätte – sagen wir, für das uneheliche Kind, für ihre Selbstständigkeit oder Verachtung – dann hätte er ihr wahrscheinlich sämtliche Knochen gebrochen, den Schädel zertrümmert ...
„Aber was sagt man dazu!“ Margot zündete sich eine Zigarette an. „Das Fahrzeug mit dem amtlichen Kennzeichen L EL 367 war zugelassen auf ...“, sie schüttelte den Kopf. „Das darf doch nicht wahr sein.“
Clara griff nach Margots Zigarettenpäckchen. Eigentlich rauchte sie nicht, doch manchmal machte sie eine Ausnahme.
Kranich gab ihr Feuer. „Auf Erika Lechmeier.“

„Erika Lechmeier?“ wiederholte Clara.
„Hör zu.“ Der Schein des Bildschirms färbte Margots Gesicht blau. „Am 19. April 1994 war der Hausmeister des Internats Schloss Knauthain nach eigener Aussage damit beschäftigt, die Reifen an dem späteren Unfallfahrzeug mit dem amtlichen Kennzeichen L EL 367 auszuwechseln ... Weil er nur kurz weg gewesen sei, so Herr Treichelt weiter, habe er den Zündschlüssel stecken lassen. Ohne Erlaubnis der Halterin ... entwendete das spätere Unfallopfer Gregor Kramer das Fahrzeug. Die neuen Reifen waren zu diesem Zeitpunkt bereits befestigt, jedoch noch nicht vorschriftsmäßig festgeschraubt ... blablabla ... In Unkenntnis dieser Tatsache sei Gregor Kramer mit dem Fahrzeug losgefahren. Die Unfallursache, heißt es, kann daher bestimmt werden aus zwei Faktoren: Massiver Alkoholeinfluss und die gelockerten Reifen an dem Fahrzeug mit dem amtlichen Kennzeichen L EL 357 führten dazu, dass Gregor Kramer von der Fahrbahn abkam und gegen einen Baum prallte.“
Vom Kanal drangen leise Stimmen herüber.
„Meinst du, die anderen haben gesehen, wie Gregor Kramer sich in das Auto gesetzt hat?“, fragte Margot schließlich.
Clara nickte. *Ich sehe noch genau vor mir,* hatte Christine Berger gesagt, *wie Gregor auf das Gelände stürmte, uns als Wendehälse beschimpfte und davonfuhr ...*
„Sie haben ihn fahren lassen“, sagte Clara und blickte in die Dämmerung hinaus. Im Garten war kaum noch etwas zu erkennen. „Sie wussten es und haben ihn fahren lassen.“
„Totschlag“, sagte Kranich. „Wer einen Menschen tötet, ohne Mörder zu sein, wird als Totschläger mit Freiheitsstrafe nicht unter fünf Jahren bestraft. Strafgesetzbuch, § 212.“

Die Stimmen vom Kanal wurden lauter.
„Aber zwanzig Jahre später", sagte Clara, „wollte Helga Kramer plötzlich reden. Ihre Schuldgefühle waren zu groß geworden, sie hielt es nicht mehr aus."
„Die anderen bekommen es mit der Angst zu tun, sie wollen Helga Kramer einschüchtern", nahm Margot den Ball auf.
„Christine Berger, die einen Schlüssel zur Wohnung besitzt, legt die roten Zettel in die Bücher."
„Doch der Schuss geht nach hinten los und Helga Kramer glaubt jetzt erst recht, dass sie nie Ruhe vor Gregor finden wird. Sie sieht keine andere Möglichkeit mehr, sie kündigt ihren Freunden an, dass sie zur Polizei gehen *muss*, um nicht wahnsinnig zu werden."
„Da hatten unsere Freunde ein Problem. Sie mussten sich etwas einfallen lassen."
Es klingelte an der Tür.
Ursula von Lehndorff hatte schulterlanges, blondes Haar, das immer wirkte, als käme sie direkt vom Friseur.
„Clara." Sie strahlte Clara an.
„Ursula." Clara erhob sich und begrüßte die Staatsanwältin mit zwei Wangenküssen.
Margot nahm ein drittes Glas aus dem Schrank, goss Wein ein und wartete, bis Ursula alles verstaut und sich gesetzt hatte.
„Die arme Frau", sagte Ursula, durchsuchte ihre Handtasche und legte das Handy auf den Tisch: „Sie war gerade mal 60! Wie furchtbar."
Clara nickte.
„In deinem Alter glaubt man nicht, dass man selbst einmal 60 werden könnte", sagte Ursula. „Aber es passiert jedem, glaub mir Schatz."
Margot lachte.
*Etwas stimmt mit ihrem Lachen nicht.* Clara sah sie an.

„Meine Mutter sagte immer, nichts ist so abstrakt wie das Alter, das man noch nicht hat“, plauderte Ursula weiter. „Und sie hatte recht.“
Margot verschwand in der Küche.
„Das Kleid steht dir hervorragend“, sagte Ursula, dann warf sie einen Blick auf die Fotos, die Clara auf dem Wohnzimmertisch ausgebreitet hatte.
„Danke“, sagte Clara. „Aber findest du nicht, dass die Brosche hier zu viel ist?“
Clara deutete auf den Ausschnitt.
„Im Gegenteil“, versicherte Ursula. „Das gibt erst den richtigen Pfiff.“
Clara nickte zufrieden.
„Mein Gott, du bist schmal geworden“, tadelte Ursula die Hauptkommissarin, als diese mit einem Schälchen Erdnüsse zurückkam.
„Ja, Mama“, scherzte Kranich, doch sie hatte das Flackern in Ursulas Pupille gesehen.
„Hast du wieder das KaDeWe ausgeräumt?“ lenkte Kranich die Aufmerksamkeit auf die blau-weißen Tüten.
„Henry wird Anfang August eingeschult, mein Gott, wie schnell das geht, ich sage es Euch, und wir basteln die Schultüte ja selbst, naja, und dann muss da doch auch noch was rein.“ Sie strahlte.
Ursula von Lehndorff erzählte am liebsten von ihrer Familie, einem ehemaligen ostpreußischen Adelsgeschlecht. Auf dem Gruppenbild, das sie jedes Jahr nach Weihnachten präsentierte, lächelten alle in die Kamera, nur der alte Lehndorff verzog keine Miene.
„Das Loch gefällt mir ganz und gar nicht“, sagte Ursula und tippte auf eines der Fotos. „Ganz und gar nicht.“
Sie meinte das Einstichloch am Hals.
„Habt ihr schon erste Ergebnisse?“ Ursula reichte Margot das Foto.

Die Hauptkommissarin schüttelte den Kopf. Sie brauchte einen Moment, bis sie erkannte, dass die Frau auf dem Foto sie selbst war. Der Fotograf hatte das Bild geschossen, als sie sich über die Leiche beugte. Ihre Augen wirkten ungewöhnlich groß und schwarz. Sie sah aus wie ein angriffslustiges Tier. Sie hasste es, fotografiert zu werden.

„Wir haben zwei Ermittlungsansätze“, sagte Clara. „Im Stadtpark treibt seit einiger Zeit eine Bande krimineller Jugendlicher ihr Unwesen, es gab Tierquälereien und Drogenmissbrauch. Es ist möglich, dass Helga Kramer ihr erstes menschliches Opfer wurde.“

„Raul Malik wird bereits überwacht“, sagte Kranich. „Bisher aber ohne Ergebnis.“

„Aber auch eine Beziehungstat ist nicht auszuschließen“, fuhr Clara fort. „Wir haben heute mit ein paar Leuten aus Helga Kramers Umfeld in Leipzig gesprochen. Es gibt da, sagen wir mal, ein paar Ungereimtheiten.“

„Ungereimtheiten?“

Clara nahm eine Handvoll Erdnüsse und ließ eine nach der anderen in ihren Mund fallen. „Die Direktorin der Schule, an der das Mordopfer arbeitete, hätte allen Grund, sie zu hassen. Helga Kramer hatte ein Kind und eine Affäre, beides mit ihrem Mann. Und eben dieser Mann lügt auch noch, was sein Alibi betrifft.“

„Zumindest hat er sich in der Uhrzeit vertan“, brummte Kranich.

„Weiter“, fuhr Clara fort, „haben wir Eltern eines hochbegabten Kindes, das sich umgebracht hat. Sie geben Helga Kramer die Schuld dafür und haben sogar schon das Enkelkind des Mordopfers bedroht.“

Ursula zog die Augenbrauen nach oben. „Das klingt nicht gut. Wenn sich das erhärtet, müssen wir den Fall nach Leipzig abgeben, das weißt du, Margot.“

„Wir werden sehen.“ Margot gab nicht gern Fälle ab.

Ursula fuhr sich mit beiden Händen über den Hals.
„Weiß man eigentlich schon, was genau gespritzt wurde?“ Sie drehte das Foto mit dem Einstichloch um, damit sie es nicht mehr sehen musste.
„Die Rechtsmedizin ist wie immer überlastet.“ Margots Laune hatte sich verschlechtert. „Immerhin hat Johannes versprochen, eine Nachtschicht einzulegen, damit wir das Ergebnis morgen früh zur Teamsitzung haben.“
„Der Liebe“, lächelte die Staatsanwältin. „Wie geht es eigentlich Susanne?“
Sie sah Margot fragend ins Gesicht, als diese nicht reagierte.
„Ich glaube, ganz gut“, beeilte sich Margot, anzumerken.

## 13

Zwischen hohen Bäumen tat sich der Blick auf die weiß verputze Fassade einer Dahlemer Jugendstil-Villa auf, direkt auf den runden Eingangserker, der dem Ganzen eine repräsentative Note verlieh. Er ging auf die dunkle Holztür zu. In die goldenen Klingelschilder waren die Namen der Eigentümer eingraviert; „Teufel/Löffler“ stand auf dem obersten. Über 200 Quadratmeter hatte die Dachgeschosswohnung, die er zusammen mit Susanne gekauft hatte, über fünfzehn Jahre hatten sie das abbezahlt. Er blickte hoch. Von unten war nichts zu sehen. Die Dachterrasse war sein Refugium. Wenn er aus dem Leichenkeller nach Hause kam und der Stadtlärm sich langsam verflüchtigte, erlaubte sie ihm die Illusion, ganz woanders zu sein.
Johannes Teufel fuhr mit dem gläsernen Aufzug nach oben. Lautlos schwang die schwere Sicherheitstür auf, nachdem er den Schlüssel im Schloss gedreht hatte. Die Wohnung hatte keinen Flur. Man stand sofort in dem

riesigen Raum, den sie als Wohn- und Esszimmer nutzten. Susanne saß auf dem Sofa und war in ihren Tablet-PC vertieft. Sie blickte nicht einmal auf, als er eintrat. Über ihr hing das Stillleben eines niederländischen Malers aus dem 17. Jahrhundert, das ihm einmal so gut gefallen hatte. Er kniff die Augen zusammen. Wahrscheinlich verstärkt durch den Lichteinfall der Stehlampe wirkten die Raupen und Schmetterlinge heute Abend besonders realistisch: Sie schienen direkt auf dem Bild zu hocken. Sie schienen sich mit letzter Kraft zu halten, bevor sie jeden Moment herabfallen würden. Er blieb an der Garderobe stehen, vertieft in den illusionistischen Effekt der Metamorphose des Lebens.

„Hallo Schatz." Susanne sah kurz auf, bevor sie sich wieder ihrer Lektüre zuwendete.

Im Hintergrund lief der Fernseher, die 20 Uhr Nachrichten hatten bereits begonnen und brachten die bekannten Bilder, Angela Merkel, Obama, Kriegsgebiete, wütende Islamisten und das Wetter.

Teufel ging in die Küche. Susanne hatte ihm etwas Flammkuchen übrig gelassen.

Mit einer Flasche Bier und dem Essen kam er zurück ins Wohnzimmer, setzte sich an den Esstisch, klappte den Laptop auf und wartete, bis sich die Verbindung zum Netz aufbaute. Leonhard Kirchner hatte versprochen, ihm einen Zugang zu „Helga K." im Intranet zu legen legen. Teufel öffnete sein E-Mail-Programm und registrierte zufrieden, dass das Passwort bereits verschickt worden war. Teufel wollte sich die Fotos vom Tatort nochmals ansehen, seit heute Morgen hatte er ein komisches Gefühl, etwas ließ ihm keine Ruhe und er wollte wissen, was es war.

„Und, was Neues?"

Susanne sah ihn an. Sie war bereits abgeschminkt, wahrscheinlich ging sie heute Abend nicht mehr weg, das war ungewöhnlich für Samstagabend. Ihr Gesicht glänzte unter einer dicken Fettschicht.
„Das Übliche", presste er hervor.
Manchmal fragte er sich, warum sie sich nicht einfach trennte, doch die Frage war nicht drängend. Vor Jahren hatten sie aufgehört, miteinander zu schlafen, sie hatten aufgehört, miteinander zu streiten, der Energieaufwand war einfach zu hoch. Einmal im Jahr gingen sie gemeinsam in den Urlaub, ab und zu gemeinsam Essen und meist kam sogar ein ganz gutes Gespräch zustande. Er wusste nicht, ob er Susanne noch liebte und er glaube nicht, dass es ihr anders ging. Doch er hielt sie für intelligent genug, dieser Frage ebenso wenig Bedeutung zu schenken, wie er es tat. Wenn Paare noch nach Jahrzehnten die große Liebe proklamierten, ging das auf Kosten der Frau oder des Mannes, das war seine Erfahrung, einer der beiden litt dann an einem Mangel an Charakter. Doch Susanne war selbstständig. Letztlich brauchten sie ihn genauso wenig wie er sie.
„Geh in nächster Zeit besser nicht mehr durch den Park", sagte er.
„Wie meinst du das?"
„Heute gab es eine Tote, im Stadtpark Steglitz."
„Vergewaltigung?"
Er schüttelte den Kopf.
Sie waren einfach zu faul geworden, um noch etwas zu ändern. Warum sollte man an einem Zustand, mit dem beide zufrieden waren, auch etwas ändern?
„Raubmord?"
„Sieht so aus."
„Also nicht?"
„Irgendetwas stimmt da nicht."

„War sie jung?“
Er schüttelte den Kopf und fand es mit einem Mal befremdlich, wie Susanne auf dem Sofa lag, ein Kissen zwischen den Beinen, eines unter der Brust, den Kopf mühsam nach oben gereckt.
„Dann halt nicht.“ Sie sah ihn direkt an.
Letzten Sonntag waren sie bei ihrer Schwester zum Mittagessen gewesen, seit langem mal wieder, denn ihre „Lebenswelten“ seien einfach „zu verschieden“, als dass man „wirklich etwas Gemeinsames hätte“, meinte Susanne. Die Schwester hatte vier Kinder und einen Haufen Schulden. Als das jüngste Kind eine Kartoffel über den Tisch warf, die ihre Schwester zurück in die Schüssel legte, sah Susanne ihn an, als empfinde er dieselbe Empörung. Da war es ihm zum ersten Mal aufgefallen, dass er ihren Blick schon lange nicht mehr teilte.
„Das Motiv ist vollkommen unklar“, sagte Johannes.
Susanne wendete sich wieder dem Tablet-PC zu. Sie hatte ihre eigene Welt. Sie hatten sich damals bewusst gegen Kinder entschieden. Susanne wollte Karriere machen, er konnte das verstehen, auch wenn ihm selbst, wenn er es genau bedachte, die Arbeit nie so wichtig gewesen war.
Er loggte sich ins Intranet ein und klickte auf das erste Foto.
Helga Kramer kam ihm schöner vor als heute Morgen. Erst das Foto zeigte ihr perfektes Leinwandgesicht: Es war ein Charlie-Chaplin-Gesicht, blasse Haut, große, dunkle Augen, und über allem der strenge Ausdruck von Würde, Schmerz und Glück. In Rumänien sahen viele Frauen so aus. Auch seine Mutter, nur die hatte blaue Augen zu den schwarzen Haaren getragen. Er klickte weiter. Clara.
Das Foto zeigte Clara und ihn. Die Leiche wurde gerade abtransportiert, sie standen am Wegesrand, als seien sie

aus der Zeit gefallen. Ihre Körper waren einander zugeneigt.

„Ich geh mal ins Bett."

„Schlaf gut", sagte er. „Ich muss morgen übrigens früh raus, nicht dass du dich wunderst, wenn ich dann nicht da bin."

Sie zog eine Augenbraue nach oben.

„Die Tote aus dem Park ist dran, Margot sitzt schon auf Kohlen, und nur morgen früh um sechs war noch was frei", erklärte er, doch Susanne war schon halb im Gang verschwunden.

„Nicht dass du dich wunderst", murmelte er leise.

Helga Kramer lag auf dem Rücken im Gras. Das Foto war so aufgenommen, dass die Kopfwunde kaum sichtbar war. Sie trug schwarze Lederhalbschuhe mit leichten Absätzen, den Hosenanzug, das weiße Hemd, ein Seidenhalstuch. Der Täter hatte sich nicht für ihren Körper interessiert, das war offensichtlich. Wofür dann? War es doch das Geld? Die Möglichkeit, dass der Täter sie wieder angezogen haben könnte, bevor er sie ablegte, schloss Teufel aus. Meist waren die Leichen dann nur schlampig bekleidet, Knöpfe fehlten, Socken und Unterhosen waren verrutscht. Doch bei der Frau hatte alles gestimmt. Sogar die Stützstrümpfe waren an den Zehen nach vorne gezogen, Susanne machte das genauso, weil es sonst spannte, sagte sie.

Teufel klickte sich durch die Fotos. Mit Nummern versehen waren die einzelnen Kleidungsstücke später vor einem neutralen Hintergrund aufgenommen worden: Schuhe, Hose, Jackett, Halstuch, Strümpfe, Unterhose, BH. Das Halstuch war ausgebreitet ein Quadrat von fast einem Meter auf ein Meter, ein Maßband lag daneben. Es war blau mit goldenen Wagenrädern. Teufel blickte auf

das leere Sofa hinüber, Susanne hatte vergessen, die Leselampe auszumachen.
Er gähnte, nahm die schmale Treppe hoch zur Galerie, öffnete die gläserne Doppeltür und trat auf die Dachterrasse hinaus. Das war sein Reich. Es roch nach Sommer. Zusammen mit einem Freund, der im Tropenhaus des Botanischen Gartens arbeitete, bepflanzte er die Terrasse alle fünf Jahre neu. Susanne fand das Ergebnis regelmäßig zu „schwülstig“, sie hätte Buchsbäume in silbernen Kübeln bevorzugt. Er ging vor bis an das Geländer und ließ seinen Blick über die angrenzenden Häuser und Bäume schweifen, die im Halbdunkel ineinander übergingen. Er zündete sich eine Zigarette an.
„Das Halstuch“, sagte er laut. Es war mit einem Pionierknoten am Hals der Leiche befestigt gewesen. Für Freiheit und Frieden, dachte er bitter und nahm einen tiefen Zug.

## 14

Es war Sonntagmorgen, kurz vor zehn. Die dunklen Augen von Helga Kramer sahen fragend in den Besprechungsraum des Landeskriminalamts, in dem alle durcheinanderredeten und niemand eine Antwort wusste.
„Ich verstehe nicht, was sie überhaupt in dem Park wollte.“
„Dreißig Sozialstunden, da lacht der doch drüber.“
„Direkt in den Hals, ob das Zufall war?“
„Irgendetwas übersehen wir.“
Clara griff abwesend in die Keksdose, die Hagen ihr hinhielt, und unterhielt sich weiter mit Sven über Probleme von Anti-Viren-Programmen. Sven war Spezialist in Überwachungsfragen und koordinierte den Einsatz im Stadtpark Steglitz. Er war spindeldürr und trug eine Brille

mit auffallend dicken Bügeln. Immer wenn er sie ansah, beschlich Clara der Verdacht, es könnte eine Kamera eingebaut sein. Sebastian schaltete sich in das Gespräch ein und meinte, letztlich könne es keine absolute Sicherheit geben, wenn man an der modernen Kommunikation teilhaben wollte. Clara und Sven nickten. Sebastian war ein Mann mit weißen Haaren und großen Händen, der die Zeugenbefragungen leitete. Sebastian hatte in den 80ern ein paar Semester Philosophie studiert, und immer, wenn sich die Gelegenheit ergab, sprach er über die Frage, woher das Böse in der Welt kam.

Es klirrte. Leonhard stemmte eine Kiste mit kleinen, blauen Wasserflaschen auf den Tisch. Plötzlich blickten alle auf.

Die Tür ging auf. Kranich und Johannes Teufel traten ein, alle setzen sich, Stühle scharrten, es wurde still.

„Hallo“, sagte Kranich ohne Pathos und begrüßte die Runde. Sie sah müde aus. „Fangen wir gleich an. Mittlerweile haben sich also zwei Ermittlungsansätze herauskristallisiert.“

Sie deutete auf die Wandtafel und nickte Leonhard zu, der ihre Vorgaben übersichtlich umgesetzt hatte. „Der erste und momentan vielversprechende Ansatz betrifft die Gruppe um Raul Malik.“

Das Foto zeigte einen breiten, unförmigen Schädel mit einer affektierten Rasur. Raul Malik hatte versucht, seinem Gesicht Kontur zu geben, indem er die Kieferknochen mit einem Streifen dunkler Haare betonte. Es war der dritte junge Mann, der seitdem so rumlief: Der Massenmörder von Utoö in Norwegen war offensichtlich zu einem Stilvorbild für Männer geworden, die ihre stumpfe Gewalt zu etwas Bedeutendem zu überhöhen versuchten.

„Raul Malik“, Kranich kniff die Augen zusammen, „ist mehrfach vorbestraft wegen Tierquälerei und Drogen-

missbrauchs, zuletzt ist er vor drei Monaten zu dreißig Stunden Sozialarbeit verurteilt worden. Er scheint der Kopf einer Gruppe von Jugendlichen zu sein, die sich jeden Abend im Stadtpark Steglitz versammeln."
„Alles Männer?"
„Nach den bisherigen Zeugenbeobachtungen, ja." Kranich wandte sich von dem Gesicht ab. „Wir haben eine Zeugin, die aussagt, dass diese Männer im tatrelevanten Zeitraum im Besitz einer Handtasche waren. Die Beschreibung der Handtasche stimmt mit der von Helga Kramer überein. Das macht die Jugendlichen zu unseren Hauptverdächtigen."
Leises, zustimmendes Gemurmel ließ Kranich fortfahren. „Raul Malik wohnt noch bei seiner Mutter am Ostpreußendamm. Katharina Malik betreibt dort ein Nagelstudio. Das Gebäude wird seit gestern überwacht."
Sie blickte zu Sven.
„Bisher verhält er sich unauffällig." Sven räusperte sich. „Er hat die Wohnung gestern Abend nicht verlassen."
„Wie lange sollen wir mit dem Zugriff noch warten?" Hagen tat ein Stück Zucker in seinen Kaffee.
Sven nahm die Brille ab und begann, sie zu putzen.
„Wir haben mehrere Zeugenaussagen", fuhr Sven fort, ohne auf Hagen einzugehen, „die bestätigen, dass sich die Männer in der Regel täglich im Park versammeln, vor allem an den Wochenenden. Insofern ist Raul Maliks Verhalten dann doch wieder auffällig." Er lächelte entschuldigend. „Warum hockt der Mann an einem Samstagabend bei seiner Mutter im Keller? Er hat nicht einmal telefoniert."
Sven setzte die Brille wieder auf. „Diese Männer betrachten den Park als ihr Eigentum. Wenn ihr mich fragt: Sie würden sich nicht von einem Raubüberfall davon abschrecken lassen, sich dort zu treffen. Im Gegenteil. Je-

mand war in ihr Territorium eingedrungen und diesem Jemand würden sie es zeigen. Wären sie unschuldig, wären sie gekommen. Das ist meine Meinung."
Er rückte seine Brille erneut zurecht, bevor er weitersprach. „Wir brauchen noch etwas Zeit. Raul Malik wird uns die Beweise früher oder später selbst liefern. Bei der Überwachung des Parks habe ich eine neue Software eingesetzt. Neben den Kollegen in Zivil sind sechs Kameras im Einsatz, die über Infrarot auch nachts alles aufzeichnen, was sich bewegt. Der Computer zeichnet dann die ortstypischen Bewegungsmuster nach und kann Abweichungen sofort erkennen. Die Software registriert also abnormes Bewegungsverhalten und kann so helfen, den Verdächtigen einzukreisen. Denn eine Studie hat gezeigt, dass Täter, die an den Tatort zurückkehren, sich dort anders bewegen als normale Spaziergänger."
„Aber wir wissen doch, nach wem wir suchen." Kranich blickte den rothaarigen Beamten fragend an.
„Noch eins", nickte Sven zustimmend. „Die neueren mobilen Wägen sind zurzeit leider alle im Einsatz, also haben wir die Überwachungsstation hier in der Zentrale eingerichtet." Er deutete zum Nebenraum. „Vorläufig in Raum 3. Zwei meiner Männer wechseln sich in der Kontrolle der Bildschirme ab und stehen in Kontakt mit den Beamten vor Ort, falls ein Zugriff notwendig wird."
„Gut." Kranich notierte sich etwas. „Die Aktion wird bis morgen Vormittag, elf Uhr, fortgeführt, dann sehen wir weiter."
Alle starten auf das Bild an der Wand, das Sven aufgehängt hatte. Es zeigte den Park in der Luftaufnahme. Ein Fadenknäuel an Linien lag darüber. Es zeigte die Wege, welche die Leute seit gestern durch den Park gegangen waren. Niemand war vom Weg abgekommen. Niemand,

außer zwei kleinen, roten Linien, die einen kurzen Schlenker zum Teich hin machten.
„Aber auch eine Beziehungstat können wir zum gegenwärtigen Zeitpunkt nicht ausschließen“, unterbrach Kranich ihre eigenen Gedanken. „Bei der Befragung in Leipzig sind wir gestern auf ein paar“, Kranich streifte Claras Blick, „auf ein paar Ungereimtheiten gestoßen.“
„Wir haben die Eltern eines Schülers, der sich umgebracht hat. Herr und Frau Schweizer sind auch verantwortlich für das Drohschreiben, das Charlotte Kramer erhalten hat“, fuhr Clara fort. Auch die Beileidskarte mit dem Kreuz hing vorne an der Tafel. „Außerdem müssen wir Norbert und Erika Lechmeier weiter im Auge behalten.“
Alle nickten. Clara hatte den Bericht noch gestern Nacht fertiggemacht und verschickt.
„Und dieser Norbert Lechmeier ist tatsächlich der Vater von Charlotte Kramer?“, fragte Leonhard. „Ist das nicht krass?“
„Das muss nichts bedeuten. Geheimnisse gibt es in jeder Familie“, sagte Hagen.
Clara nickte. Im Zuge einer Ermittlung kamen die meisten davon zutage und hinterließen Verheerungen, mit denen die Hinterbliebenen fertig werden mussten. Die meisten wurden es nicht.
„Soll ich weiter ausführen?“, fragte Clara an Kranich gewandt.
„Gleich.“ Kranich sah den Rechtsmediziner an. „Zuerst Johannes. Dein Bericht, bitte.“
Teufel erhob sich steif. Von fünf Uhr morgens bis kurz vor zehn war er im Seziersaal gestanden. Er kam sich vor wie tiefgefroren.
„Wie vermutet war die Kopfverletzung nicht die Todesursache.“ Er ging auf die Wandtafel zu. „Helga Kramer

starb an der intramuskulären Injektion." Mit einem Kugelschreiber tippte er auf das vergrößerte Einstichloch. „Das Gift wurde direkt in den Halsmuskel gespritzt. Es handelt sich um ein hochmolekulares Proteingift, das nicht hämolytisch wirkte, also Blut zersetzend, sondern zu einem Herzstillstand führte."
„Sie ist an einem Herzstillstand gestorben?"
Teufel nickte. „Vom Eintreten des Giftes in ihren Körper bis zum Tod durch Herzstillstand lagen drei bis vier Stunden."
„Drei bis vier ...?" Clara schüttelte den Kopf. „Das ist ungewöhnlich lang."
Teufel sah Clara an.
„Ungewöhnlich ist noch etwas", sagte er. „Das Gift wurde nicht synthetisch hergestellt." Er räusperte sich. „Es stammt von einem Lebewesen, von einem Tier. Das Labor muss meinen Verdacht zwar noch bestätigen, bevor ich ..."
„Ein Tier?" Kranich sah auf. „Was für ein Tier?"
Teufel stand direkt unter der Lampe. Seine Narben traten deutlicher hervor als sonst.
„Ein Steinfisch", sagte er schließlich. „Das Gift stammt von einem Steinfisch."
Gemurmel ging durch den Raum, jemand hustete.
„Ein Steinfisch? Bist du sicher?" fragte Kranich.
Teufel schüttelte den Kopf. „Wie gesagt, das Labor muss es noch bestätigen. Der Schnelltest ist nicht hundert Prozent, aber das Enzym Hyaluronidase weist in Kombination mit den zu beobachtenden Organzerstörungen und körperlichen Merkmalen in diese Richtung." Er nickte. „Stonus-Toxin."
*Stonus-Toxin?* Clara starrte auf ihre Hände.
Als sie wieder aufblickte, stand Kranich über den Tisch gebeugt wie eine Hundertmeterläuferin am Start.

„Ein Steinfisch“, stellte die Hauptkommissarin fest. „Gibt es das Gift etwa zu kaufen oder muss man den Fisch erst ... melken?“

„In der kurzen Zeit hab ich nur Allgemeines herausgefunden.“ Er zog ein Blatt Papier aus der Hosentasche, streifte es glatt und pinnte es an die Wand.

Eine unförmige graue Gestalt blickte sie an. Sie hatte sich perfekt an den Hintergrund angepasst und wäre unsichtbar geblieben, wenn nicht ihr grotesker Gesichtsausdruck sie verraten hätte. Es war das Gesicht eines traurigen Smilies.

„Ist das mit Photoshop gemacht?“ Sven traute seinen Augen nicht.

„Anscheinend nicht.“ Teufel massierte sich den Nacken.

„Ein Steinfisch verfügt über eine ausgezeichnete Tarnung“, Teufel bewegte sich aus dem Licht heraus. „Sie haben die gleiche Farbe und Struktur wie der Grund, in dem sie sich aufhalten, sie sind grau-braun, ohne Schuppen und zum Teil mit Algen bewachsen. Bevorzugt halten sie sich im ufernahen Seichtwasser auf. Im Rücken haben sie einen Stachel, der über Druck auf die Giftdrüse das Gift absondert.“

Er blickte wieder zu Clara. „Steinfische gehören zu den giftigsten Fischen weltweit. Sie sind keine Jäger, sondern lauern ihren Opfern auf. Wenn man auf sie tritt, helfen selbst Badeschuhe nichts.“

„Helga Kramer wird ja kaum auf einen Fisch getreten sein“, bemerkte Kranich und rieb sich die Schläfe.

Hagen und Sebastian lachten über den Witz.

„Was ich sagen will“, Teufel blickte in die Runde, „wir brauchen einen Toxikologen. Auf die Schnelle hab ich nur gesehen, dass das Zeug in geringen Dosen auch in der Anti-Aging-Medizin eingesetzt wird, das heißt, es gibt einen Markt.“

„Taugt das Zeug als Droge?“ Kranich blickte auf das Foto von Raul Malik. „Irgendwelche Glücksgefühle, während man stirbt?“
Kranich lächelte Teufel mit den Augen zu.
„Man müsste es ausprobieren“, sagte der. „Ganz im Ernst: Ich weiß es nicht.“
„Wie sieht es mit einem Gegengift aus?“, meldete sich Hagen.
„Innerhalb der ersten dreißig Minuten hilft heißes Wasser, wie bei jedem Eiweißgift, dann zersetzt sich die Substanz von allein und kann leichter abgebaut werden. Ansonsten wirken Stoffe, die auch sonst bei AV-Block oder Herzflimmern eingesetzt werden, Betablocker wie Sotalol oder Amiodaron, dann hat man gute Überlebenschancen.“
„Den Todeszeitpunkt konnte ich weiter eingrenzen“, fuhr Teufel fort. Clara blickte ihn unentwegt an. „Zwischen 23 und 1 Uhr hat ihr Herz aufgehört zu schlagen.“ Er senkte die Augen. „Weiter war das an der Kopfwunde ausgetretene Blut bereits toxisch, das heißt, die Kopfverletzung wurde nach der Injektion zugefügt, aber vermutlich noch vor ihrem Tod.“
Teufel räusperte sich. „Bis auf Blutergüsse an den Unterarmen war ihr Körper unversehrt, keine Hinweise auf ein Sexualdelikt.“
Teufel sah in angespannte Gesichter.
„Stonus-Toxin.“ Kranich mahlte mit den Kiefern. „Wie käme jemand wie Raul Malik an so ein Gift überhaupt ran?“
Kranich hatte die Frage an alle gerichtet, doch Teufel war in Fahrt: „Leute, die mit Drogen handeln, haben Kontakte in die Drogenszene. Sie könnten aber auch eine Klinik überfallen haben, eine Praxis oder Apotheke. Ich glaube nicht, dass sie das Zeug selbst gewonnen haben, daher

würde ich einen Überfall auf eine Fischhandlung eher ausschließen."
„Okay", sagte Kranich. „Danke, Johannes."
Dann hob sie ein Exemplar der Berichte nach oben, die Leonhard kopiert und verteilt hatte.
„Ich fasse also noch mal zusammen. Der Zeuge Norbert Lechmeier hat Helga Kramer zuletzt gesehen, das war um 18 Uhr, nachdem er sie am Hauptbahnhof in Leipzig abgesetzt hat. Die Kameras in Leipzig liefern kein brauchbares Ergebnis, aber beim Bahnhof Südkreuz hatten wir Glück. Um 19 Uhr 14 hat Helga Kramer die Eingangshalle durchquert und den Ausgang in Richtung Hildegard-Knef-Platz genommen. Ihre Handtasche ist deutlich zu erkennen, die Bilder bestätigen also die Zeugenaussagen, nachdem es sich um eine dunkle Ledertasche mit goldenen Griffen handelt. Außerdem wissen wir jetzt, dass Helga Kramer zu diesem Zeitpunkt noch alleine war. Niemand hat sie begleitet oder ist ihr unmittelbar gefolgt."
„Es wäre natürlich möglich", fuhr sie konzentriert fort, „dass unser Mann kurz vor ihr oder irgendwann nach ihr die Halle durchquert hat, dass er sie also bereits beobachtete, auch wenn er sie noch nicht angesprochen hat. Deshalb haben wir das Video auf verdächtige Personen analysiert."
Kranich blickte zu Leonhard, der das übernommen hatte.
„Bisher leider ohne Ergebnis", sagte Leonhard zerknirscht. „Ich habe fast zweihundert Gesichter überprüft, aber es gab keine Übereinstimmungen mit unseren Dateien."
Kranich nickte. Die Chance, dass es sich um einen Vorbestraften handelte, war klein, aber real. Viele Mörder hatten eine Karriere der Gewalt hinter sich und waren irgend-

wann schon einmal straffällig geworden, sei es bei einem Diebstahl oder einer Schlägerei.
„Helga Kramer wollte also zu Fuß zu ihrer Tochter nach Friedenau", übernahm Clara das Wort. „Das ist eine Strecke von etwa fünfundzwanzig Minuten. Dort kam sie nicht an. Um 20 Uhr 5 hat sie versucht, ihre Tochter anzurufen. Sie hat es nur zweimal klingeln lassen, was dafür spricht, dass sie zu diesem Zeitpunkt bereits in der Gewalt des Täters war und versucht hat, heimlich anzurufen. Charlotte Kramer war allerdings mit dem Baby beschäftigt, und als sie eine halbe Stunde später ihre Mutter zurückrief, war das Handy bereits ausgeschaltet."
Alle blätterten in dem Bericht. Das Rascheln hielt an.
Clara verschränkte die Arme vor der Brust. Sie hatte bei Margot übernachtet und trug eines ihrer ärmellosen Shirts. Margots Körbchengröße lag zwei Nummern unter ihrer eigenen und das sah man.
„Was mich irritiert, ist das Zeitfenster", sagte Clara. „Spätestens wenn mir jemand eine Spritze in den Hals jagt, weiß ich doch, dass höchste Gefahr droht. Dann wehre ich mich oder versuche, abzuhauen. Es leuchtet mir absolut nicht ein, warum der Mörder ein Gift wählt, das drei bis vier Stunden dauert, bevor der Herzstillstand eintritt. Warum geht er das Risiko ein? Wenn er sein Opfer hätte quälen wollen, dann würde das noch Sinn machen. Aber so? Helga Kramer war körperlich ja unversehrt."
*Bis auf die Augen.* Wieder sah Clara die zerbrochenen Augen vor sich.
„Vielleicht hat er sie nicht körperlich gequält, sondern psychisch." Sven sagte das leise, doch alle hatten es gehört.
„Ich habe die ganze Nacht darüber nachgedacht." Clara rutschte auf dem Stuhl nach vorne. Wenigstens trug sie ihre eigene Jeans, die sie bei Margot deponiert hatte. „Angenommen, es waren nicht die Männer aus dem Park,

dann ging es unserem Täter weder um die sexuelle Befriedigung noch um das Geld, sondern allein um diese drei bis vier Stunden, die er mit seinem Opfer verbringen konnte. Aber ich komm nicht drauf. Was würde ihm das bringen? Hat er Lust daran, jemanden zu beschimpfen? Mit lauter Musik zu beschallen? Zeigt er irgendwelche Ekelbilder? Ist er ein Exhibitionist?"
Hagen schüttelte den Kopf. „Wenn man das Gift im Körper hat, ist man dann überhaupt noch bei vollem Bewusstsein? Wäre Helga Kramer überhaupt in der Lage gewesen, einen Fluchtversuch zu starten?"
„Am Anfang, sicher. Wie schnell man abbaut, hängt von der körperlichen Verfassung des Opfers ab, aber auch, in welchen Körperteil das Gift injiziert wird." Johannes hatte sich wieder neben Kranich gesetzt. Dankbar nahm er den Kaffee, den Leonhard ihm hingestellt hat. „Die ersten ein bis zwei Stunden sind wahrscheinlich nicht sonderlich angenehm, man wird schwitzen, müde werden und so, aber die Kraft sollte ausreichen, um sich normal zu bewegen." Er kniff die Augen zusammen. „Bei Helga Kramer gab es aber keine Anzeichen, dass sie gefesselt oder eingesperrt gewesen wäre, das heißt, sie muss kooperiert haben."
„Der Täter muss sie also irgendwie unter Kontrolle gehalten haben", überlegte Clara, doch egal, wo sie ansetzte, sie kam in ihren Überlegungen nicht weiter. Das Ganze fiel ihr immer wieder zusammen.
„Ich habe eine Theorie, die ich für tragfähig halte." Hagen erhob sich, ging nach vorne und deutete auf das Gesicht mit dem Rasurstreifen. „Raul Malik ist unser Mann."
„Aber ..."
„Angenommen." Er hob die rechte Hand und bedeutete Clara, ihm erst einmal zuzuhören. „Angenommen, Helga Kramer wollte noch ein paar Blumen besorgen, als Ge-

schenk für ihre Tochter. Angenommen, sie kannte einen ganz besonderen Blumenhändler in der Gegend vom Stadtpark Steglitz. Gestern war ein lauer Sommerabend, da nimmt man gerne einen kleinen Umweg in Kauf, um ganz besonders schöne Blumen zu besorgen, sagen wir, Pfingstrosen."

*Pfingstrosen? Im Juli? Während ihre Tochter mit dem Baby und dem Essen wartet?* Clara hielt ihre Arme vor der Brust verschränkt.

„Helga Kramer geht also durch den Park oder – das halte ich für noch wahrscheinlicher – sie geht eine Straße in der Nähe des Parks entlang." Hagen setzte sich auf das Fenstersims. „Dort fällt die kultivierte Frau ihrem späteren Mörder sofort auf. Er spricht sie an. Es kommt zu einem Handgemenge, er stößt ihr die Spritze in den Hals."

Clara und Leonhard sahen sich an.

„Raul Malik ist eine tickende Zeitbombe", begann Hagen wieder. Er bewegte seine Hände in der Luft, als spiele er mit Handpuppen. Im Unterschied zu seiner sonstigen Gestalt waren seien Hände erstaunlich feingliedrig, geradezu feminin. Der Ring leuchtete im Sonnenlicht.

„Ich habe die Akte vom Jugendamt eingesehen", sagte Hagen.

Jetzt hatte er Claras volle Aufmerksamkeit.

„Von dem Mann geht eine erhebliche Gefahr aus. Falls das sein Werk war", er deutete auf das Foto der Toten, „dann ist es noch nicht zu Ende."

Er sah in fragende Gesichter.

„Meine Theorie besagt, dass Raul Malik bei der Durchführung seiner Tat gestört wurde." Er räusperte sich und blickte aus dem Fenster. „Eigentlich wollte er die Frau vergewaltigen. Er wollte sie zu Tode quälen, doch irgendetwas hat ihn daran gehindert."

Im Raum brach Gemurmel aus.

„Vielleicht seine Kumpels. Sie tauchen auf. Malik muss von seinem Plan abweichen. Er erzählt seinen Junkie-Freunden, dass er das geklaute Drogenzeug an der Frau ausprobieren wollte. Also helfen sie ihm und bewachen die Frau. Helga Kramer stand vielleicht einfach unter Schock, deshalb hat sie sich nicht gewehrt. Vielleicht nahm sie auch an, dass sie gegen eine ganze Gruppe ohnehin keine Chance haben würde."
*Und wo haben sie Helga Kramer „bewacht"? Im Park? In einem Keller? Über vier Stunden ohne Fesseln und ohne, dass sie sich gewehrt hätte?* Das passte alles nicht zusammen.
„Malik hat Blut geleckt. Er ist geil. Wenn wir ihn nicht schnappen, wird das nächste Opfer nicht lange auf sich warten lassen."
„Er wird überwacht", sagte Sven ruhig. Er wusste, dass Hagen gern mal übertrieb.
„Raul Malik hat einen glühenden Lötkolben in einen Hund eingeführt, anal", wurde Hagen deutlicher. Die Skepsis in den Gesichtern seiner Kollegen verwandelte sich in Abscheu.
„Er hat ein Schaf penetriert und ihm danach Abflussreiniger eingetrichtert. Oral. Früher oder später wird er seine sadistischen Fantasien an einem Menschen ausprobieren, das ist sicher. Irgendetwas kam ihm bei Helga Kramer dazwischen. Vielleicht wollte er sie in den Keller seiner Mutter bringen, doch seine Kumpels ließen das nicht zu."
„Aber warum ausgerechnet Helga Kramer?" Kranich sah den Profiler an.
„Zufall", sagte Hagen. „Aber auch der Zufall hat System. Helga Kramer entstammte dem Bildungsbürgertum. Sie trug einen Hosenanzug, eine weiße Bluse, eine aufwendige Frisur, der distinguierte Gesichtsausdruck."
Die Unruhe wuchs.

„Was ich meine“, er strich sich über die Krawatte. „Helga Kramer repräsentiert etwas, das der Täter hasst. Ich formuliere es mal ganz allgemein: eine Exklusivität, ein Leben, von dem er ausgeschlossen wurde. Hass auf das eigene, verfehlte Leben. Das ist sein Motiv.“
„Möglich“, sagte Kranich, erhob sich und das Gemurmel verstummte. „Aber wir sollten nicht vergessen, dass Helga Kramer bereits vorab bedroht wurde. Jemand hat ihr Nachrichten in Bücher hinterlegt und per E-Mail geschickt. Rückblickend sind die roten Zettel alles andere als ein harmloser Scherz.“
„Ich bin auserwählt!“ Es zischte, als Kranich eine Flasche Wasser öffnete. „Was haltet ihr davon?“
„Die Zettel widersprechen meiner Theorie“, gab Hagen zu. „Aber der Satz ist nicht das Produkt eines Durchschnittshirns, soviel steht fest.“
„Sendungsbewusstsein ist in 90 Prozent ein Fall für die Klinik.“ Clara hob die Hände, als müsse sie sich dafür entschuldigen.
„Aber kann der Mörder damit nicht auch das Opfer gemeint haben?“, fragte jemand aus der letzten Reihe. Es war der Spurenermittler von gestern, dessen Augen auch bei der nach hinten dunkler werdenden Innenbeleuchtung nicht lebendiger aussahen. „Also dass nicht er, der Mörder, sondern sein Opfer auserwählt ist, äh ... zu sterben.“
Clara musste sich zwingen, ihn anzusehen, so groß war ihre Abneigung. Aber wenn Margot ihm vertraute, wollte das was heißen.
„Die Ambivalenz ist da“, antwortete sie. „Letztlich ist das aber egal. Wenn jemand einen Menschen dafür auswählt, zu sterben, dann hält er sich selbst auch für auserwählt, für einen Gott. Die Botschaft ist ein Bumerang. Am Ende kommt sie zum Täter zurück.“

„Ach so", räusperte sich Leonhard. „Lilly hat vorhin noch eine Mail geschickt. Die IP-Adresse gehört zu einem Internetcafé in Berlin. Rosenthaler Platz."
Im Raum wurde es wieder unruhig.
„Ruhe." Kranich erhob sich polternd. „Das wird überprüft!" Sie sah ihre Leute an. „Der Park wird weiter überwacht, ebenso Malik und die Lechmeiers. Wir prüfen sämtliche Einbrüche in Apotheken, Krankenhäuser et cetera ... Dann werden wir ja sehen. Alles andere bleibt bloße Spekulation."
Kranich suchte Blickkontakt zum Polizeisprecher, der sich die ganze Zeit hinter seinem Laptop versteckt hatte. „Wir geben jetzt das Foto des Opfers an die Presse. Wer hat die Frau zwischen neunzehn und null Uhr gesehen? Alleine oder in Begleitung? Dann der übliche Text, sachdienliche Hinweise direkt an mein Büro, bitte."
Der junge Mann nickte stumm, blickte auf die Uhr, und machte sich an die Arbeit.

## 15

„Was ist?" Teufel musterte seine Kollegin. „Du verschweigst doch etwas."
„Wie kommst du darauf?"
„Nun sag schon."
„Wie soll ich sagen." Kranich zündete sich eine Zigarette an, hielt ihm das Päckchen hin.
Teufel nahm eine.
„Die Vergangenheit nimmt zu", sagte sie schließlich und nahm einen Zug. „Die Zukunft ab."
Teufel ließ sich Feuer geben.
„Gestern Abend, zum Beispiel." Sie blickte ihn an. „Ursula und Clara waren da und ich dachte", sie blies Rauch aus und machte eine Pause. „Ich dachte, was für eine schöne

Zeit das doch war, als wir so zusammengesessen sind und über die Fälle gesprochen haben."
„Verstehst du?" Sie sah nicht weg. „War! Als säße ich vor einer Leinwand und sähe meinem Leben zu, wie es Revue passiert."
Teufel sah ihr forschend in ihre Augen. „Ganz ohne Grund?"
Sie zuckte mit den Schultern und inhalierte den Rauch.
„Das sind Phasen", sagte er schließlich. „Wir werden nicht jünger, Margot, aber man sollte darüber nicht depressiv werden."
„Hältst du mich etwa für depressiv?" Missmutig spannte sie ihren Bizeps an. Feste, klare Konturen zeichneten sich ab.
„Ich finde, wir sollten mal wieder gut essen gehen." Er paffte. „Fünf Gänge, fünf Sterne, fünf Stunden. Was meinst du?"
„Fünf Tage Kopfweh", lachte sie. Teufel studierte ihr Lachen.
Der Ober nahm die Bestellung auf. Die Hauptkommissarin und der Rechtsmediziner saßen in der Suarezstraße draußen bei einem Italiener, vor ihnen standen eine Flasche Mineralwasser und ein Teller mit Bruschetta. Ein paar Topfpflanzen schirmten sie notdürftig vom Verkehr ab, im Hintergrund rollten die Lastwagen auf der Bismarckstraße vorbei.
„Vielleicht hat es auch mit dem Fall zu tun", sagte Margot und ihre Stimme klang wieder normal.
„Mit Helga Kramer?"
Sie nickte. „Sie geht mir nahe. Ich verstehe es selbst nicht."
Er wusste, was sie meinte. Die Verbrechen, mit denen sie zu tun hatten, verfügten über unterschiedliche Intensitätsgrade. Ein Toter konnte im eigentlichen Leben des

Ermittlers fast unbemerkt bleiben; oder er konnte dort Zerstörungen anrichten, die keinen Stein auf dem anderen ließen. Das war nirgends dokumentiert als in ihrem Gefühl. „1987: Krankenschwester ersticht fünf Patienten." Ohne Zweifel war das damals eine große Sache, über Wochen die Nummer eins in den Medien, Teufel und Kranich waren Tag und Nacht auf den Beinen. Doch ihr Leben ging damals weiter wie zuvor. Wer gut drauf war, blieb es. Wer sich Sorgen machte, machte sich Sorgen. Wer verliebt war, war verliebt. So wie sie beide. Damals.

„Danke." Teufel nahm den Teller Pasta, den der Ober ihm reichte. Kranich hatte sich für eine Pizza entschieden. Sie fand, sie hätte noch eine halbe Minute länger im Steinofen vertragen.

„Clara hatte vielleicht recht."

„Womit?"

„Es ist, als ob ..." Kranich zögerte.

„Als ob was?"

„Als ob uns etwas bedroht."

Teufel musterte sie über den Tellerrand hinweg.

Kranich ließ das Stück Pizza wieder sinken. „Klingt verrückt, was?"

Teufel legte sein Besteck weg. „Hast du Grund, dich bedroht zu fühlen?"

Kranich fuhr mit der Hand durch die Luft, als wollte sie eine Fliege verscheuchen. Sie schob den Teller fort und wich seinem Blick aus.

Teufel nickte. „Na siehst du."

Kranich beobachtete das Auto, das zum dritten Mal die Suarezstraße hoch und runter fuhr. Es versuchte, in eine viel zu kleine Lücke einzuparken.

„Ich habe Angst vor dem Tod, Johannes."

Eine Gabel klirrte. Zwischen Teufels Augenbrauen vertiefte sich eine Falte.

Sie sahen sich an.
„Warum magst du Hagen eigentlich nicht?“, fragte Margot.
Teufel ließ sich sein Erstaunen über die Wendung nicht anmerken. „Er ist ein kalter Karrierist.“
„Ach komm, das ist doch ein Klischee.“
„Eben.“ Der Rechtsmediziner winkte dem Ober, bestellte zwei Espresso und war froh, als er sofort kam. Er hatte noch einen Termin in der Charité. „Stimmt es eigentlich, dass sein Vater ein hohes Tier bei der Stasi war?“
„Dafür kann er nichts.“ Margot starrte durch ihn durch. „Im Übrigen ist er bei der Mutter aufgewachsen.“
„Du scheinst ja einen Narren an dem Jungen gefressen zu haben.“
Er schenkte das restliche Mineralwasser ein. Margot schwieg, doch ihr Gesicht war für einen Moment heller geworden.
„Margot“. Er legte seine Hand auf ihre und konnte sich ein Lächeln nicht verkneifen. Gegen Altersschwermut gab es kein besseres Rezept. „Das ist jetzt nicht dein Ernst?“
Ihr Handy klingelte und Teufel beobachtete erleichtert, dass sich jede Spur von Schwermut aus Margots Gesicht verflüchtigt hatte.
„Wir haben sie!“ Ihre Augen glühten, als sie sich Teufel wieder zuwendete. „Die haben die Handtasche in einem hohlen Baum deponiert, nicht weit vom Tatort. Raul Malik und noch einer!“

## 16

*Mörder haben keine gelben Augen, sagt man. Mörder finden sich in allen gesellschaftlichen Schichten, heißt es. Denn es gibt ihn ja, den gut situierten Juristen, der seine Frau ersticht, ebenso wie den obdachlosen Junkie, der einen Rentner erschlägt. Es gibt sogar die*

*Mutter, die ihr Kind erstickt! Ebenso wie den pädophilen Lustmörder von nebenan.*

Hagen starrte auf den Bildschirm seines Laptops. Dann tippte er weiter.

*Die Aussagen beruhen auf einer unzulässigen Vermengung zweier Statistiken.*

Er starrte wieder geradeaus.

*In der Kriminologie unterscheidet man zwischen Beziehungs- und Zufallstaten. Der Jurist und die Mutter gehören in die Kategorie der Beziehungstaten. Der Jurist würde keine andere Frau als seine untreue Ehefrau erschlagen. Die verzweifelte Mutter kein anderes Kind als ihr eigenes töten.*

Hagen lockerte seine Krawatte.

*Dem Junkie oder Sadisten hingegen ist es egal, welchen Rentner er erschlägt und welches Kind er missbraucht, es geht ihm allein um die Befriedigung seiner Sucht respektive zwanghaften Lust, jemanden vernichten zu müssen. Ich bezeichne diese Morde als Zwangstaten, weil die aus einem inneren Zwang heraus erfolgen. Beziehungstaten sind Tragödien! Zwangstaten sind vermeidbar! Das ist meine Botschaft. Denn Zwangstäter können wir erkennen, bevor sie zuschlagen: 96 Prozent aller Zwangsmorde werden von Tätern begangen, deren Biografien sich so sehr ähneln, dass es ein Skandal für unser bisheriges Präventionssystem ist. Aufgrund meiner langjährigen Erfahrung als Kriminalpsychologe vertrete ich die Überzeugung, dass über 80 Prozent aller Gewaltverbrechen im Vorfeld hätten verhindert werden können. Brauchen wir also ein neues System der Prävention?*

Hagen musste die Zeit bis zum Verhör nutzen, sein Buch sollte nächstes Jahr erscheinen und ihm fehlten noch Fallanalysen. Details konnte er später immer noch ändern.

*Der 24-jährige Raul Malik wurde im Jahre 2012 wegen Mordes an einer 62-jährigen Lehrerin zu lebenslanger Freiheitsstrafe verurteilt. Bis zum Zeitpunkt seiner Verhaftung hatte er nachweislich mehr als zehn Tiere gequält, vergewaltigt und getötet.*

*Die Akte beim Jugendamt über die Familie Malik spricht Bände: Die Mutter wurde mit 17 Jahren schwanger, brach daraufhin die Ausbildung zur Friseurin ab, kellnerte und wurde kurz darauf von einem anderen Mann wieder schwanger. Der Vater von Raul Malik erkannte die Vaterschaft zwar an, lebte allerdings mit einer neuen Frau zusammen und kümmerte sich kaum um den Sohn. Den Unterhaltszahlungen konnte der Langzeitarbeitslose nicht nachkommen. Die eigentliche Bezugsfigur war der Bruder der Mutter, der auf einem Bauernhof in Brandenburg lebte. Er kam sogar mehrfach nach Berlin, um sich als Babysitter zur Verfügung zu stellen.*

*Kinderärzte und Erzieher wiesen wiederholt auf die allgemeine Vernachlässigung des Säuglings, Kleinkinds und Schulkinds hin. Konstatiert wurde ein schlechter körperlicher Gesamtzustand, Verzögerung der geistigen Entwicklung, erhebliche Defizite beim Spracherwerb. Erst nach Jahren stellte sich aufgrund der hartnäckigen Intervention einer Lehrerin heraus, dass der Onkel die Kinder sexuell missbraucht hatte. Raul Malik war den Übergriffen und teilweise sadistischen Quälereien seines Onkels über Jahre schutzlos ausgeliefert gewesen.*

Auf dem Gang waren Stimmen zu hören.

*Kurz vor Einsetzen der Pubertät verändern sich die meisten der gequälten Kinder auffällig. So auch Raul Malik. Er begann, die Schule zu schwänzen, zog sich immer mehr zurück, isolierte sich von Gleichaltrigen und wurde zum notorischen Lügner. In dieser Zeit begann er, Tiere zu quälen und zu töten. Mit Einsetzen der Pubertät kommt dann der sexuelle Aspekt hinzu, sodass er an einigen Tieren sexuelle Handlungen durchführte. Man kann davon ausgehen, dass es nur eine Frage der Zeit ist, bis er die an den Tieren durchgeführten sexuellen Misshandlungen an einem Menschen ausprobieren wird. Eine kriminelle Karriere funktioniert nach demselben Prinzip wie die berufliche: Man fängt klein an, quält schutzlose Opfer wie Tiere und Kinder, und schreitet zu den großen Taten voran.*

Hagen grübelte. Er fand die Formulierung noch nicht gelungen.

*Bei Raul Maliks erstem menschlichen Opfer, einer 62-jährige Lehrerin aus Leipzig, konnte allerdings kein sexueller Missbrauch oder sadistische Handlungen nachgewiesen werden. Bedeutet das jedoch, dass er ungefährlich ist? Nein. Es liegt nahe, dass der Täter bei der Durchführung seiner Tat gestört wurde und so seinen ursprünglichen Tötungsplan nicht realisieren konnte. Das ist bei Ersttätern nicht selten. Vor Gericht werden sie dann für eine Tat bestraft, die sie so nicht begehen wollten. Während sie ihre Strafe absitzen, schreien ihre unbefriedigten Gefühle weiterhin nach Realisation. So kommt es zu den erschreckend hohen Rückfallquoten. Bereits im Juli 2012 hatte ich Gelegenheit, mit Raul Malik in der Untersuchungshaft zu sprechen und wurde dabei eindringlich über die Hoffnungslosigkeit aller folgender Therapieversuche belehrt.*

*Van Velzen: Mit vierzehn Jahren haben Sie auf dem Bauernhof ihres Onkels ein Schaf penetriert und danach getötet, indem sie ihm Abflussreinigungsgel eintrichterten. Was haben sie dabei empfunden?*

Malik*: Ich weiß nicht. Glück?*

Glück? Hat er wirklich Glück empfunden? Hagen wischte sich den Schweiß von der Stirn. Nachmittags wurde es unerträglich heiß im Präsidium, Klimaanlagen existierten nicht. Er war froh, dass er das bald hinter sich hatte. In den USA war Klimatisierung selbstverständlich.

*Die grausamen Taten erwachsener Mörder sind in erster Linie, hierin ist sich die Forschung einig, als Reinszenierungen der Schmerzen und Verletzungen zu verstehen, die ihnen in der Kindheit zugefügt wurden. Alle Mörder der von mir beschriebenen Kategorie sind zu Empathie vollkommen unfähig, da in ihnen nichts ist, von dem sie auf andere schließen könnten. Die Vollzugsanstalten sind voll mit solchen reduzierten Existenzen. Das einzige Gefühl, zu dem sie fähig sind, liegt in der Umkehr ihrer Ohnmacht in Macht. Die Verwandlung eines Opfers in einen Täter gehört wohl zu den schwer verständlichsten und dunkelsten Kapiteln menschli-*

*cher Entwicklung. Es ist kaum nachvollziehbar, warum der Anblick des Leidens, das man selbst einmal empfunden hat, Befriedigung verschafft.*
Hagen kniff die Augen zusammen.
*Natürlich gilt es zu bedenken, darauf wird zu Recht immer wieder hingewiesen, dass nicht jeder Mensch mit einer von Gewalt geprägten Kindheit zum Mörder wird ...*
Es klopfte. Leonhard blieb in der Tür stehen. „Ich soll Bescheid geben, dass wir in zehn Minuten anfangen."
„Danke." Hagen nickte. „Ich komme."

## 17

Der karge, in einem Braunton gestrichene Raum wurde von zwei Neonröhren ausgeleuchtet. In der Mitte stand ein Tisch. Auf der einen Seite saß Clara, auf der anderen ein Mann im schwarzen Kapuzenshirt: Marcel Heller, 22 Jahre, Hartz-IV-Empfänger und unerreichbar wie eine Fliege in Bernstein. Über dem Tisch war eine Kamera befestigt, das grüne Licht leuchtete.
„Okay." Clara blickte den jungen Mann an. „Ihr Bekannter, Raul Malik, hat also die Handtasche gefunden. Sie wissen aber weder wann, noch wo. Ist das richtig?"
Sein Gesicht wirkte verquollen, als sei er eben erst aufgestanden.
„Woher haben Sie die Tasche?" Clara lehnte sich zurück. Sie versuchte abermals, dem Jungen in die Augen zu sehen, doch er starrte auf die Tischplatte. Er stellte sich tot.
„Marcel?"
Sie sah in den riesigen Spiegel an der Längsseite, durch den Hagen und Kranich das Gespräch verfolgten. Sie fragte sich wieder, warum man dazu auch 'Venezianischer Spiegel' sagte. Kam das Glas ursprünglich aus Venedig? Oder das Spannen?

„Marcel, hör mir zu. Ich kann das gut verstehen, wenn man ein gefundenes Portemonnaie nicht gleich bei der Polizei abgibt. Was ist schon dabei, wenn man das Geld raus nimmt? Das macht doch jeder so."
Claras Hände verkrampften sich. Es waren nicht die Schwerverbrecher, vor denen sie am liebsten davonlaufen würde, sondern junge Männer wie dieser. Anfangs waren sie meist nur Mitläufer und ohnmächtig, den zerstörerischen Kräften ihres Lebens etwas entgegenzusetzen, unfähig, die Hilfe anzunehmen, die ihnen geboten wurde. Irgendwann war es dann zu spät.
„Verstehst du nicht, was ich sage?"
Clara versuchte abermals, Blickkontakt aufzunehmen. Vergeblich.
„Eine Frau ist ermordet worden. Verdammt noch mal, wenn du nichts sagst, wanderst du ins Gefängnis, ist dir das nicht klar?"
Sein Ohr war von unten bis oben mit Metall durchbohrt, dazwischen steckte eine Sicherheitsnadel. Clara wollte das Gesicht vergessen, doch sie wusste, dass ihr Hirn es längst gespeichert hatte. So wie die anderen Gesichter auch, Gesichter von Menschen, die sie oft tagelang verhört hatten. Wenn Clara in den frühen Morgenstunden wach im Bett lag und alles sich von der sorgenvolle Seite zeigte, dann kehrten sie wieder, ungebetene Gäste ihres Lebens. Dann starrten sie sie an, diese Gesichter, die vor Gleichgültigkeit ganz stumpf geworden waren, oder noch schlimmer, die vor Dummheit und Hass glühten.
„Okay." Clara war müde. Sie rieb sich die Augen. „Sie haben gestern Nacht um 1 Uhr 12 an der Tankstelle Steglitzer Damm Zigaretten und Wodka gekauft. Sie haben mit 100-Euro-Schein Schein bezahlt. Die Kamera hat das alles aufgezeichnet. Und Sie wollen mir weismachen, sie haben das Portemonnaie nicht angerührt?"

Er schob den Kiefer nach vorne. Etwas arbeitete in ihm. Wenigstens ein kleines Zeichen.
„Verstehen Sie nicht, dass mir das Geld vollkommen egal ist?“
Der junge Mann verschränkte die Arme. Sie zitterten. Jetzt sah er sie an. Es war der Blick eines Menschen, der nach Drogen verlangte, zumindest nach einer Zigarette.
„Wollen Sie eine Zigarette?“ Clara gab ihnen meistens, was sie wollten. Die Leute wurden dann irgendwann zutraulich und gesprächig. Das war Claras „softe Methode“, wie Margot es nannte. Clara erreichte damit nicht mehr als Margot mit der harten Tour. Aber auch nicht weniger.
Auf Claras Tisch blinkte ein Licht. Ohne ihn noch einmal anzusehen, stand sie auf und ging.
„O man.“ Clara rieb sich die Augen. Hagen und Leonhard nickten ihr mitleidig zu, sie hatten im Beobachtungsraum ihr missglücktes Verhör verfolgt. „Ich hab mal wieder den Mitläufer erwischt.“
Leonhard legte eine Hand auf ihren Rücken. Die Berührung tat ihr gut.
„Margot will eine Unterbrechung“, sagte Leonhard und deutete durch die Scheibe in den gegenüberliegenden Raum. Margot hatte sich Malik vorgeknöpft. Der Mann mit dem breiten, unförmigen Schädel verschränkte die Arme vor der Brust. Sein Gesichtsausdruck wirkte, als langweile er sich.
Malik sah zu ihnen herüber. Fehlte nur noch, dass er grinste.
„Ekelhaft.“ Clara zog sich der Magen zusammen. Sie hatte das Foto des Hundes vor Augen, dem im Park der Vorderfuß abgetrennt worden war.
Die Tür flog auf.
„Und?“, fragte Margot.

„Er hält dich zum Narren, Margot“, sagte Hagen. Leonhard nickte, als teile er diese Meinung.
„Kann mich mal jemand aufklären?“ Clara setzte sich rittlings auf den Stuhl, der verloren im Raum stand.
„Herr Malik“, sagte Margot mit harter Stimme, „will etwas gesehen haben. Er will beobachtet haben, wie gestern Nacht gegen zweiundzwanzig Uhr, ich zitiere, 'ein Gaga-Pärchen in den Park' kam. Die Frau sei alt gewesen und, wie er meinte, behindert, weil sie so komisch gelaufen sei und der Mann sie gestützt habe.“ Kranich legte den Kopf schief, um die Nackenmuskulatur zu dehnen.
„Das könnte Helga Kramer gewesen sein.“ Clara nickte. „Als das Gift schon wirkte, kurz vor dem Zusammenbruch, deshalb könnte sie so auffällig gelaufen sein.“
Margot erwiderte Claras Blick nur kurz, bevor sie beide wegsahen. Nach einem Verhör brauchte man ein paar Minuten, bis man wieder man selbst war.
„Weiter sagt Malik aus, dass er gegen halb zwölf den Park verlassen wollte, um nach Hause zu gehen“, sagte Margot. „Da habe er die Frau im Gras liegen sehen.“
Hagen tippte sich an die Schläfe und erklärte Clara, warum: „Er dachte, sie habe nur geschlafen.“
„Immerhin hat er zugegeben, die Handtasche geklaut zu haben“, gab Margot zu bedenken. „Und seine Aussage, dass er damit zu seinen Kumpels zurück sei, deckt sich mit der Beobachtung von Frau Osswald.“
„Ich halte ihn für schuldig“, insistierte Hagen.
„Darum wird sich der Richter kümmern“, sagte Margot kurz.
„Kann er den Mann vom ... Gaga-Pärchen beschreiben?“ Clara hatte den Ausdruck noch nie gehört.
„Groß, dunkel.“ Kranich zuckte mit den Schultern. „Sein Vokabular ist nicht besonders, aber er meint, er würde ihn wiedererkennen.“

„Der einzige, der hier gaga ist, ist Malik selbst, wenn ihr mich fragt", Hagen rieb sich die Hände und grinste.
Clara drehte sich weg. Plötzlich verabscheute sie Hagens plumpe Gestik. Nachdenklich starrte sie durch den Venezianischen Spiegel auf den Mann, der noch immer um einen coolen Ausdruck bemüht war. Doch seine Hände zitterten. Wie die von Marcel Heller.
Als Clara sich wieder umdrehte, saß Margot mit Hagen und Leonhard am Tisch. Die Drei steckten die Köpfe zusammen. Clara spürte einen Stich. Die anderen hatten sich von klein auf im Polizeidienst hochgearbeitet und jahrelang die Drecksarbeit erledigt. Auch Margot. Das hatte sie oft genug betont. Doch als Clara hier ankam, war sie bereits 33 und promoviert. Die anderen waren Teil einer Gemeinschaft, zu der Clara nie mehr denselben Zugang finden würde. Sie spürte das. Manchmal, so wie jetzt, sehnte sich nach dieser Unmittelbarkeit.
„Sobald Malik ihn verpfeift, drehen wir auf laut", hörte sie Margot zu Hagen sagen. Auch Margot grinste jetzt. Es war ein anderes Grinsen als das, das Clara kannte.
„Ich brauche dich morgen topfit", sagte Margot und nickte Clara zu. Das war das Zeichen, dass sie nach Hause gehen konnte.
„Okay." Plötzlich war Clara todmüde. „Dann viel Erfolg noch."
„Ach so." Sie drehte sich noch einmal um und deutete auf Marcel Heller, der zusammengekauert auf dem Stuhl saß. „Es bringt nichts, ihn unter Druck zu setzen. Er weiß nichts."
„Das werden wir ja sehen", sagte Hagen freundlich.
„Okay, bis morgen." Als Clara den Raum verließ, blickte Marcel in ihre Richtung, beinahe flehend, als ahne er, dass er wieder eine Chance verpasst habe.

# 18

Über vierzig Minuten war Clara die Bergmannstraße hoch und runter gefahren, hatte die Gneisenaustraße abgeklappert, inklusive aller Seitenstraßen und dem Mehringdammn. Über vierzig Minuten hatte es gedauert, bis sie endlich in der Zossener Straße einen Parkplatz fand. Und das nach einem solchen Tag! Sie hatte es so satt. Beinahe hätte sie noch eine Gruppe Teenager überfahren, die in der Hauptstadt etwas erleben wollten, als hundert Meter vor ihr ein Auto aus einer Lücke fuhr, die sich sofort wieder schloss.

Erschöpft stemmte sich Clara gegen die schwere Eingangstür, stieß sie auf und durchquerte den schwarz-weiß gefliesten Flur des Vorderhauses. Die Briefkästen waren aus mattem Gold. „Bitte keine Werbung einwerfen", stand auf den meisten. Clara schloss ihren Briefkasten auf, leerte ihn, trat in den Hinterhof hinaus und schmiss die Werbeprospekte in die Papiertonne. Irgendwo spielte jemand Musik. Ein Mann mit einer durchdringenden Bassstimme telefonierte. Clara öffnete die Tür zum Seitenflügel, die nicht einmal halb so groß war wie die vordere Eingangstür, als verkleinerten sich die Menschen, wenn sie hier ankamen. Sie zog den Kopf ein. Ihre Wohnung lag ganz oben in der vierten Etage, es gab keinen Aufzug. Der Typ aus der ersten Etage hatte mal wieder vergessen, seinen Müllbeutel runter zu tragen. Regelmäßig benutzte er den Flur als Zwischenlager, das Ungeziefer würde kommen, die Ratten, Mäuse, Clara konnte solche Leute nicht verstehen, doch was sollte sie tun? Klingeln? Den Typen zurechtweisen? Sie ging weiter. Auf der Treppe von der zweiten zur dritten Etage waren noch immer zwei goldene Stangen lose, die den Läufer auf den Stufen halten sollten, obwohl Frau Kiontke, die in der dritten Etage wohnte, es der Hausverwaltung längst gemeldet hatte. Immer wenn Clara Frau Kiontke traf, sprachen sie darüber, wie schade es war, dass die Hausmeisterwohnung nicht mehr besetzt war. Dann wäre das sofort repariert worden.

Plötzlich blieb Clara stehen. Es waren nur noch zwei Absätze bis zu ihrer Wohnung, doch etwas stimmte nicht. Sie horchte. Alles war still.

*Maria?*

Clara stützte sich auf das Geländer. Sie wusste nicht warum, doch etwas in ihr war aus dem Gleichgewicht geraten. Plötzlich spürte sie das dunkle, schwere Wasser wieder, das sich in ihrer Lunge ausbreitete. Sie schloss die Augen. Sie war nicht darauf vorbereitet gewesen.

*Eines Tages musste es ja so kommen.*

Sie hörte das helle Lachen so deutlich, als stünde sie neben ihr.

*Maria. Wo bist du?*

Sie fühlte den geschmeidigen Körper wie damals, als sie zusammen über den Kudamm flanierten. Sie sah ihr Gesicht, das schöne Schneewittchen-Gesicht mit den klaren Linien, ein Gesicht, das sich nicht um das Alter sorgen musste. Maria würde keine einzige Falte bekommen. Maria war seit drei Jahren tot.

*Wie geht es dir, Liebes?*

Etwas knackte. Außer ihr war noch jemand im Treppenhaus, jetzt war sie sich sicher. Doch das war nicht Maria. Clara griff nach ihrer Waffe in der Lederjacke. Sie ging weiter nach oben. Doch auf dem nächsten Treppenabsatz blieb sie wie versteinert stehen. Der Mann, der vor ihrer Wohnungstür saß, hob beide Hände in die Luft.

„David!“

„Clara.“

Clara ließ die Waffe sinken. Sie sahen sich an, unfähig, zu sprechen oder sich zu bewegen.
Kriminalhauptkommissar David Mayer hatte die Ermittlungen im Fall Maria Adler geleitet. Er war es gewesen, der Clara die Todesnachricht überbracht hatte. „Es tut mir leid, aber ihre Freundin Maria wurde heute Morgen tot im Landwehrkanal gefunden." Während der Ermittlungen waren sich Clara und David dann „näher gekommen", wie Clara es Kranich gegenüber formuliert hatte.
*Näher gekommen ...*
Niemand war Clara jemals so nahe gekommen wie David in dem Moment, als er ihr das Leben gerettet hatte. Von da an schien alles – ihre Liebe, ihr gemeinsames Leben, die gemeinsame Wohnung – nur noch eine Frage der Organisation zu sein. Das Schicksal hatte sie zueinander geführt und es war an ihnen gewesen, etwas daraus zu machen.
„David?"
David saß auf der obersten Stufe. Clara berührte seine Hand.
*Sie hatten es vermasselt.*
David erhob sich und versuchte, sie zu umarmen, doch Clara entzog sich. Es kam ihr falsch vor. Sie schloss die Tür auf und bedeutete ihm, einzutreten.
„Setz dich", sagte sie und wies auf das Sofa im Wohnzimmer. Sie holte zwei Gläser aus der Küche, eine Flasche Rotwein und kramte solange in der untersten Küchenschublade, bis sie eine alte Packung Zigaretten fand. Eigentlich rauchte sie kaum mehr.
„Was machst du hier?" Sie nahm gegenüber von David Platz und zündete sich eine Zigarette an.
„Heute ist der 7. Juli." Er ließ sie nicht aus den Augen. „Erinnerst du dich nicht?"

Clara schwieg. Sie hatte gehofft, er würde Neuigkeiten von Peter bringen, das verspätete Geständnis.
„Und dann habe ich von der Toten im Stadtpark gehört, unten in Steglitz, und da musste ich an dich denken." Er nahm das Glas. Seine Hände waren braun gebrannt und kräftig. Sie konnte die Sehnen genau erkennen. „Ihr habt doch den Fall, du und Kranich? War es wirklich ein Raubmord?"
„Das ist noch nicht klar." Es war gut, wenn sie über den Fall redeten. „Etwas stimmt da nicht. Ich meine, wir haben heute ein paar Jugendliche verhaftet, die mit der Handtasche der Toten unterwegs waren, aber trotzdem, es gibt da ein paar Details, die mich stutzig machen."
„Was genau?"
Clara berichtete von der Spritze und dem Fisch und den drei bis vier Stunden, die der Täter sein Opfer in der Gewalt hatte.
„Stonus-Toxin?" Er legte die Stirn in Falten, eine Geste, die Clara schon immer an ihm gemocht hatte. „Hab ich ja noch nie gehört."
„Stonus, der Stein." Clara nahm ihr Glas und prostete ihm zu. „Toxin, das Gift."
David blieb Ernst. Wie früher. Clara mochte auch das an ihm. „Die Tatwaffe ist in der Regel nur Mittel zum Zweck der Tötung. Die meisten benutzen ein Messer, weil Messer einfach zu bekommen sind. Oder sie schlagen mit etwas zu, das sich eben anbietet. Wenn sie eine Waffe hätten, würden sie schießen. Eine Spritze hingegen", er nahm einen Schluck Wein, „da fällt mir nur ein Arzt ein, oder eine Krankenschwester, ein Drogenabhängiger vielleicht."
Clara nickte. Während sie redeten, wurde die Zeit durchlässig. Zweieinhalb Jahre hatten sie sich nicht mehr gesehen, doch es fühlte sich an wie gestern, wie heute, wie

morgen. Zwischen Menschen, die ihre Kindheit zusammen erlebt hatten, gab es so eine Nähe manchmal. Doch David und Clara hatten keine Kindheit zusammen erlebt; vielleicht zählte ein gemeinsames Durchschreiten des Abgrunds ja genauso viel. Clara ertappte sich bei dem Gedanken, warum sie es eigentlich nicht mit einer Freundschaft versuchten?

„Bei bestimmten Serienmördern ist das beschrieben", hörte sie David wieder, doch sie wusste nicht, wovon er sprach, „bei Psychopathen, Sadisten. In ihrer Fantasie sind sie das Sterben des Opfers schon tausendmal durchgegangen, sie haben einen ganz bestimmten Film im Kopf und nur diese Bilder verleihen ihnen die Befriedigung, die sie suchen. Sie selbst versetzen sich dabei in die Rolle eines Regisseurs, der über die absolute Kontrolle verfügt."

„Aber bei solchen ... Psychopathen sind die Opfer schlimm zugerichtet", sagte sie leise und öffnete ein Fenster. „Verstümmelt."

Sie spürte Davids Blick im Rücken.

„War die Frau denn zugerichtet?"

„Nicht im üblichen Sinne." Clara drehte sich wieder um. Sie mied Davids Blick. „Wenn er sie gequält hat, dann anders. Im Tatverlauf gibt es ein Loch von drei bis vier Stunden. Letztlich wissen wir nicht, was passiert ist."

Clara stand am geöffneten Fenster und blickte in den Kastanienbaum hinaus. Sie hatte das Licht gelöscht. Draußen war es warm und die Schatten kündigten die Nacht an. David stand hinter ihr.

„Was denkst du?", fragte er. Alles war wie damals.

Clara drehte sich um. David sagte immer, seine Augen wären braun, doch in Wahrheit war es ein bernsteinfarbenes Gold. Sie legte den Kopf an seine Brust. Sie hörte

sein Herz schlagen. Sie spürte die warme Haut unter seinem T-Shirt.
Sie hätte ihm sagen wollen, dass es nicht gut war, was sie taten. Dass sie keine Familie zerstören wollte, dass sie ohnehin keine Zukunft zusammen hatten – aber es war ihr egal. In diesem Moment war ihr alles egal. Sie küsste ihn und alles andere fügte sich.
„Was denkst du?", fragte David, als sie eine halbe Stunde später erschöpft nebeneinanderlagen. Clara kuschelte sich enger an ihn. Wie damals.
„Das mit Monika", begann David wieder.
„Sei still."
„Hör mir doch wenigstens zu."
Clara hielt sich die Ohren zu.
„Es ist vorbei", hörte sie ihn.
Erstaunt drehte sich Clara um. „Hast du dich scheiden lassen?"
„Das nicht, noch nicht, aber ..."
„David", sagte sie und lächelte schwach. „Sei einfach still."
„Ich liebe dich, Clara."
Sie zuckte mit den Schultern. Dann stand sie auf und ging ins Badezimmer.

## 19

„Das ist jetzt nicht wahr, oder?"
Clara ging auf Kranichs Büro zu. Seit dem Anruf heute Morgen nahm sie ihre Umwelt nur noch in Ausschnitten wahr. Sie ging wie durch einen Tunnel. Das helle Licht am Ende kam aus Kranichs Büro, in dem sich bereits alle versammelt hatte. Es war Montagmorgen, kurz nach acht. Kranich sah aus, als habe sie die ganze Nacht nicht ge-

schlafen. Tiefe Gräben zogen sich durch ihr Gesicht. Wortlos reichte jemand Clara den Bericht.
„Das kann doch nicht wahr sein."
Clara sank auf einen Stuhl, während sie las. Immer wieder schüttelte sie den Kopf. Raul Malik, 23 Jahre, arbeitslos und vorbestraft, war über Nacht in Untersuchungshaft verstorben.
„Als Leonhard ihm heute Morgen das Frühstück in die Zelle brachte, war er bereits tot", sagte Kranich und fuhr sich mit beiden Händen durch die Haare, die Clara grauer vorkamen als sonst.
Raul Malik war tot? Clara überflog den Bericht: Herzrhythmusstörungen ... Atemlähmung ... tödliches Multiorganversagen ... Methoxyamphetamin (PMA) und Para-Methoxymethylamphetamin (PMMA) ...
„Eine dieser neuen, gefährlichen Ecstasy-Pillen", hörte sie Kranich. „Woher! Hatte! Er! Den! Scheiß?"
Kranich hatte jedes der Worte herausgebrüllt.
„Verdammt." Auch Hagen stand die Anspannung ins Gesicht geschrieben.
„Zwei Tabletten von der Größe eines Aspirin hätten ausgereicht." Teufels Augen hatten einen glasigen Ausdruck, als hätte auch er nicht geschlafen. „Er könnte es sonst wo versteckt haben, in der Backentasche, im Anus, zwischen den Zehen."
Clara schloss die Augen. Als sie heute Morgen die Wohnung verlassen hatte, schlief David noch.
*David?* An ihrem Schulterblatt fühlte sie noch den Abdruck seiner Hand.
Clara öffnete die Augen und sah in zermürbte Gesichter. Auch den anderen fiel es schwer, trotz langjähriger Diensterfahrung, mit einem Selbstmord in Untersuchungshaft umzugehen.

„Verdammt!“ Clara fuhr zusammen, als Kranich mit der flachen Hand auf den Tisch schlug.
„Zuerst dachte ich, der schläft noch“, hörte Clara eine zaudernde Stimme hinter sich. Sie drehte sich um. Bleich saß Leonhard auf einem Stuhl an der Wand und schüttelte den Kopf. Sie beneidete ihn nicht, die Leiche gefunden zu haben. „Wenn ich gewusst hätte, dass er bereits tot war ... Aber ich verstehe das einfach nicht, man hätte doch etwas hören müssen, Schreie oder so?“
„Hör auf, dir Vorwürfe zu machen“, sagte Hagen. „Es ist nicht das erste Mal, dass so was passiert. Es passiert eben.“
„Hagen hat recht.“ Die Hauptkommissarin erhob sich, ihr Blick war wieder fest.
„Aber Malik war der einzige, der den Täter hätte wiedererkennen ...“ Clara verstummte, als Kranich die Hand hob.
„Lügenmärchen. Wir haben ihn gestern noch bis spät in die Nacht vernommen. Er hat sich dabei in Widersprüche verstrickt, die seine Glaubwürdigkeit mehr als infrage stellen. Zudem wissen wir jetzt, dass die Fingerabdrücke auf Helga Kramers Tasche von ihm sind. Außerdem,“ sie hielt das Fax hoch, das auf ihrem Tisch lag. „Außerdem wurde auf Helga Kramers Anzughose ein Haar gefunden. Es stammt von Raul Malik.“
Niemand sagte etwas.
„Vielleicht ist sein Selbstmord als ein Schuldeingeständnis zu verstehen“, sagte Kranich und blickte zu Hagen.
„Ein Schuldeingeständnis?“ Clara spürte, dass die beiden etwas wussten. „Aber das Haar ist doch noch kein Beweis, ich meine, Malik hat die Tasche geklaut, vielleicht ist es da einfach ...“
„Oder habe ich gestern noch was verpasst?“, fragte sie.
„Ich habe ja noch mal mit Marcel Heller gesprochen“, nickte Hagen. „Er konnte die Geschichte mit dem Pär-

chen, das im Stadtpark spazieren gegangen sein soll, nicht bestätigten." Hagen machte eine Pause und sah Clara an. „Marcel Heller ist allerdings etwas anderes aufgefallen. Auf Raul Maliks T-Shirt sei Blut gewesen, als er mit der Handtasche zurückkam."

*Blut. Das war es also.*

Obwohl Speichel, DNA und andere Ausscheidungen genauso als Beweise taugten, hatte Blut die höchste Überzeugungskraft. Wem sprichwörtlich das Blut an den Fingern klebte, der wurde vor Gericht doppelt so oft für schuldig erklärt als die mit Speichel und DNA. Nur Sperma war ähnlich überzeugend.

Clara war schlecht. Sie brauchte einen Kaffee.

Kranich warf einen Blick auf die Uhr. „Die Wohnung von Raul Maliks Mutter wird seit anderthalb Stunden durchsucht."

Stühle scharrten, allgemeines Gemurmel hob an, Clara stand auf.

„Vielleicht sehen wir uns jetzt die Bänder von der Vernehmung gestern Abend an, damit sich alle ein Bild machen können", sagte Kranich. Clara sah Margot dankbar an.

Das Telefon klingelte.

„Ja, sie steht neben mir." Clara reichte Kranich den Hörer. Es war dieser Mann von der Spurenermittlung, Richard. Selbst seine Stimme klang erloschen.

Kranichs Miene hellte sich von Sekunde zu Sekunde auf. „Gute Arbeit", sagte sie schließlich. „Wir kommen."

Kranich legte den Hörer auf. Alle starrten sie an.

„Das war 's." Sie ließ sich in den Lederstuhl fallen. „Im Waschkeller von Maliks Mutter haben sie das T-Shirt gefunden. Es handelt sich um das Blut von Helga Kramer."

Sie sah in die Runde. Es würde noch ein paar Minuten dauern, bis die Anspannung in ihren Gesichtern dem guten Gefühl wich, einen Fall in gerade mal 48 Stunden aufgeklärt zu haben.

## 20

Es war der bisher heißeste Tag in diesem Sommer gewesen. Die dicken Steinmauern des Landeskriminalamts hatten die Hitze nicht mehr abhalten können, doch niemand hatte sich über die schwüle Luft beklagt. Obwohl, wie Kranich an diesem Tag noch oft betont hatte, „so etwas immer passieren konnte“, waren sie alle erleichtert, auch die Hauptkommissarin, dass weder vonseiten des Polizeipräsidenten noch von der Staatsanwaltschaft ein Untersuchungsausschuss zum Selbstmord von Raul Malik einberufen worden war. Den ganzen Tag über waren Berichte getippt worden, Akten vervollständigt und der Satz, dass sich so etwas selbst bei hohen Sicherheitsvorkehrungen nicht verhindern lasse, machte die Runde. Erika und Norbert Lechmeier hatten sich bestürzt und zugleich befriedigt darüber gezeigt, dass der Mörder „seine gerechte Strafe“ erhalten habe. Christine Berger war verstummt und hatte – wie Clara meinte, durch das Telefon gehört zu haben – vor Erleichterung geweint.

Niemand zeigte mehr daran Interesse, am allerwenigsten Kranich, den Unfalltod von Gregor Kramer erneut aufzurollen. Die Beerdigung von Helga Kramer würde am Freitag in Leipzig stattfinden. Clara überlegte, hinzufahren, auch wenn Margot das sentimental fand.

Mit der Hitze hatte sich die Betriebsamkeit des Tages gelegt. Es war kurz nach halb neun, als Hagen an die Bürotür der Hauptkommissarin klopfte.

„Setz dich.“ Ohne aufzusehen, wies sie auf den Stuhl ihr gegenüber.

Kranich saß am Schreibtisch über ein Schriftstück gebeugt. Hagen bemühte sich, nicht hinzusehen, doch unter dem dünnen Shirt zeichneten sich ihre Brustwarzen ab. Sie trug keinen BH. Ihre Brüste waren klein wie die eines Mädchens, die Oberarme waren klar definiert, die Haut gebräunt.

„Ich bin gleich fertig."

In dem Raum war es noch immer schwül wie in einer Sauna. Hagen fokussierte die Kaffeemaschine, um nicht auf die erbsengroßen Erhebungen zu starren. In seinem Rücken löste sich ein Schweißtropfen. Er spürte, wie er hinunter glitt.

Hagen wusste, was ihn erwartete: eine Moralpredigt. Er kannte das Gerede über unzulässige Verhörmethoden, über das Recht des Täters auf menschenwürdige Behandlung, auch wenn der gerade ein paar Menschen zu Tode gequält hatte.

Sein Fuß begann wie eine Nähmaschine auf und ab zu hämmern.

„Gleich", knurrte Kranich. Sie schien nicht gut aufgelegt zu sein.

Clara war bereits nach Hause gegangen. Leonhard auch. Sie waren allein.

Hagen erinnerte sich an den 24. Dezember. Alle hatten Urlaub beantragt, nur er und Kranich konnten dem Weihnachtsfest nichts abgewinnen. Weihnachten sei ein Tag wie jeder andere, meinte Kranich; nur dass sich die Leute an diesem Tag doppelt so oft die Köpfe einschlugen. Hagen hatte ihr zugestimmt. Gegen Abend waren sie zu einem Tatort nach Spandau gerufen worden. Ein älterer Mann und eine blutjunge, thailändisch aussehende Frau lagen tot auf dem Teppichboden eines Wohnzimmers. Das Feuer im Kamin brannte noch. Die Frau lag mit gespreizten Beinen da, der Mann kniete über ihr, sein

Penis und seine Hoden hingen herab. Jemand maß die Körpertemperatur des Mannes rektal. Kranich hatte ihm ausführlich erklärt, weshalb sie davon ausging, dass in diesem Fall der Geschlechtsverkehr einvernehmlich stattgefunden habe.
Die ganze Nacht hatte er daran denken müssen und an ihren Blick, als sie seine Erregung gespürt hatte.
„Du weißt, warum ich mit dir sprechen will?"
Sie sah so plötzlich auf, dass er sich ertappt fühlte. Er schüttelte den Kopf. Kranich nickte.
„Ich brauche jetzt nicht das Europäische Gericht für Menschenrechte anzurufen", begann sie, „um dir klarzumachen, dass die Androhung von Folter unter dem Aspekt von Menschenrechten nicht akzeptabel ist. Es geht nicht an, dass sich der Rechtsstaat mit Verbrechermethoden auf die Stufe der Verbrecher stellt. Dir ist hoffentlich klar, dass jeder, der das tut, den Boden der Rechtsordnung verlässt."
Sie sah ihn an, bis er seinen Blick senkte.
„Ich habe keine Lust, in Zukunft wegen dir die Protokolle fälschen zu müssen." Es knarrte, als sie sich auf dem Stuhl drehte. „Ich werde nichts mehr vertuschen, ist dir das klar?"
Hagen biss sich auf die Zunge. Er nickte.
Vor allem deshalb war er froh, zum 1. Oktober in die USA zu wechseln. Hier in Deutschland machten sich alle bereits ins Hemd, wenn nur ein Tropfen Speichel auf dem Täter landete, Pardon, auf dem mutmaßlichen Täter. Im Vergleich zu den sogenannten „verschärften" Verhörmethoden der CIA war es lächerlich gewesen, was er mit Malik oder Heller getan hatte, er hatte ihn ja nicht aufs Wasserbrett gespannt. Was hatte er denn schon getan? Er hatte ihm nur ein paar Dinge ins Ohr geflüstert.
„Ob dir das klar ist?"

Kranich war aufgestanden. Sie schlenderte um den Schreibtisch herum. Hinter ihm blieb sie stehen.
„Dieses eine Mal, Hagen." Er konnte sie riechen. Er drehte sich nicht um. „Ich hoffe, du hast das kapiert."
Sie roch nach Rauch und diesem Duft, von dem er noch immer nicht wusste, was es genau war. Er hatte in den Geschäften alle gängigen Parfums ausprobiert, doch vielleicht war es ein Deo oder ein Weichspüler.
„Hagen?" Im Grunde war sie ihm doch dankbar, dass er diesen Wichser zum Sprechen gebracht hatte.
„Ich habe dich etwas gefragt." Vor Überraschung zuckte er zusammen.
Ihre Hände umschlossen seinen Nacken.
„Ja", klang es wie ein Stöhnen, als er antworten wollte.
„Der Staat hat das Gewaltmonopol." Ihr Griff lockerte sich. „Wer einmal mit Folter beginnt, und dazu gehört auch die Androhung von Folter, begibt sich in Teufelsküche. Am Ende ist der Missbrauch nicht mehr kontrollierbar, wenn Behörden mit derart weitreichenden Befugnissen ausgestattet werden. Früher oder später werden Unschuldige gefoltert und Leidtragende sind letztlich immer ..."
Sie verstummte. Dann ging sie zum Fenster, als habe sie etwas gesehen.
Er schwitzte plötzlich stark.
Außer ihnen war niemand mehr da.
Sie sah ihn an. Er spürte, wie sein Schwanz hart wurde.
Wollte sie es wirklich? Er durfte kein Risiko eingehen.
Er wischte sich den Schweiß von der Stirn. Kranich kam zurück, diesmal blieb sie neben ihm stehen und setzte sich mit dem Hintern halb auf die Schreibtischplatte. Sie sagte nichts. Warum sagte sie nichts? Er hörte ihren Atem. Er begann, im selben Rhythmus zu atmen. Wie beiläufig berührte er ihren Arm.

Er spürte ihren Schenkel an seiner Hand.

Hagen stand auf. Er stand genau vor ihr. Sie drehte ihr Gesicht zur Seite. Als er seine Hand über ihre Brustwarzen gleiten ließ, sagte sie nichts. Er presste einen Schenkel zwischen ihre. Sein Griff wurde härter, er drückte, bis sie sich zu wehren begann, doch sie wehrte sich nur schwach.

Andere Frauen zappelten viel stärker, manche schrien.

Kranich stöhnte auf, als er sie auf den Tisch hinab drückte.

Er versuchte, sie zu küssen, doch das wollte sie nicht. Es war ihm egal. Kranich lag mit nacktem Oberkörper und einem weit nach hinten überstreckten Hals vor ihm auf dem Schreibtisch und bot sich ihm an. Während er den Knopf an ihrer Jeans löste, flüsterte er ihr etwas ins Ohr. Als er ihren Slip herunterzog, leckte er den Schweiß von ihrem Bauch. Anders als in seiner Vorstellung zuckte Kranich nur kurz, als er in sie eindrang. Für einen Moment verharrten sie regungslos. Ihr Atem ging schnell. Für einen Moment hob sie den Kopf und die dunklen Augen starrten ihn an. Es waren die Augen von Helga Kramer. Kurzerhand drehte er sie auf den Bauch, drückte ihren Kopf gegen den Tisch, spreizte die Schenkel und stieß zu, immer wieder, bis er seinen Rhythmus fand.

# ZWEITER TEIL

## DONNERSTAG, 22. AUGUST

## 21

Stella Krefeld wickelte sich eine dunkle Haarsträhne um den Finger. Um sie herum klapperten die Tastaturen, jemand hustete. Stella Krefeld hatte eine italienische Mutter und einen deutschen Vater und hatte von beiden „jeweils das Beste mitbekommen“, wie sie selbst zu sagen pflegte. Ihr Blick wanderte zur Potsdamer Straße hinaus, streifte die gläserne Front der Neuen Nationalgalerie, glitt nach rechts über den gelben Panzer der Philharmonie und wieder zurück zu der Frage auf ihrem Bildschirm: *Bei der Schuldfähigkeit gilt grundsätzlich das Simultanitätsprinzip: Der Täter muss bei Begehung der Tat schuldfähig sein. Welche Rechtsfigur kann dieses Prinzip durchbrechen?*

*actio libera in causa*

*error in obiecto.*

Ohne nachzudenken, klickte Stella auf die erste Antwort. Sie hätte die Fragen im Schlaf beantworten können, doch trotzdem wiederholte sie den Crashkurs in Strafrecht in regelmäßigen Abständen.

Jemand hustete, schon wieder. Die Klimaanlage war zu kalt eingestellt. Hinter ihr unterhielten sich zwei. Stella drehte die Wachspfropfen tiefer in ihre Ohren. Jemand ging an ihrem Tisch vorbei, schon wieder der komische Typ. Fand der keinen Platz? Stella versuchte, sich zu konzentrieren, doch es gelang ihr nicht. Die Staatsbibliothek West verfügte über mehr als achthundert Arbeitsplätze, die heute alle besetzt schienen.

*Richtig! Mit der Rechtsfigur der actio libera in causa (alic) wird die Verantwortlichkeit vorverlagert: das vorwerfbare Versetzen in einen schuldunfähigen Zustand (z. B. sich zu betrinken) als Tatursache. Worauf muss sich der Vorsatz in diesen Fällen beziehen?*

*(1) Auf die Begehung der Tat.*

*(2) Auf die Begehung der Tat und das Herbeiführen des Defektzustands.*
Stella blickte zu Judy in den Sonderlesebereich hinab, die über den roten Gesetzesbüchern brütete. Es war Viertel vor eins. Lustlos schloss Stella das Jura-Programm und öffnete den Browser. Sie würde noch etwas Zeitung lesen. In den letzten Wochen während der Prüfungsvorbereitung hatte sie so gut wie nichts mehr mitbekommen. Ein Killervirus hätte Berlin lahmlegen können, ein Erdbeben hätte ihre Tante in Umbrien obdachlos machen können und sie hätte nichts davon mitgekriegt. Obwohl – ihre Mutter hätte sie sofort angerufen, wenn Giulias Hütte endlich eingefallen wäre.
*Glotz doch nicht so blöd.*
Stella setzte ein vielsagendes Lächeln auf. Der Typ mit der Halbglatze, Stella kannte ihn von der juristischen Fakultät, blickte zu ihr hoch. Nach ein paar Sekunden blickten sie beide weg.
*Nein! Nicht schon wieder.*
Ärgerlich drückte Stella die Escape-Taste. Das rote Fenster verschwand. Sie musste sich die Werbung heute Morgen mit irgendeiner Spammail eingefangen haben, seitdem blinkte der rote Mist fast stündlich auf ihrem Bildschirm auf. „Ich bin auserwählt!" So ein Quatsch. Der Typ mit der Halbglatze stand von seinem Platz auf. Während er zum Ausgang ging, blickte er noch einmal zu ihr hoch. Als sie ihm hinterher sah, grinste er.
*Stronzo. Wenn die Mail von dir kommt, ist es vorbei, bevor es angefangen hat.*
Judy bewegte sich in dem weißen Hemdkleid, das sie seit einer Woche ununterbrochen trug, über den hellgrünen Teppichboden auf Stella zu. Unter dem Geländer blieb sie stehen, blickte hoch und führte einen imaginären Löf-

fel zum Mund. Stella nickte. Es war Zeit für die Mittagspause.
Sie packte ihre Sachen in die durchsichtige Plastiktüte der Bibliothek und vergewisserte sich, dass ihr Laptop angeschlossen war. Die Bücher ließ sie auf dem Tisch zurück.
„Alles klar?" Stella hakte sich bei ihrer Freundin ein. Judy sah müde aus, um ihren Mund verteilten sich rote Flecken, die sie mit Make-up zu kaschieren versucht hatte.
„Wenn es nur schon rum wäre." Sie zeigte auf ihren Mund. „Jetzt hab ich mich gestern auch noch massakriert."
„Mit so einem Wachsstreifen." Judy verdrehte die Augen. „Scheißdreck."
„Kannst du laut sagen."
Sie gingen die Treppe zum Eingangsbereich hinab.
„Ich kapier die letzten Beispielfälle aus den Rep-Unterlagen einfach nicht", sagte Judy, zog ihre Bibliothekskarte, zeigte sie dem Mann an der Einlasskontrolle und passierte das Drehkreuz.
„Welche?" Stella lächelte dem Mann zu.
Die beiden Juristinnen durchquerten das Foyer.
„Vor allem der vierte bei den Tötungsdelikten, den wir gestern schon diskutiert haben." Judy hielt Stella die Tür auf. „Also das ist doch total unlogisch."
„Du musst dir die Opferdefinition einbläuen." Vor dem Eingang standen ein paar Leute und rauchten. Stella grüßte jemand. „Wann fängt Menschenqualität an?"
„So um die zwölfte Schwangerschaftswoche dachte ich."
„Im strafrechtlichen Sinn." Stella blinzelte gegen die Sonne. Es war jedes Mal ein Schock, in die Mittagshitze hinaus zu treten. Sie zog das Shirt aus, das sie über dem Kleid trug, und setzte ihre Sonnenbrille auf. „Ein Mensch bist du im strafrechtlichen Sinne erst ab der ersten Eröff-

nungswehe beziehungsweise ab dem Ansetzen des Skalpells zum Kaiserschnitt."
„Und wenn ich im fünften Monat Wehen bekomme?" Judy klang panisch.
„Im fünften Monat ist ein Embryo noch nicht lebensfähig." Sie grüßte wieder jemand. „Wo ist das Problem?"
„Scheißdreck." Judy presste sich die Hände an die Schläfen. „Ich schaff das nicht."
Schweigend überquerten sie die Potsdamer Straße. Sie kamen an dem Kiosk vorbei, der wirkte, als könnte er über Nacht verschwinden, so improvisiert war er zusammengebastelt, dabei hielt er sich schon seit Jahren hier direkt an der Straße. Alles war besetzt. Die Leute blickten auf die vierspurige Straße, als säßen sie direkt am Meer.
„Charlotte!" Stella winkte jemand. „Alles klar?"
Ein paar Männer reckten die Hälse. Judy wusste, dass sie gut aussah, doch meist zog Stella die Aufmerksamkeit auf sich. Stella war so lebendig. Das transparente Sommerkleid, das Stella trug, tat sein übriges. Von hinten konnte man die Spalte in ihrem Gesäß deutlich erkennen; Judy hatte es ihr gesagt, doch es schien sie nicht zu stören.
„Ich glaube, Herr von Bödefeld hat ein Problem." Stella blickte die Freundin an. Judy hatte den Typen mit der Halbglatze so genannt, weil er sie einmal in der Cafeteria angesprochen und – sie schwöre – „genau wie Herr von Bödefeld von der Sesamstraße" genäselt habe.
„Ich habe heute Morgen so eine Mail bekommen", fuhr Stella fort, nachdem Judy schwieg. „Alles war rot. Ich bin auserwählt, stand drin, sonst nichts."
„Rot?"
„Ich bin auserwählt", wiederholte Stella. Die Schindeln der Staatsbibliothek glänzten wie Gold. „Der hat echt ein Problem."

„Ich hab ein ganz anderes Problem“, jammerte Judy. „Bei dir geht es ja eh nur darum, ob du mit oder ohne Prädikat abschließt.“ Sie warf einen vergewissernden Blick auf Stellas Hinterteil. „Aber bei mir geht's um die nackte Existenz.“

„Meine Drama Queen.“ Stella legte den Arm um die Freundin.

„Hey, das ist erst der Schnellschuss“, fügte sie hinzu, als sie die Angst in Judys Augen sah. „Danach gibt es immer noch eine zweite Chance.“

Judys Gesicht verzog sich. Plötzlich ließ sie sich auf die Steintreppen vor der Neuen Nationalgalerie fallen und legte die Hände vor die Augen.

„Ich schaff das nicht.“

„Hey.“ Stella setzte sich zu ihr. „Sieh mal.“

Sie deutete in den Himmel hinauf. Judy folgte ihrem Blick. „In vierzehn Tagen sitzen wir im Flieger nach Neapel.“ Die Wolken spiegelten sich in Judys hellen Augen. „Denk an unser Hotel, den Limoncello, an die Abende auf der Dachterrasse.“

„Wenn wir nur schon dort wären.“ Judy lächelte schwach.

Stella ließ das rote Papier durch ihre Finger gleiten. Es war etwas dünner als normales. Unschlüssig blätterte sie das Strafgesetzbuch durch; sonst lag nichts darin. Stella blickte sich um. Herr von Bödefeld war nicht an seinem Platz. War er wirklich so kindisch? Was wollte er damit sagen? Dass er sie auserwählt hatte? Dass er sich selbst für auserwählt hielt?

Jemand hustete. Stella drehte sich um. Der kleine Blonde, der hinten in der Ecke saß, beobachtete sie schon den ganzen Tag. Als sie ihn fixierte, lief er rot an und versteckte sich hinter seinem Apple.

*Oder war es der?*

Entschlossen knüllte sie den Zettel zusammen, erhob sich und ging auf den Apple-Typen zu. Sie konnte sein Herz rasen hören. Sie warf den Zettel in den Papierkorb neben seinem Tisch. Dann kehrte sie wieder an ihren Platz zurück. Sie musste sich auf die Prüfung konzentrieren. Für solche Spielchen hatte sie jetzt wirklich keine Zeit.

Stella verließ die Staatsbibliothek pünktlich mit dem Gong, es war 20 Uhr 56, als sie am Fahrradständer stehen blieb. Der Hausmeister hatte bereits begonnen, die Drehtüren abzuschließen, während die letzten Benutzer noch herauströpfelten. Man sah ihnen an, dass sie den ganzen Tag in der Bibliothek verbracht hatten, dachte Stella, ihre Gesichter waren noch nicht wieder da. Judy war bereits aufgebrochen, sie wollte noch einkaufen, hatte aber versprochen, spätestens um halb zehn im Schleusenkrug zu sein. Stella stemmte ihre Laptoptasche in den Fahrradkorb. Ein kühles Bier am Abend war alles, worauf sie sich zurzeit freute. Danach würde sie ins Bett gehen, um morgen früh um neun wieder hier zu sein.

*Was für ein Leben!* Stella streckte sich.

Der Schleusenkrug war ein Biergarten direkt am Wasser des Landwehrkanals, nicht weit vom Zoologischen Garten entfernt. Wenn sie die Abkürzung durch den Tiergarten nahm, war sie in zehn Minuten da. Stella schloss das Fahrrad auf. Es war jetzt angenehm warm, nicht mehr so drückend, ein wenig wie die Sommerabende in Italien. Stella zog ihr Fahrrad aus dem Fahrradständer. Dann bemerkte sie es.

*Merda!*

Das Hinterrad rollte auf der Felge. Stella bückte sich und berührte den schlaffen Schlauch. Ein Platten. Ausgerechnet jetzt.

„Kann ich dir helfen?“

Stella blickte auf. Der Mann sah sie erwartungsvoll an, als müsste sie sich an ihn erinnern.
„Ich weiß nicht." Sie überlegte, wo sie das Gesicht schon einmal gesehen hatte. „Kannst du einen Reifen flicken?"

## 22

Margot Kranich starrte an die weiß getünchte Zimmerdecke. Ein feiner Riss zog sich über die gesamte Breite, im letzten Drittel verzweigte er sich und verschwand in einem dunklen Fleck. Der Riss sah harmlos aus, als könnte man ihn mit ein bisschen Gips verschließen. Vielleicht würde sogar eine Schicht Farbe reichen. Kranich drehte sich auf die Seite, sie schloss die Augen. Ihr Gehirn war ein harter Klumpen Blei. Seit Wochen hatte sie nicht mehr geschlafen. Tagsüber ging es, doch nachts wachte sie mit rasendem Herzen ruckartig auf und fand nicht mehr zurück in den Schlaf. Sie drehte sich wieder auf den Rücken und starrte nach oben. Plötzlich wusste sie, dass der Riss tiefer war; wahrscheinlich war es längst in die Substanz eingedrungen.
Kranich tastete nach dem Handy. Es war 5 Uhr 16. Johannes ahnte etwas, da war sie sich sicher, und Clara auch. Sie stand auf, ging ins Badezimmer und duschte. Das warme Wasser prasselte auf ihren Kopf, es tat gut, die Nackenmuskulatur entspannte sich. Langsam streckte sie ihre Arme in die Luft. Mit beiden Händen griff sie nach der Duschstange und rüttelte daran. Dann ließ sie sich auf den Boden sinken und schlug die Hände vors Gesicht.
„Guten morgen, Margot! Guten morgen, Günther!"
Sie ging in die Küche und schaltete die Kaffeemaschine ein. Ein dumpfes Grummeln drang aus der Tiefe des Triebwerks, es knackte, ratterte. Die Maschine beruhigte sie. Kranich hängte eine Tüte Milch an den Schlauch und

starrte in die Tasse, während der weiße Strahl sie füllte. Unter ohrenbetäubendem Lärm zermahlte es die Bohnen. Kranich massierte sich die Hände, während der Espresso in den weißen Schaum eindrang.
„Guten morgen, Margot! Guten morgen, ther!“ krächzte der Vogel wieder.
Mit der Tasse in der Hand blieb Kranich am Käfig stehen.
„Guten morgen, Beo“, flüsterte sie zärtlich.
„Guter guter guter Beo“, nickte er und trat aufgeregt von einem Fuß auf den anderen.
„Wer bist du? Wer bist du? Guter guter guter Beo.“
Sie setzte sich an den langen Holztisch, tat Zucker in den Cappuccino und blickte in den Garten hinaus. Über dem Gras schwebte eine Nebelwolke, an den Rändern löste sie sich bereits auf. Kranich liebte das Haus vor allem deshalb: Von der offenen Wohnküche sah man durch die Fensterfront direkt in den Garten, der für Berliner Verhältnisse luxuriös war. Dahinter kam nur noch der Treptowkanal.
Kranichs Handy ratterte und hüpfte auf dem Tisch. Sie blickte auf das Display. Es war einer der diensthabenden Streifenpolizisten.
„Kranich?“, meldete sie sich.
„Frau Hauptkommissarin.“ Jemand atmete schwer. „Hier Kiontke, Fritz, von der Dritten. Ein Rentner hat die Leiche einer jungen Frau gefunden, im Tiergarten. Wir sind gerade angekommen.“ Er hustete. „Sieht nach Raubmord aus.“
„Wo genau?“ Alles in Kranich ging auf Alarmstellung.
„Wenn Sie den Großen Weg in Richtung Straße des 17. Juni fahren, auf der Höhe vom Neuen See, dann sehen Sie uns schon.“
„Bin unterwegs.“

„Ach so, Fritz", fügte sie hinzu. „Verständigen Sie bitte die Spurensicherung und fragen sie bei Johannes Teufel an."
Mit dem Handy zwischen Ohr und Schulter stürzte sie den Kaffee hinunter, zog die Turnschuhe an und griff nach dem Schlüssel. Zum dritten Mal sprang bei Clara nur die Mailbox an. Ihr Handy war abgeschaltet. Das hatte es noch nie gegeben.
„Teufel, Teufel", hörte sie den Vogel noch krächzen, bevor sie die Tür zuknallte und losfuhr.
Kranich parkte den schwarzen Audi in der Lichtensteinstraße und ging den Rest zu Fuß. Der Waldboden dampfte. Es roch nach Wasser und Erde. Sie zog ihre Lederjacke über. Plötzlich fröstelte sie.
Kiontke winkte ihr zu. Seine Nase war rot, der buschige Schnauzer gelb, eine Reverenz an Bismarck, wie er ihr einmal gestanden hatte. Neben Kiontke stand ein jüngerer Polizist, auch er trug einen Oberlippenbart, wenn auch schmaler und dünner.
„Wir haben alles gelassen, wie es war", versicherte Kiontke und reichte ihr seine große, kräftige Hand. Die Hand war rot.
„Guten morgen, Frau Hauptkommissarin."
„Morgen", nickte Kranich. Ihr Blick suchte den Wegesrand ab. Die Frau, die seitlich im Gras lag, hatte lange, dunkle Locken, die gebräunten Beine wirkten trainiert. Sie trug ein rotes Sommerkleid.
Kranichs Herz schlug schneller. Clara?
Der Rock war verrutscht, man sah den Po und die Oberschenkel, alles war mit blauen Flecken übersät. Kranich ging um die Tote herum. Sie musste das Gesicht sehen.
Die schwarzen Augen waren weit aufgerissen, als hofften sie noch immer auf Hilfe. Das Gesicht war verfärbt. Es war jünger und voller als das von Clara.

„Margot?"
Kranich drehte sich um. Johannes war mit der Spurensicherung angekommen, doch sie hatte es nicht bemerkt.
„Johannes." Sie spürte seine Hand auf ihrem Arm. „Gut, dass du da bist."
Lautlos verteilten sich die weiß gekleideten Figuren der Spurensicherung auf dem Gelände und taten ihre Arbeit. Auch Kranich und Teufel legten Schutzkleidung an. Johannes beugte sich über die Tote. Schweigend sah Kranich ihm zu.
Am Haaransatz klaffte eine Wunde. Das Blut war über die Stirn nach unten gelaufen, sammelte sich in der majestätisch geschwungenen Augenbraue und verschwand über die Schläfe im Boden. Es war fast schwarz.
Die Wunde sah aus, als sei sie von einem dumpfen Gegenstand am Kopf getroffen worden. Zwei Meter weiter lag ein Ast auf dem Boden. Etwas Blut klebte daran. Jemand hatte ein Schild mit einer Zahl in den Boden davor gesteckt. Der Fotograf hielt es fest. Ein weißes Damenrad der Marke „Prophete" stand am Wegesrand. Es wurde mit Puder und Klebestreifen auf Fingerabdrücke untersucht. Im Fahrradkorb lag eine schwarze Laptop-Tasche. Jemand nahm sie heraus.
*Etwas stimmt hier nicht. Es ist nicht genug Blut. Schon wieder nicht.*
Das Klicken der Kamera, das Zwitschern der Vögel, die knarzige Stimme von Kiontke.
Kranich schielte auf den Hals der Toten. Er war makellos.
„Tut mir leid, ich darf niemanden durchlassen", hörte sie Kiontke.
Kranich drehte sich um. Es war Hagen.
„Ist schon gut", rief sie dem Beamten mit dem Schnauzbart zu. „Der gehört zu mir."

Hagen kam mit energischen Schritten auf sie zu, doch als er die Tote sah, zögerte er. Auf seinem Gesicht erschien dieselbe Ungläubigkeit, die auch Kranich beim Anblick der Leiche erfasst hatte. Er ging näher. Dann ging er zur Routine über.
„Ein Raubüberfall?" Auch Hagen klang wenig überzeugt. Er fuhr sich mit beiden Händen über den frisch rasierten Schädel, fünf Millimeter.
Kranich schwieg. Sie beobachtete Johannes, der die Tote jetzt von der Seite auf den Rücken drehte. Der Arm, auf dem sie gelegen hatte, war übersät mit Totenflecken und Kratzern. Das Knie sah aus, als ob es zertrümmert worden wäre, formlos und dunkel sackte es in sich zusammen, anstatt sich zu erheben.
„Sie muss sich ganz schön gewehrt haben." Teufel verzog wütend das Gesicht.
„Dieses gottverdammte Schwein." Der Rechtsmediziner sprang auf, ballte die Fäuste und blickte wild in die Runde. „Sie ist noch keine vier Stunden tot."
Kranichs Magen krampfte sich zusammen.
„Ihr Name ist Stella Krefeld." Zwei steingraue Augen richteten sich auf Kranich. Es war Richard. Sie hörte dem Spurenermittler aufmerksam zu. „26 Jahre, wohnhaft in Berlin Mitte, Rosenstraße 6. Das Portemonnaie war in der Tasche, alle Papiere sind noch da, die Karten, auch das Geld. Auf ihrem Handy sind zwischen 22 und null Uhr über zehn Anrufe eingegangen, wir checken gerade die Nummer."
„Alles noch da?" Hagen rieb sich das Kinn.
„Vergewaltigung?" Er sah auf das rote Kleid, das nach oben gerutscht war. Die Frau trug einen schwarzen Tanga, der in der Spalte zwischen ihren Pobacken verschwand.
„Eher nicht." Teufel hatte sich wieder neben die Tote gekniet. „Aber auszuschließen ist es nicht."

Teufel fuhr mit einem langen Wattestäbchen über den Oberarm der Toten. Unter der dünnen, braunen Dreckschicht kam ein Bluterguss von der Größe einer Briefmarke zum Vorschein.

„Margot!" Teufel blickte auf. Er suchte die Augen von Kranich und deutete auf das schwarze, kleine Einstichloch im Zentrum des Blutergusses.

„Eine Injektion", murmelte er und fuhr zärtlich über die Stirn der Toten, als könnte er ihr die Schmerzen nehmen.

Kranich zuckte zusammen, als sie jemand am Arm berührte. Es war noch mal Richard. In der Hand hielt er eine Plastikfolie.

Ein roter Zettel mit der Aufschrift „Ich bin auserwählt" war darin.

Niemand sagte etwas. Ein Vogel zwitscherte.

Hagen löste sich als erster aus der Erstarrung. „Entweder, die verteilen das als Lesezeichen bei Hugendubel, oder ..." Er verstummte.

„Entschuldigung." Teufel nickte Clara zu, die eben eingetroffen war. „Ich muss mal eine rauchen."

„Was ist?" Clara blickte Teufel fragend hinterher. „Was hat er?"

„Hagen wird dich aufklären." Margot nickte Clara zu, dann ging sie mit hängenden Schultern in Richtung Streifenwagen.

Die Tote lag auf dem Rücken. Ihre Augen waren geschlossen. Blut und Dreck klebten an ihren nackten Armen, im Gesicht und an den Schenkeln. Die Wunde an der Stirn klaffte, doch die Schädeldecke schien intakt zu sein. Die Frau war etwas jünger als sie selbst. Sie hatte lange, dunkle Haare und ebensolche Wimpern. Obwohl jemand diese Frau zerstört und getötet hatte, war noch immer zu erkennen, dass sie schön gewesen war. Es war eine Schönheit, die man nicht so schnell vergaß.

„... letztlich ein Szenario ähnlich dem Fall von Helga Kramer“, hörte Clara Hagen wie durch eine Nebelwand.
„Clara?“ wiederholte er. Seine Stimme klang besorgt.
Clara kniete neben der Toten. Sie war blass geworden.
„Kannst du dich nicht erinnern?“, fragte sie.
„Was meinst du?“
„Sieh doch.“
Hagen beugte sich herab.
„Das ist doch die Frau, die bei der Strafrecht-Fortbildung assistiert hat, letzten Sommer an der Humboldt.“ Clara blickte Hagen verzweifelt in die Augen. „Erinnerst du dich nicht?“
Hagen beugte sich weiter herab.
„Kann sein, dass sie das ist“, bestätigte er.

## 23

Der Tag war vollkommen. Der Himmel über Berlin war blau ohne eine einzige Wolke und die Sonne schien mit sanfter Wärme. Ursula von Lehndorff dachte an das Wochenende und hoffte, dass das Wetter bis Sonntag anhielt. Sie wollte mit ihren Enkeln im Spreewald Kanufahren.
„Bist du sicher, Margot?“ Margarete Knuppers stand am Fenster. Die Polizeivizepräsidentin blickte auf das weitläufige Gelände, das einmal der Flughafen Tempelhof war.
„Die Laborergebnisse sind zwar noch nicht da, aber der Schnelltest war positiv. Die körperlichen Symptome weisen laut Johannes Teufel ebenfalls darauf hin, dass ...“
„Einen Fehlalarm können wir uns nicht leisten.“ Manfred Schultze, Erster Direktor beim Polizeipräsidenten Berlin, gab seinen Worten Nachdruck, indem er schmatzte. Er war ein kleiner Mann mit einem stechenden Blick, den er solange in sein Gegenüber bohrte, bis es klein beigab. Wenn es sein musste, legte er genug Manieren an den Tag,

um für den Sprössling einer Hamburger Adelsfamilie gehalten zu werden; dass er der Sohn eines Busfahrers aus dem Wedding war, erfüllte ihn dabei mit Stolz. Er hatte eine Vorliebe für deftiges Essen, seine untersetzte Figur steckte meist in einem verknitterten Anzug.

Margot sah Ursula bittend an.

„Das sehe ich genauso", erklärte die Staatsanwältin. „Nur darum geht es jetzt nicht." Sie schlug die Beine übereinander.

„Jetzt müssen wir entscheiden, ob wir die Verantwortung dafür übernehmen können, die Bevölkerung nicht zu warnen. Ein Verrückter läuft durch Berlin und überfällt Passanten mit einer Giftspritze."

„Du hast recht." Margarete Knuppers drehte sich herum. „Wir müssen die Bevölkerung warnen."

Schultze pflichtete ihr bei. Margarete Knuppers war die mächtigste Frau der Berliner Polizei. Bei ihrer Amtseinführung war sie mit harten Gesichtszügen und in strenger Uniform ans Rednerpult geschritten, den Blick ohne Widerspruch. Eine Domina, hatte Margot Ursula ins Ohr geflüstert und noch beim Empfang zielte der ein oder andere Kommentar hinter vorgehaltener Hand in diese Richtung. Doch sie hatten sich getäuscht. Ein paar Wochen später war die Vizepräsidentin eine sportliche Frau, die gern lachte und vor Energie sprühte. Ihr Erstaunen wuchs, als sie Fotos von Margarete Knuppers sahen, die sie auf einer Vernissage zeigten, perfekt geschminkt und elegant gestylt fügte sie sich in den Small Talk der Berliner Kulturschickeria. Die Frau war ein Chamäleon. Heute trug sie das biedere Halstuch und den pragmatischen Gesichtsausdruck einer Hausfrau der alten Schule.

„Es ist unsere Pflicht, die Berliner Bevölkerung zu warnen", wiederholte sie.

„Es wird eine Hysterie ausbrechen", gab Schultze zu bedenken.
Die Hauptkommissarin starrte in ihren Kaffee. „Ich bin bei der Ermittlung auf Hinweise aus der Bevölkerung angewiesen."
„Ich sehe keinen anderen Weg." Margarete Knuppers verschränkte die Arme vor dem Busen und lehnte sich zurück. „Die Presse wird umfassend informiert. Heute noch."
Die Polizeivizepräsidentin schenkte sich einen Kaffee ein. Schultze tat es ihr gleich.
„Gibt es etwas, das wir als Täterwissen zurückhalten sollten?"
„Margot?" Die Knuppers wendete sich an die Hauptkommissarin.
„Was ist mit diesen roten Botschaften?"
Das scharfe Profil der Kommissarin bewegte sich nicht. Sie starrte durch das Fenster in den blauen Himmel und sprach mehr zu sich selbst:
„Er legt sie in Bücher und schickt sie per Mail. Er warnt seine Opfer vor. Ja, das ist es. Es ist eine Warnung! Das ist kein normaler Virus, das ist eine Todesdrohung!"
Plötzlich drehte sie sich um. Sie sah die Vizepräsidentin an und nickte.
„Ich bin auserwählt?" Schultzes gedrungene Gestalt wippte vor und zurück.
„Wenn die beiden Opfer die Warnung verstanden hätten, würden sie heute noch leben", sagte Kranich.
„Möglich." Ursula von Lehndorf sah ihre Freundin an. Der Fall setzte ihr zu. „Die Information ist auf jeden Fall wichtig, wir sollten sie nicht verschweigen."
„Okay." Die Knuppers machte sich Notizen. „Aber können wir das mit der Spritze nicht verschweigen?"
Kranich schüttelte den Kopf. „Den Stein in der Vagina."

„Wie bitte?"
„Den könnten wir verschweigen", sagte sie und erklärte: „Der Täter hat ihr, da war sie vermutlich schon tot, einen Stein in die Vagina eingeführt. Diese Information halten wir zurück."
Die Knochen knackten, als Schultze seine kleinen, dicken Finger durchbog. „Ich hab die Schnauze so voll von all diesen Perversen und Irren!"
Er richtete seinen Blick direkt in die schwarzen Augen der Hauptkommissarin.
„Du kannst dir gar nicht vorstellen, wie voll ich die Schnauze habe, Margot."
Kranich nickte nur. Sie starrte in den blauen Himmel hinaus. Schultze war seit über vierzig Jahren im Dienst und sie wusste, was er meinte.

## 24

Gegen 12 Uhr Mittag erreichte Clara den Totensaal. Totensaal. Teufel sagte das immer. Clara stieß die Tür mit dem schweren Eisengriff auf. Ein stechender Alkoholgeruch schlug ihr entgegen, sie blinzelte gegen das Neonlicht.
„Also bis nachher", sagte Teufel zu einem Mann, den Clara nur vom Sehen kannte. Irgendein Anwalt. Sie warteten, bis er den Raum verlassen hatte. Auch Margot und Ursula waren bereits wieder fort.
„Clara?" Er lächelte, als habe er mit ihr gerechnet. Das Neonlicht brannte die Narben tiefer in sein Gesicht.
Auf dem Seziertisch lag eine lange, zierliche Gestalt. Teufel bedeckte sie mit einem blauen Tuch, als Clara näher kam. Rund um die Edelstahlplatte, auf der Stella lag, war ein Graben, damit Blut und andere Flüssigkeiten ablaufen konnten. Zu Claras Erleichterung war alles sauber.

„Du kommst spät.“
„Ich weiß“, flüsterte sie. An den beiden hinteren Tischen wurde noch gearbeitet. Ihr Zeigefinger berührte den kalten Edelstahl. Sie hätte den Gedanken tröstlich gefunden, wenn er warm gewesen wäre.
*Ich rieche das Blut.*
Plötzlich musste sie würgen. Ein kurzer Reflex, dann war es wieder vorbei. Entschuldigend blickte sie zu Johannes. „Sonst macht mir das nichts aus, aber irgendwie ...“
„Es geht dir nahe“, sagte Teufel. „Das ist normal.“
Clara starrte auf das weiße, schmale Gesicht. Es war gewaschen worden. Die Lippen waren dunkelblau.
Stella Krefelds Eltern besaßen ein italienisches Restaurant in Spandau. Als sie vom gewaltsamen Tod ihrer Tochter erfahren hatten, ihrer schönen, lebensfrohen und begabten Tochter, hatte Clara zum ersten Mal mit ansehen müssen, wie der Schock Gesichter tilgte. Die schwarzen, glänzenden Augen der Mutter erloschen in Sekunden, sie schrie, als müsse sie verbrennen. Der Vater versteinerte stumm. Als Clara ging, konnten sich beide nicht mehr bewegen.
„Es macht mich so wütend.“ Clara streichelte der Toten über die Wange.
Teufel schwieg.
„Sie wollen sie sehen.“ Das blaue Tuch bedeckte die Füße nicht. An den großen Zehen hatte jemand den Nagellack entfernt. „Ich denke, sie sind in vierzig Minuten da.“
„Dann mach ich noch schnell die Kosmetik.“ Teufel blickte Clara prüfend ins Gesicht, bevor er das Tuch wegnahm.
*Ich kann das Blut noch riechen.*
Clara drehte sich zur Wand. Sie konzentrierte sich auf das, was sie sah: Die Wand war mit Kacheln bedeckt, es waren weiße Kacheln. Die Fenster waren aus Milchglas, das

Licht, das hereinströmte, war bläulich. Ein paar Müllsäcke lagen auf dem Boden. Sie waren blau. Weiter oben in der Ecke war ein Monitor, das Licht auf dem Bildschirm leuchtete. Blau. Am Nebentisch steckte jemand einen Stecker in die Steckdose. Es war der Stecker einer Kreissäge.

Nicht! wollte sie schreien, als ein junger Arzt die Säge an den Schädel eines Kindes ansetzte. Da ging das Ding schon los.

*Nein, nicht!*

Clara drehte sich panisch weg. Sie starrte auf die Naht, die unterhalb von Stellas Kinn begann und an ihrem Schambein endete. Die Naht war mit groben Kreuzstichen verschlossen worden. Teufel trug eine Art Spachtelmasse auf, um die größten Löcher zu schließen.

„Eigentlich unnötig, aber ..."

Die Säge heulte auf, als sei sie auf einen Widerstand gestoßen. Clara hob die Hand, als wollte sie etwas sagen, dann verschwand sie im Nebenraum.

Teufel hörte, wie sie sich übergab.

„Geht's wieder?", fragte er, ohne aufzusehen.

„Oh man." Clara zitterte. Im Unterschied zu den meisten Polizisten hatte sie noch nie ein Problem damit gehabt, bei einer Obduktion anwesend zu sein.

*Was ist nur mit mir los?*

„Wenn man jemanden kennt, ist es immer etwas anderes." Teufel schaltete das harte, weiße Licht aus. Die Kreissäge war verstummt. „Als meine Mutter starb, wollte ich die Obduktion selbst vornehmen, da ich mir nur dann sicher sein konnte, dass sie eines natürlichen Todes gestorben war." Seine blauen Augen ruhten auf Clara. „Doch meine Hand weigerte sich."

Er hielt die Hand in die Luft, schlaff wie die Hand einer Marionette hing sie herab.

„So etwas habe ich noch nie erlebt." Er bedeckte die Tote wieder mit dem Tuch. „Ich wollte, aber es ging nicht. Als ob meine Hand einem anderen gehörte. Ich habe einen Kollegen gebeten, den ersten Schnitt zu machen, danach ging's einigermaßen."
Clara nickte. Nachdem sie sich übergeben hatte, fühlte sie sich besser.
„Aber am nächsten Tag schwoll meine Hand auf die Größe einer Honigmelone an, die Entzündung dauerte Wochen, am Ende war nicht klar, ob ich die Hand jemals wieder gebrauchen konnte."
„An was ist sie gestorben?" Clara wollte ihren Kopf auf Johannes Schulter legen, doch sie traute sich nicht.
„Am Herzen." Teufel starrte auf die Handbrause in seiner Hand, als habe er vergessen, was er damit wollte.
„Wie kannst du hier arbeiten?", flüsterte Clara. „Wenn ich das sehe, dann könnte ich ..."
Teufel sah sie prüfend an. Da war es wieder. Er hatte diese Entschlossenheit in ihren Augen sofort erkannt, von Anfang an. Anders als die meisten konnte Claras freundliche Art und ihr Äußeres ihn nicht täuschen. Clara war eine Killerin. Sie hatte die Augen seiner Mutter. So wie er.
„Du musst lernen, das zu beherrschen", sagte er nur.
Er wusch sich die Hände. Er drehte die Handflächen ineinander, er spreizte die Finger, er reinigte die Zwischenräume und zuletzt den Handrücken.
„Ich glaube, es geht ihr gut da, wo sie jetzt ist", sagte er, während er seine Hände abtrocknete.
„Wer immer das getan hat", er reichte Clara das Handtuch und deutete an, sie solle sich den Mund abwischen. „Für jedes Haar, für jede Wimper, für jede Faser ihres Körpers wird er büßen. Für jeden Atemzug, den sie nicht mehr tut. Wer so etwas zerstört, muss büßen!"
Clara sah ihn an. Seine blauen Augen waren hart.

„Ich arbeite nur deshalb hier, damit solche Leute gefasst werden. Das ist mein einziger Trost." Sie sahen sich noch immer an. „Das ist meine Obsession."
„Aber du musst dich kontrollieren, Clara", sagte er. „Nur wenn du dich kontrollierst, wirst du eine Gute."
„Eine gute Polizistin." Er legte den Arm um ihre Schulter.

## 25

„Stella Krefeld starb an einem Herzstillstand, verursacht durch die intramuskuläre Injektion in ihrem rechten Oberarm. Die Kopfverletzung war nicht die Todesursache. Das Labor hat unseren Verdacht bestätigt. Es handelt sich um Stonus Toxin, aufbereitet mit Koffein, Alkohol und Medikamenten. Die Zusammensetzung der einzelnen Komponenten variiert leicht im Vergleich zu der Giftmischung, an der Helga Kramer gestorben ist. Meines Erachtens zeigt das, dass der Täter die Mischung selbst herstellt. Es handelt sich um einen professionellen Laien, würde ich sagen."
Die Sonderkommission „Steinfisch" war angewachsen. Johannes Teufel ließ seinen Blick über die zwanzigköpfige Mannschaft gleiten, die sich im Besprechungsraum des Landeskriminalamts versammelt hatte. Alle hörten ihm zu. „Kratzspuren, Hautabschürfungen und Hämatome weisen auf einen Kampf zwischen Täter und Opfer hin. Stella Krefeld hat sich mehrere Einstiche an den Handflächen zugezogen, als sie versucht hat, die Spritze abzuwehren. Der Täter hat ihr das rechte Knie zertrümmert, als sie versucht hat, zu fliehen. Da war Stella Krefeld bereits stark geschwächt durch das Gift. Er hat dafür denselben Ast benutzt, von dem auch die Kopfverletzung stammt."
Jemand hustete.

„Leider konnte bisher kein artfremdes Gewebe isoliert werden, der Täter trug mit hoher Wahrscheinlichkeit Handschuhe und Schutzkleidung."
Teufel machte eine kurze Pause.
„Außerdem," Teufel wich Claras Blick aus, während er fortfuhr. „Außerdem war ein Stein in die Vagina der Toten eingeführt worden. Das umliegende Gewebe wurde dabei nicht verletzt. Entweder hat er sie gezwungen, es selbst zu tun, oder er hat den Stein post mortem eingeführt."
Niemand sagte etwas.
„Bei dem Stein handelt es sich um einen Glücksstein aus China. Es ist ein ovaler, zwei Zentimeter breiter und drei Zentimeter hoher Flusskiesel mit eingraviertem chinesischen Schriftzeichen. Das Zeichen ist ein Symbol für Liebe."
Gemurmel hob an.
„Liebe?" Kranich schnaufte verächtlich. „Aber sonst gab es keine sexuellen Übergriffe?"
„Keine Penetration, weder oral, anal noch vaginal", bejahte Teufel. „Als sie um sechs Uhr zwanzig gefunden wurde, war sie erst drei Stunden tot, höchstens vier."
Im Raum wurde es unruhig.
„Wir haben bereits einen wichtigen Zeugen", Kranich sprach laut. „Herr Drechsler von der Eingangskontrolle der Staatsbibliothek Potsdamer Straße sagt aus, Stella Krefeld habe gestern Abend gegen zehn vor neun die Bibliothek verlassen. Und zwar alleine. Stimmt das, Sebastian?"
Der Mann mit den weißen Haaren nickte. „Herr Drechsler ist sich ganz sicher. Stella Krefeld war eine auffällige Erscheinung, fast alle Angestellten der Bibliothek erinnern sich an sie."
„Um halb zehn war Stella Krefeld mit ihrer Freundin Judy Anspach im Biergarten Schleusenkrug verabredet", fuhr

Kranich sachlich fort. „Alle Anrufe auf dem Mobiltelefon des Opfers von gestern Abend stammen von Judy Anspach. Denn Stella Krefeld kam nicht im Biergarten an. Ihr Fahrrad konnte am Fahrradständer der Staatsbibliothek sichergestellt werden. Es war nicht verschlossen. Der Hinterreifen war manipuliert worden, ein 2 Zentimeter glatter Schnitt ging durch Mantel und Schlauch."
Kranich und Clara waren den Punkt mehrmals durchgegangen.
„Wir gehen davon aus, dass der Täter den Reifen manipuliert hat." Die Augen der Hauptkommissarin blickten durch alle hindurch. „Er spricht sie an. Er bietet seine Hilfe an. Sie kommen ins Gespräch. Sie fasst Vertrauen, sie ist ohnehin kein ängstlicher Typ, also nimmt sie sein Angebot an, dass er sie mit dem Auto zur Verabredung fährt."
„Im Blut des Opfers ließ sich eine geringe Dosis an Halothan nachweisen", übernahm Teufel. „Halothan ist ein Inhalationsnarkotikum, das im Blut recht schnell an- und abflutet, weshalb es als Narkosemittel besonders geeignet ist. Heute wird es allerdings nur noch in der Tiermedizin verwendet."
„Er betäubt sie, indem er ihr ein Stück Stoff auf Mund und Nase presst. Er bringt sie an einen Ort, von dem wir bisher noch kaum etwas wissen", so Kranich wieder. „Dort hält er sie über mehrere Stunden gefangen, bevor er sie dann in dem Park aussetzt und ihr den Schlag mit dem Ast versetzt. Wir müssen von vier bis sechs Stunden ausgehen, die das Opfer in seiner Gefangenschaft war."
„Warum das mit dem Ast? Wollte er einen Raubmord vortäuschen?" fragte jemand aus der letzten Reihe.
„Möglich." Kranich und Clara hatten das inzwischen wieder verworfen. „Vielleicht wollte er aber auch einfach

sichergehen, dass das Opfer nicht doch noch mal wegläuft."
„Wann genau hat er ihr das Stonus Toxin gespritzt? Kann man das rekonstruieren?" fragte Hagen.
„Ziemlich am Anfang", antwortete Teufel. „Ich vermute, sobald er sie in das Versteck gebracht hatte, kurz nachdem sie wieder zu sich kam."
Er tauschte einen Blick mit Kranich. „Er hätte ihr das Gift verabreichen können, als sie noch betäubt war. Das wäre für ihn einfacher gewesen, sie hätte sich nicht wehren können." Er zögerte. „Doch offensichtlich wollte er, dass sie weiß, dass sie das Gift in sich trägt."
Clara ballte die Faust. „Hat das Labor schon etwas über die Farbrückstände herausgefunden?"
„Die Partikel am Kleid des Opfers stammen von einer handelsüblichen Innenfarbe", erklärte Leonhard. „Vermutlich ein dunkler Braunton. Sie scheint in einem Raum gewesen zu sein, der erst kürzlich frisch gestrichen worden war."
Als niemand etwas sagte, erhob sich Sebastian in der letzten Reihe. Seine großen Hände hielt er wie Schalen in der Luft. „Der Täter wusste, dass Stella Krefeld in der Bibliothek war. Er wusste sogar, welches Fahrrad ihr gehörte. Er muss sich also selbst des Öfteren in der Bibliothek aufgehalten haben. Das ist unser Ansatzpunkt." Er räusperte sich. „In die Bibliothek kommt man nur mit einer Wochen- oder Jahreskarte, dafür werden die Namen und Adressen digital erfasst. Das Problem ist nur", er räusperte sich abermals, „das Drehkreuz am Einlass registriert nur die Anzahl der Benutzer, es kann aber die Benutzerdaten nicht lesen. Das heißt, wir wissen nicht, wer gestern alles in der Bibliothek war."

„Allerdings gibt es eine Chance“, verkündete er. „Wer ein Medium ausleiht oder bestellt, der wird erfasst. Ich habe die Liste der Namen bereits angefordert.“

„Danke.“ Kranich fuhr sich durch die Haare und versuchte, sich an die Worte zu erinnern, die Ursula bei der Pressekonferenz gebraucht hat. „Offiziell können wir noch nicht von einem Serienmord sprechen. Es besteht lediglich der Verdacht. Ist das allen klar?“

Alle nickten. Es war stickig in dem Raum.

„Es gibt da eine Sache, die uns Probleme macht“, fuhr Kranich fort. Das hatte Ursula der Presse nicht gesagt.

Kranich erhob sich, um ein Fenster zu öffnen.

Alle wussten, was sie meinte.

„Raul Malik ist tot“, sprach sie es aus. „Er war nicht der Mörder von Helga Kramer.“

„Was, wenn sich seine Kumpels für den Tod ihres Anführers gerächt haben? Sie inszenieren einen zweiten Mord ähnlich dem ersten ... um ... rückwirkend ... seine Unschuld zu beweisen?“

Kranich nickte der Frau in der letzten Reihe zu, die neben Richard saß und auch bei der Spurensicherung arbeitete. Es gab Erklärungen. Aber sie glaubte nicht daran.

„Möglich.“ Hagen trug ein weißes Hemd und eine bekümmerte Miene. „Ich befürchte allerdings, wir haben es tatsächlich mit einem Serienmörder zu tun. Was mir Sorge bereitet, ist das differenzierte System, das er aufbaut. Er hinterlässt Symbole, die roten Zettel, den Stein, der Pionierknoten. Seine Morde tragen zwar dieselbe Handschrift, doch sein Vorgehen ist nicht identisch. Er scheint genau zu wissen, was er von seinen Opfern will. Und das ist weder Geld noch Sex. Doch was will er?“ Hagen war aufgestanden und ging unruhig auf und ab. „Er will uns etwas sagen und er wird nicht aufhören, zu morden, bis

wir es verstanden haben. Er arbeitet sich langsam an das Ziel seiner Obsession heran."
Etwas knackte.
Kranich wandte sich an Clara. „Was meinst du?"
„Hagen hat recht", sagte sie leise. „Der serielle Mord unterscheidet sich von einem gewöhnlichen Tötungsdelikt nur dadurch, dass der Täter mit dem Tod des Opfers keine Ruhe findet." Clara hustete. „Er findet darin zwar kurzfristig Befriedigung, doch langfristig gesehen vergrößert sich das Problem sogar noch, das er hat, und produziert neue Tatanreize."
„Was für ein Problem?" Kranich trommelte mit den Fingern auf dem Tisch.
Clara gab Leonhard ein Zeichen, er solle die Powerpoint-Folie an die Wand projizieren.
Das rote Fenster erschien in zehnfacher Vergrößerung.
„Ich bin auserwählt." Clara setzte sich auf den Tisch und schlug die Beine übereinander. „Das scheint mir die zentrale Botschaft zu sein, der Schlüssel, der in die Psyche des Mörders führt."
Leonhard schloss die Jalousien der vorderen Fenster, damit die Projektion besser zu sehen war. Alles war jetzt rot.
„Von Helga Kramer wissen wir, dass sie in den Wochen vor ihrem Tod mehrere rote Zettel mit dieser Botschaft gefunden hat", fuhr Clara fort. „Jeweils zwischen den Seiten ihrer Bücher. Bei Stella Krefeld können wir derzeit noch nichts sagen, ihre Wohnung wird noch untersucht. Allerdings war die Auswertung ihres Computers bereits positiv." Clara nickte Lilly zu. „Beide Opfer haben am Tag ihres Todes eine E-Mail erhalten. So kam der Virus in ihren Computer."
„Richtig", bestätigte Lilly und erhob sich. Sie trug ein dünnes, rosa Kleid und sah darin aus wie nach der Ballettstunde. „Es handelt sich um einen simpel programmier-

ten Virus: Ein rotes Fenster erscheint und verschwindet wieder. Das Fenster", Lilly deutete nach vorne, „hat sich bei Stella dann stündlich auf dem Bildschirm geöffnet. Das ist zwar eine kleine Variante im Vergleich zu Helga Kramer, wo es nach einem unregelmäßigen Zeitcode funktionierte, doch ansonsten besteht kein Zweifel, was die Identität der Programme betrifft."
Sie lächelte wie eine Geisha. Dann setzte sie sich wieder.
„Die Botschaft ist schwer zu greifen", fuhr Clara fort. „Ihre Vieldeutigkeit macht sie bedrohlich. Sie lässt sich auf Täter und Opfer zugleich beziehen, sie kann auch als harmlos eingestuft werden, sie löst sich in Nebel auf, sobald man versucht, die Bedrohung konkret zu machen. Das Opfer, das den Zettel findet, wird zunächst davon ausgehen, dass es selbst gemeint ist. Es wird sich fragen: Ich? Wofür bin ich auserwählt?" Clara sah, wie Johannes ihr zunickte. „Die zynische Bedeutung erschließt sich erst, wenn es zu spät ist: Es ist auserwählt, zu sterben."
„Das Vokabular des Auserwählt-Seins stammt ja ursprünglich aus dem religiösen Bereich." Clara überlegte. „Das ist wichtig, denn der Täter versucht damit, seine Morde als etwas Großes zu rechtfertigen. Seht her, das sind nicht die brutalen Taten eines Verbrechers, will er damit sagen, sondern notwendige und sinnvolle Bausteine in der kranken Welt, die sich in seinem Kopf ausgebaut hat wie ein religiöses Sinnsystem."
„Unser Täter mordet also nicht im Namen einer existierenden, öffentlich anerkannten Religion. Er hat sich seine eigene Privatreligion gebastelt, was ihn jedoch nicht ungefährlich macht. Denn die Welt, die er sich wünscht, existiert nur in seinem Kopf. Sie wird erst real, indem er tötet. Indem er tötet, erfährt sich das ohnmächtige Ich als Herr über Leben und Tod. Indem er tötet, erschafft er seine Wunschwelt. Indem er tötet, wird er zum Gott."

Alles war still.
„Was bedeutet das konkret?" Kranich fragte das immer.
„Leider nicht sehr viel." Clara senkte den Kopf. „Wer sich regelmäßig solchen Fantasien der Selbstvergrößerung und Selbstermächtigung hingibt, scheint in der wirklichen Wirklichkeit eher ein kleines Licht zu sein. Er wird beruflich nicht sehr erfolgreich sein, er wird im sozialen Gefüge nicht im Mittelpunkt stehen, sondern eher als Durchschnittstyp oder Außenseiter sein Dasein fristen." Clara zögerte. „Das ist aber nicht zwingend der Fall. Auch das Gegenteil ist denkbar: Psychopathen sind oft sogar sehr erfolgreiche und auf den ersten Blick äußerst charismatische Personen."
Clara hob die Schultern, als müsse sie sich bei Kranich entschuldigen.
„Letztlich können wir das ganze Arsenal nach Ressler und Douglas ins Feld führen", schaltete sich Hagen jetzt ein. Er setzte voraus, dass die beiden Koryphäen der US-amerikanischen Profiler allen ein Begriff waren. „Unser Täter ist männlich, er ist jung, er stammt aus der Mitte der Gesellschaft, das heißt aus kleinbürgerlichen Verhältnissen. Unser Täter ist ohne echte familiäre Bindung. Er leidet unter depressiven und narzisstischen Persönlichkeitsstörungen, er ist eher introvertiert, aber bisweilen arrogant. Und ganz wichtig: Er ist kaum konfliktfähig und ohne altersentsprechende Beziehungen und Liebesbeziehungen." Hagen war in Fahrt. „Er besitzt nur eine geringe Frustrationstoleranz. Hat manifeste Loser-Gefühle. Und auch ganz wichtig: Er hat eine geringe Empathie bei einer gleichzeitig hohen, zuweilen kreativen Destruktionsenergie. Oft ist ein überdurchschnittlicher IQ zu beobachten, zumindest wenn man ein traditionelles, verkürztes IQ-Verständnis zugrunde legt, das den sozialen Faktor nicht miteinbezieht."

Clara sagte nichts.
Früher hatte sie noch darauf hingewiesen, dass solche Gemeinplätze nicht viel brachten, doch auch das brachte nicht viel. Manchmal war es wichtiger, so zu tun, als sei man souverän und fähig, den Kampf gegen einen Unbekannten zu gewinnen. Hagen konnte das. Sie ließ ihren Blick über die versammelte Mannschaft gleiten. Letztlich trafen die Kriterien auf fast jeden der hier Anwesenden zu.
„Hinzufügen möchte ich noch einen letzten Aspekt." Hagen fuhr sich über die Krawatte. „Frauenhass."
„Frauenhass?" Kranich sah ihn an. „Nur weil die beiden Opfer Frauen waren?"
„Ich denke, es ist kein Zufall, dass die beiden Opfer Frauen waren. Wahrscheinlich genügte ein flüchtiger Blick in der U-Bahn, ein bestimmtes Kleidungsstück oder eine bestimmte Art, sich zu bewegen, und die Frauen haben ein altes Kindheitstrauma bei unserem Täter aktiviert. Mit hoher Wahrscheinlichkeit liegen dem eine problematische Mutterbeziehung und ein abwesender Vater zugrunde."
Leises Gemurmel, Stühle scharrten. Clara sagte wieder nichts.
Kranich war aufgestanden. Sie ging vor der Wandtafel hin und her. Die Powerpoint-Präsentation war immer noch angeschaltet und ließ ihr Gesicht rot aufleuchten.
„Ganz so flüchtig können die Begegnungen ja nicht gewesen sein", sagte sie. „Er wusste, wo Helga Kramer wohnte. Ich denke, er hat sogar den Einbruch verübt, um ihr Angst zu machen und die roten Zettel zu platzieren. Er wusste sogar, dass sie den Zug nach Berlin nehmen würde. Und wir dürfen nicht vergessen, dass er die E-Mail-Adresse seiner Opfer kannte."
„Dieses Internetcafé in Berlin Mitte." Kranich blieb abrupt stehen und suchte den Augenkontakt zu Sven, dem

Spezialisten für Überwachung. „Wurde das damals eigentlich überprüft?"
„Leider nicht." Dem Angesprochenen war es sichtlich unwohl. „Nach dem Selbstmord von Raul Malik galt der Fall ja offiziell für ..."
„Schon gut." Kranich blickte zu Clara. „Wir fahren da nachher hin."
„Hagen, kommst du mal kurz?" Kranich ordnete die Papiere auf ihrem Tisch und wartete, bis alle den Besprechungsraum verlassen hatten.
Sie räusperte sich. „Stimmt das, was Clara gesagt hat?"
„Was hat Clara gesagt?" Hagens Augen zogen zusammen. Kranich wusste, dass er es wusste.
„Stella Krefeld hat vor gut einem Jahr zusammen mit Professor Richtstein das Jura-Fortbildungsseminar geleitet." Sie hielt ihr Notizbuch in der Hand und las mit nach oben gezogenen Augenbrauen den Seminartitel vom Blatt: „Gesellschaftliche und politische Grundlagen des Rechts."
„Ein paar von unseren Leuten waren dort", fuhr sie fort und beobachtete Hagen genau. „Unter anderem Clara. Und Du."
Hagen war ernst. „Ja, das stimmt." Er setzte sich zu Kranich auf den Tisch und senkte den Kopf. „Heute Morgen habe ich die Frau nicht erkannt. Erst nachdem Clara mich darauf hingewiesen hat, fiel es mir wieder ein."
Er sah Kranich in die Augen. „Mein Gott, ich kann mir ja nicht jede Frau merken, der ich irgendwo mal zufällig über den Weg gelaufen bin."
Kranich ging zum Fenster. Clara und Johannes überquerten unten die Keithstraße. Johannes hatte einen Arm um Clara gelegt.
„Ist das jetzt ein Problem?", fragte Hagen. Kranichs Schweigen machte ihn nervös.

„Am letzten Abend des Seminars gab es ein gemeinsames Essen." Kranich sah ihn nicht an. „Clara ist sich nicht ganz sicher, aber sie meint, sich zu erinnern, dass Du und Stella das Lokal zusammen verlassen habt."
Abrupt drehte sie sich zu Hagen um.
„Das wäre ein Problem!", schrie sie.
Stille. Kranich hatte die Panik in Hagens Augen gesehen.
„Das ist lächerlich." Hagen hob beide Hände. Er hatte sich wieder unter Kontrolle.
„Stimmt das, hast du mit der Frau die Lokalität verlassen?" Kranichs Stimme war scharf.
Er nickte.
„Dann nimm bitte Stellung, Hagen."
Er setzte sich gerade auf. „Stella Krefeld mag eine attraktive Frau gewesen sein, aber sie war nicht mein Typ. Zuviel Schminke, zu viel Powackeln, zu viel Gegacker –"
„Das interessiert mich einen feuchten Käse!"
„Okay okay", verstand er Kranichs drohenden Blick. „An jenem Abend war sie ziemlich betrunken, es kann sogar sein, dass sie mich angeflirtet hat, doch ich habe damals gar nicht darauf geachtet."
„Erst als Clara mich heute Morgen darauf hingewiesen hat, fiel mir das wieder ein." Er zuckte mit den Achseln. „Die Situation hat mich damals offensichtlich nicht stark beeindruckt."
Kranich wartete.
„Frau Krefeld hat mich gebeten, sie nach Hause zu fahren. Ich hatte zwar keine große Lust, aber sie war ja schon ziemlich betrunken und natürlich", er zuckte wieder mit den Achseln, „wenn mich eine Frau um etwas bittet, kann ich schlecht Nein sagen."
„Außerdem lag ihre Wohnung auf meinem Nachhauseweg", schob er schnell ein.
Die Falte zwischen Kranichs Augenbrauen vertiefte sich.

„Ich habe dann noch so ein Hühnchen gefragt, ob sie auch mitfahren will, einfach weil ich nicht in die Situation kommen wollte, in die du mich jetzt bringst!" Er unterdrückte seine Wut. „Ich war dann nur froh, dass die beiden mir nicht das Auto vollgekotzt haben. Ich habe sie abgesetzt und das war 's."
„Wo?"
„Irgendwo in Mitte."
„Und das liegt auf deinem Nachhauseweg?"
„Wenn man vom Prenzlauer Berg kommt, ja."
Er sah Kranich in die Augen. „Es kam weder zu intimen Handlungen oder sonstigen Gefühlen, die eine Befangenheit begründen würden. Seit diesem Abend habe ich Stella Krefeld nie mehr gesehen."
„Dir ist klar, dass das eine offizielle Aussage ist?"
„Natürlich." Hagen schob die Ärmel seines Hemdes nach oben.
„Gut", sagte Kranich. Beiläufig streifte sie seinen nackten Arm. „Hast du Lust, was Essen zu gehen?"

## 26

Clara starrte ungläubig auf den Monitor. Sie erkannte eine schwarze Höhle in einem grauen Berg, in der Mitte zog sich in regelmäßigen Abständen etwas zusammen.
„Das ist das Herz." Die Frauenärztin rollte mit der Maus über Claras Bauch. „Herzlichen Glückwunsch. Sie sind schwanger."
Ihr Lächeln erlosch, als sie in Claras Gesicht blickte.
„Wussten Sie es nicht?", fragte sie erstaunt.
Clara starrte auf den schwarz-weißen Monitor. Der Kopf kam ihr größer vor als der Rumpf. Arme und Beine waren vier kleine Kugeln. Es sah aus wie ein Gummibärchen.
*Wusstest du es nicht?*

Sie benutzte immer Kondome, prinzipiell. In den letzten zwei Jahren hatte sie keine feste Beziehung mehr gehabt und die Männer, die sie per Zufall beim Einkaufen, in Hotelbars oder bei der Arbeit aufgabelte, kannte sie kaum. Natürlich benutzte sie Kondome!
*Wirklich immer? David?*
„Ich dachte", Clara räusperte sich verwirrt, „mit der Endometriose und so, ich dachte, da könnte man gar nicht schwanger werden?"
„Endometriose ersetzt keine Verhütung." Blumenfeld sah sie prüfend an. Dann wendete sie sich wieder dem Monitor zu. „Sie sind jetzt in der zehnten Schwangerschaftswoche. Ihr Baby kann schon schlucken und treten, auch wenn Sie die Tritte noch nicht spüren, dafür ist es noch zu winzig."
Fassungslos sah Clara, wie das Gebilde sich drehte.
„Alle wichtigen Organe sind bereits entwickelt. Die äußeren Geschlechtsorgane beginnen bereits, sich auszubilden, und in einigen Wochen sind sie soweit fortgeschritten, dass wir feststellen können, ob es ein Junge oder ein Mädchen ist."
*Geschlechtsorgane?*
Blumenfeld zog eine Linie vom Scheitel bis zum Steiß.
„3,5 cm", sagte sie. „Vollkommen normal. Von der Größe her müssen sie sich das vorstellen wie eine Pflaume."
„Eine Pflaume?"
Clara sah, wie Blumenfeld etwas sagte, doch sie verstand den Sinn ihrer Worte nicht.
„Frau Schwarzenbach?" Die Ärztin streckte ihr Papierhandtücher entgegen. „Damit können Sie sich abwischen."
*Abwischen?*

„Jetzt ziehen Sie sich erstmal wieder an und kommen nach vorne." Blumenfeld war voller Elan. „Auf eine Vaginaluntersuchung verzichten wir heute."
Als die Ärztin den Raum verlassen hatte, richtete Clara sich auf. Sie nahm die Papiertücher und wischte sich das Gel vom Bauch. Dann rutschte sie von der Liege. Hinter dem Paravent lagen ihre Schuhe und Socken. Sie sah an sich herab. Ihr Bauch kam ihr auf einmal dicker vor. Ihr war schlecht. Ihre Knie zitterten.
*Ein Baby?*
Was würde Margot sagen? Margot hatte keine Kinder und Margot sagte immer, wenn sie all das Elend sähe, wäre sie froh darüber. All die verzweifelten Eltern, deren Kinder Drogen nahmen. All die gewalttätigen Eltern, die ihre Kinder misshandelten. All die Kinder, um die sich niemand kümmerte. Kinder, die kriminell wurden, magersüchtig, krank, die einem fremd wurden. Mütter, die sich den ganzen Tag abhetzten, um Job und Familie unter einen Hut zu bringen. Mütter, die ...
„Frau Schwarzenbach?" hörte sie Blumenfeld aus dem Nebenzimmer. „Alles in Ordnung?"
„Ja", versicherte Clara. „Ich komme."
Sie schlüpfte in ihre Sandalen und ging rüber in das Besprechungszimmer. Nach einer Untersuchung saß sie normalerweise gerne in diesem Zimmer, die kultivierte Mischung aus Altbau und Bauhaus entspannte sie, doch heute zog sich alles in ihr zusammen. Blumenfeld blickte Clara über ihren Schreibtisch hinweg an.
„Es kommt Ihnen nicht gelegen, habe ich recht?"
Clara nickte. Sie ließ sich auf den Freischwinger aus Chrom und schwarzem Leder fallen. Unten rollte der Verkehr auf der Joachimstaler Straße vorbei.
„Ich bin Kriminalbeamtin", räusperte sich Clara.
Blumenfeld nickte.

„Ich arbeite zwölf bis sechzehn Stunden, Tag und Nacht, ich sehe mehr Tote als Lebendige." Clara schlug die Beine übereinander. „Ich trage eine Pistole und ..."
Sie hatte den Faden verloren.
„Und Sie meinen, das ist keine Welt, in der ein Kind groß werden sollte?" Die Ärztin trug ihre dunkelrot gefärbten Haare streng nach hinten gebunden. Clara mochte ihr kluges Gesicht.
Clara nickte entschieden, obwohl sie daran noch gar nicht gedacht hatte.
„Und der Vater?", fragte Blumenfeld vorsichtig.
„Der Vater." Clara sprach das Wort aus, als wüsste sie nicht, was es bedeutete. „Ich habe keine Ahnung."
„Sie wissen nicht, wer der Vater ist?" Falls sie erstaunt war, ließ Blumenfeld sich nichts anmerken.
„Doch, natürlich", versicherte Clara schnell. „Ich meine, ich weiß nicht, was er dazu sagen würde. Wir haben keine, wie soll ich sagen, wir führen keine Beziehung in dem Sinne von ..."
„Haben Sie sonst jemand, der sie unterstützt? Eltern? Geschwister?"
Claras Gesicht hellte sich für einen Moment auf. Ihre Mutter würde sich freuen. Ihr Vater mit Sicherheit auch.
Clara schüttelte den Kopf. „Meine Eltern wohnen in Süddeutschland", sagte sie dann.
„Ganz unten", fügte sie hinzu und blickte auf ihre Schuhe. Der rechte Absatz war abgelaufen.
„Wissen Sie was?" Blumenfeld lächelte. Sie schob ein Ultraschallbild zu Clara über den Schreibtisch. „Wenn ich sie so ansehe, denke ich, sie schaffen das."
Clara biss sich auf die Lippe.
Draußen hupte ein Lastwagen.
„Lassen Sie sich Zeit", sagte Blumenfeld. „Denken Sie in Ruhe drüber nach. Überstürzen Sie nichts."

Clara versuchte, zu lächeln. Sie hielt das Bild in Händen.
„Brauchen Sie eine Beratungsstelle?“ hörte sie Blumenfeld wieder.
Clara schüttelte den Kopf. In den dunklen Löchern, die auf sie gerichtet waren, meinte sie, die Augen zu erkennen.
„Sie sind bald 37, Frau Schwarzenbach, das ist vielleicht ihre letzte Chance.“
Clara war erst vor zwei Monaten 36 geworden. Sie knetete ihre Hände. In diesem Augenblick verfluchte sie es, eine Frau zu sein.

## 27

Leonhard sammelte die restlichen Wasserflaschen ein. Obwohl jeder wusste, dass die leeren Flaschen in den Kasten in der Küche gehörten, blieben immer ein paar zurück. Das war normal. Leonhard hatte die Jalousien heruntergelassen, das Licht fiel in Streifen auf den Boden. Das Fax ratterte.
Auf seinem Schreibtisch lag ein angefangenes Brötchen. Salami. Er hatte keine Lust gehabt, mit den anderen Mittagessen zu gehen. Small Talk war nicht so sein Ding. Er verstand nicht, wie man nach so einem Mord einfach über irgendwelche Filme reden konnte, über das Wetter oder sonst einen Klatsch. Klatsch interessierte ihn nicht.
Er zog das Fax aus dem Gerät. Endlich! Es kam von der Deutschen Bahn. Es war die Liste mit den Sitzplatzreservierungen.
Leonhard schenkte sich noch einen Kaffee ein und setzte sich wieder an den Schreibtisch. Am 6. Juli, an dem Tag, an dem Helga Kramer ermordet worden war, hatten 253 Personen einen Platz im ICE 1604 von München Hbf nach Hamburg-Altona gebucht. Für den Streckenab-

schnitt Leipzig – Berlin waren es 57 Personen. Der Name von Helga Kramer stand auch auf der Liste. Er nahm einen Schluck Kaffee. Helga Kramer, die Frau, die „einem gewöhnlichen Raubüberfall zum Opfer gefallen schien“, der doch „in Wahrheit den Auftakt zu einer grausamen Mordserie“ bildete, die „ganz Berlin erschüttert.“ „Wird der Mörder wieder zuschlagen?“ Er sah die Schlagzeilen schon vor sich. Ab morgen würde die Berliner Bevölkerung kopfstehen und er konnte spüren, wie der Druck auf das Ermittlerteam stündlich anstieg.
Leonhard wandte sich seinem Computer zu und öffnete das E-Mail-Programm. Auch Sebastian schien über Mittag zu arbeiten. Vor fünf Minuten hatte er ihm eine E-Mail der Staatsbibliothek weitergeleitet. „Anbei die Namen“, schrieb er. Mehr nicht. Leonhard öffnete das Excel-Dokument und brauchte einen Moment, bevor er begriff, dass das die Liste der Personen war, die gestern ein Medium in der Staatsbibliothek Potsdamer Straße entliehen hatten. Es waren 287 Personen.
Jetzt musste er also nur noch die 57 Namen aus dem ICE mit den 287 Namen aus der Bibliothek vergleichen, mühsam, Name für Name, in der Hoffnung, dass einer doppelt vorkam. Als wäre der Mörder wirklich so dumm, solch offensichtliche Spuren zu hinterlassen. Niemand, der einen Mord plante, würde einen Sitzplatz im selben Zug wie das Opfer reservieren, noch dazu online, damit sie gleich den Namen und die Adresse hatten. Dasselbe galt für die Bibliotheksausleihe.
Leonhard wusste, dass die Arbeit sinnlos war, doch er tat sie trotzdem.
Sein Blick wechselte zwischen dem Fax und dem Bildschirm hin und her, schnell und präzise wie die Nadel einer Nähmaschine. Ihm war heiß, doch er wusste nicht, was er noch ausziehen konnte. Er trug ein graues T-Shirt

und seine Lieblingsjeans. Er mochte es nicht, wenn Männer in kurzen Hosen herumliefen. *Tim Ellenkamp*. Er stockte.
*Tim Ellenkamp?* Adrenalin schoss ihm durch die Adern. Er nahm einen neonfarbenen Textmarker, den gelben, und markierte den Namen auf dem Fax. Dann hielt er die Papierliste direkt neben den Bildschirm. Tatsächlich: *Tim Ellenkamp*. Leonhard blickte sich um. Draußen waren Schritte zu hören. In dem Streifen Sonne, der ins Büro fiel, flimmerte der Staub. Leonhard trommelte leise auf den Schreibtisch.
Leonhard Kirchner öffnete mehrere Fenster auf seinem Computer. Er startete die internen und die öffentlichen Suchmaschinen. *Tim Ellenkamp*, gab er in beide ein und starrte mit klopfendem Herzen auf die Treffer. Der Mann war 36 Jahre alt, wohnte in Berlin Mitte, er war über zehn Jahre als Student der Theologie an der Freien Universität immatrikuliert gewesen, seit vier Jahren war er Hartz-IV-Empfänger und vor ein paar Monaten im Zusammenhang mit irgendeiner Aktion religiöser Fanatiker auf dem Potsdamer Platz festgenommen worden, die dort kostenlose Koran-Exemplare verteilt hatten. Obwohl Tim Ellenkamp dieser radikalen Gruppierung nicht angehörte, hatte er eine Passantin tätlich attackiert, die sich über die Männer lustig gemacht hatte. Er fühlte sich „einfach spontan berufen zur Verteidigung der Männer Gottes“, sagte er aus. Leonhard las weiter: *Konfrontiert mit den Zielen und der extremistischen Ideologie des Salafismus, der als ein Sammelbecken für gewaltbereite Islamisten gilt und vom Verfassungsschutz beobachtet wird, sagte er zudem aus, dass ...*
Leonhard starrte auf das Foto. Es ärgerte ihn, dass der Mann eine Nickelbrille trug, die seiner nicht unähnlich war. Er wollte mit solchen Spinnern nichts zu tun haben.

Tim Ellenkamp war der Sohn einer Krankenschwester und eines Ingenieurs. Er schien seine Tage damit zu verbringen, in verschiedenen Internet-Foren Kommentare zu schreiben. Leonhard überflog die Ergebnisliste. Es waren weit über hundert Texte, die er mit dem Kürzel TR und SANTO publiziert hatte. Leonhard klickte einzelne Beiträge an und las mit zunehmender Wut. Die langen, gedrechselten Sätze waren nur schwer zu verstehen, sie brachen immer wieder ab und waren gespickt mit Zitaten, bei denen die Urheber unkenntlich gemacht worden waren. Inhaltlich ging es immer wieder um Ungerechtigkeit, um Kapitalismus, um eine neue Weltordnung, um Politik, aber auch um Aktuelles und Kulturgeschehen.
Leonhard massierte sich den Schädel. Das ganze Geschwafel war kaum zu verstehen. Trotzdem sprach es eine deutliche Sprache. Es war die Sprache eines Schläfers.
So nannten sie die Personen, die mit hoher Wahrscheinlichkeit in der Zukunft eine Gewalttat begehen würden. Wenn sie erwachten.
Männlich, um die 40, kleinbürgerliche Verhältnisse, ohne echte familiäre Bindung, narzisstische Persönlichkeitsstörung, Loser-Gefühle ... Frauenhass. Hagens Worte hatten sich Leonhard eingebrannt. Sie trafen alle zu.
Tim Ellenkamp. Der Mann war vorbestraft, er war wegen Körperverletzung zu einer Bewährungsstrafe von sechs Monaten verurteilt worden. Er hatte im selben ICE wie Helga Kramer gesessen. Er war mit Stella Krefeld in der Staatsbibliothek gewesen. Der Mann war so gut wie überführt.
Leonhard blickte auf die Uhr. Die nächste Besprechung war heute Abend. Bis dahin musste er alles aufbereitet haben. Kranich und Clara würden schauen, wenn er es dieses Mal war, der maßgeblich zur Auflösung eines Falls beitragen würde.

## 28

Vom Osten her stieß die Torstraße vierspurig in den Rosenthaler Platz, auf dem mittleren Grünstreifen holte die Tram noch einmal Luft, bevor sie sich in das Gewühl der Straßen stürzte. Clara musste sich konzentrieren, um den schwarzen Audi durch das Chaos zu manövrieren. Auf dem Asphalt waren gestrichelte Linien, weiße und gelbe. Ein Auto hupte. Knapp hinter ihr ratterte eine Tram vorbei. Eine Ampel sprang auf Rot. Clara bremste.

Es wunderte sie nicht, dass auf keinem anderen Platz Berlins so viele Fußgänger von Trams überfahren wurden wie hier. Rosen gab es hier keine. Früher stand hier wohl ein Tor, von dem aus eine Straße in Richtung der Ortschaft Rosenthal führte, daher der Name. Es war das Tor der Berliner Zollmauer und bis ins 19. Jahrhundert eines der wenigen, durch das Juden die Stadt betreten durften. Clara bog links in die Rosenthaler Straße ein. Das Eckhaus musste es sein.

„Oberholz“ stand in geschwungener Schrift über dem Eingang. Clara und Kranich traten ein. Die Leute saßen an länglichen, weißen Tischen hinter aufgeklappten Laptops, das Apple-Logo leuchtete überall. Die meisten hatten Kopfhörer auf. Eine Frau trank ihren Latte macchiato mit einem Strohhalm. Jemand aß ein Müsli. „Das Leben ist kein Ponyhof“, stand neben der Tür.

Kranich ging auf die Frau im schwarzen T-Shirt zu, die hinter dem Tresen stand. Die gläserne Vitrine war gefüllt mit Kuchen, belegten Brötchen und Toast. Kranich reichte ihr wortlos den Ausweis.

„Der Chef ist gerade nicht da.“ Die Bedienung schnitt ein Stück Käsekuchen ab und lächelte geheimnisvoll. „Ich gebe ihm aber gleich Bescheid. Zehn Minuten, vielleicht. Nehmt doch solange Platz.“

„Danke." Die dunklen Augenringe gaben der Bedienung das gewisse Etwas. Clara fragte sich, ob sie extra geschminkt waren.
„Wir sehen uns solange ein bisschen um", sagte Kranich.
„Gern." Sie legte das Stück Käsekuchen auf einen weißen Teller und schob ihn über den Tresen. „Guten Appetit", sagte sie. Offenbar konnte die Frau so leicht nichts aus der Ruhe bringen.
Kranich und Clara gingen die Holztreppe nach oben. Clara erinnerte sich jetzt, dass sie schon einmal hier war. Damals war es noch Burger King mit den roten Ledersitzen. Jetzt standen im Obergeschoss Holztische im Stil von Klassenzimmern. Auch hier saßen die Leute alle hinter ihren Laptops. Niemand blickte auf, als Kranich und Clara durch die Reihen streiften.
„Kann ich etwas für Sie tun?" Clara hatte nicht gesehen, woher der Mann gekommen war, der sie interessiert musterte. Seine Haut und die Haare waren so hell, dass unklar war, ob sie sehr blond oder längst grau waren. Doch seine Augen waren dunkel.
„Sind Sie der Besitzer?" Kranich zog ihren Dienstausweis. „Ich bin Kriminalhauptkommissarin Margot Kranich. Das ist meine Kollegin Doktor Schwarzenbach. Wir hätten ein paar Fragen."
„Kommen Sie doch mit."
Der Mann führte sie in den zweiten Stock. In den frisch renovierten Altbauräumen standen weiße Schreibtische, auch hier saßen Leute hinter ihren Laptops, aber deutlich weniger als unten im Café. Man konnte sich hier sein Büro mieten.
„Also, was verschafft mir die Ehre?"
Der Mann hatte sie in einem Raum geführt, der momentan nicht besetzt war.
„Wir ermitteln in einem Mordfall", sagte Clara.

Das Gesicht des Besitzers hellte sich auf. „Und ich dachte schon, sie kommen von der Zentrale für Urheberrechtsverletzung."
Er startete eine kleine Kaffeemaschine. „Wollen Sie auch einen?" Er schien jetzt interessiert.
Kranich nickte. Sie nahm auf einem der Holzdrehstühle Platz. Clara blieb am Fenster stehen und blickte auf den Rosenthaler Platz hinab. Sie legte ihre Hand auf den Bauch. Sie fühlte nichts.
Der Mann stellte drei Espresso-Tassen auf den Tisch und setzte sich Kranich gegenüber.
„Am 6. Juli um 8 Uhr 16 hat jemand eine E-Mail von ihrem Café aus verschickt." Kranich tat sich Zucker in den Espresso. „Und gestern hat er es wieder getan. Um 8 Uhr 13 verließ die Mail ihr Café." Der Löffel stieß an das weiße Porzellan, als sie umrührte.
„Und Sie möchten jetzt wissen, wer das war?" Der Mann blickte zu Clara.
„Nein", sagte Clara. „Wir möchten wissen, was er getrunken hat."
Der Mann brauchte einen Moment, bis ein amüsiertes Grinsen auf seinem Gesicht erschien. „Sehen Sie, bis vor kurzem hatte ich selbst einen Router aufgestellt, über den meine Gäste unbeschränkt im Netz surfen konnten. Vor drei Wochen habe ich die Aufgabe an einen Provider abgegeben."
Sein Gesicht wurde härter. „Sie können sich nicht vorstellen, wie viele Abmahnungen von irgendwelchen Kanzleien ich täglich bekomme. Ich weiß aber nicht, wer hier illegal Musik herunterlädt, geschützte Filme kopiert oder Pornos guckt. Woher soll ich das wissen?"
„Haben sie Kameras installiert?", fragte Kranich.
„Um Gottes willen!"

„Das heißt, sie wissen also auch nicht, wer hier E-Mails verschickt?"
„Exakt."
„Gibt es wirklich keine Möglichkeit, das irgendwie nachzuvollziehen?" Clara löste sich vom Fenster und kam zu den beiden. Sie hatte sich heute Morgen für das dunkelblaue Asia-Kleid entschieden und bereute das jetzt. Sie brauchte mehr Platz.
„Gestern, sagen sie." Der Mann lehnte sich auf dem Stuhl zurück. „Seit der Provider das macht, muss man sich einer ziemlich nervigen Anmeldeprozedur unterziehen, um ins Netz zu kommen. Die speichern da auch Daten. Fragen Sie doch da mal nach. Wenn es erst gestern war, haben sie gute Chancen."
„Und Sie selbst haben keine ... Daten?"
„Wir haben ein paar registrierte Mitglieder, die für einen Monatsbeitrag auch die Büros hier oben nutzen. Im Vergleich zu dem laufenden Geschäft macht das aber höchstens fünf Prozent meiner Gäste aus."
„Wann öffnet das Café?" Kranich schob ihre leere Tasse zur Seite. „Der Kaffee ist übrigens vorzüglich."
„Danke." Er beobachtete Clara, die wie eine Statue dasaß, die Beine übereinandergeschlagen, die Espresso-Tasse in der Hand. „Um acht. An Sonn- und Feiertagen erst um neun."
„Vielleicht hilft uns das weiter", sagte Kranich an Clara gewandt. „Der Mann, den wir suchen, muss also unter den ersten Gästen am Morgen gewesen sein. Vielleicht kann sich eine der Bedienungen an ihn erinnern?"
Er überlegte. „Und der soll also ein Mörder sein?"
Clara drehte sich langsam dem Mann zu. Der sah sie fragend an.
„Was hat er denn getan, der Mörder?"

Morgen würde er es ohnehin wissen. Vielleicht schon heute Abend. Er würde vor einem seiner Apple-Bildschirme sitzen und von dem „Auserwählten“ lesen, der seinen Opfer per E-Mail den eigenen Tod ankündigte.
„Er hat zwei Frauen getötet“, sagte Clara und ging wieder ans Fenster.
„Sie wissen, dass hier früher schon Franz Biberkopf sein Bier getrunken hat?“, sagte der Mann erfreut. „In eben diesem Eckhaus, hier.“
„Ja.“ Claras dunkle Silhouette zeichnete sich vor dem Fenster ab. Sie drückte ihr Kreuz durch und fuhr sich mit beiden Händen durch die Haare. „Nachdem er seine Freundin erschlagen hat.“
„Ida, richtig.“
„Wir brauchen die Adresse des Providers“, beendete Kranich das Geplänkel. „Wir brauchen die Namen der Leute, die am 6. Juni und am 24. August Schicht hatten.“
Er fuhr sich mit beiden Händen durch die Haare. „Okay okay. Ich schick Anni gleich hoch.“
Fünf Minuten später erschien die Frau mit den dunklen Augenringen. Wieder stellte Clara fest, dass sie zugleich fertig und gut aussah, und wahrscheinlich träumte sie davon, irgendwann einmal einen eigenen Club oder ein eigenes Restaurant zu eröffnen.
„Ihr wollt wissen, wer gestern Morgen hier war?“ Ihre Hände gestikulierten schnell.
„Können Sie sich daran erinnern?“
„Natürlich“, sagte sie, ging zu der kleinen, gelben Kaffeemaschine und ließ sich einen Espresso heraus. „Richtig voll wird es in der Regel erst gegen neun.“ Sie kippte das Zeug in einem Zug herunter. „Punkt Acht stehen immer die gleichen Typen vor der Tür. Das ist Kai, der schreibt an seiner Magisterarbeit in Politologie, dann Phil, ein Mu-

siker aus England, und dann ist da noch so eine Chinesin, die nicht viel sagt."
Kranich sah die junge Frau erstaunt an. „Die Nachnamen der Herrschaften wissen Sie zufällig nicht auch noch?"
Sie schüttelte den Kopf.
„Ich kann Sie aber gleich zu Ihnen bringen", sagte sie. „Die sitzen alle noch unten."

## 29

Die Frau hielt sich mühsam aufrecht. Sie wirkte verlassen wie ein Haus, das bereits evakuiert worden war. Ihr Zusammenbruch würde nicht mehr lange auf sich warten lassen.
„Sind Sie Judy Anspach?" Kranich ließ ihren Dienstausweis dieses Mal stecken. „Dürfen wir hereinkommen?"
Sie nickte nur. Sie trug ein einfaches weißes Seidenkleid, ihre Haut war blass, die Füße barfuß. Sie hatte feine, aristokratische Züge und eine hohe Stirn, die wie polierter Marmor glänzte. Die blonden Haare waren zu einem hohen Pferdeschwanz zusammengenommen. Sie war nicht geschminkt. Ihre Augenränder waren gerötet.
Ohne sich noch einmal nach den Kriminalbeamtinnen umzusehen, ging sie den Flur entlang und verschwand in einem Zimmer. Kranich und Clara folgten ihr. An der Wand hing ein Kind und blickte den Betrachter abwesend und zugleich direkt an, es war von Picasso und hatte einen Blumenkranz im Haar. „Für Judy", stand darauf. „Von Stella."
Clara ging weiter.
Für eine Studentin wohnte Judy Anspach luxuriös. Die Altbauwohnung in einer Seitenstraße des Kurfürstendamms schien mindestens drei Zimmer zu haben und war in einem Top-Zustand. Clara hatte ganz vergessen, dass

ein Parkettboden so aussehen konnte, glatt, fest, eben. Das Ganze kostete locker 1000 Euro kalt, schätzte Clara.
„Denken Sie, ich kann Stella noch mal sehen?" Judy saß im Schneidersitz auf einem grauen Sofa. Neben ihr lag ein großer Kopfhörer. Ein Aschenbecher stand auf der Lehne. Das Fenster war geöffnet.
„Wo ist sie jetzt eigentlich?"
„In der Gerichtsmedizin." Kranich zog ihre Turnschuhe aus, bevor sie das Zimmer mit dem weißen Teppich betrat, der nach Schaf aussah. Nachdem Judy ihr keinen Platz anbot, setzte sich Kranich auf das Fell. Clara blieb auf der Schwelle stehen.
„Überlegen Sie es sich gut, ob sie ihre Freundin noch mal sehen wollen. Manche Leute haben mir danach gesagt, dass es ein Fehler gewesen sei. Andere waren froh darüber."
„Ist sie arg entstellt?" Judy zündete sich eine Zigarette an. „Niemand hat mir gesagt, was eigentlich genau passiert ist." Sie senkte den Blick.
„Bitte, die Bilder bringen mich um, verstehen Sie das? Sagen Sie mir, was passiert ist, ich muss es wissen. Ist sie vergewaltigt worden?" Ihre Worte waren bewegt, doch in ihrem Gesicht regte sich nichts. „Hat ihr jemand die Kehle durchgeschnitten? Ist sie erstickt? Geprügelt worden? Es macht mich wahnsinnig, verstehen Sie das?"
*Natürlich.* Clara hätte sie gern in den Arm genommen, aber meistens ging das daneben.
„Ihre Freundin ist nicht vergewaltigt worden, das ist sicher", sagte Clara.
Judy sog jedes ihrer Worte dankbar ein. Der Teppich, ihr Gesicht und die Luft waren weiß. In dem dunklen Kleid kam Clara sich wie ein schwarzes Loch im Universum vor.
„Außer einer Platzwunde auf der Stirn und einem kaput-

ten Knie hat sie keine nennenswerten Verletzungen, das heißt, sie ist mit Sicherheit auch nicht gefoltert worden."

*Zumindest nicht körperlich.*

„Gestorben ist sie letztlich an einem Herzstillstand. Der Täter hat ihr eine Giftmischung in den Oberarm injiziert, an der sie gestorben ist."

Judy saß einfach nur da. Die Zigarette brannte in dem gläsernen Aschenbecher herunter.

„Ich verstehe das nicht." Über ihrem Mund bemerkte Clara rote Flecken. „Was wollte er von ihr?"

„Frau Anspach", räusperte sich Kranich auf dem Lammfell. „Genau deshalb sind wir hier. Wir wollen herausfinden, warum der Täter ausgerechnet ihre Freundin Stella ...", sie biss sich auf die Lippen, „ausgewählt hat."

Von draußen drang Lachen herein. „Wir haben ein paar Fragen. Fühlen Sie sich in der Lage, sich mit uns zu unterhalten?"

Judy nickte. Sie drückte die Zigarette aus und zündete sich eine neue an.

„Sie waren gestern fast den ganzen Tag mit ihrer Freundin in der Staatsbibliothck an der Potsdamer Straße, um sich auf ein Examen vorzubereiten. Könnten Sie uns noch mal den Tagesablauf schildern?"

„Als ich um halb zehn ankam, war Stella schon an ihrem Platz. Sie sitzt immer auf demselben Platz, ganz rcchts über der alten Lesesaal-Ausgabe auf der Galerie. Wir sind dann kurz in die Cafeteria und haben einen Kaffee getrunken. Um 13 Uhr sind wir raus zur Mittagspause, zurzeit gehen wir immer zu einem Bio-Imbiss unten an der Potsdamer Straße. Kurz nach 6 bin ich dann nach Hause, ich musste noch einkaufen. Um halb zehn wollten wir uns wie jeden Abend im Schleusenkrug auf ein Bier treffen."

„Wie jeden Abend? Machen sie das immer so?"

„Seit drei Monaten“, bestätigte Judy. „Das Bier am Abend ist der einzige Luxus, den wir uns noch gönnen. Seit Wochen leben wir wie die Mönche, lernen, schlafen, lernen, schlafen. Stella sagt immer, das ist ...“
Es sah aus, als versuchte sie sich an die Worte der Freundin zu erinnern. In Wahrheit stand sie vor einem Abgrund.
„War gestern irgendetwas anders als sonst?“ Kranich wirkte konzentriert. „Hat Euch jemand verfolgt? Hat Euch jemand angesprochen? Bei dem Imbiss, zum Beispiel? Oder hat Euch jemand nach dem Weg gefragt?“
Judy schien nachzudenken.
„Jedes Detail kann wichtig sein.“
Judys Zigarette war abermals im Aschenbecher runtergebrannt. Wieder drückte sie sie aus. Wieder griff sie nach dem Päckchen, um eine neue herauszunehmen.
„Morgens“, sagte sie gedehnt, „beim Kaffeetrinken hat sich so eine Asiatin direkt neben uns auf das Sofa gesetzt. Sie hat uns die ganze Zeit über zugehört. Daran erinnere ich mich.“
„Ist das ungewöhnlich?“
„Wenn alles frei ist, eigentlich schon. Ich würde mich niemals so nah zu jemand setzen, den ich nicht kenne.“
*Eine Asiatin? Eine Chinesin?*
Kranich nickte. „Hatte Stella eigentlich einen Freund?“
„Sie hat vor drei Monaten mit Adrian Schluss gemacht, er hat einfach nicht kapiert, dass sie vor dem Staatsexamen nicht den ganzen Tag mit ihm rum hängen kann. Sie haben sich dann noch ein zweimal getroffen, aber mehr war da nicht.“
Kranich räusperte sich. „Denken Sie, er könnte Stella das angetan haben? Aus Eifersucht? Um sich zu rächen?“
Judy schüttelte den Kopf. „Auf keinen Fall.“

„Und außer Adrian gab es da noch jemand in Stellas Leben?“, fragte Kranich weiter.
Ein wehmütiges Lächeln erschien auf Judys Gesicht. „Ich kann Ihnen auf der Stelle fünfzehn Namen nennen, alles Männer, die seit Jahren darauf warten, endlich ein Date mit Stella zu haben. Stella kann jeden haben. Stella ist ein Magnet. Es gibt keinen Abend, wenn wir irgendwo sitzen, an dem nicht irgendein Typ sie anmacht.“
Clara seufzte. *Stella kann nicht, sie konnte. Stella ist nicht, sie war.*
„War das nicht schwer für Sie?“, fragte Kranich. „Gab es da keine Eifersucht?“
Judy sah Kranich an, als habe sie nach ihrer Körbchengröße gefragt.
„Sie meinen, ob ich eifersüchtig bin?“ wiederholte sie verwundert.
Sie war es nicht. Mann konnte es sehen. Margot hätte sich die Frage sparen könne, doch Margot traute blassen Frauen in weißen Seidenkleidern nicht.
„Nein“, sagte Judy leise. „Stella und ich, wir haben uns ... ergänzt. Wissen Sie, ich bin gerne für mich allein, ich sitze auch gerne im Elfenbeinturm und ich habe kein Problem damit. Aber trotzdem braucht man jemanden, mit dem man ab und zu ausbrechen kann, mit dem man einfach ... lebt.“
Judy starrte vor sich hin. „Stella war so lebendig, das war ihr Geheimnis. Sie war meine Verbindung zum Leben, ich weiß nicht, wie ich es anders sagen kann, verstehen Sie, was ich meine?“
Clara schluckte. Judy hatte einfach zur Vergangenheitsform gewechselt und es klang, als habe sie selbst mit dem Leben abgeschlossen.
„Moment.“ Judy sah jetzt Kranich an. „Herr von Bödefeld!“

Und dann: „O mein Gott.“ Sie schlug beide Hände vors Gesicht.
„Stella hat gestern von einer Mail erzählt, ein Virus oder so. Es kam ihr komisch vor und sie meinte, Herr von Bödefeld könnte das vielleicht geschickt haben.“
Kranich sah verwirrt auf. „Herr von Bödefeld?“
„Der Vogel aus der Sesamstraße“, nickte Clara. Kranich sah sie an, als sei sie verrückt geworden.
„Der Typ hat genau so gesprochen! Wie Herr von Bödefeld.“ Judy wandte sich wieder an Clara. „Dasselbe arrogante Genäsel und so.“
„Wissen Sie sonst noch etwas von ihm?“, fragte Clara. „Wie heißt er wirklich?“
„Er ist auch Jurist.“ Judy zupfte sich eine Haarsträhne heraus. „Er hängt fast täglich in der Stabi rum. Ich glaube, der Vorname ist Lars oder so.“
„Warum dachte Frau Krefeld, dass er ihr die Mail geschickt hat?“ Kranich erhob sich. Sie ging sie an dem Bücherregal vorbei, das zu zwei Dritteln mit juristischer Literatur gefüllt war. Das andere schienen Science Fiction-Romane zu sein. Clara war froh, dass Margot heute schwarze Socken trug.
„Ich weiß nicht“, sagte Judy leise. „Weil er sie anmachen wollte?“
„Hat Stella sich bedroht gefühlt?“, fragte Clara.
„Stella?“ Judy sah amüsiert aus. „Stella hatte keine Angst. Sie hatte eigentlich nie Angst. Stella hatte so eine Ausstrahlung, als könnte ihr nie etwas passieren, als sei sie ... unsterblich.“
Es klingelte an der Tür.
„Das ist meine Mutter.“ Judy sprang auf. Ihre nackten Füße wurden auf dem Parkett immer schneller. Kurz darauf war ein Wimmern zu hören, dann ein lauter Knall.

Clara zog es den Magen zusammen. Sie drückte mit der Hand auf den Bauch.

*Bis du wirklich da?*

Kranich und Clara blickten den Flur hinunter. Die Wohnungstür stand noch offen. Der Koffer stand noch draußen auf dem Flur. Die ältere Frau hatte ihre Handtasche auf das Parkett fallen lassen. Sie hatte beide Hände damit zu tun, ihre Tochter festzuhalten, die sich krümmte, als müsse sie sich übergeben. Als Clara der Dame ins Gesicht sah, liefen Tränen über das sorgfältig aufgetragene Make-up.

## 30

Johannes Teufel stand in dem gläsernen Lift und fuhr die drei Stockwerke zu seiner Wohnung nach oben. Er ließ den Schlüssel in die Tür gleiten und trat ein. Es war Samstagabend, kurz nach neun. Das Wohnzimmer war leer, der Esstisch abgeräumt. Trotzdem wusste er sofort, dass Susanne zu Hause war. Es musste am Geruch oder an der Wärme liegen. Die Uhr tickte. Seine Mutter lächelte von dem Foto herab. Auf der Schwarz-Weiß-Aufnahme sah sie aus wie eine Filmschauspielerin aus den 20ern, das dunkle Haar in Wellen gelegt, die Lippen wirkten fast schwarz. Teufel ging in die Küche.

Als er fünf Jahre alt war, hatte er aufgehört, ein Kind zu sein. Sie wohnten damals in einem kleinen Bauernhaus am Schwarzen Meer, in der Nähe von Konstanza, in einem kleinen Haus mit niederen Decken. Der Mann, der auch dort gewohnt hatte, war dunkel wie das Meer, wortkarg und brodelnd. Wenn er schrie, zwinkerte ihm die Mutter heimlich zu, was die Ausbrüche des Mannes nicht weniger bedrohlich machte, aber lächerlich. Eines Tages bemerkte der Mann das Komplott und schlug der Mutter ins Gesicht. Außer sich vor Wut griff das Kind nach dem Taschenmesser und rammte es dem Mann in die Wade, bevor es davonrannte.

Teufel öffnete die Kühlschranktür.

Doch auf dem Hof hatte der Mann ihn gepackt. Er zog ihn in einen Schuppen und begann, sein Gesicht mit der rostigen Schneide des alten Taschenmessers zu bearbeiten.

Teufel nahm das kalte Schnitzel heraus und aß es im Stehen.

Er hatte die Bilder verdrängt, was dann genau passiert war, doch den dumpfen Schlag, den hörte er noch heute. Alles, an das er sich erinnern konnte, war seine Mutter mit dem Spaten in der Hand. Seine Mutter mit dieser Entschlossenheit in den Augen. Die Augen seiner Mutter waren blau.

Teufel nahm ein Bier heraus, öffnete es und trank ein paar Schlucke.

Am nächsten Tag war er mit seiner Mutter nicht mehr in das Haus am Schwarzen Meer zurückgekehrt. Sie waren in Bukarest geblieben. An der Oper spielten sie damals den Fliegenden Holländer und seine Mutter die Rolle der armen Senta, die sich am Ende vom Felsen stürzen musste, um den Seefahrer zu erlösen. Nach der Vorführung erschien dann Vater mit einem Strauß Rosen, Mutter schminkte sich gerade ab, die blauen Flecken wurden sichtbar. Noch am gleichen Abend sind sie mit Vater nach München geflogen. Bis heute weigerte sich Johannes, den Mann vom Schwarzen Meer „Vater" zu nennen. Sein Vater war der Mann, der seine Mutter und die klassische Musik liebte, der ihm ein Studium und eine sorgenfreie Jugend ermöglicht hatte.

Teufel stellte das Bier zurück und schloss den Kühlschrank. Er musste einen klaren Kopf behalten. Er würde ihn heute noch gebrauchen.

In Rumänien gibt es ein Sprichwort, dass man mit anderthalb Lügen um die ganze Welt kommt. Seine Mutter hatte ihm einmal erklärt, da waren sie längst in Deutschland, dass der Mann vom Schwarzen Meer nicht sein leiblicher Vater war. Damals fiel eine Last von ihm ab, denn als Jugendlicher trieb ihn die Angst, er könnte einmal genauso werden wie er.

Im Flur erwiderte er das Lächeln seiner Mutter. Heute wusste er, dass es eine Lüge war. Manchmal spürte er das Schwarze Meer in sich, doch es machte ihm keine Angst mehr.

Teufel sah die Post durch, die Susanne hingelegt hatte, und ging nach oben ins Badezimmer.

Keiner wusste so gut wie er, dass man im dunklen Wasser nicht ertrinken musste. Man konnte schwimmen lernen. Mann konnte ans Ufer gelangen. Das war es, was er all den kaputten Gestalten zum Vorwurf machte, deren kranke Zerstörungswut er tagtäglich auf seinem Obduktionstisch ansehen musste. Zweifellos hatten viele von ihnen traumatische Kindheitserlebnisse. So wie er. Aber er hatte gekämpft. Er ging in sein Schlafzimmer und sah wieder Stella Krefeld vor sich.

Dieser armselige, beschissene Wichser!

Teufel schleuderte sein Hemd in die Ecke und zog ein frisches vom Kleiderbügel. Es roch dezent nach Weichspüler. Seine Verachtung für diese Typen wurde nur manchmal durch die Frage irritiert, was aus ihm geworden wäre ohne seine Mutter.

Er setzte sich aufs Bett, während er das Hemd zuknöpfte. Am 17. Oktober vor acht Jahren hatte er sie das letzte Mal gesehen, es war der Tag nach ihrem einundachtzigsten Geburtstag. Sie saß in dem Morgenmantel in der Küche, den Vater aus Japan mitgebracht hatte, sie trug ihn wie immer eng um die Taille gebunden. Ihre Nägel waren

dunkelrot lackiert. Er sagte: „Guten Morgen." Seine Mutter sah ihn an. Dann brach sie zusammen.
Das war das letzte Mal, das sie ihn angesehen hatte.
Teufel öffnete die Tür zum Badezimmer. Susanne lag in der Wanne. Er wollte Entschuldigung sagen und die Tür wieder schließen, doch sie sah ihn an und sagte: „Du kannst ruhig reinkommen."
Er trat ein. Die Spiegel waren beheizt. Sein Haar war noch immer schwarz, zumindest zum Teil. Vater hatte er ausschließlich mit weißen Haaren gekannt. Er war ein vornehmer Mann gewesen, die Haare seitlich gescheitelt, er trug immer Hemden, eine Eigenart, die Johannes von ihm übernommen hatte, nur das Seidentuch um den Hals ließ er weg. Teufel hatte ein Foto, das seinen Vater bei einem Empfang in der Botschaft zeigte, der ältere Mann saß in der ersten Reihe neben anderen Diplomaten. Alle trugen einen dunklen Anzug, alle hatten graue Haare und trotzdem stach er heraus. Vaters Gesicht war feiner, strahlender, seine Haltung aufrechter, als gehöre er einer höher entwickelten Spezies an.
„Hast du schon gegessen?"
„Ich muss noch mal los."
Johannes trug Rasierschaum auf und setzte den Rasierer ans Kinn. Im Spiegel sah er Susanne, die aus der Wanne gestiegen war, ihre nassen Haare unter einem Handtuch-Turban, die Haut gerötet, mit nichts als einem großen Handtuch um den Leib. Im Grunde war sie noch immer schön. Nur ihre Oberarme waren etwas schlaff geworden. Doch im Grunde kam es darauf nicht an.
Susanne hielt die Augen geschlossen, während sie Creme auftrug.
„Du rasierst dich?"
„Ich muss noch mal los."

Um 22 Uhr war eine Sitzung angesetzt. Das war nicht vollkommen ungewöhnlich, bei komplexen Fällen holte Margot ihn manchmal mit ins Team. Es war nur schon lange nicht mehr vorgekommen, da seine Arbeit als Rechtsmediziner Vorrang hatte. Neben ihm prüfte seine Frau ihr Gesicht auf Alterserscheinungen, er kam sich vor wie ein Verräter.
„Erinnerst du dich an die Leiche im Stadtpark?"
„Im Stadtpark?"
„Es gab eine zweite. Heute. Im Tiergarten."
Sie nahm einen kleineren Tiegel aus dem Spiegelkästchen, öffnete ihn und trug Creme rund um die Augen auf.
„Eine Serie?"
Er setzte den Rasierer an. Konzentriert zog er den Schaum ab. Irgendwann hatte sich das eingeschlichen. Seit Jahren beantworteten sie die Fragen des anderen nicht mehr oder nur noch stumm.
„Ich könnte kotzen", hörte er Susanne. Er wusste vom Ton her, dass sie von ihrer Arbeit erzählen würde. „Rita, das Aas, hat heute ihr Projekt vorgestellt. IHR Projekt! Weißt du, wie lange ich sie bei dem Exposé beraten habe? Fast zwei Wochen, ich dumme Kuh. Jetzt bin ich so alt und falle immer noch auf dieselben Spielchen herein, aber warte. Von dem Megadeal, den ich an Land gezogen habe, sieht sie nichts. Ich werde sie diesmal nicht mit ins Projekt holen!"
Susanne war Unternehmensberaterin. Ihre sparsame Mimik unter der fettigen Maske wurde kontrastiert von heftigen Handbewegungen. Das Glas klirrte, als sie den Tiegel zurück ins Regal donnerte. Verwundert sah er seine Frau an.
„Was ist?" Ihre Stimme klang gereizt. „Alles in Ordnung."

# 31

„Die beiden haben wasserdichte Alibis.“ Kranich war der Unmut darüber anzumerken. „Kai Lechowki ist Croupier in der Spielbank am Potsdamer Platz. Zur Tatzeit hatte er Dienst bis 3 Uhr morgens. Mehrere Leute haben das bestätigt.“ Sie lehnte sich auf dem Stuhl zurück. „Philipp Kron war zur Tatzeit in einem Kochkurs und danach noch bis 2 Uhr auf einer“ - Kranich studierte ihre Notizen: „auf einer CD-Release-Party. Auch dafür gibt es mehrere Zeugen.“

Sie lehnte sich auf dem Stuhl soweit zurück, dass sich die Plastikschale durchbog. „Bleibt also noch die Chinesin. Sie haben wir nicht mehr angetroffen, sie muss kurz davor das Café verlassen haben. Eine Adresse hat niemand, aber sie sei Stammkundin.“

„Und außer den Dreien war niemand im Café?“, fragte Leonhard überrascht.

„Morgens sei da noch nicht soviel los“, sagte Kranich. „Die Bedienung kann sich an niemanden sonst erinnern.“

„Aber eine Frau als Täterin?“ Leonhard schüttelte den Kopf.

„Warum nicht?“ Hagen drehte an dem Ring an seinem kleinen Finger. „Warum hat unser Täter die Opfer sexuell denn nicht missbraucht? Warum fand keine Penetration statt?“

Es war eine rhetorische Frage.

„Weil der Täter seine Opfer nicht penetrieren konnte. Weil der Täter eine Täterin war!“ sprach Hagen es aus.

Alle dachten nach.

Clara hatte ihre Füße hochgelegt. Das würde zumindest erklären, warum es zu diesem untypischen Gewaltmuster kam.

„Angenommen", hörte sie Hagen wieder, „unsere Chinesin hat sich vor zehn Jahren an dem Elite-Gymnasium beworben. Als Klavierspielerin. Alle Asiaten spielen doch Klavier. Doch Helga Kramer lehnt sie ab!" Er schnalzte mit den Fingern. „Das Mädchen schafft es nicht, die Frustration zu verarbeiten, der Hass gärt. Jahre später rächt sie sich an Helga Kramer. Dabei hat sie Blut geleckt. Sie sieht rot. Zwei Monate später bringt sie wieder jemanden um: Sie rächt sich an der Frau, die ihr den Mann weggenommen hat."
„Stella Krefeld?" Kranich sah ihn an.
„Genau." Hagen nickte.
„Ein Rachefeldzug einer gekränkten Seele also." Margot ließ Hagen nicht aus dem Blick. „Wir behalten das im Hinterkopf."
„Gibt es was Neues von Lilly oder Sebastian?", fragte sie ihren Sekretär.
Leonhard überflog seine Notizen. „Das Rot ist ein sogenanntes Magnetrot. Das ist in jedem Schreibprogramm zu finden. Lilly hat den Virus nachprogrammiert, er ist wirklich relativ einfach gestrickt. Fast jeder hätte so was programmieren können, wir können also von einem Laien ausgehen."
Er blickte wieder in die Notizen. „Sebastian konnte mit dem Mann sprechen, den Stella Krefeld laut ihrer Freundin Judy Anspach verdächtigt hat, die Mail geschickt zu haben. Er heißt Benjamin Kaiser und war zutiefst schockiert über Stellas Tod. Er stritt vehement ab, mit den E-Mails etwas zu tun zu haben. Zur Tatzeit war er mit zwei Freunden im Kino und danach noch was Trinken. Das wurde überprüft. Er kann es nicht gewesen sein."
Herr von Bödefeld, nickte Clara. Die Täter lösen sich in Luft auf.
Blieb nur noch die Chinesin.

„Entschuldigung", räusperte sich Leonhard plötzlich. „Aber ich glaube, ich habe da was gefunden."
Clara sah ihn an. Sie konnte an seiner Stimme hören, dass es etwas Wichtiges sein musste.
„Also ich habe doch die Sitzplatzreservierung überprüft, im ICE. Dann hab ich das abgeglichen mit ..." Er schaute kurz zu ihr auf.
„Ich glaube, wir haben den Mann." Leonhards Gesicht war gerötet.
„Tim Ellenkamp befand sich im gleichen ICE wie Helga Kramer. Tim Ellenkamp hat sich die letzten Tage nachweislich in der Staatsbibliothek Potsdamer Straße aufgehalten. Tim Ellenkamp ist vorbestraft wegen Körperverletzung. Tim Ellenkamp schreibt im Internet zahlreiche Kommentare, die ihn als verwirrten Geist ausweisen. Die Botschaften würden zu ihm passen. Und außerdem –"
Leonhard war nach vorne gegangen und pinnte ein Foto des Mannes an die Wand.
„Außerdem wohnt Tim Ellenkamp im Weinbergsweg in Mitte. Von da aus ist es nur ein Katzensprung in das Internetcafé. Vielleicht hat er sich ja von außen in das W-LAN-Netz eingeloggt, wenn die Bedienung sich nicht an ihn erinnern kann, möglich wäre es."
Leonhard sah zu Clara.
„Alle Achtung", sagte Kranich und nickte Leonhard anerkennend zu.

## 32

Clara trommelte mit den Fingerkuppen auf das Lenkrad, im Takt des klagenden Saxophons, bei dem Kranich das Radio lauter gestellt hatte. Seit zwanzig Minuten glitten sie lautlos durch die Straßen Berlins. Die Lichter der Nacht

und ihr einvernehmliches Schweigen hatte Clara in einen Zustand melancholischer Nachdenklichkeit versetzt.
Zum zweiten Mal an diesem Tag steuerte sie den schwarzen Audi auf den Rosenthaler Platz zu. Die Ampel ging auf Rot. Eine Gruppe Studenten kam aus der U-Bahn-Station, einer schwenkte eine Flasche Sekt in der Luft, ein anderer breitete die Arme aus wie ein Flugzeug. Sie würden auf eine Party gehen, in einer kaum eingerichteten Wohnung herumstehen, reden, rauchen, zu viel Alkohol trinken und in einem kleinen Raum, in dem jemand mit einem iMac Musik machte, gelangweilt tanzen.
Das Saxophon heulte auf.
Ein Mann mit stierem Blick ging auf die Gruppe zu, die Gruppe teilte sich, um ihn durchzulassen. Der Mann rempelte ein Mädchen an. Alle waren froh, als er vorüber war.
„Bald knallt es." Kranich hatte die Szene auch beobachtet. Clara fuhr wieder an. Links tauchte das Café Oberholz auf, die Fenster waren hell erleuchtet. Es hatte noch geöffnet. Franz Biberkopf fiel ihr wieder ein, der wieder „ein guter Mensch" hatte werden wollen, nachdem er seine Freundin erschlug.
Das Saxophon überschlug sich vor Leidenschaft.
Clara wechselte die Fahrbahn und kam vor der nächsten roten Ampel wieder zum Stehen. Sie beobachteten die Taxen an der Kreuzung, ein Kiosk war noch offen, ein Mann im grauen Kapuzenshirt ging mit einem Kampfhund spazieren. Die Tristesse eines realistischen Gemäldes lag über dem Ganzen. Clara setzte den Blinker und bog rechts in den Weinbergweg ab. Im Rückspiegel stand der Alex unecht wie ein Souvenir für Touristen.
„Da drüben ist es." Kranich schaltete das Radio aus. Eine Tram ratterte den Berg hinauf und nahm die letzten Men-

schen mit. Clara parkte den Audi unter einer verlassenen Straßenlaterne.
Das Haus gehörte zu den wenigen nicht renovierten Häusern in der Gegend, die Rollläden im Erdgeschoss waren heruntergelassen. Die Graffiti und Schmierereien zogen sich bis zur ersten Etage. Auch die Rollläden waren mit schwarzen und silbernen Buchstabenketten besprüht. Zwei Männer lehnten an einer Laterne und rauchten. Sie trugen schwarze Stoffhosen und Kapuzenshirts. Clara erkannte sofort, dass sie gut trainiert waren. Es waren zwei Beamte von der dritten Direktion.
Sie musste an David denken und schluckte den Kloß in ihrem Hals herunter.
Sie begrüßten sich. Die Männer berichteten im Flüsterton, dass die Eingangstür bereits offen stand. Jemand habe das Schloss blockiert, um ein Einrasten zu verhindern.
Es war ein typisches Treppenhaus eines Berliner Altbaus, doch die Rohheit, mit der es heruntergewirtschaftet war, war deprimierend. Der braunrote Linoleumboden war übersät mit Brandlöchern, die Briefkästen waren verbeult und quollen vor Prospekten über. Die Namen der Mieter waren mehrfach überklebt oder mit einem Feuerzeug unleserlich gemacht worden. Es stank nach kaltem Rauch, nach Pisse und Kot. Die Wohnungstür im Erdgeschoss war mit Holzbrettern verrammelt.
„Nichts." Der Mann im Kapuzenshirt nahm die Taschenlampe von den Briefkästen. „Kein Ellenkamp."
Der andere war bereits die Treppe nach oben gegangen.
„Hier."
Der Ruf des Fahnders kam von oben.
Clara ließ die anderen vorgehen. Die unteren Holzstufen waren so stark abgenutzt, dass sich Kuhlen gebildet hatten. Auf dem Fenstersims lag ein benutztes Kondom. In der zweiten Etage versammelten sich alle vor der Tür.

Unter dem Spion klebte ein Streifen Leukoplast. „SANTO / Ellenkamp“ stand mit Kugelschreiber in Großbuchstaben darauf. Das Klingelschild hing an einem grauen Draht herab.
Die Männer konnten die Tür ohne Probleme öffnen, sie huschten voraus und kamen sofort wieder zurück, nachdem sie sich versichert hatten, dass niemand darin war.
Margot gab das Okay, die Wohnung zu durchsuchen.
Es gab einen kleinen Flur, die Decke war mit Rigips-Platten abgehängt. Rechts ging eine Toilette ab, daneben die Küche und geradeaus lag das einzige Zimmer. Eine Duschkabine mit Plastikvorhang war nachträglich in der Küche aufgestellt worden. Clara kannte solche Wohnungen, zu Beginn ihrer Studentenzeit hatte sie selbst mal in einer gewohnt. Das Ganze hatte vielleicht vierzig Quadratmeter.
Clara folgte Kranich in das Zimmer. Eine Matratze und ein Schreibtisch waren die einzigen Möbelstücke. Alles, was Tim Ellenkamp zu besitzen schien, waren Elektrogeräte: Zwei Computer, ein Laserdrucker, eine PlayStation, ein riesiger Flachbildfernseher und eine Stereoanlage standen herum. Dazwischen Kabelgewirr. Die Geräte blinkten und surrten. Die Matratze war mit einem senfgelben Laken bespannt, das zu groß war, überall waren Falten, das Bettzeug war verknüllt.
Einer der Männer hatte sich Latexhandschuhe übergezogen und öffnete die Schubladen der Box, die unter dem Schreibtisch stand.
Der Grad der Verwahrlosung war nicht so hoch, wie Clara erwartete hatte, doch das Deprimierende war, dass es keine schönen Dinge gab; nichts Persönliches, keine Fotos, keine Erinnerung.
Etwas knisterte.

Jemand leuchtete mit der Taschenlampe in die Ecke. In einer Plastikwanne saß ein kleiner Hund. Er blickte sie panisch an und versuchte, sich in dem dreckigen Streu zu vergraben.
„Ein Hundebaby!“ Clara zog es den Magen zusammen.
Kranich drehte sich zum Fenster, um zu telefonieren. „Okay, dann müssten sie ja gleich hier sein.“ Sie spähte auf die Straße hinab. „Ja, einen Veterinär. Nein, ist mir doch egal.“
„Was soll das?“ Sie drehte sich wieder um.
Clara hatte sich Latexhandschuhe übergestreift und streckte die Hände nach dem Tier aus.
„Sei vorsichtig.“ Kranich steckte ihr Handy in die Tasche. „Das ist ein Beweisstück. Vielleicht testet er das Gift an ihm, wer weiß.“
„Ich kann es ja eintüten“, sagte Clara und nahm das verängstigte Tier auf den Arm. Sie rubbelte ihm das Fell mit Krepppapier ab. Mehr hatte sie nicht gefunden.
Kranich verdrehte die Augen.
Im Raum war es unruhig geworden. Die Männer von der Spurensicherung waren eingetroffen und begannen, den Raum mit Pulver und Neonröhren zu bearbeiten. Die Server wurden eingepackt und aus dem Zimmer getragen. Clara sprach mit beruhigenden Worten auf das verängstigte Tier ein, das sich zitternd an sie schmiegte. Kranich sagte nichts. Als sie vor vierzig Jahren bei der Streife angefangen hatte, waren es sie gewesen, immer die Frauen, die für Mitgefühl und Trost zuständig waren. Dagegen hatten sie aufbegehrt. Als Clara jetzt mit dem Bündel im Arm an sie herantrat, streichelte sie dem Welpen über den Kopf.

# 33

Draußen war es Nacht. Clara versuchte, zu schlafen, doch die Bilder des Tages gingen nicht aus ihrem Kopf und vermischten sich zu unheimlichen Gebilden. Etwas sah sie aus großen, dunklen Augen an. Es war ein Kind. Ihr Kind! Das war unmöglich. Sie sah Kranich, wie sie bei Judy Anspach auf dem hellen, weichen Boden saß. Sie sah die dunklen Augenringe der Bedienung. „Was hat er denn getan, ihr Mörder?" hörte sie die Stimme des Cafébesitzers, der ein Hundebaby im Arm hielt.

*Ein Baby!* Sie musste es David sagen.

Nachdem sie zwanzig Minuten mit einem Knoten in der Brust in ihrer Küche hin und her getigert war, zog sich Clara das neue Kleid an, trat auf die Straße hinaus und ging ziellos umher. Es war kurz vor eins und sie war froh, dass noch viele Leute unterwegs waren. Sie musste es David sagen. Heute. Jetzt. Sie starrte auf ihr Handy, dann ging sie weiter die Riemannstraße entlang.

Bei Smirn war noch Licht. Sie blieb vor dem Schaufenster des Antiquariats stehen. Vielleicht hatte es eine Lesung gegeben und die letzten Gäste waren eben erst gegangen. Vielleicht konnte auch er nicht einschlafen. Er winkte Clara zu.

Als Clara eintrat, bimmelten die kleinen Glöckchen, die er hinter der Eingangstür aufgehängt hatte. Smirn trug einen gepflegten Drei-Tage-Bart, der zur Hälfte weiß war, eine goldene Brille und das passende Gesicht dazu: Wissend und zeitlos schien es in sich selbst zu ruhen.

„Wie geht's, Clara?" Smirn vergaß nie, sich nach ihrem Wohlergehen zu erkundigen.

„Geht so." Sie schaute sich um. „War ein langer Tag. Wie läuft's bei dir?"

Clara fühlte, wie ihr Handy vibrierte, doch sie ging nicht ran.
„Danke." Er sah von seinem Computer auf. „Ist bestimmt alles in Ordnung? Wirklich nur müde?"
Sie lächelte und nickte.
„Was machen die Toten?" Er stand auf, nahm ein Buch und drückte es ihr in die Hand.
„Sie lassen mich nicht schlafen", sagte Clara.
Smirn sah sie plötzlich entgeistert an. „Dieser Steinfisch-Mörder! Hast du damit etwa zu tun?"
Die Zeitungen hatten es also bereits in ihren Online-Ausgaben gebracht. Es wurde ausdrücklich vor dem „Stadtpark-Mörder mit der Spritze" gewarnt. Man solle nur noch zu zweit durch den Park gehen, wenn überhaupt, zumal als Frau. Die roten Botschaften wurden zwar kurz erwähnt, doch die Gift-Geschichte stand eindeutig im Vordergrund, zumal die Boulevardpresse den Mörder einheitlich als „Steinfisch" bezeichnete, nicht als den Auserwählten.
Die Presse hatte sich also an die Absprache gehalten. Aufgrund der Amokläufe der letzten Jahre hatte sich die Einsicht durchgesetzt, den Größenwahn eines Täters nicht mehr medial zu bedienen. Wenn der Täter die Zeitung aufschlug, durfte er sich nicht in seiner eigenen, kranken Wahrnehmung bestätigt sehen, „der Auserwählte" zu sein. Clara hatte diese Berichterstattung begrüßt, doch jetzt war sie sich plötzlich nicht mehr sicher. Es würde den Täter wütend machen. Was, wenn er bereits deshalb den nächsten, grausameren Mord plante?
„Du darfst nichts sagen, was?" Er sah sie an.
„Es war ein langer Tag", nickte Clara und drehte sich um. „Pass auf dich auf, Smirn."
„Du auch."

Die Glöckchen bimmelten. Es dauerte ein paar Minuten, bis die Röte in Claras Gesicht wieder verschwand. Als Smirn sie angesehen hatte, hatte sie das Gefühl gehabt, er wisse etwas. Doch das war unmöglich.
Sie blickte auf das Buch in ihrer Hand. Es war ein Gedichtband. „Das Wunder des Lebens" stand darauf.
Clara bog links in die Solmsstraße ein und wählte die Nummer von Johannes Teufel, der versucht hatte, sie zu erreichen. Er habe nur kurz Bescheid geben wollen, sagte er, dass dem kleinen Hund nichts fehle. Er sei gerade auf der Heimfahrt.
Als sie am Mehringdamm ankam, stand Johannes bereits da. Durch das Fenster seines Jaguars sah Clara, wie der kleine Brustkorb sich hob und senkte.
„Was machen wir mit ihm?"
„Er schläft jetzt. Ich habe ihm ein Beruhigungsmittel gegeben."
„Und danach?"
„Er ist noch jung." Teufel bot Clara den Arm an. „Er wird ein neues Zuhause finden."
Schweigend liefen sie in Richtung Dorotheenstädtischer Friedhof. Aus einem Hinterhof drang Musik herüber. Sie bogen rechts ab und Teufel hielt ihr die Tür zu dem alten Fabrikgelände auf. Sie gingen zwei Stockwerke nach oben. Unzählige Tangopaare bewegten sich über die Tanzfläche. Clara schloss die Augen. Ihre Schritte wurden kleiner, kaum mehr Andeutungen eines Tanzes. Irgendwann blieben sie stehen und wiegten sich nur noch hin und her.

## 34

Es war ein schönes, helles Gebäude, bei dessen Anblick man sich unweigerlich fragte, wie viele Leichen hier schon verbrannt worden waren. Das Krematorium des Fried-

hofs Wilmersdorf war Anfang der 90er stillgelegt worden. Heute fanden hier nur noch Trauerfeiern statt.
Ein Loch öffnete sich, der Sarg fuhr hinein, die Gasflammen sprangen an und fraßen sich in das Holz. Die Szene hatte sich tief in Claras Gedächtnis eingegraben. Sie hatte sie mal in einem James-Bond-Film gesehen, da war sie noch keine zehn Jahre alt und Sean-Connery-Fan gewesen.
Clara ließ ihren Blick über das Gebäude schweifen. Etwas Würdevolles ging von ihm aus, ein Säulengang zog sich von rechts nach links, eine breite Freitreppe führte hoch zum Haupteingang, eine Kuppel thronte über dem Zentralbau. Die Dächer glänzten schwarz. Auf dem Vorplatz standen vier Statuen. „Die Trauernden" waren Frauen aus Stein, die ihr Gesicht in den Armen verbargen.
Von innen drang Musik heraus. Die Trauerfeier für Stella Krefeld hatte seit zehn Minuten begonnen. Danach würde ihre Leiche verbrannt werden, allerdings im Krematorium Ruhleben, das sich noch in Betrieb befand. Die meisten Angehörigen von Mordopfern entschieden sich für eine Verbrennung. Es war, als könnte man den geschundenen Leib dadurch erlösen, hatte ihr einmal eine Mutter erklärt. Stellas Eltern hatten sich dazu entschlossen, ihr Restaurant in Spandau zu schließen. Sie wollten in ein kleines Bauernhaus nach Umbrien ziehen und ihre Tochter mitnehmen. Mit einer Urne sei das einfacher.
Dem Vater waren Tränen über die Wange gelaufen, als er die vielen Leute gesehen hatte, die sich auf dem Vorplatz des Krematoriums versammelt hatten. Es waren mehr als 200, schätzte Clara. Diejenigen, die nicht im Innern der Trauerhalle Platz gefunden hatten, standen jetzt dicht gedrängt vor dem Eingang. Die Tür stand offen. Eine Orgel spielte. Dann eine Geige. Nur wenige saßen auf der Freitreppe in der sengenden Sonne wie die Frau im grau-

en Hosenanzug, die ihren Kopf in den Armen vergrub und den Statuen auf dem Vorplatz glich.
Clara stand abseits im Schatten eines Baums. Sie fühle sich nicht wohl, hatte sie heute Morgen zu Kranich gesagt, und war erleichtert gewesen, dass Kranich ohne nachzufragen mit Leonhard die undankbare Aufgabe übernommen hatte, die Gäste zu fotografieren. Ein Mann, der Kranich für eine Journalistin hielt, meinte, sie solle sich schämen. Das passierte fast immer. Doch Kranich hatte nur freundlich genickt. Sie schien sogar froh über die Abwechslung zu sein. Seit fünf Tagen warteten sie darauf, dass Tim Ellenkamp endlich auftauchte. Seit fünf Tagen wurde seine Wohnung überwacht. Seit fünf Tagen war er wie vom Erdboden verschluckt.
*Seit fünf Tagen willst du David anrufen!*
Mörder zog es magisch auf die Beerdigung ihrer Opfer, sagte man. Das war ein Mythos, an den kein Ermittler so sehr glaubte wie Clara. Es mag ja sein, hatte sie Kranich gegenüber argumentiert, dass 90 Prozent aller Täter sich nicht für die Trauerfeier ihrer Opfer interessierten. Doch ihr Mann tat es. Er wollte dabei sein. Er wollte die Verzweiflung spüren, die er hinterlassen hatte, um überhaupt etwas zu spüren. Er wollte in die zerstörten Gesichter der Angehörigen blicken, da war sie sich sicher.
Ein Mann im hellen Sommeranzug ging bedächtig über den Vorplatz. Clara hoffte, Tim Ellenkamp zu erkennen, falls er sich unter die Trauergäste mischen sollte, doch mehr als ein unscharfes Gesicht mit Nickelbrille hatte sie nicht vor Augen. Sie drückte den Punkt an ihrem Handgelenk so fest, bis es schmerzte. Sie hatte gelesen, das solle gegen die Schwangerschaftsübelkeit helfen. Sie hatte gelesen, dass Schwangere eine besonders schöne Haut bekämen. Dass ihr Haar besonders schön glänzen würde. Doch Clara sah furchtbar aus. Sogar Hagen hatte sich

heute Morgen aus Mitleid dazu bereit erklärt, sich an Claras Stelle nach der Trauerfeier unter die engsten Angehörigen zu mischen. Es würde Kaffee und Kuchen geben.
Allein wenn Clara an Kaffee und Kuchen dachte, wurde ihr übel. Sie hatte sich bereits heute Morgen unter der Dusche übergeben müssen und befürchtete, dass es noch mal passieren könnte. Vor allem deshalb stand sie hier unter dem Baum.
Auf der Freitreppe hatte man ein Kondolenzbuch aufgestellt, der Mann im hellen Sommeranzug blieb jetzt davor stehen. Er nahm den Stift und schrieb etwas hinein. In der Wandelhalle des Krematoriums ging ein Pärchen auf und ab. Er war Anfang 60, grau, im schlecht sitzenden Anzug, sie etwa Mitte 50, mit Kurzhaarschnitt und Sorgenfalten. Sie sahen die Inschrift nicht, die über ihnen am Krematorium angebracht war. „Darum wachet! Denn ihr wisst weder Tag noch Stunde."
Clara begann zu zittern. Sie schaffte es gerade noch, hinter ein Grab zu kommen, und spuckte eine Mischung aus Bananen und Kaffee auf die trockene Erde. Am Ende kam nur noch heller Schaum, der in ihrer Kehle brannte wie Feuer.

## 35

„Herr Ellenkamp. Kennen Sie diese Frau?"
Kranich schob das Foto von Stella Krefeld über den Tisch. Der Mann mit den ausgemergelten Zügen grinste beim Anblick des schwarzen Tangas, der unter dem roten Kleid hervor blitzte. Tim Ellenkamp war vor drei Stunden verhaftet worden, als er die Tür zu seiner Wohnung aufschloss. Er sei ein paar Tage bei seiner Mutter gewesen, hatte er gesagt, in Leipzig, und die Beamten warfen sich

vielsagende Blicke zu, als sei die Verbindung zu Helga Kramer dadurch bereits bestätigt.
„Kennen Sie diese Frau?“, wiederholte Kranich schroff.
„Ach so, ich verstehe.“ Ellenkamp verschränkte die Arme. „Sie meinen die Legende von den Frauen als Opfern.“
Kranich sah ihn an.
„Männer werden als Opfer von Gewalt ja einfach ignoriert“, fuhr Ellenkamp fort, seine Stimme gewann an Festigkeit. „Das sollte Ihnen zu denken geben, Gewalt von Frauen ist doch ein gesellschaftliches Tabu. Die wenigsten Männer trauen sich doch, das ist erwiesen, bei der Polizei Anzeige zu erstatten, meistens wird ihnen sowieso nicht geglaubt und wo sollten sie sich auch hinwenden?“ Er blickte sich in dem leeren Raum um. „Haben Sie schon einmal ein Männerhaus gesehen?“
Sein Grinsen zog sich abrupt zurück, als er forderte: „Gewalt von Frauen darf nicht länger ein Tabu sein!“
Er sprach, als habe er die Sätze irgendwo gelesen und auswendig gelernt.
„Gewalt von Frauen ist doch ein Tabu!“ wiederholte er.
Kranich starrte ihn an. Das arrogante Gesicht des Mannes machte es einem schwer, Mitleid zu empfunden. Denn gleichzeitig waren die Spuren von erlebtem Leid nicht zu übersehen.
„Sind Sie Opfer häuslicher Gewalt geworden?“, fragte Kranich.
„Das passt nicht in ihr Bild, ich weiß.“ Ellenkamps Blick ging an Kranich vorbei und bohrte sich in die weiß getünchte Wand.
„Hat ihre Mutter Sie geschlagen? Hassen Sie deshalb Frauen?“
„Meine Mutter?“ Er lachte drohend wie ein schlechter Weihnachtsmann im Kaufhaus. „Meine liebe Frau Mutter hat mich verprügelt, jeden Abend, wenn sie von der

Arbeit nach Hause kam, hat sie mich verprügelt, aber das passt ja nicht in ihr Bild! Den ganzen Frust, der sich Tag für Tag in ihr aufgestaut hat, den hat sie an mir ausgelassen, abends, wenn sie nach Hause kam, meine Mutter interessiert es einen Scheißdreck, was ich mache!"
Kranich blickte in ihre Unterlagen. „Vom 2. bis 5. Juli waren Sie in Leipzig. Bei ihrer Mutter. Erst heute sind sie aus Leipzig zurückgekommen. Von ihrer Mutter." Sie beugte sich nach vorne und erhob die Stimme: „Warum hocken Sie dann dauernd bei ihrer Mutter? Warum steckt sie Ihnen regelmäßig Geld zu?"
Ellenkamp wich zurück. Er roch nach Schweiß. „Frauen sind anders, ich weiß!"
Wieder das hohle Lachen. „Frauen sind zartfühlend wie Ann-Kathrin. Kennen Sie meine Freundin? Hat sie mich angezeigt? Natürlich hat die mich angezeigt. Aber hat sie auch gesagt, warum sie mich verlassen hat? Weil ich nicht genug Kohle herangeschafft habe, nur darum ging es ihr, seelisch und moralisch war ich damals am Ende, ich wusste auch nicht, was ich hätte tun können, um sie zurück zu bekommen, sie lachte ja nur über mich."
„Ihre Freundin Ann-Kathrin hat sie also verlassen", versuchte Kranich, die Gedankensprünge des Mannes zu ordnen. Es fiel ihr allerdings schwer, eine Verbindung zu dem Mann herzustellen und sie war eine schlechte Schauspielerin. Clara beobachtete alles durch den Venezianischen Spiegel. Sie konnte sehen, dass sich alles in Margot dagegen wehrte, Sympathie mit Ellenkamp zu empfinden.
„Wann war das?", fragte Kranich.
„Vor sechs Jahren", nickte Ellenkamp. Die scharfen Nasolabialfalten, der schmale Mund und die überwachen Augen verliehen ihm etwas Lauerndes. „Eigentlich müsste ich ihr ja dankbar sein. Die Hure hat mir die Augen geöffnet. Nachdem sie weg war, sah ich endlich klar."

Er blickte Kranich provozierend an. „Wer ist denn schuld an den schlechten Dingen, die mir ständig passiert sind?"
„Frauen?"
„Frauen, genau." Ellenkamps Mundwinkel zuckte. Vielleicht war das früher einmal ein ironisches Lächeln gewesen. Heute war es Hass. „Frauen haben meine Kindheit verhunzt. Frauen haben meine Gefühle verletzt." Seine Augen fixierten Kranich. „Und dann diese dauernde Bevorzugung der Mädchen ..."
„Wer hat die Mädchen bevorzugt?" Kranich war alarmiert. „Ihre Klassenlehrerin?"
Sein Gesicht war wieder auf die weiße Wand gerichtet, als meditiere er.
„Konnten Sie nicht mithalten damals in der Schule? Waren die Mädchen einfach besser gewesen? Oder hatten die nur die besseren Noten bekommen, weil sie Mädchen waren? Weil die so nett gelächelt haben? Die Mädchen mussten niemals nachsitzen, stimmt's?"
Ellenkamp lächelte die Wand an. Sein Lächeln war das Lächeln eines batteriebetriebenen Kinderspielzeugs.
Kranich zog ein Foto von Helga Kramer aus ihrer Mappe und legte es vor Ellenkamp auf den Tisch. „Kennen Sie diese Frau?"
Wieder das Lächeln.
„Am 5. Juli haben sind Sie mit dem ICE von Leipzig nach Berlin gefahren." Kranich blieb ruhig. „Sie sind dieser Frau im Zug begegnet, habe ich recht?"
Er schwieg.
„War Helga Kramer Ihre Lehrerin gewesen? Wollten Sie sich rächen, weil sie immer die Mädchen bevorzugt hat?"
Für eine Sekunde dachte Clara, etwas Echtes in seiner Mimik gesehen zu haben, doch dann war es wieder weg.
„Ich weiß nicht, was Sie für Probleme haben", er sah Kranich mitleidig an. „Ich kenne diese Frau nicht. Mein

Leben ist positiv. Ich kann es manchmal selbst kaum fassen, wenn ich aufstehe, wie sich alles verändert hat zum Positiven und wie gut es mir geht."
Kranich atmete nur.
„Während des Prozesses der letzten Jahre habe ich herausgefunden, dass komplexe Zusammenhänge existieren. Zunehmend durchschaute ich diese komplexen Zusammenhänge, die ganze Welt ist doch nicht so, wie uns die Medien das vorgaukeln, und ich bin auf Dinge gestoßen, die noch niemand zuvor entdeckt hat."
„Das tut weh, wenn die Mädchen dauernd alles besser wissen, stimmt's?"
„Unsere ganze Gesellschaft wird doch gelenkt von den Medien, die Bedürfnisse sind gar nicht die Bedürfnisse der Menschen, sie werden doch künstlich erzeugt als riesige Werbeprodukte, den wenigsten Menschen ist das überhaupt klar, was hinter den Kampagnen steht. Sehen Sie sich doch an, was im Fernsehen läuft!"
„Ihre Lehrerin Frau Kramer war schuld, dass Sie die achte Klasse wiederholen mussten, stimmt's?"
„Sie müssen Ihre Einstellung ändern, Frau Oberkommissarin. Das Denken, das Fühlen, die Muster, die Ängste, die Abhängigkeiten, dann verändert sich alles. Bei mir war das ein Durchbruch mit kaum vorstellbaren Auswirkungen. Kennen Sie Paulus von Tarsus?"
„Paulus? Den aus der Bibel?" Die Bibel war ein gutes Stichwort, fand Kranich. „Herr Ellenkamp, lesen Sie die Bibel? Sind Sie religiös?"
Er lächelte verächtlich.
„Herr Ellenkamp." Kranich fiel es immer schwerer, ruhig zu bleiben. „Am 16. Mai wurden Sie verhaftet, weil Sie auf einer Veranstaltung der radikalen Islamisten am Potsdamer Platz eine Frau attackiert haben." Sie blätterte in ihren Unterlagen. „Ruth Brunner kam aus der Schweiz

nach Berlin, um hier ein paar Tage Urlaub zu machen. Frau Brunner hat nur den Kopf geschüttelt, als Sie an dem Stand vorbei lief. Das war alles. Daraufhin haben Sie die Frau zu Boden geworfen und mit dem Fuß mehrmals in den Bauch getreten, dann haben Sie ihren Kopf gegen den Randstein getreten."

Kranich zwang sich, den Mann anzusehen. Sein Gesicht war jetzt vollkommen versteinert.

„Dabei hat Frau Brunner nur den Kopf geschüttelt!" Kranichs Augen traten hervor. „Hat Ihre Freundin auch den Kopf geschüttelt, als Sie keinen mehr hochgekriegt haben?"

Er blieb unbeweglich, als habe er irgendwann beschlossen, sich nie mehr beleidigen zu lassen.

„Herr Ellenkamp. Stehen Sie der radikalen Gruppierung der Salafisten nahe?"

„Der Erhabene sandte seine Schriften zu den Menschen als eine Richtschnur für das Leben." Er sah durch Kranich hindurch. „Wer glaubt, ist erfüllt. Wer glaubt, setzt der Leere etwas entgegen, nur wer glaubt, kann ihm dienen."

Kranich sah fragend in das dunkle Glas, hinter dem sie ihre Kollegen wusste.

„Meinen Sie Gott?" versuchte sie es noch einmal. „Hat er Ihnen gesagt, was Sie tun sollen?"

„Die Zauberinnen sollst du nicht am Leben lassen."

„Welche Zauberinnen?" Kranich war aufgestanden und fuhr sich mit beiden Händen durch die kurzen Haare. Der Mann war stärker verwirrt, als sie angenommen hatte. „War Helga Kramer eine Zauberin? Oder sie?"

Die Hauptkommissarin hielt ihm wieder das Foto von Stella Krefeld hin.

„Herr Ellenkamp, sind Sie auserwählt?"

Er sah kurz auf. Schweigen. Kranich setzte sich wieder.

„Herr Ellenkamp." Es klang wie eine Drohung. „Sie unterzeichnen regelmäßig als ein gewisser Santo. Wer ist das?"
Er reckte den Kopf. Sein Adamsapfel trat deutlich hervor. „Werde ich zitiert?"
Kranich blieb stur: „Wer ist Santo?"
Plötzlich erhob sich der Mann. Der Sicherheitsbeamte in der Ecke trat einen Schritt auf ihn zu und zückte Handschellen.
„Alles in Ordnung." Kranich wusste nicht, warum sie das sagte. Sie traute dem Mann nicht über den Weg. Was, wenn er sich gleich auf sie stürzen würde?
„Er hat uns eine Botschaft mitzuteilen", sagte sie.
Zu ihrem Erstaunen ging Ellenkamp darauf ein, er schloss für einen Moment die Augen und sprach mit dem Pathos eines schlechten Schauspielers:
„Ich werden alle vernichten, die meine Göttlichkeit beschneiden, vernichten bis auf die letzte Zelle und keine Gnade werde ich zeigen. Ich bin Santo! Der Kapitalismus und seine Schwestern, die Globalisierung, die Ausbeutung, sie halten unsere Herzen gefangen! Die Weltbank ist ein Gefängnis der Seelen! Doch ich bin der rechtmäßige Herrscher des Universums, von den Göttern auserwählt und von falschen Göttern betrogen." Er schloss die Augen halb, während er hervorstieß: „Tod den Feinden des Santo."
„Setzen Sie sich wieder."
Er gehorchte.
„Herr Ellenkamp." Kranichs Stimme bebte vor Aufregung. Sie hatte ihn fast soweit. „Sie haben das Recht zu schweigen. Alles was Sie sagen, kann und wird vor Gericht gegen Sie verwendet werden. Sie haben das Recht, zu jeder Vernehmung einen Verteidiger hinzuzuziehen.

Wenn Sie sich keinen Verteidiger leisten können, wird Ihnen einer gestellt."
„Haben Sie die beiden Frauen getötet?", fragte sie laut.
Kranich hing an seinem Gesicht. Sie hatte das Gefühl, etwas in seinem starren Blick wollte brechen. Etwas in ihm wollte ein Geständnis ablegen. Sie kannte diesen Moment.
Doch dann war es vorbei. Der Moment war verpasst.
Kranich sank etwas in sich zusammen.
Ellenkamp war wieder zur Maske erstarrt.
„Bei Ihnen ist doch sowieso jeder Mann ein potenzieller Vergewaltiger." Verächtlich musterte er sein Gegenüber, seine Stimme klang jetzt wieder normal. „Also habe ich sie vergewaltigt."
Kranich spannte sich an. „Wen haben Sie vergewaltigt?"
„Das Mädchen."
Sie tippte auf Stella Krefeld. „Dieses Mädchen?"
Er lehnte sich zurück. „Was passiert mit all den Frauen, die eine Vergewaltigung vortäuschen? Ich habe mich erkundigt, Ihre Kollegen geben sogar zu, dass auf jede angezeigte Falschbeschuldigung 3 bis 10 weitere nicht angezeigte Falschbeschuldigungen kommen! Ein Hauptkommissar sagt sogar, dass sich alle Sachbearbeiter von Sexualdelikten einig sind, dass deutlich mehr als die Hälfte der angezeigten Sexualstraftaten vorgetäuscht werden."
Er sah zur Glasscheibe und erhob die Stimme. „Und jetzt frage ich Sie. Warum werden Falschbezichtigungen von Amts wegen nicht konsequent juristisch verfolgt? Warum werden denn bei Falschbeschuldigungen keine gezielten Ermittlungen in diese Richtung angestellt?"
Kranich packte die Fotos ein und ging wortlos zur Tür.
„Weil Frauen wie Sie ermitteln", rief er ihr nach. „Mein Richter wird eine Frau sein, habe ich recht? Die Frauen hassen mich, weil ich sie durchschaut habe. Internationale

Untersuchungen sind zu dem Ergebnis gekommen, dass Frauen vor Gericht seltener verurteilt und milder bestraft werden als Männer."
Die Hauptkommissarin verließ den Raum.

Es war nahezu totenstill, als Kranich zu ihren Kollegen zurückkehrte. Clara, Hagen und Leonhard saßen schweigend da. „Die Milch, bitte", war alles, was in den nächsten Minuten zu hören war.
„Was denkt ihr?" Kranich klang schroffer als gewollt.
„Das ist kein echter Kapitalismuskritiker." Leonhard schielte zu Clara.
Clara schüttelte den Kopf. „Der Mann hat überhaupt keine Inhalte." Sie kritzelte ein Gesicht in den Kaffeefleck auf ihren Unterlagen. „Meines Erachtens handelt es sich um eine klassische Schalenidentität."
„Harte Schale, weicher Kern oder was?"
„Harte Schale, gar kein Kern." Das Kaffeegesicht grinste Clara an. „Junge Männer wie Tim Ellenkamp sind die klassische Zielgruppe radikaler Organisationen. Die Gründe sind vielfältig, weshalb diese Männer es nicht geschafft haben, einen Identitätskern auszubilden. Sie sind nicht in der Lage, von den Möglichkeiten und der Komplexität unserer heutigen Lebenswelt zu profitieren, das Angebot überfordert sie. Letztlich sehnen sie sich nach einer einfachen Lehre von Gut und Böse, nach einem Leben mit einer klaren Ordnung, in der sie endlich nicht mehr benachteiligt sind."
Leonhard sah sie durch seine randlose Brille an.
Hagen signalisierte ebenfalls Zustimmung. „Aber eine Überzeugung hat er." Er fuhr sich über die Seidenkrawatte. „Es ist, wie ich gesagt habe. Der Frauenhass ist echt."
Sie starrten alle durch die Glasscheibe auf den Mann, der vollkommen reglos da saß.

„Und was ist mit Gesellschaftshass? Welthass? Medienhass?“
„Clara hat recht“, sagte Kranich. Hagens permanentes Insistieren auf der Geschlechtszugehörigkeit erfüllte sie aus unerfindlichen Gründen mit Unbehagen. „Es ist einfach zu viel Hass, als dass man hier noch unterscheiden könnte.“
Es klopfte. Leonhard nahm eine gelbe Mappe in Empfang, die eine behaarte Hand zur Tür hereinreichte.
„Also doch“, sagte Leonhard. Er sah enttäuscht aus. „Beim Jugendamt gibt es tatsächlich keine Akte über die Familie Ellenkamp. Die Unterlagen beim Arbeitsamt sind alles, was vorliegt.“
Leonhard setzte sich wieder und las: „Der Vater Ingenieur, die Mutter Krankenschwester, 1993 geschieden. Es gibt einen Bruder, der ist heute Chefarzt in der Charité. Die Mutter arbeitet noch, sie ist in einem Pflegeheim in Leipzig angestellt.“
„Glaubst du wirklich, dass sie ihn geschlagen hat?“
Wieder blickten alle auf den Mann, der noch immer reglos da saß.
„Okay.“ Kranich sah erst Clara und dann Hagen an. „Wir sprechen mit dieser Ex-Freundin. Ann-Kathrin wie was? Wir brauchen den Nachnamen. Vorladungen gehen raus an die Mutter, an den Bruder, jemand muss noch mal mit der Kellnerin aus dem Internetcafé sprechen. Clara und ich fahren nach Leipzig. Wir brauchen die Verbindung zwischen Ellenkamp und Helga Kramer, sonst kommen wir nicht weiter.“
„Oder ein Geständnis.“
Die Neonröhre flackerte.
„Versuch du es noch mal, Hagen.“ Kranich sah ihm in die Augen. In ihrem Blick lag etwas Undeutbares. Hagen glaubte, Ironie darin zu erkennen.

„Ich habe das untrügliche Gefühl, ihr zwei könntet Euch verstehen", sagte sie und Hagen antwortete mit einem stolzen Grinsen.
„Ich bekomme einen Ausschlag, wenn ich das Wort 'Feminismus' nur höre", sagte Hagen zur Begrüßung. „Aber deshalb bin ich noch lange kein Frauenhasser."
Ellenkamp sah auf.
„Schließlich leben wir im liberalen Post-Gender-Zeitalter." Hagen drehte schwungvoll den Stuhl herum. „Das Geschlecht ist heute doch unwichtig. Aber ich möchte, dass Männer nicht diskriminiert werden."
Rittlings setzte er sich Ellenkamp gegenüber.
„Tim. Hassen Sie Frauen?"
Der Angesprochene wich zurück.
„Dann frage ich anders. Sind Sie bereit, als Täter verurteilt zu werden, nur weil Sie ein Mann sind?"
Ellenkamps Augen verengten sich. „Ich möchte Gerechtigkeit. Das ist alles."
„Dann sind wir uns einig."
Kranich wusste, dass Hagen nur spielte, dennoch kam er ihr plötzlich anders vor, so echt wirkte das. Er sah sie kurz an. Seine Zähne waren makellos weiß.
„Wer glaubt, einen göttlichen Auftrag zu haben, dem wird doch heute gesagt, dass er geisteskrank sei", fuhr Hagen nach einer kurzen Pause fort. „Tatsächlich ist es aber doch Wahnsinn, wenn man grundsätzlich davon ausgeht, dass jemand krank sein muss, wenn er der Welt eine Botschaft mitzuteilen hat."
Ellenkamp beobachtete sein Gegenüber.
„Warum haben denn alle so sehr davor Angst, dass ein Auserwählter kommt?", fragte Hagen.
„Die größten Denker des 20. Jahrhunderts waren sich einig, was den Verblendungszusammenhang betrifft", sagte Hagen und Clara wunderte sich, woher er das hatte.

„Das heißt, die Menschen sind heutzutage doch gar nicht mehr fähig, die Wahrheit zu erkennen.“ Er ließ seinen Blick hinter den Spiegel gleiten, wo er Kranich vermutete. „Also kann doch nur einer, der von außen kommt, die Wahrheit über die Wirklichkeit sagen.“
Ellenkamp blickte auf.
„Kennen sie den Vergleich mit dem Briefträger?“ Hagen widmete seine Aufmerksamkeit jetzt voll und ganz dem ausgezehrten Mann. „Ich erzähle Ihnen davon: Wer glaubt, er bekomme einen Millionengewinn ins Haus geliefert, wird für krank erklärt. Aber so etwas gibt es! Das ist der Punkt! Manchmal bringt der Briefträger tatsächlich die Nachricht vom Glück. Es ist selten, aber es passiert, nicht wahr?“
Clara versuchte, Hagens Gedanken nachzuvollziehen, doch ihr Gehirn streikte. Ellenkamp hingegen schien verstanden zu haben, was Hagen meinte.
„Jesus hat ja auch niemand geglaubt“, sagte Ellenkamp mit rauer Stimme. Sein Blick war nicht mehr ganz so hart.
„Ich glaube Ihnen.“ Hagens Stimme triefte vor Respekt. „Hier, in diesem kargen Raum, haben Sie jetzt die Gelegenheit, ihre Botschaft mitzuteilen. Wenn Sie kooperieren, wird sich das positiv auf ihre Haftstrafe auswirken.“
„Haftstrafe?“
„Tim, überleg doch mal.“ Hagen lehnte sich zurück. Das blütenweiße Hemd spannte sich über seiner Brust, die Krawatte rutschte nach rechts. „Man muss für seine Überzeugungen leben. Wer als Krieger in die Welt zieht, muss Rückschläge hinnehmen können wie ein Mann. Denken Sie nur an Hitler, an Stalin, an bin Laden. Sie alle saßen zu Beginn ihrer Karriere im Gefängnis, daraus gingen sie gestärkt hervor.“ Er zwinkerte Ellenkamp zu. „Aber es ist ein Unterschied, ob man mit vier weiteren Mithäftlingen eine Zelle teilt, mit primitiven Gewaltver-

brechern oder ..." er räusperte sich, „oder ob man in Einzelhaft sogar über einen eigenen Schreibtisch verfügt. Überlegen Sie mal, Ihr Publikum wird stark anwachsen, wenn Sie Ihre Botschaft vom Gefängnis aus schreiben! Man wird Sie ernst nehmen!"

Hagen schob die beiden Fotos wieder zu Ellenkamp hinüber.

„Wenn Sie ein Geständnis ablegen, wird sich das positiv auswirken."

„Schauen Sie sich das genau an." Er tippte auf Helga Kramer. „Sie haben gesagt, sie kennen diese Frau. War es ihre Lehrerin?"

„Dann habe ich mich geirrt", sagte er. „Vielleicht dachte ich, es wäre Frau Seiler."

„Frau Seiler? War das Ihre Lehrerin?"

Ellenkamp genoss jetzt sichtlich die Macht, sein Gegenüber warten zu lassen. Er verschränkte die Arme.

„Sie war eine gottverdammte Fotze", sagte er schließlich.

Hagens Blick loderte auf. „Und sie dachten, diese Frau wäre Frau Seiler, und deshalb haben Sie sie umgebracht?"

Er konnte spüren, wie sie hinter der Fensterscheibe den Atem anhielten.

„Wie haben Sie es getan?"

Es klatschte. Hagens rechte Hand ballte sich zur Faust und schlug rhythmisch gegen die Handfläche der linken, es klatsche wieder, die Schläge wurden schneller. Ellenkamp grinste. Er schien verstanden zu haben.

„Sie hat meine Jugend versaut, diese Hure."

„Und da haben Sie ihr das Ding reingerammt?"

Ellenkamp schwieg.

„Irgendjemand musste es tun, nicht wahr?"

Ellenkamp schwieg.

„Santo?"

Er sah auf.

„Hat Santo die Hure vernichtet?"
Ellenkamp atmete schwer. Zum ersten Mal sah Clara, dass seine Augen nicht nur tot waren. Sie brannten. Es war ein Feuer, das aus dem Herzen kam und die Kälte in seinem Gesicht kurzfristig vertrieb.
„Herr Ellenkamp. Sie haben das Recht zu schweigen. Alles, was Sie sagen, kann vor Gericht gegen Sie verwendet werden. Sie haben das Recht auf einen Anwalt. Sollten Sie sich keinen leisten können, stellt Ihnen das Gericht einen zur Verfügung", beeilte sich Hagen den Spruch herunterzuleiern.
„Reden wir noch mal über Ihre Freundin Ann-Kathrin." Er hoffte, Ellenkamp nicht zu verlieren. „War sie hübsch? So wie diese Frau?"
Er schob ihm das Foto von Stella Krefeld über den Tisch. Die nackte Haut. Der schwarze Tanga. Ellenkamp sah es an.
„Hatte Ann-Kathrin auch so große Titten? Eine kleine, feuchte Muschi?"
Ellenkamp rutschte auf seinem Stuhl hin und her.
„Du arbeitest doch regelmäßig in der Staatsbibliothek", stellte Hagen fest. „Da ist sie dir aufgefallen, stimmt's? Du fandest sie schön."
An der Reaktion seiner Augen war zu sehen, dass Hagen ins Schwarze getroffen hatte.
„Aber sie hat dich ignoriert?" Hagen drehte an seinem Ring. „Sie hat deine Liebe mit Füßen getreten, stimmt's?"
„Diese Schlange", keuchte Ellenkamp und der Schmerz in seinem Gesicht zwang Clara, sich abzuwenden. Der Schmerz war echt.
Er war es, dachte Clara, als sie die Augen schloss.
„Ist sie tot?" Ellenkamp wirkte plötzlich unruhig. Er drehte sich immer wieder um, als suche er etwas. „Ist sie wirklich tot?"

Hagen nickte. „Wie hast du sie umgebracht, Tim?"
Er beugte sich über den Tisch, um Ellenkamp nahe zu sein. Sie brauchten Täterwissen.
„Woher hattest du das Gift?", meinte Clara, Hagen flüstern zu hören. Doch als sie genauer hinsah, waren seine Lippen geschlossen.
„Ich habe ... ich ... habe ...", stotterte Ellenkamp.
Dann hielt er inne. Er schloss die Augen. Als er sie öffnete, war sein Gesicht wieder versteinert, eine Maske, die die Grenze zwischen ihm und den anderen unüberbrückbar machte. Er schien auch Hagen nicht mehr wahrzunehmen, als er mit hohler Stimme verkündete: „Es ist mein Auftrag, die Sünderinnen zu bestrafen. Santo musste diese Frauen töten. Er wird sie alle umbringen."

## 35

Sie schloss die Tür zu ihrer Wohnung auf, drehte zuerst den kleinen Sicherheitsschlüssel zweimal herum, bevor sie mit dem großen, alten Schlüssel die Eingangstür aufschnappen ließ. Für einen Moment starrte sie auf den alten Schlüssel in ihrer Hand, der, wenn er vergoldet gewesen wäre, direkt aus einem Märchen zu stammen schien. Erschöpft trat sie ein. Das Fischgrätenparkett knarrte. Sie war den ganzen Tag auf den hohen Absätzen herumgelaufen und genoss wie jeden Abend den Moment, wenn sie barfuß auf dem Boden zu stehen kam.
Plötzlich hob sie den Kopf. Ein süßlicher Geruch lag in der Luft. Ihre Augen verengten sich zu Schlitzen.
„Sag mal, spinnst du?" Clara riss die Tür zum Wohnzimmer auf.
Ben, ein schlaksiger, großer Mann mit Glatze und Designerbrille, blickte sie überrascht an. Er saß an ihrem

Schreibtisch, der Computer lief, neben der Tastatur standen eine Flasche Bier und ein Aschenbecher.
„Wo warst du so lange?“ Er inhalierte einen kräftigen Zug der schmal gedrehten Zigarette.
„Hast du sie nicht mehr alle, oder was?“
Ben trug ein neongrünes T-Shirt, auf dem zwei Marsmännchen auf dem Kopf standen. Verwundert sah er sie an.
Clara stob mit großen Schritten durch den Raum, riss das Fenster auf und kippte einen Schluck Bier in den Aschenbecher. Es zischte.
Sie stand genau vor ihm. Seine Lider waren geschwollen. Sein Blick verhangen. Anfangs hatte er sie an Marcel Proust erinnert. Jetzt stieg eine unbändige Wut in ihr auf.
„Du kannst dir die Birne zudröhnen solange, wie du willst“, ihre Stimme war schneidend. „Aber bitte bei dir zu Hause. Was denkst du dir eigentlich?“
Claras Augen funkelten. „Mir wird kotzübel von dem Zeug, das weißt du doch. Und Mannomann, du bist 42, verdammte Kacke, benimm dich doch auch einfach so.“
Sie hatte Ben vor drei Wochen auf der Straße kennengelernt. Er stand vor der Tür eines benachbarten Jazzkellers und rauchte, als sie von der Arbeit nach Hause kam. Sie waren ins Gespräch gekommen. Das war das beste Mittel, David zu vergessen, hatte sie gedacht.
„Ich bin Kriminalbeamtin, verdammt.“
Ben kratzte sich am Kinn. Er war noch nicht rasiert. „Willst du mich jetzt verhaften?“
Er grinste. Sie biss sich auf die Zunge, um sich zu beherrschen. Sie zählte auf zehn. Sie durfte ihre Wut nicht an diesem Jungen auslassen; natürlich wusste sie, dass sie sich auf sich selbst bezog.
„Verdammt.“ Clara wollte in die Küche, doch auf halbem Weg ließ sie sich auf das Sofa sinken. Ihr war schlecht. Sie

würde gleich kotzen müssen. Sie war schwanger! Was machte sie nur! Plötzlich verwandelte sich ihre Wut in Tränen, die ihr über das Gesicht liefen.
Ben nahm einen Schluck Bier.
„Hey, wenn ich gewusst hätte, dass du das so schlimm findest, dann ...“
Clara vergrub ihr Gesicht in den Händen. Sie sehnte sich so sehr nach David wie noch nie zuvor in ihren Leben.
*Was mache ich nur?*
„Hey.“ Ben war aufgestanden und kam zu ihr herüber. Unsicher legte er eine Hand auf ihren Kopf.
„Lass gut sein“, brachte sie mühsam hervor. „Das hat keinen Wert mit uns.“
„Ich geh dann mal wohl“, kratzte sich Ben am Kopf.
Clara nickte matt.
„Hey.“ Er hob beide Hände beschwichtigend nach oben. „Take it easy.“
Clara kniff die Augen zusammen.
„Ich geh dann mal“, wiederholte er. Zwei Minuten später knallte endlich die Wohnungstür. Der Joint hatte sich im Aschenbecher aufgelöst.
Clara starrte vor sich hin.
Aus dem Hinterhof drang Lachen herauf.
Viele ihrer Freunde fuhren im Sommer, sooft es ging, raus ins Grüne, zum Spazierengehen nach Potsdam oder nach Glienicke, über das Wochenende an den Wannsee, Scharmützelsee oder nach Buckow in das Ferienhaus irgendeiner Tante irgendeines Bekannten. Abends wurde gegrillt. Beim Anblick der Nudeln vom Mittag, die jetzt in der Kloschüssel hingen, wurde Clara bewusst, wie sehr sie die Zeit mit ihren Freunden vermisste. Den einzigen Grillabend in diesem Sommer hatte sie Anfang Juni mit ihren Kollegen verbracht. Man traf sich in Leonhards Schrebergarten am Volkspark Wilmersdorf, man trank ein

paar Bierchen und unterhielt sich über die Arbeit. Am nächsten Morgen war Clara von Mückenstichen zerstochen und zum ersten Mal mit diesem schalen Gefühl erwacht, Lebenszeit verschwendet zu haben. Natürlich gab es Überschneidungen, Margot zum Beispiel war ihre Freundin, doch was war mit den anderen? Mit Sven, Richard oder Sebastian? Oder mit Hagen, der sich den ganzen Abend über die Kleingärtnermentalität der „Laubenpieper" lustig gemacht hatte, was ihn jedoch nicht davon abgehalten hatte, Leonhard einen Teil des Gartens abzuquatschen, damit er „endlich mal wieder echtes Gemüse" bekam, weil er den „Industriefraß", wie er bei jeder Gelegenheit betonte, nicht mehr sehen konnte.

Clara stützte sich auf den Rand der Kloschüssel. Zwischen den Spaghetti lief etwas Braunes mit roten Punkten herab. Waren das die Himbeeren? Clara studierte das Erbrochene und beschloss, sich wieder mehr Zeit für ihre Freunde zu nehmen. Seit sie im LKA arbeitete, hatte sie sogar ein längeres Telefonat oder eine E-Mail als Luxus empfunden. Das war doch nicht normal? Plötzlich spürte sie die Sehnsucht, mit Sarah, ihrer Schwester oder Oskar zu sprechen.

*Du musst David anrufen! Jetzt!*

Clara wischte sich den Mund ab. Sie drückte die Klospülung. Sie fuhr mit der Hand über ihren Bauch. Alles in ihr schrie nach David.

*Alles.*

Sie duschte und zog das grüne Kleid an, das sie erst vor vierzehn Tagen bestellt hatte. Vom Schnitt her war es ein klassisches Etuikleid – knielang, ärmellos –, doch der Stoff machte es zu etwas Besonderem. Er war ganz leicht, noch leichter als Seide. Ein schmaler, brauner Ledergürtel verlieh dem Ganzen das gewisse Etwas. Clara wählte dazu braune Ballerinas.

Eine halbe Stunde später trat sie auf die Straße hinaus. Es war kurz vor neun, die Hitze des Tages war längst vorbei, doch der Asphalt hatte sie gespeichert. Abends strahlte er eine Wärme aus, in der sich die Gesichter und Gespräche der Menschen entspannten. Clara sah sich um. Sie hatte das fast vergessen. Auf den Plätzen und Bürgersteigen standen Tische und Stühle, die Teelichter spiegelten sich in den Augen der Menschen, gedämpfte Gespräche lagen in der Luft. Ab und zu zirpten ein paar Grillen und verwandelten den Verkehrslärm, der von der Gneisenaustraße herüber drang, in etwas, das nicht mehr störte.
Die Kellnerin brachte zwei Flaschen Bier, ein alkoholfreies und ein Weizen. Sie stellte ein Schälchen Erdnüsse daneben.
„Prost", sagte Clara und blickte ihm in die Augen. David war sofort gekommen. Plötzlich war alles gut.
Am Nebentisch saß ein Pärchen und hielt sich an den Händen.
„Der Fall macht dir ganz schön zu schaffen, was?" David sah sie vorsichtig an. Es musste einen Grund geben, warum sie ihn sehen wollte.
„Weißt du", nickte Clara, „heute haben wir den Hauptverdächtigen festgenommen. Eine komische Type. Es ist irgendwie so deprimierend, wenn du das siehst."
„Was?"
„Dass so jemand der Täter ist. Ich meine, der Typ hat sich selbst kaum auf Reihe, aber er ist fähig, die Realität der anderen dermaßen zu verändern! Einfach, indem er jemanden umbringt! Das ist so banal und unglaublich. Es macht mich wahnsinnig."
David nickte. Er drehte seine Flasche Bier. „Du wirst dich daran gewöhnen."
„Ich kann mich nicht daran gewöhnen!"
„Habt ihr was aus dem Typen rausbekommen?", fragte er.

„Ich nicht.“ Es tat so gut, dass David hier war. „Aber Hagen hat ihm ein Geständnis entlockt, zumindest fast.“
„Hagen van Velzen?“
Clara nickte. Das Pärchen am Nebentisch hielt sich an den Händen und blickte sich tief in die Augen.
„Ich hab mal mit ihm zusammengearbeitet in so einer Ehrenmordgeschichte. Nicht schlecht, der Typ, oder?“ Er blickte Clara an, als suche er in ihren Augen nach etwas.
„Ehrlich gesagt“, sie nahm einen Schluck Bier und verzog das Gesicht. Es schmeckte anders als sonst. „Er ist ein Wichtigtuer. Aber ich bin trotzdem froh, dass er im Team ist.“
Sie drehte die Flasche hin und her. „Er komplettiert uns irgendwie.“
„Uns?“ David lächelte.
Clara fuhr sich gedankenverloren über die nackten Arme. „Weißt du, warum ich damals noch mal Kriminologie studiert habe?“
David nahm eine Handvoll Erdnüsse.
„Ich möchte das verstehen. Es macht mich wahnsinnig, weil ich es einfach nicht verstehe!“ Clara schüttelte den Kopf. „Was muss alles passieren, dass ein Mensch einen anderen umbringt?“
„Aber ich sehe die Täter und erhalte keine Antwort“, sagte sie.
„Seit zwei Jahren sehe ich in die Gesichter der Täter und erhalte keine Antwort!“
Clara nahm einen Schluck Bier. Ihre Augen waren hart.
„Das habe ich damals schon nicht verstanden.“ Auch David nahm einen Schluck Bier. Er starrte auf ihr Kleid. „Nach was suchst du? Was meinst du, zu entdecken? Das Böse wird dich immer enttäuschen.“
Clara hörte, wie er die Erdnüsse zermalmte.

„Die Täter, denen ich begegnet bin – und ich mache den Job jetzt über zwanzig Jahre –, waren bei Gott alles andere als faszinierend. Das Böse ist banal."

*Starrte er auf ihren Bauch?*

„Aber sag mal, wie geht es Nina?", fragte sie schnell.

*Nina? Warum fragst du das?*

David blickte auf den Boden. „Sie soll ja jetzt aufs Gymnasium kommen, doch dafür bräuchte sie noch mindestens eine Zwei in Deutsch und das ist noch nicht sicher, ob das klappt. Ich weiß auch nicht, was da das Beste ist, seit der Schulreform im letzten Jahr soll ja alles einfacher geworden sein, aber ..."

Er streifte ihren Blick nur kurz.

„Aber ich meine, diese Integrierte Sekundarstufe, in der sie jetzt Haupt-, Real- und Gesamtschule zusammengefasst haben, das ist doch der reinste Hexenkessel. Jeden Tag fahre ich durch Neukölln und denke, das möchte ich meiner Tochter nicht antun."

David hatte vor drei Jahren die Leitung der Polizeidirektion 5 übernommen, die für Friedrichshain-Kreuzberg und Neukölln zuständig war.

„Monika hat jetzt einen Nachhilfelehrer engagiert und mal sehen. Aber selbst wenn das klappt mit der Zwei, manchmal habe ich Angst, dass der Druck auf dem Gymnasium dann doch zu hoch wird. Nina scheint mir nicht so der Lerntyp. Sie macht gerne Sport und ist viel unterwegs und so. Und dann fragst du dich, was ist besser für dein Kind? Ein schwieriges soziales Umfeld oder der Leistungsdruck, an dem sie zerbrechen kann? Okay, sie ist kein Kind mehr, sie ist längst in der Pubertät und das Komische ist, seitdem sucht sie die Nähe zu mir viel mehr als zu ihrer Mutter."

Sie schwiegen. Er sah sie an.

*Nina, Monika.*

Clara gab der Bedienung ein Zeichen, sie solle ihr ein zweites Bier bringen.
„Auch noch eins?“
„Lass nur“, er winkte ab. „Ich habe noch Dienst.“
„Heute?“ Clara war enttäuscht. Eine bleierne Müdigkeit breitete sich plötzlich in ihr aus.
Das Pärchen am Nebentisch brach auf, Arm in Arm gingen sie davon. Auch David blickte ihnen hinterher.
„Clara, ich meine es Ernst“, sagte er jetzt und nahm ihre Hand.
„Was?“, fragte sie, obwohl sie es wusste.
„Das ... mit uns. Gib uns eine Chance.“
„Und Nina?“ Sie wollte ihre Hand in seiner liegen lassen, doch sie zog sie weg. „Du hast mir doch gerade lang und breit erklärt, wie wichtig ein Vater jetzt für sie ist.“
„Wie stellst du dir das denn vor?“ Die Worte kamen einfach so aus ihr heraus, schnell und hart.
„Wir haben es schon einmal vermasselt, David, weißt du nicht mehr?“ Sie wollte seine Hand halten. „Ich will jetzt niemandem die Schuld dafür geben, doch wir sind erwachsen und es wäre gut, wenn wir uns auch so verhalten.“
*Sag es ihm doch einfach!*
„Wir sind einfach zu verschieden, David.“
Clara sah ihn an. Er sagte nichts. Er widersprach ihr nicht. In seinen Augen flackerte das Teelicht auf und eine tiefe, ehrliche Verzweiflung. Warum widersprach er nicht einfach? David war so leicht lenkbar. Er ließ sich von ihr auf ein Gelände führen, in dem es keinen Ausweg mehr zu geben schien. Dabei wäre alles so einfach.
Clara wusste, wie einfach es war. Doch sie schaffte es einfach nicht, umzuschwenken. Manchmal hasste sie sich selbst.

## 36

„Okay, okay, er hat gestanden." Es knackte, als Kranich den Plastikbecher zusammenknüllte. „Natürlich hätte er am Ende auch gestanden, seine Großmutter gefressen zu haben! Der Typ ist ja aufgeblüht wie eine Stinkmorchel! Und dieses verdammte Grinsen, ich könnte kotzen, wenn ich es sehe."

Clara nickte. Tim Ellenkamp hatte sein Geständnis in den letzten beiden Tagen viermal wiederholt, jedes Mal überzeugender und wortreicher als beim letzten Mal. Sein Foto war in allen Zeitungen. Auf der Titelseite. „Der Auserwählte", stand darüber. Die Presse konnte nicht länger an sich halten, jetzt, wo man den Mann hatte. Tim Ellenkamp genoss sichtlich die Aufmerksamkeit, sie tränkte ihn wie Regen eine vertrocknete Pflanze. Das neue Selbstbewusstsein hatte sogar seinen Gang verändert. Als er gestern dem Haftrichter vorgeführt wurde, hatte Clara ihn von hinten nicht wiedererkannt. Man brauchte jetzt auch deutlich länger, bis man feststellte, dass er ernsthaft krank war.

Clara hatte ihre Einschätzung abgegeben: Die Wahnsymptomatik, dass „Santo" ihm die Gedanken eingebe, wies eindeutig auf eine ernsthafte Schizophrenie hin. Doch Tim Ellenkamp verfügte zugleich noch über genügend intellektuelle Fähigkeiten; daher war auch denkbar, dass er „nur" an einer schizoiden Persönlichkeitsstörung litt und den Rest spielte. Seine schauspielerischen Fähigkeiten wurden von Stunde zu Stunde besser.

„Natürlich hat er gestanden!" Kranich schlug mit der Faust auf den Tisch, das Wasserglas verfehlte sie nur knapp. „Einzelhaft ist ein Drei-Sterne-Hotel gegen das Loch, in dem er gehaust hat."

Kranich übertrieb.

„Wenn wir noch zwei Tage warten, gesteht er am Ende, Kennedy erschossen zu haben!“
Unklar war noch, wo Tim Ellenkamp die Frauen gefangen gehalten hatte. In seiner Wohnung am Rosenthaler Platz jedenfalls nicht.
„Weißt du, was mich wundert?“ Clara sprach leise, um Kranichs Lautstärke auszugleichen. „Das mit der Spritze kam von ihm. Er hat eindeutig Täterwissen.“
Unklar war zwar, woher er das Stonus Toxin hatte, doch Tim Ellenkamp sprach eindeutig davon, den Frauen „Spritzen“ verabreicht zu haben. Und seine Mutter hatte nach der Krankenschwester noch eine Ausbildung zur Apothekenfachverkäuferin gemacht. Sie war es, die das Pflegeheim mit Medikamenten versorgte. Das war eine vielversprechende Spur, die kleine Ungereimtheiten wieder wettmachte.
„Okay okay, er hat gestanden.“ Kranich zwang sich zu einem Lächeln. „Schluss, aus.“
„Man hätte ihm nie Hafterleichterung versprechen dürfen!“ fuhr sie im nächsten Moment wieder hoch.
„Margot!“ Clara verstand ihre Aufregung, aber sie verstand sie nicht ganz. Tim Ellenkamp war nicht der erste Fall dieser Art. „Der Mann hat gestanden, wir sammeln Indizien, das Urteil fällen andere!“
Die Falten auf Kranichs Stirn sagten Clara, dass sie fortfahren sollte. Kranich wollte die Rede hören, die sie in der Regel zu halten pflegte, damit sich ihre Zweifel in Luft auflösten.
„Schon mal was von Legislative, Exekutive und Judikative gehört?“ Gedankenverloren fuhr sich Clara mit der Hand über den Bauch. „Das nennt man Gewaltenteilung. Wir machen die Gesetze nicht. Wir kümmern uns nur um die Einhaltung der Regeln. Und wer ist zuständig für die Verurteilung?“

Kranich fischte ein altes Päckchen Marlboro aus der Schublade, nahm eine Zigarette heraus und zündete sie an. „Die Gerichte?" Kranich sah Clara an.
„Diese Trennung schützt uns vor uns selbst", nickte Clara. „Wir glauben, einen Täter gefasst zu haben. Wir haben gute Gründe, ihn für schuldig zu halten. Manchmal glaubt sogar ein Verdächtiger wie Herr Ellenkamp, der Täter zu sein. Auch er wird gute Gründe haben, das zu glauben." Clara bohrte ihren Finger in ein altes Dübelloch. „Diese Gründe müssen aber geprüft werden. Und das muss ein Gericht tun."
Kranich rauchte. „Und weißt du auch warum?", fuhr sie jetzt selbst fort.
„Die Gerichte sind unabhängig", antwortete Kranich sich selbst.
Clara konnte es nicht fassen, dass Margot im Büro einfach rauchte. Das rote Licht am Feuermelder blinkte. Clara ging ans Fenster und öffnete es.
„Und wir sind es nicht." Kranich legte ihre Beine auf den Tisch. Sie trug ihre alten Cowboystiefel, die sie nur trug, wenn sie sich nach offenem Zweikampf in der Wüste sehnte.
Das Telefon klingelte.
Es war Ursula, die zu dem Ermittlungserfolg gratulierte.
„Danke, danke." Kranich nahm die Füße vom Tisch. „Ja, wir haben ein Geständnis", bestätigte sie und ließ die Zigarette in das Wasserglas fallen. „Ja, mach ich. Und danke." Sie lächelte Clara zu. „Und sag der Knuppers einen Gruß von mir."
Kranich seufzte, nachdem sie aufgelegt hatte. Sie sah jetzt deutlich zufriedener aus.
„Ich halte diesen Ellenkamp für einen Idioten, aber nicht für den Täter", sagte Margot. „Aber natürlich kann mich mein Gefühl auch täuschen." Sie lehnte sich in ihrem

Ledersessel zurück. „1980, da war ich ungefähr so alt wie du jetzt, da kam ein Notruf von einem Sechzehnjährigen rein, er habe seine Mutter tot in der Küche aufgefunden. Jemand habe ihr den Schädel eingeschlagen. Es war ein sensibler Junge. Ich habe ihn lange verhört, er hat mir alles erzählt, auch von den Problemen in seinem Elternhaus, und gerade deshalb war ich mir so sicher, dass er es nicht getan hatte. Ich habe mich damals für ihn eingesetzt wie eine Wilde."

Clara meinte, hinter Kranichs entschlossener Miene die Anlage einer zärtlichen Mutter zu erkennen.

„Am Ende hat er sie erschlagen, weil er Geld brauchte." Sie zuckte verächtlich mit den Schultern. „Wegen 50 Mark."

Clara gab sich einen Ruck. „Margot, ich wollte mit dir noch über etwas anderes reden."

Es klopfte an der Tür. Es war Freitagabend, nach 20 Uhr, und Kranich sagte, als ob sie ihn erwartet hatte: „Komm ruhig rein."

Hagen versuchte, sich die Enttäuschung nicht anmerken zu lassen, als er Clara sah.

Er vermied auch den Blick der Hauptkommissarin. „Ich wollte nur kurz Bescheid geben, dass ich noch im Büro bleibe."

„Wir wollten noch was trinken gehen, komm doch mit", schlug Clara vor.

„Du solltest eine Pause machen", bekräftige Kranich die Einladung.

„Danke." Hagen erhob sich. „Ich hab noch zu tun."

# 37

Hagen hatte gehofft, Kranich würde noch einmal zurückkehren. Sie entzog sich ihm in letzter Zeit und er wusste nicht, warum.
Warum? Der Gedanke machte ihn wahnsinnig. Kurz nach elf schloss er sein Büro ab. Er schaltete das Deckenlicht aus. Im Dunkeln ging er den Gang hinab. Seine Schuhe hallten auf dem Steinfußboden. Was war los? Er kam einfach nicht runter. Allein die Vorstellung, dass Margot lieber mit Clara ein Bier trinken ging, trieb ihm vor Wut den Puls in die Höhe. Er verließ das Dienstgebäude über den Haupteingang.
Van Velzen fuhr die Keithstraße hinab und bog in die Kurfürstenstraße ein.
Eine Frau im weißen, engen Kleid trat auf die Straße und winkte ihm zu.
Er hielt an und ließ das Fenster herunter. Sie beugte sich in den Wagen. Sie hatte ein hübsches, unverbrauchtes Gesicht. Ihre Augen waren noch nicht kaputt.
„Na steig ein", sagte er.
„Wohin fahren wir?", fragte sie, als er in die Genthiner Straße abbog.
Hagen warf ihr einen flüchtigen Blick zu. Sie war schlank, ohne ausgemergelt zu sein, ihre Haut war gebräunt.
„Du bist doch noch keine Achtzehn", stellte er fest. „Wo kommst du her?"
Sie zuckte mit den Schultern. Sie war nicht ängstlich.
„Kann ich mal deine Konzession sehen?"
Das Mädchen machte große Augen. „Warum interessiert dich das?"
„Ich bin Polizist."
Sie lächelte trotzig. „Verarschen kann ich mich selber."
Hagen zog seinen Dienstausweis heraus. „Bitte."

Er spürte, wie sie ihn ansah, aufsässig, verzweifelt.
„Wo fährst du hin?“
„Zum Polizeirevier“, sagte er.
Das Mädchen schwieg. Hagen steuerte den Wagen am Landwehrkanal entlang, die Parteizentrale der CDU kam in Sicht, er bog links in die Klingelhöferstraße ein.
„Bitte“, sagte sie und ihre Stimme verlor an Selbstsicherheit, „Ich mach das noch nicht lange, ich brauche nur Geld für eine Reise, dann höre ich auf damit.“
„Eine Reise?“
Ihr langes Haar gefiel ihm. Tatsächlich wirkte sie nicht wie eine Prostituierte.
„Das ist gefährlich, was du tust.“ Der Innenraum wurde durch eine Leuchtreklame erhellt. „Berlin, Berlin“, stand über dem Hotel am Lützowplatz. Er setzte den Blinker nach rechts in die Wichmannstraße. „Manche Männer sind unberechenbar.“
Er bog ab.
„Bitte“, flehte sie. „Meine Mutter ist krank, ich brauch das Geld.“
Er hob die Augenbrauen und nickte. Natürlich log sie.
Er hatte die Keithstraße wieder erreicht. Im Schummerlicht der Straßenlaternen verstärkte sich der Festungscharakter des Landeskriminalamts. Die Reifen knirschten, als er den Wagen vor dem Präsidium zum Stehen brachte. Er parkte im Schatten eines Baumes.
„Hier sind wir.“
„Bitte“, sagte sie mit Blick auf das Polizeiwappen. In ihren Augen stand jetzt Panik.
Hagen löst den Gurt. Das letzte Fenster im dritten Stock war dunkel. Es war Margots Fenster. Für einen Moment schloss er die Augen. Er sah, wie Margot ihren Rücken durchbog, wenn er von hinten in sie eindrang. Er sah, wie

sich ihre Schulterblätter bewegten, er sah den Schweißtropfen, der ihre Wirbelsäule hinunter glitt.
„Bitte, das Ganze ist doch nur ein Missverständnis“, hörte er das Mädchen wieder wimmern. „Ich hab doch nur, ich bin doch nur ...“
„Eine Hure.“ Hagen drückte den Kopf des Mädchens nach unten. Er stellte den Sitz zurück. Sein Blick richtete sich auf die steinerne Fassade der Burg.
„Danke“, flüsterte sie und zwängte sich in den engen Vorraum.

# DRITTER TEIL

# DONNERSTAG, 5. SEPTEMBER

## 38

Die Schatten wurden länger. Sie teilten den Garten in eine helle und in eine dunkle Seite. Das Kräuterbeet, das sie letztes Jahr angelegt hatte, lag bereits im Dunkeln. Rosmarin. Sie liebte Rosmarin. Weißt du eigentlich, hatte Johannes gestern gesagt, dass lateinisch „Ros“ auf Deutsch „der Tau“ bedeutet und „Ros Marinus“ folglich „der Tau des Meeres“? Sie hatte den Kopf geschüttelt und gelächelt. Das sei so, erklärte Johannes, weil Rosmarinsträucher oft an den Küsten des Mittelmeeres wuchsen und sich nachts der Tau in ihren Blüten sammelte. Jetzt, da der Wind die Äste des Strauchs sanft bewegte, meinte sie, das Meer riechen zu können.

Alles war wie immer. Und doch stimmte etwas nicht.

Margot Kranich hatte es sich auf dem Sofa in ihrem Wohnzimmer bequem gemacht. Die Fensterfront war weit geöffnet. Die Abendluft roch nach vergangenem Sommer. Sie schloss die Augen.

Sie war erschöpft. Sie hatte die letzten Wochen Tag und Nacht gearbeitet, mehr als drei Stunden Schlaf waren kaum drin gewesen. Normalerweise löste sich ihre Anspannung nach der Unterzeichnung eines Geständnisses, die Arbeit der Sonderkommission war dann nur noch Routine. Ein Geständnis war der ersehnte Punkt unter all den offenen Fragen und Ängsten. Ein Punkt, der die Gerechtigkeit wieder herstellte, zumindest den kleinen Teil, der auf Erden möglich war. Doch das gute Gefühl wollte sich dieses Mal nicht einstellen, ihr Magen war und blieb ein zusammengezogener Sack. In den Büschen knackte es. Sie öffnete die Augen. Ein Vogel hüpfte aus dem Dunkel. Sie brauchte Ruhe. Sie würde Urlaub nehmen, jetzt, da alles vorüber war.

Kranich nahm einen Schluck Wein. Das bauchige Glas lag schwer in ihrer Hand, sie schwenkte es und beobachtete die herablaufenden Schlieren. Sie schämte sich für die Szene, die sie Johannes gestern gemacht hatte. Er hatte schon immer ein gutes Verhältnis zu Clara gehabt, doch seit einigen Monaten war es mehr als das. Es war ihr nicht entgangen. Doch sie hätte ihn nicht darauf ansprechen dürfen, denn egal, wie man es formulierte, am Ende stand man als eifersüchtige Kuh da.
Sie starrte vor sich hin. Ihre Augen hatten sich an das Zwielicht gewöhnt, die Konturen der Büsche und Blätter begannen, sich auszudifferenzieren. Gedankenverloren zündete sie sich eine Zigarette an.
Sie wusste, dass sie keinen Urlaub nehmen würde; nur die Arbeit schützte sie vor dem schwarzen Loch, zu dem sie sich selbst geworden war.
Kranich lauschte. Alles war ruhig. Doch etwas stimmte nicht.
Auf dem Coachtisch lag ihr Laptop. Sie würde noch ein paar E-Mails beantworten, Arbeit war die beste Ablenkung. Sie musste das Arbeitszeugnis für Hagen endlich fertigmachen. Er hatte in den letzten Wochen gearbeitet wie ein Berserker. Der dünne, rote Faden, der ihm aus der Nase gelaufen war, war ihr nicht aufgefallen. Sie schenkte Johannes Vermutung, dass Hagen Kokain schnupfte, kaum Glauben. Johannes war voreingenommen. Sie hatte das Gefühl, dass er eifersüchtig war.
Es war jetzt kurz nach sieben. Um zehn wollte Hagen bei ihr sein. Es war das erste Mal, dass er allein zu ihr nach Hause kam. Sie hatte bereits geduscht, sie hatte das Bett frisch bezogen, sie hatte einen guten Rotwein gekauft. Sie hatte sogar etwas Lippenstift aufgelegt. Es fühlte sich an wie früher, fast. Nur die Angst, sie könnte ihn nicht mehr losbekommen, trübte ihre Vorfreude. Was sie am Anfang

nicht für möglich gehalten hatte, war die Ernsthaftigkeit, mit der er sie umwarb.
Sie schwenkte ihr Weinglas. In ein paar Wochen trat er die Stelle in den USA an. Er brauchte doch noch eine Wohnung dort? Er würde demnächst abreisen müssen. Es bestand also keine Gefahr. Vielleicht könnte sie ihn einmal im Jahr drüben besuchen?
Kranich nahm ihren Laptop auf den Schoß, öffnete das Arbeitszeugnis und rief ihre E-Mails ab.
*Hagen van Velzen realisiert stets mit vorbildlichem persönlichen Einsatz erfolgreich die gesteckten Ziele,* las sie. Mit vorbildlich persönlichem Einsatz? Sie musste lächeln. Sie benutzte seit Jahren dieselben Muster für die Arbeitszeugnisse, doch dieses Mal klang es besonders komisch. *Die Anforderungen seiner Position bewältigt er auch bei starkem Arbeitsanfall immer zur vollsten ...*
Sie schrie. Ihr Puls raste nach oben. Das war unmöglich. Das war doch vollkommen unmöglich. Was soll das? Auf ihrem Rechner hatte sich ein rotes Fenster geöffnet. „Ich bin auserwählt“, stand darin.
Hatte ihr etwa jemand das Beweisstück per E-Mail weitergeleitet? Aber sie hatte die E-Mails doch noch gar nicht geöffnet, nur abgerufen.
„Ich bin auserwählt“. Sie starrte darauf. Ein Windstoß streifte ihre Hand.
Er warnt seine Opfer vor. Das ist kein normaler Virus, das ist eine Todesdrohung. Das waren ihre eigenen Worte, doch sie konnte sich nicht vorstellen, dass sie auf sie selbst zutreffen könnten. Irgendjemand musste ihr das aus Versehen installiert haben, sagte sie sich.
Kranich stellte den Rechner auf den Tisch zurück, ungeschickt, fahrig. Verdammt! Sie fluchte, um nicht abermals zu schreien. Ihre Hand war rot. Sie hatte das Weinglas umgestoßen.

Ganz ruhig, Mädchen. Für den Bruchteil einer Sekunde fragte sie sich, was sie zuerst tun sollte: die Fenster schließen oder ihre Dienstpistole holen. Sie entschied sich für die Pistole. Als sie aus dem Flur zurück ins Wohnzimmer kam, blieb sie stehen. Sie hielt inne. Sie lauschte.

Plötzlich wusste sie, was nicht stimmte. Es war die Stille.

Sie drehte den Kopf zum Käfig. Die Stange war leer. Ihre Hand krampfte sich um die Waffe, während sie auf den Käfig zuging. Beo lag auf dem Boden, den Schnabel leicht geöffnet.

Beo? Kranichs Herz hämmerte. Sie entsicherte die Pistole, zielte auf die Tür zur Speisekammer und ging darauf zu. Sie meinte, ein Poltern gehört zu haben. Sie stieß die Tür auf, überprüfte den Raum, drehte sich ruckartig um und zielte intuitiv auf den Garten. Eine Gestalt löste sich aus der Dämmerung und kam auf sie zu.

„Bis du wahnsinnig?“ Sie zitterte, als er vor ihr stand. „Ich hätte dich beinahe erschossen.“

Sie ließ die Waffe sinken. Sie war froh, dass sie nicht mehr alleine war. „Was schleichst du hier herum?“

„Tut mir leid, ich wollte dich nicht erschrecken.“ Er hob entschuldigend die Hände. „Ich bekam einen Hinweis, dass du auserwählt seist, und da musste ich sofort kommen.“

„Einen Hinweis?“ Ihre Stimme klang alarmiert. „Ich auch! Jetzt warnt er also noch andere vor, das ist neu. Sieh dir das mal an.“ Kranich deutete auf ihren Laptop.

„Kam der Hinweis per Mail? Oder Telefon?“ fragte sie, während sie zu Beos Käfig ging. Vielleicht lebte er ja noch. Sie streckte ihre Hand durch die Gittertür und taste nach dem Vogel. In der anderen Hand hielt sie weiterhin die Waffe.

„Was ist das?“ Er warf einen Blick auf den Bildschirm.

„Ist das rote Fenster nicht mehr da?“

Kranich umschloss den Hals des Tieres und tastete unter den Flügeln. Sie fühlte nichts. Da war kein Puls.
„Verdammt.“ Kranich zog ihre Hand wieder heraus. „Beo ist tot.“
„Nicht anfassen!“, schrie sie, als er nach dem Computer griff. „Ich rufe besser gleich die Spusi.“
Im Zimmer war es dunkel geworden. Ihr Handy musste irgendwo auf dem Sofa liegen. Beide zuckten zusammen, als es irgendwo knackte.
„Sollten wir nicht zuerst die Fenster schließen?“
Es knackte wieder. Jemand war da draußen, plötzlich war sie sich sicher: Er hatte die ganze Zeit im Dunkeln auf sie gelauert. Kranich umschloss erneut die Waffe mit beiden Händen.
„Verdammt.“ Mit entsicherter Pistole und rasendem Puls zog Kranich die erste Schiebetür zu. „Ruf schon mal die Spurensicherung, die sollen einen Veterinär mitbringen“, flüsterte Kranich, während sie die zweite Tür zuzog.
Nachdem sie den Hebel der letzten Schiebetür geschlossen hatte, legte sie ihre Stirn an das kühle Fensterglas. Niemand war aus der Dunkelheit gesprungen. Niemand hatte sie angefallen. Ihre Hand tastete nach dem Schalter für die Jalousie, die einbruchsicher war. Beruhigt horchte sie auf das Geräusch der herunterfahrenden Rollläden. Sie war sicher.
„Du sollst das doch nicht anfassen!“, schrie sie, als sie sich wieder umdrehte und er ihren Laptop untersuchte. Ihre Nerven lagen blank.
Er sah sie an. „Du bist auserwählt, Margot.“
Etwas war anders.
„Was soll das? Bist du jetzt vollkommen bescheuert?“
Er fixierte sie. Etwas war anders in seinen Augen. Die Vertrautheit zerbrach von einer Sekunde auf die andere. Kranich umklammerte ungläubig ihre Waffe.

„Du hast mich nicht erkannt, Margot."
Das war nicht seine Stimme.
„Auch du bist Teil des Systems."
„Welches System ...?"
Er stand auf. Er kam auf sie zu. Sie konnte den Gegenstand nicht richtig sehen, den er aus der Hosentasche zog, doch sie wusste, was es war.
„Noch einen Schritt und ich schieße." Die Hauptkommissarin streckte die Waffe nach vorne und fragte sich, warum er nicht anhielt. Er kannte sie doch, er wusste, dass sie es ernst meinte. Es lagen keine zwei Meter mehr zwischen ihnen. Er musste doch wissen, dass sie ihn nicht verfehlen würde.
„Ich habe keine Angst vor dir." Er lachte.
Sie zielte auf seine rechte Schulter.
„Ich habe vor niemandem mehr Angst."
Kranich drückte ab.
Sie drückte noch einmal. Klack. Klack. Klack.
Das war unmöglich. Die Waffe war nicht geladen. Sie drückte noch einmal. Klack klack klack. Als sie die Waffe vor zwei Stunden kontrolliert hatte, kurz nachdem sie aus dem Präsidium kam, war sie voll gewesen.
Sie hielt ihre Hände wie ein Schild nach oben und versuchte, gleichzeitig ihren Hals und die Arme zu schützen. Dann spürt sie einen Stich im Oberschenkel. Panisch schlug sie um sich, doch der Schmerz zog ihren Körper zusammen.
„Ganz ruhig, Margot." Er hielt sie fest und drückte ihr etwas ins Gesicht. Sie versuchte, nicht zu atmen, doch der süße Geruch drang tiefer und tiefer in sie ein.
„Sei ganz ruhig. Ich bin auserwählt", hörte sie die Stimme noch.
„Wozu ..." Sie riss die Augen auf. Dann sackte sie in sich zusammen.

Ihre Hände waren taub. Sie lag auf etwas Rauem, war es Holz, ein Sack? Sie versuchte, die Augen zu öffnen, doch es gelang ihr nicht. Sie steckte fest in etwas Dunklem, Süßlichem. Sie bewegte ihre Hände. Wenigstens konnte sie atmen, ihr Mund und ihre Nase waren frei. Ihre Hände begannen zu kribbeln. Sie lag auf dem Bauch, ihre Hände waren auf ihrem Rücken gefesselt. Wieder versuchte sie, die Augen zu öffnen. Sie sah etwas Helles. Licht. Dann verlor sie wieder das Bewusstsein.

Sie versuchte, das Dunkle abzuschütteln. Sie hatte das Gefühl, mit einer dicken Daunendecke zu kämpfen, sie hatte das Gefühl, es gleich geschafft zu haben. Sie bewegte ihre Hände. Sie fühlte ihre Finger wieder. Sie öffnete ihre Augen. Langsam nahm der Raum vor ihr Gestalt an. Es war ihr eigenes Wohnzimmer. Sie lag flach auf dem Bauch auf ihrem eigenen Sofa und versuchte, sich aufzurichten.

Ihr Gegenüber lächelte freundlich.

„Schön, dass du wach bist."

Kranich wollte ihn warnen, dass er immer noch hier sei, doch ihre Zunge gehorchte ihr nicht.

„Wir haben nicht allzu viel Zeit." Er blickte auf die Uhr.

Das war nicht seine Stimme.

„Es tut mir wirklich leid, Margot, aber auf die Vernehmung kann ich auch bei dir nicht verzichten."

Er lächelte. O mein Gott. Er war es. Er hatte ihr die Spritze verabreicht. Das Gift musste sich bereits in ihrem Körper ausbreiten. Wie lange war sie ohnmächtig gewesen?

„Geht es mit dem Sprechen wieder?", fragte er besorgt.

Auf dem Tisch stand eine Videokamera.

„Ja", wollte sie antworten, sie musste den Kontakt zu ihm herstellen, doch es kam nur ein kehliges Krächzen aus ihrem Hals.

Er deutete auf das Glas Wasser vor ihr auf dem Tisch. Kranich rutschte auf dem Bauch das Sofa hinunter, bis ihre Füße den Boden berührten. Auf den Knien beugte sie sich zum Tisch hinüber und war dankbar, als er das Glas Wasser an ihre Lippen führte.
Gierig trank sie ein paar Schlucke.
„Warum?" stieß sie keuchend hervor.
Er sah sie an. Für einen Moment war alles wie immer. Vielleicht war es noch nicht zu spät. Wenn es ihr gelang, die alte Ordnung herzustellen, hatte sie eine Chance.
„Ich würde dir ja gerne die Fesseln abnehmen, aber ..."
Er stand auf und half ihr, sich auf das Sofa zu setzen.
„Ich kann dir nicht trauen, Margot." Er lächelte sie an.
Ein heißer, stechender Schmerz jagte durch ihren Körper und Kranich erkannte, mit wem sie es die ganze Zeit über zu tun gehabt hatte. Mit einem Wahnsinnigen. Mit ihrem Mörder.

## 39

Clara nahm einen Schluck. Es war schon ihr zweiter Kaffee heute Morgen. Sie hatte gelesen, dass Säuglinge eher zu Schlafstörungen und Stimmungsschwankungen neigten, wenn ihre Mütter die Tagesdosis von 300 Milligramm Koffein pro Tag während der Schwangerschaft überschritten hatten. Bis zu 300 Milligramm Koffein pro Tag seien aber unbedenklich, hatte die Hebamme aus dem Netz erklärt. Clara betrachtete die Tasse. Sie hatte extra viel Milch eingefüllt, nur ein Drittel davon war Espresso. Wie viel Milligramm Koffein hatte ein normaler Espresso? Meinst du, du bekommst Stimmungsschwankungen und Schlafstörungen? Für einen Moment lächelte sie in sich hinein.

Es war Freitagmorgen, kurz nach halb zehn. Clara saß in ihrem Büro vor dem Computer. Mit der Sonderkommission „Steinfisch“ war auch die Urlaubssperre aufgelöst worden und die meisten schienen den verpassten Sommerurlaub nachzuholen. Draußen auf dem Flur herrschte Totenstille. Auch Margot war noch nicht da. Vielleicht hätte Clara sich ebenfalls freinehmen sollen.
Clara massierte ihre Schläfen. Margot hatte ihr gestern Abend eine Mail weitergeleitet. Sie kam von Erika Lechmeier aus dem Internat Schloss Knauthain. „Traurig“, hatte Margot dazu geschrieben und hinzugefügt: „Vielleicht lagen wir ja doch richtig mit unserer Vermutung ...“ Erika Lechmeier teilte in sachlichem Ton mit, dass „ihre liebe Kollegin und Freundin Christine Berger“ am Dienstagabend „Hand an sich gelegt“ hätte. Mit Schlaftabletten. Der Klassiker. Hand an sich legen ... Clara hatte die altertümliche Formulierung schon lange nicht mehr gehört. Erika Lechmeier betonte, dass sie „Christine Bergers Entschluss, freiwillig aus dem Leben zu scheiden, bedauerten, aber akzeptierten.“ Im Prinzip fand Clara das auch in Ordnung, aber so unmittelbar nach einem Suizid war ihr diese Haltung suspekt. Clara starrte auf die hellgrüne Wand. Das Schildkrötenlächeln von Erika Lechmeier lag darauf.
„12 SSW“, tippte sie in die Suchmaschine ihres Computers. Wahllos öffnete sie einen Link. *Das Gesicht Ihres Babys sieht in Schwangerschaftswoche 12 menschlicher aus, auch wenn es vom Kopf bis zum Steiß nur circa 5,4 Zentimeter groß ist und kaum mehr als 14 Gramm wiegt. Die Augen wachsen jetzt dichter zusammen.* Die Augen? Clara fände es schön, wenn das Kind Davids Augen bekäme. *Der Fötus windet sich, wenn Sie Ihren Unterleib leicht drücken - allerdings werden Sie diese Bewegungen noch nicht spüren können.* Clara drückte ihren Bauch. *Bald werden Sie das zweite Schwangerschaftsdrittel erreicht haben ...*

„Wo ist Margot?“ Ohne anzuklopfen stand Hagen in der Tür. „Sie ist noch immer nicht da.“
„Ich weiß.“ Clara wurde heiß, als Hagen an ihren Schreibtisch trat. Schnell schloss sie die Seite.
„Hat sie sich Urlaub genommen?“ Die letzten Wochen waren auch an Hagen nicht spurlos vorübergegangen. Seine Augen waren rötlich wie bei einer Bindehautentzündung. Seine Wangenknochen traten deutlicher hervor als früher.
„Ich weiß nicht“, sagte Clara.
„Hat sie nicht Bescheid gegeben?“
Clara schüttelte den Kopf ohne Hagen aus dem Blick zu lassen. Etwas stimmt nicht mit ihm. „Vielleicht schläft sie nur mal aus?“
„Ich war gestern Abend mit Margot verabredet“, sagte er.
„Du warst was ...?“ Sie blickte ihm in die Augen, um sich zu vergewissern, dass sie richtig gehört hatte.
„Ich war mit Margot verabredet. Bei ihr zu Hause.“
„Bei ihr ... zu Hause?“
„Aber sie war nicht da.“
„Sie war nicht ...?“
„Und jetzt ist es verdammt noch mal 9 Uhr 38.“ Er klopfte auf seine Armbanduhr. „Ihr Handy ist aus. Sie geht nicht ans Festnetz. Sie antwortet nicht auf meine Mails!“
Als Clara Hagens Aftershave roch, glaubte sie, sich übergeben zu müssen. Hagen und Margot? Das war doch nicht möglich.
„Ich fahre jetzt zu ihr nach Hause. Kommst du mit?“
Clara starrte ihn an. „Ich weiß nicht.“
Ungeduldig zog Hagen den Autoschlüssel aus der Hose und hielt ihn hoch. Clara fiel es wie Schuppen von den Augen. Es war die Ungeduld eines Liebenden.

## 40

Hagen van Velzen parkte den schwarzen Audi direkt vor Kranichs Haus, es war dasselbe Modell, das auch die Hauptkommissarin als Dienstwagen fuhr, nur älter. Clara war froh, wieder an der frischen Luft zu sein. In Hagens Auto roch es stark nach Reinigungsmittel. Kein Krümel, kein Müll, nichts lag herum. Sie hätte nur ungern in sein frisch geputztes Auto gekotzt.

Margot wohnte in einem dieser modernen Häuser, die zur Straßenseite hin wehrhaft und abweisend wirkten, weil die Fenster, die waagrecht und senkrecht das Mauerwerk durchbrachen, nicht größer als Schießscharten einer mittelalterlichen Burg waren. Auch privat hatte Margot sich also für den Festungscharakter entschieden. Doch auf der uneinsehbaren, geschützten Seite zum Garten hinaus lag die riesige Fensterfront. Hier war das Haus vollkommen offen. Verletzlich.

Hagen klingelte.

Zum wiederholten Male versuchte Clara, Kranich über das Handy zu erreichen. Wieder sprang nur der Anrufbeantworter an. Ihr Handy war ausgeschaltet.

Hagen hatte recht. Das war nicht normal. Seine Unruhe hatte jetzt auch Clara erfasst.

Hagen klingelte Sturm. Clara presste ihr Gesicht gegen das kleine Stück Milchglas.

Drinnen bewegte sich nichts. Die Garagentür war verschlossen.

„Ich verstehe das nicht." Clara steckte ihr Handy wieder ein.

„Margot?", schrie Hagen. Seine Fäuste trommelten gegen die Haustür.

Clara ging vor der Garage auf und ab und suchte nach einem Hinweis, ob das Auto noch da war. Sie legte sich

auf die Straße, um unter dem Tor durchzusehen. Der Asphalt war heiß. Kleine Steinchen drückten sich in ihre Handflächen.
Sie konnte nichts erkennen.
Nirgends war eine Öffnung. Rechts und links des Hauses zog sich eine betonierte Mauer bis zum Nachbargrundstück. Die Haustür war massiv. Das Schloss ein hochwertiges Sicherheitsschloss. Man würde mehrere Schüsse brauchen, um hineinzukommen.
„Wir können es über den Garten probieren", sagte Clara und zeigte die Straße hinab. „Von der Kanalseite aus führt ein kleiner Weg hoch."
Im Laufschritt hetzte Hagen die Straße hinab. Clara hatte Mühe, ihm zu folgen. „Das da", rief sie außer Atem, nachdem sie auf der anderen Seite wieder hochgerannt waren. Hagen bekam das kleine Gartentor nicht sofort auf und sprang einfach darüber. Clara öffnete es problemlos. Ein schmaler, grasbewachsener Trampelpfad schlängelte sich durch die anliegenden Grundstücke. Rechts und links wurde er von Hecken begrenzt. „Hier", sagte Clara. Der Zugang zu Kranichs Garten war kein offizieller, doch den abgeknickten Büschen war deutlich anzusehen, dass Margot diese Abkürzung zum Kanal regelmäßig nahm.
Clara fluchte. Ein Ast ritzte ihre Wade auf. Sie hörte ein unangenehmes Geräusch. Sie hoffte nur, dass das nicht der Saum ihres Kleides gewesen war. Es war eines ihrer Lieblingskleider. Ein kleines Stück schwarzer Spitze lugte unter einem ansonsten schlichten, dunkelroten Stoff hervor. Sie hätte Jeans anziehen sollen.
Vor ihr lag Margots Garten. Hagen stand bereits auf der Terrasse. Er blickte durch die Fensterfront ins Innere.
„Nein!", schrie sie.

Hagen hob seine Waffe nach oben und schlug zu. Das Glas klirrte.

„Was ...?"

Clara rannte los. Das Fenster war der Länge nach zersplittert. Drinnen kniete Hagen auf dem Boden und brüllte. Jemand lag auf dem Sofa.

„Was ist ...?"

Hagen drehte seinen Kopf zu ihr um. Ganz langsam. Sein Gesicht war verzerrt. Es sah aus, als habe es jemand in Dreiecke zerlegt und falsch zusammengesetzt.

„Margot", schrie er.

*Margot? Warum, was war ...?*

Clara wollte durch das zerbrochene Fenster steigen, doch plötzlich verdüsterte sich der Himmel. Nur einzelne Punkte leuchteten noch. Die Glühwürmchen tanzten. Dann war alles schwarz. Mit einem dumpfen Knall schlug Clara auf den Holzplanken auf.

## 41

Hauptkommissar Thilmann Reichenbaum versuchte, Ruhe zu bewahren. Es war die Ruhe im Innern eines Tornados. Alles um ihn herum drehte sich: Die Spurensicherung, die Sanitäter, Polizeipsychologen, Rechtsmediziner, ganz zu schweigen von seinen eigenen Mitarbeitern, alle fragten sie ihn, was zu tun sei. Sein Handy klingelte unaufhörlich.

„Ja verdammt", schnauzte er, „ich schaffe es einfach nicht!" Er glaubte, den Namen seiner Frau auf dem Display gelesen zu haben. Seine Tochter hatte heute eine Märchenaufführung im Kindergarten. Sie spielte die schöne Müllertochter im Rumpelstilzchen. Stroh zu Gold, Stroh zu Gold, war alles, was er in den letzten Tagen von ihr gehört hatte.

Reichenbaum entschuldigte sich, als Ursula von Lehndorff wissen wollte, was es Neues gab. „Noch nichts“, murmelte er und spähte durch das schmale Fenster hinaus auf die Straße.
Die Presse war längst da. Fünf Autos und ein Dutzend Leute standen auf der Straße. Ihre Zahl wuchs stündlich an. Wie die Haie stürzten sie sich auf jeden, der das Haus verließ; auch von ihm würde nachher ein Interview erwartet werden. Reichenbaum hätte es vorgezogen, „aus ermittlungstaktischen Gründen“ zu schweigen, „keine Pressekonferenz, keine näheren Angaben“, doch Ursula von Lehndorff hatte ihm eben unmissverständlich deutlich gemacht, sie würden in die Offensive gehen. Natürlich, murmelte er, doch die Leitung war längst tot. Draußen fuhr ein weißer Kastenwagen vor, zwei Männer stiegen aus, ein kleiner Stemmiger trug eine Kamera auf der Schulter, der andere hielt ein Mikrofon von der Größe eines Baseballschlägers. Was sollte er antworten? Er hatte keine Antworten.
Der Wagen der Gerichtsmedizin fuhr vor. Widerwillig und fasziniert machten die Leute Platz. Obwohl der Wagen nicht schwarz war wie die Wägen der Bestattungsunternehmer, sah man sofort, dass er kam, um eine Leiche abzutransportieren. Thilmann Reichenbaum trat zur Seite, um die Männer durchzulassen, die im Innern des Hauses auf den Wagen gewartet hatten. Sie mussten durch den Vorderausgang. Es gab keine andere Möglichkeit. Er starrte auf die längliche, schwarze Box. Draußen ging das Blitzlichtgewitter los. Was sollte er antworten?
Er hatte keine Antworten. Er hatte nur Fragen. Warum Margot? Warum verdammt noch mal Margot? Hatte es dieser Wichser von Giftmörder von Anfang an auf Margot abgesehen gehabt? War sie von Anfang an sein eigentliches Ziel gewesen? Oder galt der Anschlag ihnen allen,

der ganzen Berliner Kriminalpolizei? Dieser Verrückte wollte es also mit ihnen aufnehmen? Reichenbaum wimmerte. Dann straffte er die Schultern. Warte, Freundchen. Dieses Mal hast du in ein Wespennest gestochen, Du hast eine Königin umgebracht und er, Thilmann Reichenbaum, würde solange keine Ruhe mehr geben, bis dieser Irre ...

„Thilmann?“

Er blickte auf den akkurat gezogenen Mittelscheitel seiner Assistentin hinab.

„Ich hab schon über dreißig Anrufe von Kollegen erhalten, vom Streifenpolizisten bis zum Hauptkommissar. Alle sind außer sich. Alle wollen ihr Beileid bekunden. Alle verstehen den Mord als offene Kriegserklärung.“

„Wir müssen aufpassen, dass die Emotionen nicht überhandnehmen“, fuhr sie fort, als ihr Chef sie fragend ansah. „Vielleicht wäre es gut, ein Kondolenzbuch einzurichten oder so, damit die Trauer kontrollierbar bleibt. Entfesselte Wut ist jetzt das Letzte, was unseren Ermittlungen hilft. Wenn jeder Streifenpolizist auf eigene Faust loszieht, haben wir ein Problem.“

Reichenbach nickte. Rebeccas Gesicht war so klar wie ihr Verstand und nach drei Jahren der Zusammenarbeit wusste er noch immer nicht, ob ihre rationale Art ihn regelmäßig zur Räson oder zur Verzweiflung brachte.

„Die Spurensicherung ist hier unten fertig“, fuhr sie fort. „Ich habe gesagt, sie sollen oben weitermachen. Dann hat Wächter von der Bereitschaftspolizei angerufen und gefragt, ob der Garten jetzt endlich frei ist. Ich hab gesagt, sie sollen kommen, ist das okay?“ Der hellbraune Pony fiel ihr bis über die Augenbrauen. Sie blinzelte mehrmals, als ihr Chef noch immer schwieg. „Clara und Hagen sind stabil, wie es aussieht, aber das Team von Kranich braucht dringend Anweisungen, wie es weiter gehen soll.“

Wie wir alle, wollte sie hinzufügen. Doch ein Blick in die leicht geöffneten Pupillen ihres Chefs, die flackerten wie in der REM-Phase, sagte ihr, dass er noch auf Tauchstation war. Er brauchte Zeit. Der Tod seiner Kollegin traf ihn wahrscheinlich stärker, als sie anfangs vermutet hatte. Also übernahm sie solange das Kommando, ohne sich einzugestehen, dass auch sie überfordert war.
„Danke“, sagte Reichenbaum. Zu ihrer Erleichterung ging er zurück in das Wohnzimmer, wo die anderen warteten.
„Ich kümmere mich um die Leute. Geh du bitte raus zu Wächter und mach ihm klar, dass wir jeden Mann brauchen. Das hier hat absolute Priorität.“
Reichenbaum ging auf den Holztisch zu, jeder Schritt fiel ihm schwer wie in einem jener Träume, in denen man nicht von der Stella kam. Hagen, Clara und Johannes Teufel saßen an dem länglichen Holztisch. Hagen stierte vor sich hin. Teufels Blick glitt unentwegt über die schockierten Gesichter der Anwesenden, als müsse er sich vergewissern, dass das wirklich passiert war.
„Geht es wieder?“ Reichenbaum hätte sich ohrfeigen können. Doch ihm fiel nichts anderes ein, was er sagen könnte.
Clara sah ihn an. Auf ihn machte sie den stabilsten Eindruck. Nur in ihren Augen stand dieses Entsetzen, als habe sie in den Abgrund geblickt. Reichenbaum kannte das. Bei den meisten legte sich dieser Blick nach einer Weile wieder.
„Es ging ihm um Margot“, sagte sie leise. „Von Anfang an.“
Reichenbaum nickte. Sein Gesicht hatte eine gelbe Farbe und scharfe Furchen. Er hätte Soldat sein können.
„Wir müssen jetzt alle Ruhe bewahren.“ Er hob die Hände. Seine Finger waren schlank und gepflegt.

„Gibt es schon Erkenntnisse?“ Hagen sah ruckartig auf. Reichenbaum erschrak. Der Blick des jungen Mannes war stechend, aggressiv. Hagen sann auf Vergeltung, wie sie alle, doch er musste sich zügeln. Reichenbaum würde nachher mit ihm sprechen, wenn sie alleine waren. Reichenbaum kannte Hagen. Er war sein Ausbildner und Mentor und hatte ihm schon früh eine große Karriere vorhersagt. Er hatte recht behalten.

„An der Haustür konnten keine Spuren von Gewalteinwirkung festgestellt werden, wie auch an den Schiebetüren zum Garten hinaus. Sieht so aus, als habe Margot ihren Mörder freiwillig hereingelassen.“ Reichenbaum hielt sich den Magen.

„Du meinst, sie hat ihn gekannt?“ Teufel sah auf das Kräuterbeet hinaus.

„Es ist zumindest eine Möglichkeit. Wir müssen die alten Fälle durchgehen, vielleicht wurde ihr früher schon einmal gedroht. Vielleicht kam er als Paketbote, Pizza, Zeuge Jehovas, alles ist möglich.“

Teufel bewegte seine Finger. Es fühlte sich an wie Rheuma, doch er wusste, was es war. Sein Körper begann sich bereits, dagegen zu wehren. Trotzdem würde er die Obduktion niemand anderem überlassen.

„Oder die Fenster zum Garten standen offen.“ Clara sprach an niemanden gerichtet. „Margot hat die Fenster oft offen gelassen.“

„Ihr sagtet doch, sie waren zu, als ihr kamt?“

Clara starrte hinaus.

Im Garten tauchten jetzt mehrere Beamte auf. Sie mussten über den Schleichweg vom Kanal her gekommen sein, einer trat gerade in das Kräuterbeet. Teufel hob seine Hand, doch er ließ sie wieder sinken, ohne etwas zu sagen.

Reichenbaum setzte sich neben Clara. Die Energie, die er kurzzeitig gespürt hatte, war wieder weg. „Warum um Gottes willen bringt jemand den Vogel um?“, flüsterte er.
„Entschuldigung.“ Ein Mann mit ausdruckslosen, grauen Augen war zu ihnen getreten. Reichenbaum kannte den dünnen Kahlkopf von der Spurenermittlung, doch dass er jetzt im Team der Fahnder arbeitete, war ihm neu.
„Wir haben gerade einen Volltreffer gelandet“, sagte er. Auf seinem Gesicht erschien ein Anflug von Stolz, bevor es wieder verkrampfte. „Gegenüber wohnt das Ehepaar Kaminski.“ Er deutete zur Straße hinaus. „Sie kamen gestern um Viertel nach zehn von der Oper nach Hause und haben gesehen, wie vor der Haustür der Hauptkommissarin ein großer, sportlicher Mann stand. Als Herr Kaminski zehn Minuten später noch mal raus ist, um das Garagentor abzuschließen, war der Mann immer noch da. Er sei um das Haus geschlichen, als habe er nach einem Eingang gesucht. Herr Kaminski hat den Mann angesprochen, doch der habe nicht reagiert und sei in Richtung Kanal davongelaufen.“
Alle hatten aufmerksam zugehört.
„Das Ehepaar Kaminskis meint, sie würden den Mann auf jeden Fall wiedererkennen“, fügte er hinzu.
„Sie sollen aufs Revier kommen, sofort, ein Phantombild.“
Der Mann nickte, musterte Clara kurz und zog sich wieder zurück.
„Es ist jetzt 14 Uhr vorbei.“ Reichenbaum klang erschöpft. „Ich habe gleich ein Treffen mit der Staatsanwaltschaft und dem Präsidenten. Bis feststeht, wie wir mit der Presse verfahren, kein Wort, das brauche ich ja nicht extra zu betonen.“ Er sah Teufel nicht an, als er fortfuhr: „Dann brauchen wir den genauen Obduktionsbefund so schnell wie möglich.“

Johannes Teufel massierte seine Hände.
„Die nächste große Besprechung ist morgen um 12 Uhr in meinem Büro. Ich möchte den Kern des Ermittlungsteams so klein wie möglich halten.“ Er checkte flüchtig sein Handy, das unaufhörlich vibrierte. „Clara und Hagen, ihr kommt morgen bitte dazu“, entschied er, ohne vom Display aufzusehen. „Ich brauche alle Details der letzten beiden Fälle, bitte bereitet das für morgen vor. Nach der Sitzung werden wir dann sehen, wie es weitergeht. Ihr solltet vielleicht erstmal Urlaub nehmen. Ihr braucht Abstand.“
Hagens Blick bohrte sich in die Tischplatte. Clara wirkte steif wie eine Schaufensterpuppe. Sie hielt ein Stück schwarzer Spitze in den Händen. Mit wächsernem Gesicht und Augen, die der Schock für immer geweitet zu haben schien, ließ sie sich jetzt von Teufel umarmen, der sich auf den Weg in die Gerichtsmedizin machte.
„Bis nachher ...“, sagte jemand.
Reichenbaum wusste, dass die beiden keinen Urlaub nehmen würden, dass sie keine Ruhe finden konnten, ehe der Fall aufgeklärt war. Die Trauer konnte höflich sein. Wenn man eine wichtige Sache zu erledigen hatte, konnte sie warten, manchmal sogar Jahre, auch das wusste er. Doch eines Tages, wenn der Fall abgeschlossen war, klopfte sie an die Tür und forderte ihren Preis. So wie Rumpelstilzchen das Kind der Königin.
Reichenbaum sah in den Garten hinaus, mit Stangen, Rechen und Schaufeln nahmen die Kollegen jeden Zentimeter Grün unter die Lupe.
„Bis dann.“ Unbeholfen reichte Reichenbaum Clara die Hand zum Abschied. Bei Hagen beließ er es mit einem Kopfnicken. Bis dann, wiederholte er leise und machte sich auf den Weg. Vor zehn Jahren war seine Partnerin nach Dienstschluss auf offener Straße vergewaltigt wor-

den. Eine Woche später hatte sie sich das Leben genommen. Von dem Täter fehlte bis heute jede Spur. Damals hatte er das ganz gut weggesteckt, doch er wusste, dass er zusammenbrechen würde, wenn es soweit war.

## 42

„Ludwig!" Ein hohes Krächzen folgte. „Das ist doch der Mann!"

Hagen van Velzen drehte sich um. Ein verschrumpeltes Ehepaar saß auf den Plastikstühlen im Gang. Die Frau zeigte auf ihn.

„Das ist er", beharrte sie und stieß ihren Ellenbogen in die Seite des Mannes. „Ludwig!"

Die beiden zogen die Köpfe ein, als Hagen stehen blieb.

„Fräulein!", kreischte die Frau. „Hallo, Fräulein!"

Die Dame mit den weißen Haaren war spindeldürr, ihr Zeigefinger lang und knochig. Sie richtete ihn noch immer auf Hagen, als Wilma Hellström im Türrahmen erschien. Verwundert blickte sie zwischen dem Ehepaar und ihrem Kollegen hin und her.

„Fräulein", ihr Zeigefinger hüpfte vor Aufregung. „Das ist der Mann!"

„Wie meinen Sie das, das ist der Mann?" wiederholte Wilma Hellström ungläubig.

„Na der Mann, den sie suchen", ereiferte sich die Frau und bohrte den Ellenbogen tiefer in die Seite ihres Mannes, damit er auch etwas sagen möge. „Der Mann, der Frau Kranich umgebracht hat."

Erschrocken wich die alte Dame zurück, als Hagen einen Schritt auf sie zutat.

„Nun unternehmen Sie doch etwas!" stieß der Mann brüsk hervor. Die blonde Beamtin war ihm schon vorhin nicht kompetent erschienen.

Wilma Hellström starrte das Ehepaar Kaminski mit offenem Mund an. Dann richteten sich ihre hellblauen Augen, in denen die Sonne Skandinaviens schien, fragend auf den gutaussehenden Profiler. Hagen kannte Wilma von der polizeiinternen Laufgruppe. Wenn er sich nicht täuschte, war sie schon lange hinter ihm her.
„Ach jetzt verstehe ich." Hagen lachte dreimal. „Sie sind das Ehepaar Kaminski, habe ich recht?"
Herr Kaminski nickte. Der Mann mit der Krawatte machte eigentlich einen ganz guten Eindruck. Plötzlich war er sich nicht mehr sicher, ob er es tatsächlich war.
„Das ist der Mann", wiederholte die Frau stur. „Sehen Sie doch, der Ring!"
Die Beamtin starrte auf auf Hagens rechten Ringfinger. Ein silberner Ring mit einem dunklen Stein. Tatsächlich hatte Frau Kaminski den Ring vor einer halben Stunde präzise beschrieben. Von der Form eines Auges, hatte sie gesagt.
„Das ist ein Missverständnis", Hagens Stimme blieb ruhig. Der Stein sah aus wie ein Auge. „Ich war gestern Abend dienstlich bei Frau Kranich, das ist auch längst protokolliert. Wenn ich gewusst hätte, dass Sie mich gesehen haben, dann hätten wir ihnen den Weg aufs Revier ersparen können. Es tut mir leid."
Er hob entschuldigend die Hände.
„Aber danach haben sie niemanden mehr gesehen?", fuhr er fort. „Überlegen Sie noch mal, das ist wichtig. Vielleicht haben sie etwas gehört? Nachdem ich fort fort war, fuhr da ein Auto die Straße entlang?"
„Danach habe ich nichts mehr gehört", sagte Herr Kaminski. In seiner Stimme schwang der Bankdirektor nach, der er einmal gewesen war. „Ulla du?"
Die Frau schüttelte trotzig den Kopf. Sie schien enttäuscht.

„Und du sagst, das ist schon protokolliert?“ Wilma räusperte sich, als Hagen seine Hand auf ihren Arm legte. Er nickte.
„Aber was machen die beiden überhaupt hier?“ Hagen sprach leise, doch laut genug, dass die Kaminskis ihn hören konnten. „Das ist der Sicherheitsbereich, Zeugen haben hier doch nichts zu suchen.“
„Eine Ausnahme.“ Zwei rote Flecken erschienen auf Wilmas Hals.
Das ältere Paar sah sich schuldbewusst an. Herr Kaminski hatte gebeten, hier warten zu dürfen, weil er vor einem Monat an der Hüfte operiert worden war.
„Ich wollte nur schnell das Phantombild ...“, Wilma sah Hagen an. „Aber das brauchen wir jetzt ja nicht mehr.“
„Um zehn kamen wir von der Staatsoper nach Hause, die sind ja jetzt im Westen, solange der Umbau ist, da wo früher das Schillertheater war, also wir haben Tosca gesehen, eine wirklich gelungene Aufführung, und da stand dieser Mann vor der Haustür von Frau Kranich!“
Ihr Mann blickte sie ungehalten an.
„Danach ist mir nichts mehr aufgefallen“, fügte sie hinzu.
„Ich liebe Tosca“, sagte Hagen an die Frau gewandt und blickte auf die Uhr. „Ich muss los. Wir können ja mal wieder zusammen laufen gehen“, sagte Hagen und zwinkerte Wilma zu, bevor er um die nächste Ecke verschwand.

## 43

Thilmann Reichenbaum saß zusammen mit seiner Frau und Tochter am Ende eines langen Tisches, der für zwölf Personen ausgelegt war, und musste sich zwingen, etwas von dem zu essen, was seine Frau ihm auftat. Der Himmel über dem Lietzensee hatte eine künstliche, rote Farbe, die sich in den Gläsern und silbernen Amphoren im Esszimmer spiegelte. Mit seinem Gehalt hätten sie sich die riesige Wohnung in einer der teuersten Wohngegenden Berlins nicht leisten können, doch seine Frau Alexandra hatte die Wohnung von ihren Eltern geerbt und mit in die Ehe eingebracht. Reichenbaum wurde von seinen Kollegen um den Ausblick und die geschmackvolle Inneneinrichtung seiner Wohnung beneidet, in der er sich manchmal wie in einem Museum fühlte.

„Papi?"

„Was ist denn?"

Er musste sich zwingen, der Konversation mit seiner Tochter zu folgen.

„Oma hat mir einen Drachen geschenkt und sie sagt, er könne fliegen."

„Wirklich? Das ist ja toll."

Er war nur kurz nach Hause gekommen, um sich umzuziehen und musste gleich wieder los ins Büro. Lustlos nahm er ein Stück von dem gedünsteten Fisch und fragte sich, warum seine Frau ihn so ansah. Dann fiel es ihm wieder ein.

„Wie war denn die Aufführung, Schatz?"

Seine Tochter machte eine Schnute.

„Nicht gut?"

„Fabio ist auf das Feuer getreten, aber Frau Kastrop meinte, das würde niemand merken." Sie sah ihn an.

„Die Lagerfeuerkulisse war leicht lädiert, aber das hat wirklich nicht gestört", sagte seine Frau an das Kind gewandt. „Du warst toll, Schatz. Alle haben geklatscht. Ich bin so stolz auf dich."

Sie gab dem Kind einen Kuss.

„Ich habe mich zweimal verbeugt", bestätigte die Kleine.

„Das ist ja toll", sagte Reichenbaum. Etwas anderes fiel ihm nicht ein.

Neben seinem Teller lag das Handy. Es vibrierte.
„Wilma.“ Er legte die Serviette neben den Teller und erhob sich. „Was gibt’s denn?“
„Ich weiß jetzt auch nicht“, hörte er die junge Schwedin. Etwas schien ihr unangenehm. „Aber ich wollte doch zumindest kurz Bescheid geben.“
„Was gibt’s?“ wiederholte er gereizt. Er ging ans Fenster.
„Ich sollte doch das Phantombild erstellen nach Aussagen der Kaminskis, also der Nachbarn, die gestern Abend einen Unbekannten am Hause von Frau Kranich beobachtet hatten.“
„Und?“
„Da kam zufällig Hagen van Velzen vorbei und die Frau“, sie räusperte sich, „also sie war sich sicher, das Hagen der Mann ist.“
Schweigen.
„Van Velzen erklärte mir, er habe gestern um zehn ein Dienstgespräch mit Kranich gehabt, deshalb sei er da gewesen. Und er meinte, das sei auch längst protokolliert.“
Reichenbaum blickte auf den Lietzensee hinaus. Nebel stieg auf, als habe es vorhin hier geregnet.
„Aber dann habe ich im Protokoll nachgesehen“, sagte Wilma. „Ich meine, es ist noch unvollständig, vielleicht liegt es daran, ich bin mir fast sicher, dass es daran liegt.“
Ein einzelner Jogger war noch unterwegs, es schien eine Frau zu sein.
„Ich habe nichts gefunden“, hörte er Hellström wieder. „In den Protokollen ist nichts vermerkt.“
„Deshalb wollte ich nur kurz Bescheid geben“, sagte sie.
„Wissen Sie Bescheid?“, fragte sie zaghaft.
„Danke für den Anruf. Wir sehen uns morgen.“ Reichenbaum legte auf und drehte sich zu seiner Frau und Tochter um, die entschuldigenden Worte bereits auf den Lip-

pen. Doch die beiden lachten und verhielten sich, als sei er schon nicht mehr da.
„Ich werde mich darum kümmern“, sagte er zu sich selbst.

## 44

In der Kaffeeküche war noch Licht, zwei seiner Leute grüßten flüchtig, als Reichenbaum vorüberging. Im Besprechungsraum unterhielt sich jemand halblaut, Schritte hallten von der Steintreppe herauf, irgendwo knallte eine Tür. Es war Freitagabend, kurz nach 19 Uhr, doch nach dem Mord an Margot arbeiteten alle auf Hochtouren. Vor dem Büro seiner Assistentin blieb er stehen. Die Tür stand offen.
Rebecca saß mit Hagen an dem großen, runden Tisch, auf dem sich die Aktenordner stapelten.
„Hagen, ich muss mit dir sprechen“, sagte er.
Rebecca musterte ihren Chef. Zwei tiefe, senkrechte Furchen hatten sich auf seiner Stirn zur Nase hin eingegraben. Hagen stieß den Stuhl um, als er sich erhob. Rebecca tat, als habe sie nichts bemerkt.
„Hagen.“ In seinem Büro kam Reichenbaum sofort zur Sache. „Wilma Hellström hat mich angerufen.“
„Wilma Hellström?“
Hagen hatte ein Pokerface aufgesetzt. Reichenbaum war sich nicht sicher, ob es jahrelanger Übung oder seiner Natur entsprang, doch es war kein gutes Zeichen. Hagen war längst auf Verteidigungskurs.
„Du warst gestern Abend bei Margot.“
„Ach das.“ Auf Hagens Stirn standen Schweißperlen. „Sie wollte mit mir über eine Stelle sprechen, das habe ich doch schon gesagt.“
„Hast du nicht.“
Reichenbaum musste direkt sein.

„Dann hab ich es in dem ganzen Chaos halt vergessen.“ Hagen verschränkte die Arme. „Aber ich habe es Clara gesagt, Clara Schwarzenbach, sie kann das bestätigen.“

„Was soll sie bestätigen?“

Reichenbaum bohrte die Augen in die seines Schützlings.

„Verdammt, ja, Thilmann, was soll ich denn machen?“ Hagen fuhr sich mit den Händen durch die Haare, seine Stimme klang verzweifelt, sein Blick war echt. Erleichtert atmete Reichenbaum durch und hörte zu.

„Ich war gestern Abend bei Margot, das habe ich Clara gegenüber auch erwähnt, heute Morgen, bevor wir zu Margot gefahren sind, deshalb war ich ja auch so besorgt. Denn Margot hat mir gestern nicht geöffnet, obwohl wir verabredet waren. Ich dachte, sie sei nicht da, verstehst du das?“

Aufgeregt ging Hagen hin und her.

„Mein Gott, wenn ich daran denke, dass der Typ zu dieser Zeit bereits bei ihr war, dass er ihr eine Pistole an den Kopf gehalten hat, während ich geklingelt habe. Wenn ich daran denke, dass er sie bedroht und belästigt hat, während ich draußen herumstand ...“. Er sah Reichenbaum an. Dann schrie er es heraus: „Das macht mich wahnsinnig, versteht du das?“

Hagen trommelte mit den Fäusten gegen die Wand. Er hatte den Blick eines eingesperrten Tigers.

„Beruhige dich“, sagte Reichenbaum. „So kommen wir nicht weiter.“

Reichenbaum ging um den Schreibtisch herum und setzte sich. Er wies Hagen an, sich ihm gegenüber zu setzten.

„Margot hat dich also zu sich nach Hause bestellt, um mit dir über eine Stelle zu sprechen?“

Hagen nickte.

„Hast Du das schriftlich, eine E-Mail oder so?“

Hagen schüttelte den Kopf.
„Was für eine Stelle?"
Hagen fuhr sich mit den Händen durch die kurzen, dichten Haare.
„Nun gut." Reichenbaum lehnte sich zurück. Er verwarf den Gedanken, die Geschichte alleine mit Hagen zu klären. Die Sache mit Margot war einfach zu groß. Allein zu Hagens Schutz musste er offensiv damit umgehen.
„Du bist bis auf Weiteres von dem Fall suspendiert", sagte Reichenbaum mit fester, ruhiger Stimme. „Morgen früh meldest du dich, sie sollen deine Aussage offiziell aufnehmen."
„Thilmann." Panisch blickte Hagen sich um. „Ich muss ... ich kann nicht ... verstehst du mich nicht?" Er stand wieder auf. „Irgendwo da draußen läuft das Schwein herum, dass Margot auf dem Gewissen hat. Und ich soll Däumchen drehen? Ich muss dieses Schwein ..."
Hagens Augäpfel sahen aus, als würden sie jeden Moment aus den Höhlen treten. „Deshalb habe ich nichts gesagt, versteht du das nicht?"
„Es tut mir leid, Hagen", sagte Reichenbaum. „Du bist jetzt ein wichtiger Zeuge, vergiss das nicht. Komm morgen früh aufs Revier und mach deine Aussage. Es ist zu deinem eigenen Schutz."
„Thilmann, bitte, das kannst du nicht machen, ich bin in dem Fall drin, ich weiß, wie das Schwein tickt, du brauchst mich, bitte, tu es für Margot!"
Reichenbaum schwieg. Er war sich sicher, dass Hagen nichts damit zu tun hatte. Er kannte ihn seit fünfzehn Jahren.
„Es tut mir leid, Hagen. Bis morgen."
Es klopfte an der Tür.
„Kann ich was tun?" Rebecca strich sich eine Haarsträhne aus der hohen Stirn. Das ernste Gesicht und die Kulti-

viertheit seiner Assistentin standen Reichenbaum viel näher als die brachiale Natur Hagens; er war froh, sie zu sehen. Sie musste etwas gehört haben.
Wortlos verließ Hagen das Büro. Reichenbaum klärte seine Assistentin auf.
„Aber wir wollen die Kirche im Dorf lassen", schloss Reichenbaum seine Rede. „Er ist kein Verdächtiger. Er ist nur ein Zeuge."
Rebecca sagte nichts.
„Einen Kaffee?", fragte er.
„Gern."
Reichenbaum hatte vergessen, dass seine Sekretärin nicht da war. Gedankenverloren schlurfte er den Gang zur Kaffeeküche hinab.

## 45

Clara hatte versucht, ein bisschen zu schlafen, doch der Lärm ließ sie nicht zur Ruhe kommen. Es hörte sich an, als klopfe jemand im Hinterhof einen Teppich aus. Die Frequenz der Schläge war so hoch, dass sie irritiert zum Fenster hinaus blickte. Der Hinterhof leer. Die Kastanie stand verlassen da. Clara legte sich wieder hin. Das Klopfen kam zurück.
Es war ihr eigener Puls. War das wirklich ihr eigener Puls? Clara stand auf. Sie konnte nicht abschalten. Ihr Körper war in Alarmstellung. Sie musste etwas tun. Sie musste Margot anrufen, um ihr alles zu erzählen.
*Margot?*
Der Drang war so groß, dass sie ihre Hände unter den kalten Wasserhahn hielt.
*Margot ist tot.*
Clara blieb vor dem Kleiderschrank stehen. Sie probierte das schwarze Retro-Kleid mit den kleinen, weißen Blüm-

chen und den Puffärmelchen an, die dezent genug waren, damit das Ganze nicht zu süß wirkte. Sie hatte das Kleid an einem kalten, matschigen Februartag gekauft, kurz nachdem sie den Leiter eines Pflegeheims verhaftet hatten, der im Verdacht stand, die Misshandlungen und Vernachlässigung der ihm anvertrauten Menschen systematisch betrieben zu haben. Die Details waren so hässlich gewesen. Claras Sehnsucht nach etwas Schönem zu groß. Das Kleid war figurbetont, doch nicht zu eng und hatte an der Taille Raffungen. Sie drehte sich vor dem Spiegel. Die Raffungen waren ideal, man sah kaum etwas. Es sah aus, als habe sie gestern Abend nur zu viel gegessen.

Sie ekeln mich an, hatte Margot damals zu dem Heimleiter gesagt.

*Margot?* Clara setzte sich aufs Bett. *Wo bist du jetzt?*

Clara ging ins Bad, sie zog einen Mittelscheitel und band die Haare zu einem tiefen Pferdeschwanz. Im Flur suchte sie nach der Tasche, die gerade gerade groß genug war, dass ihre Waffe hineinpasste.

Die beiden Frauen in der U-Bahn ihr gegenüber unterhielten sich angeregt. Clara sah, wie ihre Lippen sich bewegten, sie sah, wie sie gestikulierten und lachten, doch sie verstand nicht, was sie sagten. Die Worte waren leer. Clara versuchte, sich auf die Unterhaltung zu konzentrieren, doch es gelang ihr nicht. Sie versuchte, über Augenkontakt eine Verbindung zu den beiden herzustellen, doch sie schienen sie nicht wahrzunehmen. Es war, als habe jemand die Verbindung abgeschnitten. Als gehöre Clara nicht mehr dazu. Draußen war es schwarz. Nichts war mehr von Interesse. Bis auf die Frage, wer Margot das angetan hatte.

Am U-Bahnhof Güntzelstraße stieg sie aus.

Gedankenverloren starrte sie auf ein Kinoplakat. Sie hatte den Film mit Catherine Deneuve und Gérard Depardieu damals mit Margot in der Spätvorstellung gesehen. Wider Erwarten hatte Margot der Film gefallen. Sie brachten ihn heute noch mal im Kant-Kino. Clara beschloss, hinzugehen. Sie wollte Margot nah sein. Die Gesichter der Schauspieler verschwammen vor Claras Augen, steif ging sie weiter. Jemand rempelte sie an, jemand entschuldigte sich, jemand lachte. Clara presste die Clutch fester unter ihren Arm. Sie bewegte sich wie in Zeitlupe auf den Viktoria-Luise-Platz zu. In der Mitte erhob sich eine Fontäne.

Auf dem Gehsteig stand ein Mann im schwarzen Anzug. Als sie näher kam, tat er einen Schritt auf sie zu. Er sah sie an. Seine Augen waren blau. Clara brauchte eine Sekunde, bis sie realisierte, dass es Johannes war.

„Das ist für Margot." Er sagte das, als müsse er sich für den Anzug entschuldigen.

Clara nickte. Sie nahm die Zigarette, die er ihr zur Begrüßung anbot, sie nahm einen Zug, ließ sie wieder fallen und trat sie aus. Auf dem Vorplatz der Trattoria saßen die Leute, sie aßen und tranken und glaubten nicht, dass schon morgen alles vorbei sein konnte. Sprachfetzen und Lichter schwirrten herum. Clara bemühte sich nicht mehr, etwas festzuhalten.

„Was?"

„Ob du lieber Weißen oder Roten trinkst?"

Clara hob abwehrend die Hände. „Für mich nichts. Danke."

Sie sahen sich an, den Blick in das schwarze Loch gerichtet, das Margot hinterlassen hatte.

„Clara?"

Das Holzregal war voll mit Weinflaschen.

„Margot hätte das nicht gewollt." Mit seinen Fingerkuppen berührte er ihren Handrücken, so leicht, als habe er Angst, sie könnte zerplatzen. „Wir müssen hier bleiben. Wir müssen weitermachen. Er darf nicht siegen."

*Er.* Wenn sie an ihn nur dachte, könnte sie schreien.
„Er ist auf der dunklen Seite der Nacht. Du nicht."
Clara sah die Narben in Johannes Gesicht. Letzten Sommer war Detective Chief Inspector Jody McDoysen aus Raleigh, North Carolina, im Landeskriminalamt gewesen, um über ihre Erfahrung bei der Verfolgung von Serientätern zu berichten. Sie hatte diesen Satz mit der dunklen Seite der Nacht gesagt.
Margot hatte sie eingeladen.
Jody McDoysen hatte miterleben müssen, wie ein sadistischer Psychopath ihren Mann und ihre vierjährige Tochter zu Tode gequält hatte, sie selbst wurde vergewaltigt und mit abgeschnittenem Ohr vor den Stufen des Präsidiums abgelegt. Doch sie werde, das hatte Jody mit vor Hass und Liebe glühenden Augen gesagt, diesem Abschaum nicht den Gefallen tun, auf die dunkle Seite der Nacht zu wechseln.
Damals hatte Clara diese Frau bewundert. Heute war sie ihr unheimlich. Wenn Clara auch nur daran dachte, dass jemand ihr Kind ...
„Vielleicht hilft es dir ja", hörte sie Johannes.
„Was?"
„Du wusstest es also auch nicht?"
„Was?"
„Margot hatte Brustkrebs."
Clara starrte den Kellner an, der eine Flasche Wasser brachte und zweimal das Abendmenü.
„Das Karzinom war bereits weit fortgeschritten", sagte Johannes leise. „Ich hab bei Margots Frauenarzt angerufen, was da los ist, Margot musste längst starke Schmerzen gehabt haben, unwahrscheinlich, dass sie es nicht gewusst hatte."
*Brustkrebs?*

„Schon vor drei Monaten hatte er sie ins Westend überwiesen, Mammografie, Kardiologie, das ganze Programm.“ Johannes nahm einen Schluck Wein. Es schien ihm Schmerzen zu bereiten, das Glas zu halten. „Knappe 20 Prozent Heilungschance hatte sie noch.“
In den Spaghetti lagen schwarze, geöffnete Schalen. Es waren Muscheln.
*Margot hatte Krebs?*
„Aber sie ist nicht ins Krankenhaus?“, fragte Clara, obwohl sie die Antwort kannte. Das passte zu Margot. 20 Prozent waren ihr zu wenig.
Teufel nickte, als habe er ihre Gedanken gelesen. Margot hatte einfach weitergemacht wie immer.
„Auf Margot“, sagte er.
Clara drehte das Glas zwischen den Fingern.
„Auf Margot“, flüsterte sie und nahm einen kleinen Schluck.
*Sag es ihm.*
„Johannes“, sie zögerte. Sie duzten sich schon lange, doch beim Vornamen hatte sie ihn noch nie genannt.
„Eigentlich wollte ich es Margot zuerst sagen, aber ...“ Clara starrte auf die schwarzen Schalen. Etwas Weißes, Wabbeliges war darin. „Ich weiß nicht, wie ich es sagen soll. Und jetzt kommt es mir doppelt absurd vor. Ich meine, eigentlich ist es ja das Natürlichste der Welt, aber ... Findest du es nicht auch absurd, woher all die Menschen kommen, die hier sitzen?“
Johannes sah sie besorgt an. „Wie, woher all die Menschen kommen?“
*Sag es ihm einfach.*
„Und seit Margot tot ist, habe ich Angst, dass ihm vielleicht etwas passiert ist. Ich fühle nichts mehr. Und selbst wenn es noch lebt, viele sagen ja, dass die Gefühle der Mutter in dieser Phase schon prägend sind.“

Johannes legte die Gabel weg. „Die Gefühle der Mutter?"
Claras Augen wurden wässrig. „Ich bin schwanger." Als sie das Weinglas an ihre Lippen führte, hielt Johannes ihre Hand zurück.
„Du bist schwanger, Clara."
Sie schüttelte den Kopf. „Ich schaffe das nicht."
Er ließ ihre Hand nicht mehr los. „Wir schaffen das."
Clara zog die Hand nicht zurück. Es fühlte sich selbstverständlich an. Bereits als sie sich vor zwei Jahren zum ersten Mal begegnet waren, Clara hielt damals die Hand einer Toten, die schon lange erkaltet war, hatte sie es in seinen Augen gesehen. Sie waren sich nah, als hätten sie eine Geschichte zusammen.
„Warum habe ich es Margot auch nicht gesagt?", flüsterte Clara. „Jetzt ist es zu spät. Es macht mich wahnsinnig, es ihr nicht mehr sagen zu können."
Johannes nickte. Er suchte in Claras Augen nach einem Zeichen, ob sie es wusste. Der wässrige Schleier verriet nichts. Margot war 1972, kurz bevor sie die Stelle angetreten hatte, schwanger gewesen. Sie hatten lange darüber diskutiert, alle Welt hatte damals über Abtreibung diskutiert und es war ihnen als die beste Lösung erschienen.
„Margot hätte sich gefreut", sagte er.
„Meinst du?"
„Ja." Teufel fuhr sich über die Wange und wunderte sich über die Feuchte, als wisse er nicht, woher die Tränen kamen.
„Ganz sicher." Margot war damals von ihm schwanger gewesen. Susanne hatte es immer geahnt, dass ihn und Margot ein Geheimnis verband, doch bei all ihren Unterstellungen, Nachfragen und Vermutungen, darauf war sie nie gekommen.
„Wievielte Woche?", fragte er.
„Zwölfte."

Er nickte wieder.
„Und der Vater?“
„Er weiß noch nichts davon.“ Claras Stimme wurde härter. „Ich bin mir nicht sicher, ob ich es ihm überhaupt sage.“

## 46

Der Signalton verursachte ihr Schmerzen. Die Türen knallten zu. Die U-Bahn beschleunigte und verschwand in einem schwarzen Loch. Judy Aspach saß in der U1 in Richtung Norden. In den dunklen Scheiben schwebte ihr aufgedunsenes Gesicht, übermüdet, nackt. Ihrer Mutter zuliebe hatte sie versucht, wieder zur Uni zu gehen, doch es hatte keinen Wert. Seit Stellas Tod war die Realität eine weiße, absurde Masse, die sie fortriss und hinab drückte wie eine heimtückische Unterströmung im Meer. Seit Stellas Tod war keine Minute vergangen, in der sie nicht daran gedacht hätte. Sie hatte noch immer dieselben Fragen. Was ist wirklich passiert? Wer hat Stella umgebracht? Warum? Wie hat er es getan? Wie genau hat er es getan?
Wenn sie daran dachte, wie er sie gequält haben könnte – und jede Nacht kamen ihr neue Bilder –, rissen der Schmerz und die Wut ihren Körper auseinander, bis die Ohnmacht sie erlöste, ein dumpfer Schlaf, den die Tabletten ihr brachten.
Im Netz hatte sie gelesen, dass die Tabletten Träume verhinderten. Doch Judy träumte davon, in einem leeren, schwarzen Zuschauerraum zu sitzen. Sie starrte auf die Bühne, sie wartete, bis es endlich losging, doch der Vorhang blieb geschlossen. Was denkst du, hatte der Therapeut sie gefragt, was dahinter stattfindet? Das Leben, hatte sie gesagt. Der Tod.

Die U-Bahn hielt am Breitenbachplatz, Leute stiegen aus, Leute stiegen ein, das Türsignal ertönte, die Türen knallten und die Bahn verschwand wieder in dem schwarzen Loch.
Nach Stellas Tod war Judy drei Wochen im Bett geblieben. Es hatte sich angefühlt, als sei sie gelähmt. Ihre Mutter hatte neben ihr gesessen und für das Nötigste gesorgt. Zur Prüfung war Judy erst gar nicht angetreten. Wenn sie damals sofort die Polizei angerufen hätte, nachdem Stella nicht im Schleusenkrug erschienen war, hätte sie es dann verhindern können? Wäre Stella noch am Leben? Es war doch klar gewesen, dass etwas nicht gestimmt hatte. Aber Stella war ihr unverletzlich vorgekommen.
Die Bahn hielt am Fehrbelliner Platz. Judy ließ ihren Blick über das hellgrüne Jugendstilgeländer gleiten, über die alten Fotos an den Wänden, die gelben Fliesen und historischen Schilder bewegten sich an ihr vorbei, dann kam wieder das dunkle Loch.
Nach drei Wochen war Judy aufgestanden. Sie hatte begonnen, die alten Mails von Stella zu lesen. Und plötzlich erinnerte sie sich wieder. Stella hatte ihr täglich die Mails weitergeleitet, die sie von „dem irren Polizisten“ bekommen hatte. Wochenlang hatte er sie bedrängt, um sie geworben und sie beschimpft. Erst als Stella ihm drohte, ihn wegen Stalkings anzuzeigen, hatte er Ruhe gegeben.
„Der irre Polizist“ - so hat Stella ihn immer genannt. Sein echter Name erschien damals belanglos. Es war möglich, dass Stella ihn einmal erwähnt hatte, doch Judy erinnerte sich nicht mehr daran. Seine E-Mail-Adresse war eine Kombination aus Zahlen. Judy wusste nichts von ihm, außer, dass Stella ihn auf einem der Seminare getroffen hatte, die ihr Prof regelmäßig für Externe anbot.
Als Judy die E-Mails wieder las, musste sie sich übergeben. Rückblickend war es kaum zu ertragen, was der Typ

schrieb. Alles deutete auf eine kranke Psyche hin, die zwischen Größenwahn und Minderwertigkeitskomplexen hin und her pendelte. Alles deutete darauf hin, dass er sich für einen Gott hielt. Für auserwählt. An einer Stelle formulierte er es sogar fast wortwörtlich. „Ich bin etwas ganz Besonderes", schrieb er, „jemanden wie mich lässt man nicht einfach fallen."

Die Polizei hatte Stellas Computer untersucht. Warum sind sie nicht auf die Mails gestoßen? Oder hatte Stella sie längst gelöscht? Judy musste das wissen. Sie war auf dem Weg ins Präsidium, sie wollte mit der Frau sprechen, die Stella ähnlich sah, sonst würde sie wieder gehen.

Judy wusste ja nicht einmal, ob „der irre Polizist" aus Berlin kam. An den Seminaren nahmen Leute aus ganz Deutschland teil. Doch der Verdacht, dass er die Ermittlungen manipulieren könnte, ließ Judy nicht mehr los.

Judy Anspach stieg am Wittenbergplatz aus und ließ sich von der Masse nach oben treiben. Beim Anblick des KaDeWe schnellte ihr Puls nach oben. Der Schweiß brach ihr aus. Sie bekam keine Luft mehr. Judy blieb stehen. Sie versuchte, ruhig zu atmen und überlegte, ob sie noch einen Tranquilizer einwerfen sollte. Ihr Therapeut hatte ihr die Tabletten verschrieben. Das KaDeWe wirkte größer als sonst. Stundenlang war sie mit Stella durch die Abteilungen flaniert, die Wäscheabteilung, die Kosmetik, die Lebensmittel. An Weihnachten hatten sie ihre Köpfe durch die Fotowand mit dem Christkind gesteckt und gelacht. Jetzt ragte das riesige Gebäude wie ein Gespenst in die Welt der Lebenden hinein. Das KaDeWe war mit Stella gestorben.

„Ist alles in Ordnung?" Judy starrte den Passanten an, der das gefragt hatte, und ging in Richtung Keithstraße davon.

„Ich möchte Frau Schwarzenbach sprechen. Ich habe eine Aussage zu machen."

„Zu welchem Fall?"
„Zum Mordfall Stella Krefeld."
Die Dame an der Rezeption zog die Augenbraue nach oben. „Moment", sagte sie und telefonierte.
„Frau Schwarzenbach ist nicht im Haus", wandte sie sich ihr wieder zu. „Ich kann Sie einem anderen Beamten ..."
„Nein. Ich möchte mit Frau Schwarzenbach sprechen."
„Das kann aber dauern."
„Dann warte ich."
Die Frau an der Rezeption telefonierte erneut. Wenig später kam ein Mann die Treppe herunter, er trug ein weißes Hemd und ein gewinnendes Lächeln.
„Die Dame hat eine Aussage zu machen. Sie sagt, es sei wichtig."
„Es geht um den Fall Krefeld?", fragte er. Judy starrte ihn an.
„Ich möchte mit Frau Schwarzenbach sprechen", beharrte sie.
„Sie kommt gleich", sagte er. „Kommen Sie solange mit mir mit."
Er lächelte sie an.
Plötzlich hörte Judy jemanden schreien. Sie drehte sich um. Warum sahen die Leute sie so komisch an? Wer schreit denn da so laut, fragte sie und dann wurde ihr schwarz vor Augen.
Als sie wieder zu sich kam, beugte sich der Mann über sie und fragte besorgt, ob es ihr wieder besser ginge. Sie waren nicht mehr in der Eingangshalle. Er hatte sie in einen anderen Raum gebracht.
„Hier. Atmen Sie das ein, dann wird es gleich besser", sagte er.
Der Mann hielt ihr etwas unter die Nase.
Judy wollte wieder schreien, doch diesmal hörte sie nichts.

# 47

„Die Mails belasten Hagen schwer." Clara hielt den Speicherstick nach oben. Im Raum wurde es zunehmend unruhig. „Ich kann es selbst nicht glauben."
Es dauerte einen Moment, bis der Text über den Beamer an der Wandfläche erschien.
Ein Sanitäter und ein Wachtmeister hatten Clara eine vollkommen aufgelöste Judy Anspach übergeben. Sie schien einen Nervenzusammenbruch erlitten zu haben. Erst der Tranquilizer, den Clara in ihrer Handtasche gefunden hatte, machten sie vernehmungsfähig.
„Wenn du dir einen 1-A-Typen wie mich durch die Lappen gehen lässt, wirst du nie mehr glücklich, das verspreche ich dir", las Clara laut vor. Jeder konnte sehen, dass der Text mit wüsten Beschimpfungen weiterging. Clara scrollte nach unten.
„Du bist die Liebe meines Lebens", sagte Clara. „Du bist eine verdammte Schlampe. Jemand sollte dich mal richtig rannehmen. Was denkst du eigentlich, wer du bist? Wenn ich dich erwische, wirst du beten, niemals geboren worden zu sein. Du dreckige ..."
Clara verstummte.
„Verdammt." Reichenbaum stand neben der Tür. Er hielt sich den Magen.
Clara zupfte nervös an einer Haarsträhne herum. „Ich kann das nicht glauben."
Wenn Hagen Stella Krefeld, dann hätte er auch Margot ... Clara schüttelte betäubt den Kopf. Sie konnte sich das einfach nicht vorstellen. Hagens Schmerz heute Morgen war echt gewesen, das spürte sie, so echt wie die teuren Anzüge und Seidenkrawatten, ohne die er nicht aus dem Haus ging.
*Und deshalb hältst du ihn schon für unschuldig?*

Hatte Clara nicht von Anfang an vermutet, dass Hagens Auftreten etwas kompensierte? Sein Ich war immer so gewollt gewesen, er bewachte es zu streng. Die Rolle, die er spielte, war ein Klischee, allein das sprach für einen brüchigen Kern. Im Prinzip hatte sie schon immer das Gefühl gehabt, dass seine Sprache falsch war, wie jede Sprache, die sich unangreifbar machen wollte.

Claras Blick fiel auf die Wandtafel. Zeigte die Sprache dieser E-Mails sein echtes Gesicht? Wie man es drehte und wendete: Hagen hatte es nicht geschafft, sich mit der dunklen Seite seiner Person zu versöhnen.

Alle schwiegen.

Clara war froh, dass Reichenbaum die Sitzung auf den Kern seines Teams beschränkt hatte. Nur drei seiner Mitarbeiter waren anwesend. Ihre Augen waren noch immer ungläubig auf die Worte gerichtet, die an der Wand leuchteten.

„Okay." Reichenbaum löste sich vom Türpfosten und ging nachdenklich auf seinen Platz zu. „Hagen war in das Mädchen verschossen. Er war ein enger Mitarbeiter von Margot."

Er setzte sich. Nervös fuhr er über die Bartstoppel an seinem Kinn. Clara hatte ihn noch nie unrasiert gesehen. „Aber ich kenne Hagen. Ein offizielles Verfahren gegen ihn einzuleiten wäre ..."

Im Raum brach Gemurmel aus. Clara suchte den Blickkontakt zu Rebecca.

„Thilmann", ergriff Rebecca schließlich das Wort. „Es ist ja nicht nur das. Hagen war in der Tatnacht bei Margots Haus. Er wurde eindeutig identifiziert. Nach unserem Wissen war er demnach der Letzte, der mit Margot in Kontakt stand. Und die Mails sind kein Kavaliersdelikt, sondern fallen unter Stalking, das weißt du. Natürlich ist es schwer, das können wir alle nachvollziehen, aber ..."

Rebecca schenkte ihrem Chef einen bedauernden Blick. Sie wirkte so wach, dachte Clara und fühlte sich plötzlich meilenweit von ihr entfernt.

Clara zog ihr T-Shirt nach unten, in dem sie auch geschlafen hatte. Heute Morgen hatte sie einfach keine Kraft gehabt, sich umzuziehen. Sie trug ihre Lieblingsjeans. Den obersten Knopf bekam sie nicht mehr zu.

„Aus dem Obduktionsbericht geht eindeutig hervor, dass Margot Kranich zwischen null und zwei Uhr an einem Herzstillstand gestorben ist. Das Gift hatte bereits alle ihre Organe zersetzt. Das heißt, es muss mindestens fünf Stunden in ihrem Körper gewesen sein, bevor sie starb. Daraus folgt, dass ihr die Spritze zwischen sieben und neun Uhr abends verabreicht wurde. Wir haben Zeugen, die Hagen kurz nach zehn an Margots Haus gesehen haben, wobei wir nicht wissen, ob er zu dieser Zeit erst dort ankam oder nur mal schnell vor die Tür getreten ist. Das tatrelevante Zeitfenster deckt sich also durchaus mit Hagens Aufenthalt vor Ort. Wir dürfen das nicht ignorieren“, hörte sie Rebecca.

„Hier.“ Rebecca reichte Leonhard, der das Protokoll führte, ein paar Notizen.

„Fünf Stunden.“ Clara vermied jeden Blickkontakt. Das Gesicht, das sie heute Morgen im Spiegel gesehen hatte, war ihr fremd. „Kann mir mal jemand sagen, was er fünf Stunden mit Margot gemacht hat?“

Sie versuchte, die Tränen zurückzuhalten, doch in den bestürzten Gesichtern der anderen sah sie, dass sie weinte.

„Es gibt keine Spuren körperlicher Folter. Es fand kein sexueller Missbrauch statt“, sagte Rebecca. Clara nickte ihr dankbar zu.

Clara musste sich zusammenreißen, sonst würde Reichenbaum sie zwangsbeurlauben. Sie nahm die Serviette,

wischte sich die Tränen ab und erwiderte den Blickkontakt des Hauptkommissars.
„Nach Margots Tod glaube ich nicht mehr, dass es sich um Zufallsopfer handelt“, sagte sie. „Ich denke, niemand glaubt das mehr. Unser Täter will in den paar Stunden, die er sein Opfer unter Kontrolle hat, irgendetwas erreichen. Vielleicht will er sich rächen für etwas, das er in der Vergangenheit als Kränkung empfunden hat. Auf jeden Fall versucht er, eine ganz bestimmte Reaktion zu bekommen, die er sich in seiner Fantasie zurechtgelegt hat. Irgendetwas, nach dem es ihm später besser geht.“
„Es fehlt jede Verbindung zwischen Hagen und dem ersten Opfer, dieser Helga Kramer.“ Reichenbaum kritzelt mit einem Kugelschreiber auf seinem Block herum.
„Wir haben das bisher nicht überprüft.“ Clara rieb sich die Augen. Sie hatte das Gefühl, die ganze Nacht über nicht geschlafen zu haben, und Schlaftabletten wollte sie dem Baby nicht zumuten. „Es bestand ja kein Anlass. Aber ich weiß, dass Hagen, bevor er nach Boston ging, ein paar Semester in Leipzig studiert hat. Ich bin mir nicht sicher, ob seine Mutter immer noch dort wohnt, aber ...“
„Okay.“ Reichenbaum riss die oberste Seite von seinem Block, knüllte das Papier zusammen und zielte auf den Mülleimer. „Clara, du überprüfst das mit Leipzig. Rebecca und Ludger, ihr kommt mit mir. Ich beantrage einen Durchsuchungsbefehl für Hagens Wohnung. Wir müssen offensiv damit umgehen. Der Verdacht muss so schnell wie möglich aus der Welt geräumt werden.“
Er sah Rebecca an. „Gib bitte bei der Vierten Bescheid. Sie sollen Hagen herbringen, zumindest offiziell muss er solange in Untersuchungshaft.“

## 48

„Tut mir leid, man, ich weiß, das ist Bullshit, aber ..."
Er trat von einem Bein auf das andere. Die Aufgabe war ihm sichtlich unangenehm. „Aber ich muss dich, also ich soll dich ..."
„Willst du mich etwa verhaften?"
Er lachte, als habe Hagen einen Witz gemacht.
„Es ist zu deiner eigenen Sicherheit." Er sah ihn nicht an. „Es gibt da ein paar blöde ... Zufälle. Du weißt, dass Reichenbaum sich darum kümmern muss, sonst ist er seinen Job los."
Hagen verzog keine Miene. Er stemmte seine Hand gegen den Türrahmen und beobachtete, wie der Kollege sich wand.
„Die werden bald hier sein", sagte er und zuckte entschuldigend mit den Achseln. „Die müssen deine Wohnung durchsuchen."
Nichts deutete darauf hin, dass Hagen das gestört hätte.
„Seit wann schicken die dich?", fragte er stattdessen. „Ist Reichenbaum jetzt schon das Personal ausgegangen?"
„Hey, Reichenbaum will das so klein wie möglich halten. Er glaubt an deine Unschuld. Je weniger davon wissen, desto besser. Das ist doch auch in Deinem Interesse. Deshalb bin ich alleine hier."
Hagen löste sich vom Türrahmen.
„Komm kurz rein", forderte Hagen ihn auf. „Ich bin gleich fertig. Ich wollte ohnehin gerade aufs Revier, um die Aussage zu machen."
Die Wohnung roch noch neu. Es war eine Dreizimmerwohnung in einer Neubauanlage im Tiergarten, die identische Wohnung gegenüber stand noch leer. Von dem kleinen, schmucklosen Balkon aus sah man direkt in die Nachbarwohnung. Die Wände waren weiß, das Parkett

einheitlich braun, die Zimmer kaum möbliert. Ein paar Umzugskartons standen herum.
„Ich hol nur meine Sachen." Hagen verschwand in einem Zimmer und zog die Tür hinter sich zu.
Ein Schweißtropfen rann ihm die Schläfe hinab. Unschlüssig blieb er stehen. Was, wenn Hagen an seinem Computer Beweise löschte?
„Hagen?", rief er. Die Tür war nur angelehnt.
„Ja?"
„Du weißt, dass ich dich nicht alleine lassen darf. Macht es dir was aus, wenn wir jetzt aufbrechen?"
„Sofort."
Die Tür schwang lautlos auf, als er sie berührte. Außer dem Schreibtisch und Computer war alles schon verstaut. Die Umzugskartons stapelten sich hier drinnen bis unter die Decke. Er erinnerte sich, dass Hagen erst letztes Jahr hier eingezogen war, offensichtlich hatte er nicht damit gerechnet, so schnell die Stelle in den USA angeboten zu bekommen.
„Es tut mir leid, aber du musst das hierlassen." Er zeigte auf den Laptop, den Hagen in seiner Tasche verstaute. „Ich meine, die nehmen ihn dir ohnehin im Präsidium ab."
„Okay okay."
An der Wand hinter dem Schreibtisch war ein Spiegel angebracht. Darin überprüfte Hagen, ob seine Krawatte richtig saß.
„Aber aufs Klo darf ich noch, ohne dass du mir den Schwanz hältst?"
„Klar man." Er bemühte sich um einen normalen Tonfall.
„Sag mal", räusperte er sich, als Hagen nicht reagierte. „Stimmt das eigentlich, dass du auf die kleine Krefeld scharf warst?"

Hagen fixierte ihm im Spiegel. „Hör auf mit der Scheiße."
„Hey, ich kann's dir nicht verübeln, die war ja wirklich rattenscharf."
„Wir wissen doch beide, dass ich nicht der Täter bin", presste Hagen hervor. Der Mann ekelte ihn an. Unter seinem T-Shirt zeichnete sich ein Bauchansatz ab, unter den Achseln zwei große dunkle Flecken. Er verströmte den schweißigen Geruch von alleinstehenden Männern, die ihre Wäsche im Nassen trockneten. Nur gutaussehende, erfolgreiche Männer wie er durften so über Frauen sprechen, fand er.
„Wer behauptet das?", fragte Hagen. „Das ist Verleumdung."
„Diese kleine blonde Schlampe, die immer an der Seite der Krefeld war, hat Beweise."
„Du glaubst doch nicht, dass ich so blöd wäre, solch offensichtliche Beweise zu hinterlassen." Hagen tippte sich an die Stirn. Offensichtlich wusste er, von welchen Beweisen die Rede war.
Der Kollege zuckte mit den Schultern. Manchmal war gerade das die Tarnung, sich nicht zu verstecken.
„Soll ich dir was zeigen?" Hagen fuhr den Computer hoch.
„Wir müssen jetzt wirklich los", hörte er den Kollegen wieder. Sein winselnder Ton ging ihm auf die Nerven.
„Das musst du dir ansehen." Hagen lehnte sich zurück und gab die Sicht auf den Bildschirm frei.
Stella Krefeld stand vor einem Kamin. Das Foto zeigte sie von hinten, nur den Kopf drehte sie lachend der Kamera zu. Mit den Händen stützte sie sich auf das Kaminsims. Ihr Oberkörper war nach vorne gebeugt. Die Beine waren leicht gegrätscht. Sie war nackt. Und sie lächelte.
„Woher hast du das?" Er konnte es nicht glauben.

„Das hat sie mir selbst geschickt! Um mich heißzumachen, Mann! Was denkst du denn? Die Kleine war hinter mir her! Und als es dann ernst wurde, hat sie sich bitten lassen wie ein scheues Reh." Hagen tippte sich wieder an die Stirn.
„War mir gleich klar, dass die blonde Schlampe nicht alles erzählt hat."
„Hey, ich kann dir deine Wut nicht verübeln", fügte er mitfühlend hinzu. Er wollte Hagen die Hand auf die Schulter legen.
Hagen drehte sich um. Er wollte die Berührung nicht. Sein Gesicht zeigte eine Reihe schneller Veränderungen. Die Wut verbrannte sich zu Hass, der Hass ging in Verzweiflung über.
„Margot ist tot." Hagens Augen verengten sich. „Und ich soll in Untersuchungshaft Däumchendrehen? Was für eine Scheiße!"
„Lass mich gehen." Hagen blickte den Kollegen an.
Hagen sah aus wie ein Wolf. Er musste vorsichtig sein.
„Es soll nicht zu deinem Nachteil sein." Hagens Stimme war leise und scharf. „Wir sagen einfach, ich war nicht da, als du gekommen bist."
Hagens Stimme drang jetzt schmeichelnd zu ihm vor: „Ich kann etwas für dich tun in den nächsten Jahren, verstehst du? Dich lassen sie doch auch nicht hoch in dem Saftladen."
Beide zuckten sie zusammen, als im Flur ein Poltern zu hören war.
„Wenn du nicht kooperierst, muss ich das melden", sagte er zu Hagen mit versteinertem Gesicht. „Dann muss ich Verstärkung anfordern."
Er zog das Handy heraus.
Hagen warf ihm einen vernichtenden Blick zu. „Lass den Scheiß. Ich komm ja. Wo hast du geparkt?"

„Gleich vor der Tür.“
Er zeigte in Richtung Calvinstraße. Er musste vorsichtig sein. Er schwitzte jetzt so stark, dass ihm das T-Shirt auf der Haut klebte.
„Wenn du dich beeilst, ersparst du dir ein Zusammentreffen mit Reichenbaum und Co.“
„Die sollen ruhig kommen.“ Hagen ging auf die Toilette und ließ sich Zeit, als wollte er damit zeigen, dass er keine Angst hatte. Doch danach beeilte er sich, seine Sachen zu packen. Die Vorstellung, Thilmanns mitfühlendem Blick zu begegnen, der ihm den Glauben an seine Unschuld versichern sollte, war ihm unerträglich.

## 49

Reichenbaum stand auf dem Balkon und starrte vor sich hin. Der Hauptkommissar, der es gewohnt war, seinen Blick weit über den Lietzensee schweifen zu lassen, fand es beklemmend, den Nachbarn direkt ins Wohnzimmer sehen zu müssen. Unruhig drückte seine Hand die Zigarettenschachtel in seiner Hosentasche. Er hatte das Rauchen vor zwei Monaten aufgehört und das Gefühl, jederzeit eine rauchen zu können, half ihm dabei.
Er erinnerte sich gern an den Tag, an dem er aufgehört hatte. Es war ein Sonntag gewesen, es war Frühling, überall waren Osterglocken. Er war mit seiner Tochter auf die Pfaueninsel gefahren. Es war einer dieser Tage gewesen, die man nicht planen konnten, sie fielen einem als Geschenk zu. Er hatte das zuletzt vor über fünfzehn Jahren erlebt, schwebende Stunden der Sorglosigkeit. Seine Tochter hatte ihre kleine Hand in seine geschoben, sie hatte den ganzen Tag kein einziges Mal nach ihrer Mutter gefragt. Er hatte ihr die Bäume und Vögel erklärt, sie hatten in einem Restaurant Bouletten gegessen und im

Bus hatte sie ihren Kopf auf seine Schulter gelegt. In diesem Moment hatte er beschlossen, das Rauchen aufzugeben.
Die Wohnung gegenüber war geschmackvoll eingerichtet, einfach und modern, ähnlich wie die Wohnung darunter auch.
Er nahm die Schachtel Zigaretten aus seiner Hosentasche und prüfte, wie viele noch drin waren. Seit zwei Stunden waren sie jetzt in Hagens Wohnung. Zuerst hatten sie nichts gefunden, doch dann hatte Reichenbaum die Schreibtischschublade geöffnet. Der rote Stick war ihm sofort aufgefallen. Es war das gleiche Rot wie die Botschaften des Mörders. War das Zufall? Als sie den Inhalt des Sticks sahen, konnten sie es nicht glauben. Selbst Rebecca hatte nichts mehr gesagt. Es war unerträglich, Margot beim Sterben zusehen zu müssen.
Sein Magen krampfte sich, als müsse er sich übergeben.
Es waren mehrere Filmsequenzen. Es waren immer wieder dieselben Szenen, aufgenommen im Abstand von dreißig Minuten. „Bekennst du dich für schuldig?", fragte eine verzerrte Stimme aus dem Off. Am Anfang fragten die Frauen noch: „Für was?" Oder: „Was soll das?" Oder: „Ich verstehe nicht." Am Ende, als sie kaum noch sprechen konnten, sagten sie: „Ja."
Nur Margot hatte das Spiel nicht mitgespielt. Nach vier Stunden blickte sie nur noch stumm und verächtlich in die Kamera, ihre Lippen waren blau, sie bekam kaum noch Luft. Sie flüsterte etwas, das nicht zu verstehen gewesen war. Der Techniker meinte, vielleicht könne er es auf dem anderen Computer herausarbeiten.
Margot so zu sehen, ihre schwarze Augen, die einen direkt anblickten, war unerträglich. Es wunderte ihn nur, dass der Balkon, auf dem er stand, nicht jeden Moment herunter brach, dass die Leute auf der Straße nicht

schreiend aufeinander losgingen. Das wäre ihm normal vorgekommen in einer Welt, in der so etwas möglich war.
Reichenbaum zündete sich eine Zigarette an.
Warum hatte Hagen den Stick dagelassen? Wollte er, dass sie es wissen? Dass sie es sehen? Der Gedanke, dass jemand Hagen reinlegen wollte, arbeitete parallel zu der Frage, wie es sein konnte, dass er sich in Hagen so getäuscht hatte. Er kannte ihn seit über fünfzehn Jahren! Niemals hätte er gedacht, dass in Hagen etwas schlummerte, das ...
„Thilmann?"
Rebecca. Sie trat zu ihm hinaus und blickte auf die Zigarette.
„Wir sind jetzt soweit fertig."
Er nickte.
„Ich habe das mit der Staatsanwaltschaft geregelt. Der Haftbefehl ist draußen."
Er sah sie an. „Danke."
„Die Grenzbehörden und Flughäfen wissen Bescheid. Seit einer halben Stunde ist das Foto draußen. Er kommt nicht raus."
„Wenn er schon heute früh zum Flughafen ist, haben wir ihn verloren."
Rebecca nahm die Zigarette, die er ihr anbot. Schweigend rauchten sie.
Auf der Fensterbank stand eine Glasvase, eine einzelne Blume mit einem dicken Stängel war darin, der sich im oberen Drittel wie ein Korkenzieher empor schraubte, etwas Orangenes mochte eine Blüte sein.
Als der Kollege heute Morgen um 10 Uhr 30 Hagen abholen wollten, war er bereits nicht mehr in der Wohnung. Er war nicht auf dem Präsidium, er war nicht beim Sport, sein Handy war aus. Hagen war geflüchtet. Hagen war

geflüchtet! Wenn sie Pech hatten, war er längst im Ausland.

## 50

Die U-Bahn-Station war mit graugrünen Fliesen ausgekleidet, so lieblos und regelmäßig, als sei den Städteplanern die Kraft ausgegangen. Der Bahnhof Alt-Tempelhof zählte bereits zu den Außenstationen der U6. Clara schloss die Augen, als die Bahn in den grell erleuchteten Bahnhof einfuhr. Sie musste an die Pornos denken, die sie mit Margot bei dem ermordeten Filmproduzenten im Grunewald gefunden hatten. Wann war das noch mal? Letzten Oktober?

*Weißt du noch, Margot?*

Die Filme spielten in einem gefliesten Kellerraum, der entweder als Gegensatz zu der sexuellen Ausschweifung gedacht war oder die Trostlosigkeit der Szenen bebildern sollte. Nachdem geklärt war, dass auch die beiden Frauen über 18 Jahre alt waren, gingen die Filme zurück in die Erbmasse. Bei der männlichen Hauptperson bestand, was das Alter betraf, kein Zweifel; es war der 74jährige Tote selbst. Sein Sohn war damals sofort aus New York angereist, ein Rechtsanwalt, dem Margot die Filme übergab. Es handele sich um ein noch unbekanntes Meisterwerk seines Vaters, sagte Margot, worauf der junge Mann versicherte, der Öffentlichkeit nichts vorenthalten zu wollen. Bei der Erinnerung musste Clara lächeln. Die Katze war noch jung. Das Mädchen im Abteil gegenüber transportierte sie in einer Box mit Gitterfenster. Plötzlich schrie das Tier auf.

*Margot?*

Clara gefiel die Vorstellung, Margot könnte wie in dem Film „Ghost" noch in ihrer Nähe sein. Deshalb achtete

sie auf jedes Zeichen in ihrer Umgebung und, sei es noch so fantastisch, auf das Verhalten von Katzen zum Beispiel oder auf schwebende Münzen. Sie war nicht verrückt; sie wusste, irgendwann verlor sich das wieder, bei Maria war das genau so gewesen.
*Maria. Margot. Jetzt seid ihr also zu zweit.*
Clara begriff, dass die Zahl der Toten, die in unserer Erinnerung wohnten, nicht limitiert war. Das Bild der legendären Tafelrunde des Königs Artus schob sich in ihr Bewusstsein, gefolgt von dem erschreckenden Gedanken, dass manche Autoren von 12, andere von 16, ja mittelalterliche Quellen sogar von 1600 Teilnehmern berichteten. Sie war sich plötzlich sicher, dass damit die Toten an der Tafel der Erinnerung gemeint waren.
Clara beeilte sich, auszusteigen. Das Neonlicht schmerzte in ihren Augen. Seitdem sich die Überfälle in Berliner U-Bahnhöfen mehrten, hatte man die Beleuchtung hochgefahren. Im ganzen Bahnhof gab es keine dunklen Winkel mehr. Das Licht war ein Zugeständnis an die Sicherheit und finanzielle Not Berlins, war es doch die kostengünstigste Möglichkeit, potentielle Täter abzuschrecken. Sogar die Wände und Böden blieben seitdem sauber, nirgends lag Müll, kein einziges Graffiti zierte die Kacheln, und dennoch wirkte das Ganze schmutzig. Clara senkte den Kopf und trottete einer Handvoll Menschen in Richtung Ausgang hinterher.
Die Katze war auch ausgestiegen. Clara zwinkerte ihr zum Abschied zu. Im gekachelten Zwischengeschoss lag eine leere Bierdose. Sie bewegte sich nicht.
Die Steintreppe, die nach oben führte, war eng und schmal und durch die Tritte der Menschen verformt worden. Wie lange das wohl gedauert hatte? 50 Jahre? 90 Jahre? War es möglich, dass die Treppe noch aus den 20ern stammte? Clara fiel die Zeit ein, die ein Vogel brauchte,

um einen Berg abzutragen, wenn er einmal im Jahr seinen Schnabel daran wetzte. Eine Ewigkeit. Solange würde man im Fegefeuer schmoren, hatte der Pfarrer ihnen damals im Kommunionunterricht eingebläut, ausnahmslos jeder, der eine Todsünde beging. Mord war damals nicht das Thema. Meistens deutete der Geistliche in seinen Reden etwas an, das Clara als Faulheit und Sex verstand. Doch er hatte ihr dabei immer zugezwinkert.
Clara stand an einer Kreuzung. Die blauen U-Bahn-Schilder über den Eingängen zum Untergrund leuchteten bereits in der einsetzenden Dämmerung. Sie blickte den Tempelhofer Damm hinab. Das Gebäude, in dem früher Woolworth war, war jetzt ein entkerntes Skelett, gegenüber rissen sie Karstadt ab. Daneben wurde etwas gebaut, etwas Zweigeschossiges aus Beton entstand.
*Siehst du das, Margot? Liebes? Ist das einfach so?*
Das alte Bild vom Werden und Vergehen erschloss sich Clara plötzlich neu, das Klischee entpuppte sich als etwas Bedeutendes. Plötzlich fühlte sie es: Das Leben war vielleicht einfach so, es kam und ging. Clara ging weiter. In dem Gedanken vom ewigen Kreislauf der Dinge fand sie zu ihrer eigenen Verwunderung Trost. Sie wusste, auch das würde sich wieder verlieren. Sie stand noch unter Schock.
Clara bog in eine Seitenstraße ab. Anders als in Charlottenburg oder Kreuzberg prägten hier nicht einzelne Wohnhäuser das Straßenbild, sondern langgezogene Wohnblocks mit alphabetisch nummerierten Eingängen. Die ganze Gegend wirkte gedrückt, fand Clara, doch sie habe, seitdem der Flugbetrieb im Flughafen Tempelhof eingestellt worden war, an Attraktivität gewonnen, sagte man. Das lag nicht allein am Fluglärm, der jetzt wegfiel. Das stillgelegte Flughafengelände war der Bevölkerung als Erholungsstätte zur Verfügung gestellt worden. An hei-

ßen Tagen knallte dort die Sonne auf den Beton. Entlang der ehemaligen Start- und Landebahnen gab es naturgemäß kaum Bäume, die Schatten spenden könnten, ebenso führten die Rollbahnen stur geradeaus und provozierten die Blader, Skater und Fahrradfahrer zu Höchstgeschwindigkeit. Trotzdem flanierten die meisten Berliner begeistert über das Rollfeld und schwärmten, als sei ihnen ein zweites Sanssouci geschenkt worden.

Clara erreichte eine Wohnanlage aus den 80ern, eine lange Reihe mit vier Eingängen und ein paar Fenstern, alles wirkte gerecht verteilt. Der Eingangsbereich war mit blauer Farbe optisch abgesetzt, der Rest war einmal hellgelb gewesen. Sie steuerte auf eine der mittleren Türen zu. Eine ältere Dame kam heraus, Clara hielt ihr die Tür auf und grüßte automatisch. Die Frau sah ihr prüfend ins Gesicht, bevor sie mürrisch nickte. In dem Flur roch es nach Essen, die kleinen Treppen waren mit PVC ausgelegt.

Die Klingel hatte einen unangenehmen Ton, als hupe ein Lastwagen.

Leonhard öffnete die Tür und begrüßte Clara mit dem traurigen, verwundeten Blick eines Hundes, der sein Herrchen verloren hatte. Sie legte ihm die Hand auf den Arm, so, wie Margot es immer getan hatte.

Schweigend trat sie in den schmalen Flur.

Es war jetzt kurz nach halb acht, um zehn war Clara mit Johannes verabredet, gemeinsam wollten sie noch mal zu Margot nach Hause und die wenigen persönlichen Dinge retten, die die Spurensicherung zurückgelassen hatte. Doch zuvor musste Clara wissen, was Leonhard herausgefunden hatte. Er war seit gestern damit beschäftigt, Margots Sachen im Büro auszumisten.

„Ich kann es einfach nicht fassen." Clara verfiel wieder in das Kopfschütteln von Menschen, die versuchten, etwas ungeschehen zu machen. „Ich meine, Hagen! Dass er so krank ist im Kopf, das ist so ...“ Clara stützte sich mit der Hand gegen Wand. „Hast du die Filme gesehen?“

Leonhard nickte. Auch er wirkte einsam. Sie waren das Team von Margot Kranich, doch ihr Tod hatte sie alle zu fernen Inseln gemacht.

*Margot?* Clara fuhr sich beiläufig über den Bauch. Es war unmöglich, dass sie das Kind schon fühlte, doch etwas hatte sich bewegt.

Leonhard nahm ihr die Lederjacke ab. Sie sahen sich nur kurz an. Jeder zog sich in sich zurück. Jeder glaubte, der Verlust träfe ihn am stärksten. Johannes und Margot, zum Beispiel, waren seit über 30 Jahren befreundet, doch Clara erschien das bedeutungslos im Vergleich zu der Nähe, die sie und Margot geteilt hatten.

„Aber dass er es auch noch auf Video aufgenommen hat, das ist so ekelhaft, so geschmacklos, so ...“. Clara griff nach Leonhards Arm, diesmal drückte sie ihn stärker, halb aus einer diffusen Angst heraus, halb aus dem Gefühl, ihn trösten zu müssen. Leonhard war immerhin seit sieben Jahren Margots Sekretär.

„Und dann diese ekelhaft verzerrte Stimme ... Ich verstehe das nicht. Er hat uns die Filme doch ... bewusst ... dagelassen, er *will* doch, dass wir es sehen, dass wir es wissen ...“ Sie standen immer noch in dem Flur. „Da hätte er sich doch nicht verstellen müssen.“

„Vielleicht baut er vor.“ Leonhard hängte ihre Jacke an ein Holzbrett mit vier Haken, das an der Innenseite der Tür befestigt war. „Er weiß, dass die Filme vor Gericht dadurch unbrauchbar sind.“

Clara nickte. Rebecca hatte dieselbe Vermutung geäußert. Sie folgte ihm in das größere Zimmer. Obwohl er sich mittlerweile etwas anderes leisten konnte, wohnte auch er noch immer in seiner Studentenbude. Es gab zwei Zim-

mer, im kleineren stand das Bett und der Kleiderschrank, im größeren alles andere. Clara ließ sich auf das Sofa fallen. Ein hellgrauer Überwurf aus grobem Stoff lag über dem hässlichen Ding, von dem Clara befürchtete, Leonhards Vormieter habe es einfach dagelassen.
„Kann ich ein Glas Wasser haben?"
„Klar."
Leonhard verschwand in der Küche. Die Jalousie war halb heruntergelassen. Sie hörte den Wasserhahn. An der Wand stand ein kleiner, rechteckiger Holztisch mit zwei Stühlen. Er war bereits gedeckt.
„Danke." Clara nahm das Glas. „Dass Hagen dermaßen krank ist", schüttelte sie wieder den Kopf. „Ich kann das einfach nicht fassen."
Ihr Blick glitt über das schwarze Regalsystem, den Fernseher, die Spielkonsole, einen Haufen Computerspiele. Sie überlegte, ihr Handy zu checken, doch vor vier Minuten gab es noch nichts Neues. Johannes würde sie um 10 zu Hause in Kreuzberg abholen, wenn sie nichts mehr von ihm hörte.
„Wusstest du das? Margot hat Nachforschungen über Hagen angestellt! Und ich dachte immer, sie vertraut ihm blind."
Clara starrte Leonhard an. Die Worte waren regelrecht aus ihm heraus geplatzt.
„Ich habe Aufzeichnungen in ihrem Schreibtisch gefunden", erläuterte er aufgeregt. „Die sind eindeutig. Ich hab das alles eingescannt, ich habe es bereits an dich und Reichenbaum verschickt, als pdf-Datei."
„Wann?"
„So vor vierzig Minuten?"
Clara zog ihren Laptop aus der Tasche. „Hast du mir den WLAN-Schlüssel?"

„Sofort." Auch Leonhard erwachte jetzt aus seiner anfänglichen Versteinerung. „Ich mach nur schnell das Essen fertig, dann gehen wir das zusammen durch. Du musst etwas essen, Clara, sonst hältst du mir nicht durch." Er verschwand in der Küche. In der Ecke gegenüber stand ein weißer Ikea-Schreibtisch, zwei Computer, ein Laptop, auf dem Boden ein 6-fach-Stecker, Kabelgewirr. Leonhard hatte recht. Den ganzen Tag über hatte sie kaum etwas gegessen. Sie musste aufpassen, dass sie nicht zusammenklappte.
„Margot muss etwas geahnt haben", sagte er und kam mit einem Topf Spaghetti zurück. Clara schob ein Buch beiseite, um Platz für das Essen zu schaffen.
„Sie hat Nachforschungen über Hagens Vater angestellt." Aus dem Topf stieg Dampf auf. Leonhards Brille beschlug.
„Hagens Vater war ein hohes Tier bei der Stasi. Absolut unangreifbar. Nach 89 war er plötzlich ein Verbrecher, ein Loser. Er ist sofort zurückgetreten und in Frührente gegangen, hat sich vollkommen zurückgezogen, dadurch wurde das in der Presse nicht so publik."
„Und die Mutter?" Clara wusste das mit dem Vater. Margot hatte mir ihr darüber gesprochen.
„Die Mutter?" Leonhard putzte seine Brille mit dem unteren Teil des T-Shirts.
„Hagen hat mal erwähnt", erinnerte sich Clara, „dass sie als Putzfrau gearbeitet hat, um ihm das Studium zu finanzieren ..."
„Keine Ahnung." Er setzte die Brille wieder auf. „Hagen war bei der Nationalen Volksarmee, hast du das gewusst? Erst nach der Wende hat er noch mal Abitur gemacht und studiert." Er hatte vom Kochen Schweißperlen auf der Stirn. „Margot hat das rot eingekreist: NVA."
„Und weiter?"

„Wie weiter?"
„Du sagtest doch was von eindeutig."
Leonhard schob sich eine Gabel Spaghetti in den Mund und begann zu kauen. Clara blickte weg. Ein Poster hing an der Wand, eine rosa Lampe in Form eines Salzkristalls stand in der Ecke, ein paar kleine, gelbe Fische schwammen in dem Aquarium, das neben dem Sofa stand.
„Ich meine", überlegte sie laut, „dass Hagen noch mal die Schulbank drückt und studiert ist doch eher ... positiv."
„Positiv?" Entgeistert starrte Leonhard sie an. „Hagen wurde zum Faschopolizisten und ... Mörder! Hast du das schon vergessen?"
„So meine ich das nicht." Auf ihrem Teller türmten sich die Spaghetti. „Ich meine nur, viele Jugendliche zerbrechen komplett an so was, die wenigsten schaffen es, das in beruflichen Erfolg umzumünzen. Hagen muss über eine hohe Resilienz verfügen ..."
*War es das?* Margot war ja aus ähnlichem Holz geschnitzt, hatte sie Hagen deshalb so anziehend gefunden? Der Gedanke drehte Clara den Magen um. Sie musste an die Filmausschnitte denken. Sie sah den Ekel in Margots Gesicht. Mehr als Verachtung war am Ende für Hagen nicht übrig geblieben.
„Ich meine", wimmerte Clara, „wir dürfen Hagen nicht unterschätzen."
„Erfolg?" Leonhard verzog den Mund. Er schien ihr nicht zugehört zu haben. „Ich weiß nicht. So ein Eton-Diplom ist doch kein Erfolg, das ist doch die absolute Anpassung! Das Leben, wie es heute als erfolgreiches stattfindet, ist doch mit das armseligste, was die Welt zu bieten hat! Suchst du nach Alternativen zu den kapitalistischen Glücksvorstellungen, verlierst du deine Freiheit."
Clara stocherte in den Spaghetti herum. Sie kannte die Sprüche. Auch Leonhard war im Osten aufgewachsen

und seine kaum verhohlene Aggression dem Kapitalismus gegenüber schrieb sie der frühen Indoktrinierung zu, auch wenn sie wusste, dass er es letztlich nicht so meinte.
Clara stierte vor sich hin. Das Poster an der Wand war von Picasso und zeigte eine zerstückelte Frau zugleich von vorne, der Seite und von hinten. Das Gesicht war eine hässliche Maske, mehr nicht.
„Ich habe noch etwas gefunden." Leonhards Stimme klang wieder normal. „Es gibt tatsächlich eine Verbindung zwischen Hagen und Helga Kramer! Ist das nicht verrückt?"
Clara hörte aufmerksam zu.
„1993 gab Helga Kramer ihr letztes großes Konzert", sagte er. „Es war im Gewandhaus in Leipzig. Christine Berger, die Freundin von Helga Kramer, saß mit ihrem Sohn in der ersten Reihe, die Kramer hat ihnen die Karten geschenkt, weil ihre Tochter nicht kommen konnte."
„Hat die Berger das Margot erzählt?" Margot hatte Clara nichts davon erzählt.
„Christine Berger erinnerte sich genau", nickte Leonhard. „Helga Kramer trug damals eine weiße, hochgeschlossene Bluse mit Rüschen, so, wie es sich gehört. Doch kaum waren die Kameras aus, hat sie sich", er schluckte, „hat sie sich betrunken und abschleppen lassen! Von einem Studenten! Es war so beschämend, wie die beiden knutschend die Straße hinab getorkelt sind, sturzbesoffen und grölend."
„Und der Student war Hagen oder was?" Clara sah Leonhard verwirrt an. Sie schob den vollen Teller beiseite, zog ihren Laptop heraus und startete den Rechner.
Hatte die Berger Margot noch einen Brief geschickt, bevor sie sich umbrachte?
Leonhard schob ihr den Zettel mit dem WLAN-Schlüssel über den Tisch.

„Hagen!“ Wieder schüttelte sie den Kopf, während sie das Passwort eintippte. „Ich krieg das einfach nicht in meinen Schädel.“

„Hagen, Hagen!“ Leonhards Augen verengten sich zu Schlitzen. „Der stand doch schon immer auf ältere Frauen.“

Dann sagte er: „Wusstest du, dass er Margot gevögelt hat?“

Clara sah vom Rechner auf. Leonhards Gesicht passte zu dem, was sie eben gehört hatte.

„Ja, er hat sie ge...“

„Sei still!“, schrie Clara.

Stille.

Erschrocken sahen sie sich an. Leonhard war genauso verwirrt wie sie.

Clara wusste, dass er nur seine Verletzung zu überspielen versuchte, doch trotzdem war die pubertäre Ausdrucksweise fehl am Platz. Leonhard durfte so nicht über Margot reden! Niemand durfte das.

*Niemand darf das, Liebes.*

Sie sah durch Leonhard hindurch, während sie wartete, bis sich das E-Mail-Programm öffnete. Der Boden des Aquariums war mit Steinen ausgelegt, ein paar Pflanzen waren darin. Die kleinen, gelben Fische bewegten sich kaum, bis einer plötzlich hochschoss und die Gruppe aufscheuchte.

„Hagen van Velzen, unser Weiberheld!“ Leonhard lachte. „Dabei war das alles nur Fassade, der wäre doch gar nicht fähig gewesen zu so einer Tat.“

Clara konzentrierte sich auf die E-Mail. Leonhard hatte insgesamt sechs Dokumente angehängt. Sie öffnete das erste. Es zeigte einen Lebenslauf von Hagen, auf dem sich Margot handschriftliche Notizen gemacht hatte.

„Für so eine Tat muss man kein Supermann sein." Sie sprach hart, um das komische Gefühl zu unterdrücken, das die vertraute Handschrift in ihr hervorrief. „Das ist die Tat eines armseligen, kleinen Schwachkopfes."
Clara öffnete das zweite Dokument. Es war eine alte Zeitungsnotiz, es ging um Hagens Vater.
„Warum glaubst du eigentlich, dass der Mörder gestört ist?" Leonhard lehnte sich auf dem Stuhl zurück. „Die ganze Zeit über redest du von Krank-Sein."
Ohne vom Bildschirm aufzusehen, tippte sich Clara an die Stirn. „Wie wahnsinnig muss man denn sein, um sich dermaßen gewaltsam als etwas Besonderes erfahren zu wollen?"
„Du warst schon immer etwas Besonderes, stimmt`s?"
Clara zuckte mit den Schultern. Sie versuchte, das dritte Dokument zu öffnen, doch etwas stimmte nicht.
*Etwas stimmt nicht.* Sie zupfte an einer Haarsträhne herum.
*Was ist das?*
Sie verstand nicht gleich, was sie sah. Entgeistert drehte sie den Rechner um, damit Leonhard es sehen konnte.
Der Bildschirm war rot. „Ich bin auserwählt", stand darauf.
„Was soll das?", fragte sie ungläubig.
„Du bist auserwählt, Clara."
Clara schüttelte den Kopf, doch plötzlich hielt sie inne. Sie hatte den Hass in seiner Stimme gehört. Eine Gabel fiel zu Boden. Leonhard hob sie auf.
Clara sah ihn an.
Seine Augen waren hinter der Brille starr nach vorne gerichtet, die Hand war über den Tisch gereckt. Die Gabel zeigte auf sie.
„Danke." Sie nahm die Gabel, ohne den Blick von seinem wuchtigen Gesicht zu wenden. Leonhards Züge verschwammen mit dem Aquarium hinter ihm. Clara blinzel-

te. In der grauen Steinlandschaft bewegte sich etwas. Sie wusste, was es war.
„Was ist das?“, fragte sie.
„Das ist nur Deko“, sagte er, ohne sich umzudrehen. Seine Augen fixierten sie.
„Ein Steinfisch?“ Aus Claras Mund kam ein seltsames Lachen. „Das ist gut, ich meine, da laufen wir sämtliche Tierhandlungen ab und niemand weiß, wer die Dinger liefert, und du hast hier ein Exemplar und sagst nichts?“
Leonhard fixierte sie.
„Mensch, Leo.“ Ihre Stimme klang unnatürlich. „Möchtest du noch ein paar Nudeln?“
Clara stand auf und griff nach der Schüssel. Ihr Lächeln zitterte.
„Clara“, sagte er heiser. „Hör auf damit.“
Sie sank in sich zusammen. Entsetzt hörte sie jemanden fragen: „Leo, du?“
Er starrte sie regungslos an.
„Sag, dass das nicht wahr ist.“ Clara schloss die Augen und drückte die Finger auf die Augäpfel. Helle Punkte explodieren auf ihren geschlossenen Lidern. Sie nahm die Hände wieder weg.
„Das ist ein Scherz, oder?“
Er reagierte nicht. Sein Gesicht war versteinert.
„Leo?“, flüsterte sie. „Sag, dass das nicht wahr ist.“
Sie griff nach seiner Hand.
Etwas wie Erleichterung huschte über sein Gesicht, seine Augen lösten sich aus der Erstarrung und blickten sie an. Clara sah einen kleinen Jungen, der aus jeder Bindung gefallen war.
„Du verarschst mich, stimmt's?“ Claras Mundwinkel zuckten, als wagten sie nicht zu lächeln.
„Tut mir leid, Clara.“ Leonhards Augen leuchteten jetzt seltsam. „Du kannst das nicht verstehen. Das ist kein

Scherz, es ist auch nicht krank. Es ist das erste Richtige, das ich in meinem Leben getan habe."
„Das erste Richtige, das du ...?", Clara ließ seine Hand los, ein weißes Stück Fleisch mit schwarzen, dicken Haaren.
„Es fühlt sich gut an", bestätigte er. Er wirkte auf einmal gelöst.
Die Tasche steht unter dem Tisch, sprach Clara zu sich selbst. Das Handy ist vorne drin. Du musst dich nur bücken und die Hand ausstrecken.
Leonhard sah sie an.
Die Jacke hängt vorne an der Eingangstür. Deine Waffe ist darin. Du musst nur aufstehen, an ihm vorbei und ... Ihr Blick fiel auf den Stahltopf. Den könnte sie ihm ins Gesicht donnern.
Leonhard nahm seine Brille ab. Sein Gesicht wirkte jetzt nackt, hilflos.
*Er nimmt sogar die Brille ab. Er vertraut dir, das ist gut.*
„Was willst du von mir?", fragte Clara und rutschte auf dem Stuhl in Richtung Tasche. Das vordere Fach war mit Klettverschluss verschlossen, sie würde wertvolle Sekunden verlieren, um es zu öffnen.
*Aber er hat dich nicht betäubt. Er hat keine Spritze. Was will er überhaupt von dir?*
Lächelte er? Beobachtete er sie? Sein Gesicht war schwer zu deuten. Ohne die Brille waren seine Augen klein wie Erbsen. Unter der rechten Augenbraue bemerkte Clara einen kleinen, herzförmigen Leberfleck.
„Ich würde gerne verstehen, warum du das getan hast", sagte Clara. Sie musste eine Verbindung herstellen. „Es interessiert mich, wirklich."
*Nimm endlich den Topf und hau zu!* Clara war eiskalt, trotzdem spürte sie, wie ihr der Schweiß ausbrach.
„Wirklich, das interessiert mich." Neben ihr lag das Messer. *Nimm es!*

Leonhards Gesicht verzog sich zu einer Mischung aus Harlekin und Folteropfer. Clara starrte es an. Sie war wie hypnotisiert.
„Christine Berger war deine Mutter“, hörte sie sich sagen. „Kirchner ist der Name deines Vaters.“
Leonhard lächelte jetzt. „Du bist ein schlaues Mädchen.“
Leonhard setzte seine Brille wieder auf. Er nahm das Messer und die Gabel vom Tisch und legte alles in den Topf. Er nahm den Topf und stellte ihn hinter sich auf den Boden. Er griff unter den Tisch und zog Claras Laptoptasche zu sich heran. Nur ihren Rechner, den ließ er stehen. Clara beobachtete alles mit weit aufgerissenen Augen, doch sie war unfähig, sich zu bewegen. Sie war überwältigt von der Erkenntnis, die sich so plötzlich einstellte wie das Kribbeln in ihrer Hand.
Christine Berger hatte einen Schlüssel zu Helga Kramers Wohnung. Ihr Sohn hatte ihn an sich genommen. Er war in die Wohnung gegangen und hat die Zettel dort verteilt. Er hat die Tür absichtlich offen gelassen, um ihr Angst zu machen. Christine Berger muss schon damals etwas geahnt haben. Sie muss den Grund gekannt haben, warum ihr Sohn die langjährige Freundin hasste. Sie traute ihm die Aktion mit den Zetteln zu, doch für einen Mörder hielt sie ihn nicht. Deshalb hat sie ihn anfangs geschützt. Deshalb hat sie den Verdacht auf den toten Gregor gelenkt. Deshalb hat sie sich umgebracht. Als ihr klar wurde, dass ihr Sohn der gesuchte Steinfisch-Mörder war, hat sie sich das Leben genommen. Vielleicht, weil sie es von Anfang an geahnt hatte.
„Dieses letzte Konzert ... Du warst also damals mit deiner Mutter dort?“ fragte Clara.
„Finger weg!“

Clara zuckte zusammen, ihre Finger zitterten. Er schleuderte ihren Rechner gegen die Wand, da hatte sie die Tastatur noch nicht einmal berührt.
„Ich wollte doch nur ..." Sie hielt ihre Hände fest.
Er wirkte wieder vollkommen ruhig, lächelte sogar. „Wir wollten mit Helga noch was trinken gehen. Wir haben auf der Straße auf sie gewartet. Doch als sie kam, war sie nicht allein. Er hatte seine Hand bereits unter ihre Bluse geschoben, ihr Lippenstift war verschmiert. Es war ... entwürdigend."
„Woher weißt du, dass es Hagen war? Kanntest du ihn damals schon?"
Er zuckte mit den Schultern. „Hagen hat sich schon immer für die Frauen in meiner Umgebung interessiert. Doch eigentlich ging es ihm dabei gar nicht um sie. Er war so kindisch. Hagen meinte mich. Hagen hat sich von mir bedroht gefühlt, deshalb."
Clara nickte. Sie war sich jetzt sicher, dass der Student nicht Hagen gewesen war. Leonhard projizierte rückblickend seinen Hass. Hagen hatte in Leonhard nie einen Konkurrenten gesehen, geschweige denn einen gleichberechtigten Gegner, doch in Leonhards Fantasie hatten die beiden Mann gegen Mann gekämpft.
„Wo ist Hagen?"
„Helga Kramer", sagte Leonhard, als habe er sie nicht gehört. „Es ist so entwürdigend, dass jemand wie sie über das Schicksal von Kindern entscheidet."
Das Lächeln verschwand aus seinem Gesicht.
„Leider fehlt ihm die geistige Reife!" Er lachte schallend. „Und das sagt so eine! Lässt sich von jedem dahergelaufenen Typen vögeln und redet was von geistiger Reife."
„Hat sie das zu dir gesagt?" Das Kribbeln wanderte Claras rechten Arm hinauf. „Du hast also mal bei ihr vorge-

spielt? Ich wusste ja gar nicht, dass du ein Instrument spielst, Leo.“
Er zuckte mit den Achseln. „Klavier. Meine Mutter wollte das.“
Sein Gesicht verzog sich vor Hass. „Die Kramer und ihre ach so hochbegabten Kinder. Was für ein ekelhafter Zirkus. Von denen hat die Welt doch nie mehr was gehört!“
Ihr Handy piepte. Sie hatte eine SMS bekommen. Wie spät mochte es sein? Halb neun?
„Wenn ich nur an diesen Adrian denke“, fuhr Leonhard fort, „an diesen Schnösel, mein Gott, wie hat der sich immer aufgeführt ...“
Er sah sie an. Für einen Moment war alles wie früher.
„Leo“, versuchte es Clara wieder. „Zirkus trifft es doch ganz gut. Mein Gott, es gibt so viele Zirkusmanegen auf dieser Welt, was erwartest du denn, die anderen sind doch auch nur ... Menschen, das ist doch alles kein Grund, sich so ... aufzuregen.“
Sie zwang sich, ihn anzusehen. „Warum der Hass?“
Er schloss für einen Moment die Augen und atmete durch. „Ich bin auserwählt, Clara.“
Er starrte ins Leere. Sie hatte ihn wieder verloren.
„Leo?“
Leonhard zuckte zusammen. „Weißt du, was meine Mutter immer zu mir gesagt hat?“
Clara schüttelte den Kopf.
„Sie habe sich immer einen Sohn gewünscht, der ...“
Clara presste die Hände zusammen. „Du bist erwachsen, Leo.“
„Herzchen", hat sie immer gesagt, „mein kleines Herzchen.“ Er beugte sich zu Clara über den Tisch und flüsterte: „Die wirklich Auserwählten erkennt niemand. Erst wenn sie die Tat begehen, dann spricht jeder von ihnen.“

Leonhard fuhr mit der Hand durch die Luft, als winke er jemandem zu. „Die wirklich Auserwählten ..."
Im Hausflur schlug eine Tür zu. Da waren Schritte.
Clara schrie.
„Hilfe", schrie sie, doch Leonhard redete einfach weiter.
Hatte sie überhaupt geschrien? Clara biss sich auf die Lippe. Ihr ganzer Arm war jetzt taub. Sie hatte einen seltsamen Druck auf den Ohren, seine Worte drangen nur noch gedämpft zu ihr durch.
Aber Stella Krefeld, hörte sie sich mühsam das Gespräch aufrecht erhalten, Stella Krefeld habe über niemanden geurteilt. Leonhard lachte. Frauen wie Stella seien schlimmer als alle Lehrer zusammen: Sie würden einfach so, ganz nebenbei, darüber entscheiden, wer zählt und wer nicht. Stella habe ihn damals ausgelacht, als er sich für das Rollenspiel gemeldet habe, um einen Beamten der Spezialeinheit darzustellen. „Dass immer die Kleinsten das Sondereinsatzkommando spielen wollen", habe Stella gesagt und gelacht. In ihr Lachen hätten alle eingestimmt. Ob Clara das vergessen habe? Sie sei doch auch dabei gewesen.
Clara starrte auf das leere Glas Wasser, das vor ihr auf dem Tisch stand.
„Was hast du da rein getan?", sagte sie. Eine Träne lief ihr über die Wange, als sie an das Baby dachte.
„Nichts Schlimmes, nur etwas zur Beruhigung." Er streckte seine Hand nach ihr aus. „Ich liebe dich, Clara, das weißt du doch."
„Du bist mein Freund, Leo." Das hatte sie einmal ernsthaft geglaubt. „Das ist doch viel mehr wert als irgendeine kurze Bettgeschichte oder Schwärmerei. Letztlich ist es doch das, was bleibt."
„Freundschaft." Er bog seine Finger durch, bis es knackte. „Seit zwei Jahren mache ich mich zum Gespött des Präsi-

diums. Seit zwei Jahren lasse ich mich demütigen. Und weißt du auch, warum?“ Er sah sie an.

„Leo, ich ...“

„Du hast mich hingehalten. Du hast von Anfang an mit mir gespielt. Und ich Trottel dachte, du ...“

Er griff in seine Hosentasche. „Es tut mir wirklich leid, Clara. Dabei verdanke ich es dir, dass ich mein Leben jetzt selbst in die Hand nehme. Weißt du noch, als wir am Heiligen See waren?“

Clara nickte. Er zog seine Hand wieder heraus. Eine lange, weiße Plastikkanüle ragte aus der geschlossenen Faust.

„Am Heiligen See“, sagte sie. „In Potsdam.“

Sie waren mit den Fahrrädern raus gefahren, es war ein schöner, sonniger Tag gewesen und Clara hatte Leonhard überredet, mit ihr baden zu gehen, obwohl sie keine Badesachen dabei hatten. Sie waren alleine in der Bucht gewesen, das Marmorpalais direkt gegenüber. Im Wasser hatte Leonhard sie dann mit seinem unförmigen Körper umfangen und dabei hatte sie es gespürt. Spielerisch hatte sie sich aus seiner Umarmung befreit und war froh gewesen, dass er nicht noch einmal damit anfing, als sie zurück in Berlin noch etwas essen waren.

Er legte die Spritze auf den Tisch.

„Seitdem weiß ich, dass es im Leben mehr gibt“, sagte er.

„Leo.“ Es fiel Clara schwerer als sonst, zu lügen. Ihr ganzer Körper wehrte sich gegen die Worte: „Es gibt noch so viel mehr im Leben! Wir könnten doch mal zusammen verreisen, oder wir könnten sogar zusammenziehen, ich meine, du wohnst doch auch noch in deiner alten Bude, oder wir könnten zusammen ...“

Er legte den Finger auf seine Lippen und schüttelte den Kopf. „Du kontrollierst mich nicht mehr.“

„Leo." Sie hatte das Zucken in seinem Mundwinkel gesehen. „Ich dachte doch immer, du hast eine andere, deshalb habe ich ..."
„Sei still!" Zögerlich stand er auf. Die Spritze lag auf dem Tisch.
„Wenn ich gewusst hätte, dass du mich liebst, dann ..."
„Sei endlich still!" Er klang nicht sehr überzeugend. Er ging um den Tisch herum. Er blieb hinter ihr stehen. Die Spritze lag auf dem Tisch. Was hatte er vor?
„Ich liebe dich, Leo!" Clara fühlte sich, als habe sie die Worte erbrochen.
Als seine Hände sich auf ihre Schultern legten, spürte sie, dass er zitterte.
„Leo." Auch ihre Stimme zitterte. „Lass uns zusammen abhauen, lass uns neu anfangen, alles hinter uns lassen, wir könnten nach ..."
Es fiel ihr kein Land ein, in das sie zusammen fliegen konnten.
„Du liebst mich?" Er zerrte sie vom Stuhl hoch. Als sie taumelte, hielt er sie fest, als wollte er mit ihr tanzen.
„Bist du sicher?", hörte sie ihn flüstern.
„Ja", sagte sie leise. Er roch nach Schweiß.
Er begann, sich mit ihr hin und her zu wiegen. Ein paar Schritte kamen sie voran. Die Spritze lag noch immer auf dem Tisch.
„Woher soll ich wissen, dass du nicht lügst?" hörte sie ihn. Sie bewegten sich auf das Sofa zu. „Beweise es mir", keuchte er.
Er drückte sie auf das Sofa hinab. Sie spürte sein Gewicht auf sich. Seine Hand bohrte sich zwischen ihre Schenkel.
„Leo, nicht", sagte sie. „Nicht so. Lass uns das erste Mal romantisch erleben. Wir könnten an den Heiligen See fahren, was meinst du? In unsere Bucht?"
Stille.

„Erinnerst du dich an die Bucht?“, fragte sie.
Er zog seine Hand zurück. Endlich wälzte er sich von ihr herunter.
„Steh auf“, sagte er.
Clara wurde schwindelig, als sie sich aufrichtete, hielt er sie fest. Er nahm ihre Hand, als wollte er sie küssen. Er sah sie an.
„Leo, ich meine es ernst, ich liebe Dich, ich ...“
„Du lügst“, zischte er plötzlich. Mit ganzer Kraft drückte er ihre Hand in das Aquarium.
Clara spürte das Wasser. Dann spürte sie den Schmerz. Etwas durchbohrte ihre Hand.
Ihr wurde schwarz vor Augen.
Sie wollte schlafen, doch da war etwas in ihrer Nase. Sie wollte es wegtun, doch ihre Arme steckten fest. Etwas Schweres lag auf ihr. Sie versuchte, die Augen zu öffnen. Dunkle Flecken auf rötlichem Hintergrund war alles, was sie sah. Ihr Kopf fiel seitlich herab. Sie wollte wieder einschlafen, sonst nichts. Doch der Geruch war stechend scharf. Sie drehte sich weg. Ihr Kopf fiel auf die andere Seite. Sie musste husten und spürte, wie sie sich übergab.
„Clara, Clara“, drang eine besorgte Stimme zu ihr durch. „Das gefällt mir gar nicht. Wenn ich gewusst hätte, dass du so schwach bist ... Hättest du nur was gegessen, ich hab es doch gesagt.“
Sie versuchte, die Augen offen zu halten. Jemand tätschelte ihre Wange. Sie saß auf einem Stuhl, aber sie konnte die Arme nicht bewegen, sie zerrte, bis ihr klar wurde, dass sie gefesselt war.
„Nur ruhig“, hörte sie die Stimme wieder.
Ihre Hände waren hinter der Lehne gefesselt.
Sie blinzelte.
Der Mann wischte ihre Kotze vom Tisch, dann ging er fort. Er kam wieder und flößte ihr einen Schluck Wasser

ein. Dann hielt er ihr etwas unter die Nase, angewidert drehte Clara den Kopf zur Seite, es war wieder der stechende Geruch.

Langsam wurde das Bild klarer.

Sie saß auf demselben Stuhl wie vorhin. Es war noch derselbe Tisch. Nur stand jetzt kein Essen mehr darauf, sondern eine Videokamera. Das grüne Licht blinkte.

Die Kamera war auf sie gerichtet.

„Wasollas?“, hörte sie sich lallen.

Er sah sie an. Leonhard. Mit dem Bewusstsein kam der Schmerz zurück. Eine glühende Stricknadel steckte in ihrer rechten Hand, so fühlte es sich an. Sie spürte die Finger nicht mehr.

„Lo?“ Ihre Zunge war dick und pelzig. „Leo?“

„Schön, dass du wieder da bist.“ Er lächelte sie an. Für einen Moment kam Clara der Gedanke, dass sie das alles nur geträumt hatte. Er sah ehrlich besorgt aus. „Du hast mir einen ganz schönen Schrecken eingejagt, Clara, dein Kreislauf ist mir total weggekippt.“

„Waffer“, brachte sie hervor.

Er hielt ihr das Glas an die Lippen. Dankbar nahm sie ein paar Schlucke. Dann setzte er sich ihr gegenüber an den Tisch.

„Ich erkläre dir kurz die Spielregeln, wir haben nicht ewig Zeit, bitte signalisiere mir durch ein kurzes Nicken, dass du mich verstehst.“

Clara nickte. Erst jetzt bemerkte sie, woher der Druck auf ihrer Brust kam. Ihr Oberkörper war mit Klarsichtfolie an dem Stuhl fixiert. Auch ihre Schenkel waren mit Folie fixiert.

„Es ist jetzt 21 Uhr und 5 Minuten.“ Sie musste sich anstrengen, seinen Worten zu folgen, immer noch glaubte sie, jeden Moment wieder einzuschlafen.

„Seit zwanzig Minuten ist das Gift jetzt in deinem Körper. Es handelt sich um Stonus-Toxin. Du weißt, wie es wirkt, ich muss dazu nichts sagen. Der Herzstillstand tritt je nach Körperkonstitution und Gesundheitszustand nach drei bis sechs Stunden ein."
Er sah sie an. „Und du bist viel schwächer, als ich dachte, Clara."
Er sprach so sachlich wie bei einer ihrer Besprechungen.
„Allerdings", er räusperte sich, „haben wir heute eine Unbekannte in der Gleichung. Es ist das erste Mal, dass eine quasi natürliche Injektion erfolgte." Er hob seine rechte Hand in die Höhe, als müsse er Clara an den Stich erinnern.
„In der Natur – ich berufe mich hier auf einschlägige Fachliteratur – beträgt die Wirkungszeit des Stonus-Toxin ebenfalls drei bis sechs Stunden." Er legte den Kopf schief. „Zu berücksichtigen gilt allerdings, dass unser Exemplar sich schon seit Wochen in Gefangenschaft befand, zudem unter nicht idealen Bedingungen eines nur provisorisch angelegten Meerwasseraquariums. Das Tier hat die kurzzeitige Sauerstoffunterbrechung nicht überlebt, was für einen nicht-vitalen Gesamtzustand spricht."
Allein der Gedanken ekelte sie, doch Clara zwang sich, in Richtung des Aquariums zu sehen. Es lag umgestürzt auf dem Boden. Der Teppichboden war nass. Ein paar Steine, Algen und gelbe Punkte lagen herum. Den Steinfisch konnte sie nirgends entdecken.
„Fraglich ist außerdem, wie viel von dem Zeug tatsächlich in die Blutbahn gelangt ist, da der Stachel leider ... den Handrücken durchstochen hat."
„Es tut mir leid, Clara, das war mein Fehler", sagte er freundlich.
Clara musste würgen. Sie stellte sich vor, wie der unförmige, zuckende Klumpen Fisch in der Toilette lag.

„Ich verzichte allerdings auf eine zusätzliche Gabe Toxin, da Claras Gesamtzustand nicht sonderlich stabil ist. Das Interview hat Priorität", sagte er und nahm die Spritze in die Hand.
Instinktiv wich Clara zurück, doch nur ihr Kopf bewegte sich.
„Das ist das Gegengift", klärte er sie auf. „Hör mir jetzt gut zu."
*Ein Gegengift?* Sie nickte.
„Das Gegengift ist hochwirksam. Es kann den Herzstillstand noch bis zu fünf Minuten vor Einsetzen des Todes verhindern."
Clara nickte.
„Wir werden jetzt ein Interview führen. Wenn du alles richtig machst, werde ich dir das Gegengift spritzen. Hast du das verstanden? Du hast dein Leben selbst in der Hand."
Clara nickte. Meinte er das ernst?
„Noch irgendwelche Fragen?" Er blickte durch die Kamera.
„Warum ... ich?" Clara schluckte, um ihre Zunge zu befeuchten. Die Oberfläche fühlte sich noch immer taub an.
„Du bist auserwählt, Clara."
„Nein, meine ... ich meine ... sind alle die gleichen ...?"
„Ich habe dir doch gesagt, dass du etwas ganz Besonderes bist." Er lächelte.
„Es geht sofort los." Leonhard verließ den Raum und kehrte kurz darauf mit einer Stehlampe zurück. Ein Spalt weißer, dicker Haut klaffte zwischen seiner Jeans und dem T-Shirt, als er sich nach dem Stecker bückte. Mehrmals richtete er die Lampe neu aus und kontrollierte das Licht durch die Kamera.
*Wenn du alles richtig machst ...*

Clara musste sich konzentrieren. Er hatte ihr die Gelegenheit gegeben, nachzufragen, doch sie hatte die Chance vertan. Sie hatte schon oft beobachtet, dass psychisch gestörten Menschen wie Leonhard ein Bedürfnis danach hatten, sich freundlich und großzügig zu geben, doch sie wusste auch, dass es jeden Moment ins Gegenteil umschlagen konnte. Man musste schnell sein. Eigentlich hatte sie wissen wollen, ob Leonhard auch den anderen Frauen die Option mit dem Gegengift in Aussicht gestellt hatte. Meinte er das wirklich ernst? Wenn ja, dann war das Interview eine Prüfung auf Leben und Tod. Alle vor ihr hatten sie nicht bestanden.

*Wenn du alles richtig machst ...*

„Ja, ich habe mich geirrt", hatte Helga Kramer auf dem Video immer wieder versichert. „Du bist mein Traummann", hatte Stella Krefeld zuletzt gesagt.

*Wenn du alles richtig machst ...*

Helga Kramer schien von Anfang an kooperativ gewesen zu sein. Sie hat genau das gesagt, von dem sie dachte, dass er es hören wollte. Stella hingegen hatte alles ausprobiert: Sie hat sich gewehrt, ihm geschmeichelt und Widerworte gegeben. Margot hatte sich von Anfang an verweigert. „Hör auf mit der Scheiße", flüsterte sie noch, als sie schon kaum mehr Luft bekam.

*Wenn du alles richtig machst ...*

Was war richtig? Wie lautete die richtige Antwort?

Helga, Stella und Margot hatten alles versucht. Alle waren sie tot.

„Frau Schwarzenbach, bekennen Sie sich schuldig?"

Das grüne Licht blinkte. Sie sah direkt in die Kamera. Was wollte er hören?

„Was wird mir vorgeworfen?"

„Richtig." Er starrte auf das Papier, das vor ihm lag. Es waren drei oder vier computerbeschriebene Seiten.

„Schuldig in 74 Fällen des Versuchs der Täuschung, Manipulation, Grausamkeit."
„Aber ..."
„Keine Angst, wir werden jeden einzelnen durchgehen." Er befeuchtete seinen Zeigefinger und blätterte durch die Seiten. „Es ist alles protokolliert."
„Kommen wir zum ersten Punkt."
Wenn sie sich mit aller Kraft zur Seite warf, würde der Stuhl dann umkippen? Doch was würde das bringen?
„Am Dienstag, den 26. September 2010, um 18 Uhr 5 haben Sie mitten in einer wichtigen Besprechung gesagt, ich zitiere, 'vielleicht kann Leo ja schnell noch Pizza holen'. Wie haben Sie das gemeint?"
Wenn sie mit aller Kraft den Kopf nach vorne warf, könnte sie vielleicht das Handy treffen. Doch würde das was bringen?
„Was sagen Sie dazu?"
Clara starrte ihn an.
„Was wurde Margot vorgeworfen?", fragte sie. „Margot hat dir nie etwas getan."
Seine Kiefer kauten. Es arbeitete ihn ihm.
Er blickte auf die Uhr. „Fünf Minuten."
Er schaltete die Kamera aus und verließ den Raum.
Das Handy. Sie musste irgendwie den Notruf betätigen. Sie bewegte ihre Hände hinter dem Stuhl. Mit den Fingern der linken Hand fühlte sie etwas Kaltes. Es war ihre rechte Hand.
Sie hörte den Drucker im Nebenzimmer.
Ihr Blick fiel wieder auf das Handy. Das Ding funktionierte über Touchscreen. Wie sollte sie das machen ohne Hände? Sie lehnte sich nach vorne und streckte die Zunge aus. Es fehlten mindestens noch zwanzig Zentimeter.
*Margot, sag mir, was ich tun soll, bitte ...*

Sie versuchte, mit dem Stuhl aufzusehen, um sich umzudrehen ... Es ging nicht. Ihre Füße berührten zwar den Boden, doch sie konnte das Gewicht nicht verlagern. Sie schloss die Augen.
*Jetzt nur nicht durchdrehen.*
Sie hatte nur eine Chance. Sie musste es mit der einzigen Waffe versuchen, die ihr noch blieb. Sie musste mit ihm im Gespräch bleiben. Schließlich hatte sie ihn schon dazu gebracht, von seinem Plan abzuweichen. Das war gut. Sehr gut. Sie musste herausfinden, was er hören wollte.
*Wenn du alles richtig machst ...*
Er kam zurück.
Wortlos schob er ein Stück Papier über den Tisch. Das offizielle Logo des Präsidiums war darauf.
„Herr Kirchner arbeitet in der Gruppe stets zuverlässig", las sie. „Ihm fehlt jedoch die natürliche Autorität und Durchsetzungskraft, um eine Führungspersönlichkeit abzugeben."
Es war ein Gutachten. Margots Unterschrift war darunter. Clara versuchte, sich auf den Inhalt zu konzentrieren.
Es ging um die Leitung einer Presseabteilung irgendeines Museum in Leipzig, auf die sich Leonhard 2009 beworben hatte. Leonhard Kirchner besitze zwar gute fachliche Qualifikationen, schrieb Margot weiter, doch angesichts einer Stelle, die von öffentlichem Interesse war, kam sie zu dem Schluss, dass er kein geeigneter Kandidat sei. Sie schrieb irgendetwas von „schwarzen Löchern" in seiner Biografie und dass die Biografie eines leitenden Angestellten einer öffentlichen Abteilung „vollkommen transparent" sein müsse, wie sie meinte.
„Was meint sie damit?", fragte Clara. An Leonhards angespannter Kiefermuskulatur sah sie, dass es die falsche Frage gewesen war.

„Aber warum gibst du überhaupt etwas auf solche Kommentare?“, fragte sie wieder. „Niemand entscheidet über dein Leben – als du selbst. Und du bist etwas ganz Besonderes, Leo, das weißt du.“
„Du hast recht“, sagte er. „Fangen wir an.“
Er schaltete die Videokamera wieder an. Das grüne Licht blinkte.
„Am Dienstag, den 26. September 2010, um 18 Uhr 5 hast du gesagt, ich zitiere abermals, 'vielleicht kann Leo ja schnell noch Pizza holen'. Wie hast du das gemeint?“
Clara starrt ihn an.
„Du meintest damit“, gab er selbst die Antwort, „dass man auf mich verzichten kann bei der Besprechung, weil meine Meinung ohnehin irrelevant ist.“
Clara schüttelte den Kopf. „Nein! Ich ...“
Ihr Handy klingelte. Der Vibrationsalarm ging an. Das Ding bewegte sich zwei Zentimeter auf sie zu.
Leonhard nahm es und sah auf das Display. Dann legte er es neben sich.
„Leo, das mit der Pizza habe ich ganz anders gemeint“, flüsterte sie. „Ich ...“
„Am Freitag, den 2. Oktober, um 7 Uhr 14 hat Hagen van Velzen einen anzüglichen Witz gemacht, den ich nicht wiederholen möchte. Das könnte höchstens unserem Leo passieren, kommentierte er. Alle haben gelacht. Auch du.“
Er sah sie an. Er wartete auf ihre Verteidigung.
„Wo ist Hagen?“, fragte sie.
„Leo, hörst du mich?“ Sie versuchte, zu ihm vorzudringen. „Wo ist Hagen?“
„Du kannst dir nicht vorstellen, wie ich ihn gehasst habe“, sagte er.
Er hatte wieder „Du“ gesagt. Clara hielt das für ein gutes Zeichen.

„Doch, ich kann mir das vorstellen“, versicherte sie. „Ich mochte ihn auch nie besonders. Aber sag mal, was sollte das eigentlich mit dem Tuch bei Helga Kramer? Hast du diesen Knoten gebunden? Und der Stein bei Stella, wieso hast du das getan? Hast du sie geliebt?“
„Geliebt?“ stieß Leonhard hervor. „Diese Hure?“
„Ihr kommt Euch alle ganz wichtig vor, stimmt's?“ Er fixierte sie. „Ich hab mich bepisst vor Lachen, wenn ihr Eure Theorien vorgetragen habt! Ja, deshalb habe ich das getan, damit ihr was zum Spielen habt! Ihr mit Eurem System, das ist doch lächerlich! Ich töte, wie es mir passt. Ich bin frei, verstehst du das?“
Plötzlich begann er, stark zu schwitzen.
„Sag mal, wie hast du das eigentlich gemacht mit den E-Mails vom Internetcafé?“ Clara versuchte, an seinen Stolz zu rühren. „Die Bedienung vom Oberholz sagte doch, es seien nur drei Leute dagewesen.“
„Clara, Clara.“ Er schüttelte den Kopf. „Sie sagte, sie könne sich nur an drei Leute erinnern!“
„Sie hat mich nicht bemerkt.“ Er lachte, als könne er es selbst nicht glauben. „Diese Schlampe hat mich einfach nicht bemerkt.“
„Sie hat mich nicht bemerkt“, wiederholte er. Sein Lachen verstummte. Sein T-Shirt war jetzt nass, so stark schwitzte er.
„Ich weiß, wie du dich fühlst, ich ...“, begann Clara wieder.
„Sei still!“, schrie er. Dann holte er aus.
Clara war so überrascht, dass sie den Schmerz zuerst nicht fühlte. Noch nie hatte ihr jemand ins Gesicht geschlagen. Dann spürte sie, wie ihr Auge zu tränen begann. Die Überraschung wich, doch mehr noch als der Schmerz verzerrte die Enttäuschung ihre Züge. Aus unerfindlichen Gründen hatte sie angenommen, Leonhard wäre zu so etwas nicht fähig. Nicht bei ihr.

Ihr Handy klingelte wieder.
„Na endlich.“ Er nahm das Handy und stand auf. „Hier hat jemand eine Botschaft für dich, Herzchen. Aber wenn du einen Ton sagst ...“
„Mach ich dich auf der Stelle kalt!“, flüsterte er in ihr Ohr.
Claras Herz begann zu rasen.
Er hielt ihr das Handy direkt ans Ohr und drückte auf Empfang.
„Hallo?“ räusperte sich Clara.
„Clara, wo bist du?“ Es war Reichenbaum. „Wir haben die Leiche von Hagen gefunden und da war eine Nachricht am Tatort, dass du die nächste ...“
Clara sah Leonhard ins Gesicht. Er lächelte.
„Dass du die nächste seist, wenn wir auch nur einen Fehler machen ...“
Er lächelte.
„Er hat sein System geändert, Clara, wir müssen sofort ...“
Reichenbaum redete weiter, doch Clara hörte kaum mehr zu.
Sie sah Leonhard ins Gesicht und verstand, was sie längst wusste.
Sie konnte nichts richtig machen. Alles war falsch.
„SOS“, schrie Clara. „Kirchner ist ...“, konnte sie noch hinzufügen, bevor Leonhard ihr das Handy wegzog. Etwas krachte in ihrem Kopf.
„Clara?“, fragte Reichenbaum, als Clara verstummte.

## 51

Es war gespenstisch still. Nachdem der Streifenwagen den Alarmton ausgeschaltet hatte, war die Straße stiller als sonst. Nur das Blaulicht leuchtete noch. Rhythmisch erhellte es die Fassaden der Häuser und Gesichter der

Schaulustigen. Eine Frau rauchte. Ein Mann telefonierte. Beide starrten sie auf den Hauseingang, vor dem ein paar Polizisten in Uniform standen. Bisher war noch niemand abgeführt worden, keine Verletzten, keine Toten, niemand mit einer Decke über dem Kopf. Die Leute hielten ihre Handys bereit, jemand hatte eine Kamera.
Auch Frau Kiontke von der dritten Etage stand ängstlich im Flur und lugte nach oben. Etwas war mit Frau Schwarzenbach passiert. Sie hatte schon immer gewusst, dass eines Tages etwas passieren würde.
„Was ist?“ Sie standen in Claras Wohnzimmer. Hauptkommissar Reichenbaum starrte apathisch auf sein Handy.
„Was hat sie gesagt?“, schrie Johannes Teufel abermals.
„Thilmann!“ Auch Rebeccas Stimme klang alarmiert. Sie fuhr sich durch die Haare. Sie verloren noch alle die Nerven.
„Kirchner ist ...“, stammelte Reichenbaum, doch plötzlich war er sich nicht mehr sicher. Hatte sie das wirklich gesagt?
„Kirchner?“ Rebeccas Augen bewegten sich ruckartig. „Leonhard Kirchner, meint sie den vielleicht?“
„Leonhard Kirchner?“ Reichenbaum klang verwirrt.
„Margots Sekretär?“ Das war Teufel.
„Wir brauchen die Adresse von Leonhard Kirchner“, sprach Rebecca bereits in das Funkgerät.
„Nein. Sofort!“ Jetzt brüllte auch sie.
„Wir fahren da hin“, nickte Reichenbaum.
„SEK?“ Rebecca sah ihn an. Sie hielt das Funkgerät noch immer am Ohr.
Für einen Moment schloss Reichenbaum die Augen. Dann nickte er wieder. Hagens Tod rechtfertigte alles. Auch einen Fehlalarm.
„Fahr den Mehringdamm hoch, dann den Tempelhofer Damm runter. Immer gerade aus. Ich sag dir, wann es

links abgeht." Reichenbaum kannte die Straßen Berlins in und auswendig, er brauchte kein Navi.
Rebecca fuhr los. Die Menschenmenge teilte sich. In dem erleuchteten Schaufenster eines Antiquariats stand ein Mann. Er starrte ihnen hinterher.
„Hast du sonst noch was gehört? Irgendein Geräusch oder so?" Teufel hatte wie selbstverständlich hinten Platz genommen.
Reichenbaum schüttelte den Kopf. Er hatte noch immer den Klang von Claras Stimme im Ohr. Sie hatte versucht, deutlich zu sprechen, doch die Panik war unüberhörbar gewesen. Er würde Tage brauchen, bis er diese Stimme wieder vergessen würde. Wenn sie tot war, würde es wesentlich länger dauern.
Er starrte in das gelbliche Licht, das wie Nebel über der Kreuzung lag und versuchte, nicht an Hagen zu denken. Nicht an das Auge, in dem die Spritze gesteckt hatte.
Um 19 Uhr 34 hatte Herr Neumann aus der Kleingartenkolonie „Am Stadtpark" zwischen der Waghäuseler Straße und dem Volkspark Wilmersdorf bei der Polizei angerufen: Er habe seltsame Schreie aus der Nachbarlaube gehört, wie von einem Tier, das sich in Lebensgefahr befinde. Die beiden Streifenpolizisten, die um 19 Uhr 56 nach dem Rechten sahen, brachen die Tür zur Laube auf, nachdem sie Spuren eines Kampfes auf dem Gartenbeet entdeckt hatten. Das Blut auf dem Teppich, der über einer Bodenluke lag, war noch frisch. Als die Polizisten die Luke öffneten, machten sie die grausige Entdeckung: Der zwei mal drei Meter kleine Raum war mit brauner Farbe gestrichen. Eine Neonröhre flackerte. Ein Holztisch und zwei Stühle waren alles, das darin Platz gefunden hatte. Der Raum hatte Ähnlichkeit mit dem Verhörraum des Landeskriminalamts 1.

Hagen war gefesselt und geknebelt auf dem Boden gelegen, sein Auge war ... Reichenbaum versuchte, das Bild zu verscheuchen. Für Hagen kam jede Hilfe zu spät.
Reichenbaum lehnte den Kopf an die Autoscheibe. Als Besitzer des Schrebergartens war ein Herr Rudolf Berger eingetragen gewesen, der vor zwei Jahren in einem Pflegeheim in Wilmersdorf gestorben war. Berger. Nicht Kirchner.
Reichenbaum schlug mit der Stirn gegen die Scheibe. Kirchner ... Er konnte sich an Margots Sekretär nur vage erinnern, es war ein netter, höflicher Mann, doch das Gesicht dazu fehlte ihm. Was war mit ihm? Clara konnte alles gemeint haben: Kirchner ist ... auch hier, Kirchner ist ... auch tot, Kirchner ist ... unser Mann?
War das möglich? Margots Sekretär? Verzweifelt suchte er nach einem Gesicht. War dieser Kirchner ihr Mann? Wenn er heute noch einen Täter präsentieren konnte, käme das einer Erlösung gleich. Der Albtraum musste ein Ende haben. Einerseits. Andererseits verdrängte er den Gedanken, dass Clara dann in Lebensgefahr war. Dass sie vielleicht längst ...
„Links!“ In der Götzstraße standen bereits die Streifenwagen. Sie hatten alle in einer Reihe mit gebührend Abstand zum Zugriffsort geparkt. Ein Krankenwagen stand auch da. Sie fuhren weiter.
„Rechts“, flüstere er, als sie in die Zielstraße einbogen. Der Kleinbus vom SEK stand in einer Einfahrt. Sonst konnte er nichts erkennen. Die Männer waren wahrscheinlich schon um das Haus herum postiert.
„Ihr bleibt hier“, sagte er zu seiner Assistentin und dem Gerichtsmediziner. „Schaltet den Funk auf leise.“
Reichenbaum stieg aus. Die Straße war wie ausgestorben. Er ging auf den Wohnblock zu und sah einen Mann aus dem Hauseingang kommen. Die beiden Männer begrüß-

ten sich. Reichenbaum versuchte dem Einsatzleiter des SEK in wenigen Sätzen zu erklären, dass der Einsatz nur eine Vorsichtsmaßnahme war. Der Mann nickte, seine Gesichtszüge waren angespannt. Er deutete auf einen unscheinbaren Kastenwagen, der am Straßenrand parkte.
„Der Wagen ist auf Leonhard Kirchner zugelassen. Das Blut darin ist noch frisch", sagte er, während er Reichenbaum die Sprechgarnitur anlegte.
„Okay, ich klingle jetzt." Reichenbaum sprach in das Mikrofon.
„Ich klingele noch einmal", sagte er. Eine kleine Lampe brannte über dem Eingang. Der Eingangsbereich war blau gestrichen.
Entweder war niemand in der Wohnung oder ...
„Klingeln Sie an der Wohnungstür, dritte Etage", hörte er die Anweisung. Jemand öffnete die Eingangstür von innen.
„Okay, dritte Etage", wiederholte er. Im Flur standen zwei schwarze Gestalten. Er nahm die schmale Treppe nach oben, auch hier waren die Männer vom SEK bereits postiert.
„Ich klingele jetzt an der Wohnungstür", sagte er und drückte bei Kirchner. Er erschrak, als es laut hupte. Doch sonst blieb alles ruhig.
„Okay, Zugriff", hörte Reichenbaum den Einsatzleiter. Jemand sagte ihm, er solle zur Seite treten. Die Männer stürmten die Wohnung.
Durch den Stöpsel in seinem Ohr konnte er die Zurufe hören, über die sich die Männer verständigten. Nach nur wenigen Sekunden sagte jemand: „Alles gesichert."
Dann brüllte jemand: „Sofort einen Arzt!"
Reichenbaum trat in die Wohnung ein. Er ging in das Zimmer, in dem sich alle versammelt hatten, und sah Clara leblos an einem Tisch sitzen. Ihr Oberkörper und ihre

Beine waren mit Folie an den Stuhl fixiert, ihr Kopf hing schlaff herab. Ein Auge war stark aufgequollen. Blut lief ihr über die Wange und tropfte auf den Boden.
Die Männer vom SEK starrten die junge Frau an.
Jemand schob ihn beiseite. Johannes Teufel drängte herein.
Er kniete sich neben Clara.
Er fühlte ihren Puls.
Er hielt seine Hand vor ihre Nase.
„Clara! Clara!“ brüllte er. Niemand bewegte sich.
„Sie hat Puls!“, schrie Teufel und der Raum geriet wieder in Bewegung. Jemand schnitt die Folie durch. Jemand entfernte die Fesseln an ihren Handgelenken. Die schwarzen Männer machten Platz für zwei Sanitäter, die mit der Bahre hereinkamen.
„Sie braucht sofort einen Betablocker, Atemmaske ...“ Teufel lief den Sanitätern hinterher, die Clara durch den schmalen Flur abtransportierten.
„Thilmann?“
Reichenbaum drehte sich um. Er stand in einer schmalen Küche, er sah zwei alte Herdplatten, an der Wand standen ein Plastiktisch und zwei Stühle. Rebecca saß auf einem Stuhl. Ihre dunklen Augen starrten ihn seltsam an. Reichenbaum hatte sie noch nie so gesehen. Clara und Rebecca waren befreundet und irgendwann musste jeder Kriminalbeamte damit zurechtkommen, einen guten Freund und Kollegen zu verlieren. Er konnte ihr das nicht abnehmen.
„Sie hat noch Puls“, sagte er und verscheuchte den Gedanken an Claras Tod.
Rebecca nickte. Sie war kreidebleich. Sie deutete auf ein Blatt Papier, das auf dem Küchentisch lag.
„Er hat uns eine Nachricht hinterlassen, Thilmann.“

Reichenbaum hielt nicht viel von Kalligrafie, doch als er das Gekritzel sah, wusste er, dass der Albtraum noch nicht zu Ende war. In seltsamen Bögen und langen Strichen zog sich die Schrift über das Papier.

„Ein Akt des Größenwahns", kommentiert Reichenbaum die Zeilen, als er sie drei Stunden später im Landeskriminalamt an die Wand projizierte. Das Sondereinsatzkommando „Steinfisch" war auf 140 Mann angewachsen. 25 von ihnen starrten fassungslos auf die Nachricht:

„Ich werde jeden töten, der mich verkannt hat. Jeden einzelnen von Euch. Denn ich bin auserwählt. Niemand kann mich aufhalten. Am allerwenigsten Ihr, liebe Kollegen! Das ist meine Rache."

# ICH BIN AUSERWÄHLT

# 52

Er drückte die Klingel und wartete, bis jemand am Fenster erschien. Ein grün gekleideter Mann zog seinen Mundschutz herunter und blickte ihn gleichgültig an.
„Ich möchte zu Clara Schwarzenbach", sagte er. „Ich bin", er bückte sich, um näher an der Sprechanlage zu sein: „Ich bin ein Freund."
Der Mann sah ihn misstrauisch an. Er hatte die Anweisung, niemanden zu der Frau vorzulassen.
„Es tut mir leid", sagte er und schüttelte den Kopf. Dann fügte er hinzu, als habe er plötzlich Mitleid mit dem verzweifelten Besucher bekommen: „Sie darf noch niemand empfangen."
Ein zweites Gesicht erschien hinter der Scheibe ein Gesicht, vor dem man intuitiv zurückwich. Die blauen Augen fixierten ihn.
„Der Mann sagt, er sei ihr Freund", erklärte der Pfleger.
„Das ist in Ordnung." Johannes Teufel nickte. „Er kann sie sehen."
Die Tür summte. David Mayer betrat die Intensivstation. Schweigend folgte er dem Gerichtsmediziner den Gang hinunter. Ein Polizeibeamter saß vor einer geöffneten Tür und nickte ihnen flüchtig zu, als sie eintraten. Clara lag mit erhöhtem Oberkörper in einem Bett, an dessen Kopfende sich mehrere medizinische Geräte befanden, auf dem rechten Monitor zeichnete sich die Herzlinie in gleichförmigen Zacken ab. Sie schien zu schlafen.
„Wird sie es schaffen?", fragte er.
„Clara ist außer Lebensgefahr", nickte Teufel und sah ihn an. „Aber wir wissen nicht, ob das Kind Schaden genommen hat."
Er ließ David nicht aus den Augen.
„Bisher schlägt das Herz noch normal, aber ..."

David schien nichts zu wissen.
„Sie ist schwanger“, fügte Teufel hinzu.
„Zwölfte Woche“, sagte er, nachdem David Mayer noch immer nicht reagierte.
„Schwanger?“ Mayer sah verwirrt aus. „Zwölfte Woche?“
Der Kriminalhauptkommissar setzte sich auf den Stuhl neben das Bett. Claras Hand steckte in einem Gipsverband, nur die Fingerspitzen schauten heraus. Sie waren fast schwarz.
Johannes Teufel entfernte sich lautlos. Er war die ganze Nacht an Claras Bett gesessen. Draußen wurde es schon wieder hell. Ein paar Vögel zwitscherten.
Er könnte eine Zigarette gebrauchen.
Teufel trat in den morgendlichen Park hinaus. Tagsüber saßen hier die Kranken und ihre Besucher, jetzt huschten nur ein paar Krankenschwestern und Ärzte zwischen den Gebäuden hin und her. Er setzte sich auf eine Bank und schloss die Augen.
„Margot, mein Mädchen“, flüsterte er, als er einen Lufthauch hinter sich spürte. „Ich hoffe, es geht dir gut da, wo du jetzt bist.“
Er drehte sich um. Niemand war da.
Er zündete sich eine Zigarette an. Die Nacht an Claras Bett hatte ihm einiges klar gemacht. Er war jetzt fast 60. Wenn er Glück hatte, hatte er noch zwanzig gute Jahre vor sich, und er vertraute darauf, Glück zu haben. Zwanzig Jahre waren viel, aber es war nicht unendlich viel. Teufel nahm einen Zug. Etwas war mit ihm passiert.
Seine Berliner Ära war mit Margot zu Ende gegangen. Seit Margot tot war, hatte sich der Betrieb verändert. Gestern war er im Präsidium gewesen. Die Leute sprachen, als sprächen sie auswendig gelernte Texte, sie agierten, als folgten sie Regieanweisungen. Alles war nur

noch Kulisse, seit Margot tot war, es fühlte sich einfach nicht mehr echt an.
Er drehte sich um.
Ein Pfleger kam den Weg entlang. Seine Augen waren seltsam nach vorne gerichtet. Er ging an Teufel vorbei in Richtung Kardiologie.
Teufel hatte hier nichts mehr verloren. Er schuldete das seinen Leuten, die ihre Arbeit noch immer ernst nahmen und freiwillig Überstunden in Kauf nahmen, bis sie zusammenbrachen. Er schuldete das Susanne und dem Glück, das sie einmal zusammen hatten, ein Glück, das in seiner Erinnerung immer mehr verblasste. Aber vor allem schuldete er es Margot. Er hatte es ihr versprochen, als er ihr Herz in den Händen gehalten hatte. Es würde sein Leben ändern: für das Kind, das sie nie bekommen hatten. Ihr eigenes Leben war ihnen damals so wichtig erschienen.
„Dann lebe auch", hörte er die kleine Stimme.
Doch was sollte er tun? Er könnte eine Weltreise machen. Er könnte sich treiben lassen. Es würde sich etwas ergeben.
Der Rauch brannte in seiner Lunge.
Er musste sich um Clara kümmern. Sobald Kirchner erfahren würde, dass Clara noch lebte, würde er es wieder versuchen. Doch letztlich musste jeder, hatte Reichenbaum nachdrücklich betont, jeder, der mit Kirchner irgendwie zu tun gehabt hatte, musste gewarnt sein. Wahrscheinlich stand Teufel selbst auf der Liste.
Nervös suchte sein Blick das Gebüsch ab.
Reichenbaum war gestern Nacht davon ausgegangen, dass sie Kirchner in den nächsten 12 Stunden schnappen würden. Doch bisher verlor sich seine Spur.
Gegenüber unterhielten sich zwei Ärzte. Der eine sah aus, als trüge er eine Perücke. Der andere hatte eine Schiene am Fuß.

Teufel trat seine Zigarette aus.
Teufel konnte sich kaum an Kirchner erinnern, so unauffällig hatte er sich all die Jahre verhalten. Verstecken war sein Spezialgebiet.
Die Ärzte lachten.
Jeder konnte Kirchner sein.
Plötzlich begann sein Herz zu rasen. Auf einmal wusste Teufel, was ihn bei der Wachablösung heute Morgen irritiert hatte. Der Polizist, der Clara bewachte, humpelte, als habe er sich den Fuß verletzt.
Teufel sprang auf. Er rannte los.
David Mayer war bewaffnet, doch wusste er Bescheid? Was, wenn er Clara alleine ließ, um aufs Klo zu gehen?
Teufel hetzte die Gänge entlang. Es roch nach Essen, nach Desinfektionsmittel, nach verfaulten Blumen. Er stürzte die Treppen nach oben. Der Arzt von der Intensivstation blickte ihm irritiert hinterher, als er an ihm vorbei rannte.
Die Dienstmarke, schrie er, er wolle die Dienstmarke sehen!
Der Polizeibeamte wich zurück, als Teufel auf ihn zustürmte. Überrascht, aber dennoch routiniert zog er seinen Ausweis hervor.
„Was ist das!“, schrie Teufel und deutete auf den Fuß des Polizisten.
„Ein Sportunfall“, sagte der Beamte. Er wirkte verlegen.
Erst jetzt bemerkte Teufel das alarmierte Gesicht von David Mayer. Er stand im Türrahmen und hatte die Hand an der Waffe.
Alles in Ordnung, murmelte Teufel, als er an ihm vorbei in das Zimmer ging.
Clara war wach. Sie hatte die Augen geöffnet. Er trat an ihr Bett und berührte zärtlich die verletzte Hand.
„Was ist mit dem Baby?“, flüsterte sie.

„Es lebt“, sagte er und hörte sein eigenes Herz laut schlagen.
Clara schloss die Augen. Eine Träne lief ihr die Wange hinab. Als sie ihn wieder ansah, lächelte sie. Teufel wusste, dass das ein gutes Zeichen war.

# Über Silke Nowak

Silke Nowak studierte Literaturwissenschaft und Philosophie an der Freien Universität in Berlin. Es folgte eine Promotion in Germanistik über moderne Lyrik. Sie unterrichtete Literaturwissenschaft in Berlin und Chemnitz, arbeitete als Pressesprecherin und im Bereich der Neuen Medien.
Erreichen können Sie Silke Nowak per E-Mail: nowak@silkenowak.de und über ihre Webseite http://silkenowak.de

# Impressum

Druckausgabe 2013

Titelillustration: Anja Jelly (http://www.diezone.net)
Autorenfotos: Benjamin Jehle (http://jehle-will.de)
Layout: e.con Publish Service (http://econps.de)


# Dank

Ich danke Birgit und André Butz, Anja Jelly, Stephanie Kloos, Sabine Laupheimer, Gabriele Nowak und Roland Heuberger – ich hoffe, mich eines Tages gebührend für die Zeit und die Arbeit revanchieren zu können, die ihr in dieses Buch gesteckt habt.
Silke Nowak

3934817R00185

Printed in Great Britain
by Amazon.co.uk, Ltd.,
Marston Gate.